U0840779

剑描兰

金山与南社

金山区博物馆 编著

上海人民出版社

编 委 会

守住我们心中的家国情怀

中共金山区委副书记　信亚东

时代的车轮滚滚向前，留下的每一道履痕都是给予后来者最好的镜鉴。时值我们即将迎来伟大的中国共产党成立一百年的重要节点，由金山博物馆编著的《说剑描兰——金山与南社》一书也行将付梓。作者立足金山本土，以金山人的视角，将一百一十多年前发生在中国大地上的一次深刻思想变革进行精心梳理，系统地还原了金山这片热土为中国民主革命的发轫所作出的杰出贡献。作为"金山历史文化丛书"的开篇之作，我想其中之意有二，一则致敬，二则要承继和守牢我们中华民族世代相传的家国情怀。

"弹筝把剑又今时，几复风流赖总持。"南社，是特定历史条件下的产物，是20世纪初以民主革命启蒙思想宣传家、文学家、教育家为中坚，以推翻清王朝封建统治为共同政治基础，以振起国魂、弘扬国粹为主导文化思想，同时注意吸收西方先进思潮的全国性文学和文化社团。作为民主革命时期参加人数最多、社会影响最大的爱国文人团体，南社素有"天下第一文社"之称。遥想当年，在反清的旗帜下，陈去病、高旭、柳亚子发起成立南社，他们雅集唱和，倡言革命，组建了这一中国近现代史上最大的革命文学团体，标志着知识分子的空前觉醒。南社，集一时之选，山鸣谷应，名流荟萃，人才济济。他们"以天下为己任"的高尚节操，至今依然风骨长存。

大树百年，由根而始，大美金山，英彦辈出，风云际会，说剑描兰。上海是南社社员的重要活动中心，前后举办雅集达16次之多。金山作为南社的重要发祥地之一，据最新研究成果，共拥有南社、新南社、南社纪念会成员达65名，是全国南社社友第二多的县级单位，仅次于江苏吴江，在南社史册上留下浓墨重彩的一页。其中，除南社创始人之一的高旭、南社元老陈陶遗、江南三大儒之一的高燮、南社第二任主任姚光等南社核心人物外，还有国际著名的天文学家高平子、帖学宗师白蕉、海派画家孙雪泥、国学家周大烈，等等。金山南社乡贤，跃上历史舞台，传播南社新声，传递时代强音，多有“文意”“诗意”与“画意”，饱含对民族、国家和社会的忧思、憧憬与期盼，为我们这座城市留下弥足珍贵的精神文化财富和极其丰厚的物质文化遗产。

《说剑描兰——金山与南社》，全方位、多角度地呈现出金山与南社的渊源关系。以“说剑”与“描兰”的视角，探讨南社创立之前、创立之时的历史细节，探究金山高氏、姚氏的思想渊源与行动轨迹。全书既着眼于整个中国近现代史，又着力于金山、于南社、于具体的金山南社人物与事件，反映出金山南社诸人革命性与文艺性、投身时代思潮与传承社会文化的统一。本书注重实用性与严谨性，既能真实反映历史，而又深入浅出、通俗易懂。

在这里，我们以“金山与南社”的视角抚今追昔，重新回望“20 世纪大舞台”上的金山乡贤，回望那些为“觉民”而走到一起的知识分子，回望那些以结社名义倡言革命、胸怀天下的仁人志士。南社虽已成往事，但南社人秉承的大无畏精神和“以天下为己任”的高尚情操，与我们中华民族世代传承的家国情怀同出一脉。中国人的家国情怀，其核心内涵是在家尽孝、为国尽忠，其实践途径是修己安人、经邦济世，其价值理想是以身报国、建功立业。作为个人对家庭和国家共同体的认同与热爱，家国情怀正是爱国主义精神产生的伦理基础和情感状态，在中华文明数千年演变进程中有着深厚的滋生土壤和历史渊源。

事实上，《说剑描兰——金山与南社》的出版，就是金山区近年来重视对南社史料挖掘、整理所取得的成果。本书试图从斑驳的历史岁月中，还原一段金山人不能忘却的时代记忆，特别是金山先辈们在风云激荡的岁月里所体现出的责任担当与家国情怀。家国情怀作为中华优秀传统文化的重要组成部分，高扬着我们对于家庭和国家共同体的认同关心、维护热爱和奉献担当，启迪着数千年来中华儿女如春雨润物、浸润滋养的情感与心灵，激励着无数仁人志士创造可歌可泣的丰功伟业，继而对中国人的文化心理和民族精神产生了巨大而深刻的影响。

历史是最好的教科书，习近平总书记高度重视历史精神的学习传承，提出要把学习贯彻党的创新理论，同学习党史、新中国史、改革开放史、社会主义发展史结合起来。在新的时代背景下，我们该如何去追思南社，如何去诠释南社精神，如何深入挖掘南社优秀的传统文化更好地为社会主义文化建设服务？我想，所有这些问题的解答，都有待于我们广大文史研究领域的专家、学者和爱好者们继续深入地做好南社史料文献挖掘，继续深入地加强南社历史文化研究，继续努力地开创南社学研究的崭新局面。

是为序。

目　录

南社在上海

郑逸梅

上海为人文荟萃之区，当年南社在上海，也曾集天下英才，极一时之盛。南社第一次雅集在吴中虎丘；第二次在杭州西湖唐庄；第三次便在上海张氏味莼园举行，到了十九位，现存的有柳亚子、包天笑、黄宾虹、朱叔源、朱伯裳、孔霭如；已故的，却占多数。人生朝露，安得不令人兴感。如余天遂、朱少屏、周柏年、王无生、范鸿仙、林万里、华子翔、何瘦秋、蔡蝶兮、雷铁厓、钟愪庵、张佚凡、冯心侠等，都已物故，或生死未卜。当时朱少屏供职于法租界洋泾浜五十四号民立报馆，即以之作为南社上海通讯处。当夜诸社友，在岭南楼，大嚼一顿。第四次雅集，在愚园杏花村举行，晚宴麦家园大庆楼，到了三十四位，比上次热闹得多了；第五次雅集仍在愚园，那时革命先烈宋渔父、陈英士等都来参加，柳亚子认为上海大可活动，于是偕着夫人郑佩宜同到上海来，住在西门安澜路三十八号朱少屏家，想合办《铁笔报》，结果没有办成。后来亚子又在七浦路组织了小家庭，为维持生活计，进《天铎报》当记者。亚子是南社的灵魂，亚子在上海，雅集的次数也多了，地点非愚园，即徐园，现在这两个名园都拆去变为市廛。

第十次雅集在愚园，这一次大家兴致很高，茶话摄影后，到春申楼聚餐，点将摆庄，行酒令，由陈匪石笔述，刊登在南社集里。雅集的下一天，叶楚伧以所得《午梦堂集》和《分湖吊梦图》，约南社同人往观，集于楚伧寄庐。到的有陈培忍、胡朴庵、俞剑华、李一民、周芷畦、陈匪石、朱少屏、郑仄尘，楚伧沽酒一罂，并把苏州寄来的酱猪蹄饷客，这《午梦堂集》，为楚伧先德天廖先生一门唱和之作，《分湖吊梦图》，这是楚伧访小鸾墓址之作，请黄宾虹、曼殊、蔡寒琼、王一亭所绘，结果《午梦堂集》付印流传。

民初，上海的报纸，执笔政的，什九为南社社员，几有天下文章尽在南社之概。如《太平洋》有姚雨平、陈陶遗、柳亚子、胡朴庵、胡寄尘、姚鹓雏、余天遂、周人菊、李息霜、林一厂、苏曼殊、邓树楠、朱少屏;《民权报》有戴季陶、汪子实、牛辟生;《时报》有包天笑;《民立报》有于右任、范鸿仙;《天铎报》有俞语霜、李怀霜、邹亚云;《神州日报》有黄宾虹、王无生;《大共和报》有汪旭初;《民国新闻》有林庚白、沈道非、吕天民;《民声日报》有黄季刚。

南社周实丹、阮梦桃为革命而被害,柳亚子等便替二烈士发起追悼大会,借西门外江苏教育总会做会场。亚子还做了一篇很激烈的祭文,痛骂政府,毫无顾忌,人家替亚子危惧,亚子却完全不摆在心上。

南社应新文化潮流别组新南社。第一次聚餐在福州路小花园的都益处,由民国日报的邵力子做主脑,发行新南社月刊;第二次聚餐也在都益处;第三次改在新世界西菜部,并在兆芳照相馆拍照,以后就没有聚会过。

陈巢南死,胡朴庵、朱凤言、朱少屏发起,在西藏路宁波同乡会开追悼会,晚上就在北四川路新亚酒店举行一次南社临时雅集,到了一百多人。后来由胡寄尘提议,请亚子仿《东林点将录》和《乾嘉诗坛点将录》条约办法,把水浒人物,配合着南社社员,成了一张很有趣的名单。

南社纪念会,举行过两次聚餐,第一次在西藏路晋隆西菜社,第二次在福州路同兴楼,笔者曾去参加。距今已多年没有举动了。

(《联合今日晚报》1946 年 7 月 6 日,第 2 版)

导　论

一、上海文化与南社

何为“南社”　南社是近代中国重要的社会文化团体，具有明显的革命性和文学性，引导了近代中国一系列重要的文化运动潮流。南社由金山人高旭与柳亚子、陈去病等人一同创立，以苏州吴江、上海租界以及金山张堰为主要活动场域。南社社员遍布长江三角洲，远及华中、华南、西南、华北及东北诸省，而上海则是南社活动的重要场域之一。根据郭建鹏、陈颖编著的《南社社友录》记载，填写入社书者 1 110 人、未填写入社书者 73 人。根据现存入社书统计，上海籍南社社员达 135 人，其中金山籍社员又属最多。

何以上海能够孕育出南社，南社何以能在上海发展壮大，发挥积极的历史作用？何以南社由上海人参与创立，且引领全国文坛、舆论多年？在中国的现代化进程中，上海文化界的作用是巨大的，而南社在一段时期内堪称上海文化界的象征。于是上述问题可理解为：上海在中国的现代化进程中，为何能产生南社这样的极具思想影响力的社会团体，从而推进、影响全国的思想文化的新陈代谢，而此过程在文化史上的意义是什么？

从“吴越文化”到“江南文化”　上海文化，有着比较清晰的历史脉络可寻。现今上海地区在历史时期很早就有人类活动，如金山等地就曾经发掘出各时期文化遗迹，而作为一种文化存在，影响其后的可称为吴越文化。“道术为天下裂”的春秋战国时期，也正契合雅斯贝尔斯“轴心时代”理论所谓的人类文化突破期。上海之地处于吴越之交，而古句吴、于越等文化汇集于此，互相交融。根据《史记》的记载，吴越之地“文身断发”，《吕氏春秋》则称“夫吴之与越也，接土邻境，壤交通属，习俗同，言语通”。吴越文化本属同根，在漫长的时间中互相交融，在上海及其周边，也就是后世所说的苏松地区，形成了独特的文化。

这种独特文化在历史时期的后半段有着另一个名称——江南文化。而有关江南的概念，从历史地理学的意义上，最早出现的当数唐朝的“江南道”。贞观年间，唐太宗李世民分天下为十道：关内道、河南道、河东道、河北道、山南道、陇右道、淮南道、江南道、剑南道和岭南道。江南道统辖长江以南，西自贵州，东到大海，北临大江，南达南岭诸山之地，包括今江苏南部、江西、浙江、湖南及安徽、湖北之大江以南、四川东南部、贵州东北部，这是一片非常广袤的地区，江南道治所在苏州。到了开元年间分天下为十五道，即将山南道、江南道各分为东、西道，又增设京畿道、都畿道和黔中道。江南东道治苏州，领润、常、苏、湖、杭、睦、歙、明、衢、处、温、婺、越、台诸州，加上天宝初划自岭南道福、建、泉、汀四州，共十八州。金山则属江南东道。宋代则改道为路，江南东路大体与唐相仿，金山则属江南东路。到清代设江南省，大抵即今江苏省，而今上海皆属之，金山亦然。这是大的行政区划意义上的“江南”。狭义的、文化意义上的“江南”，一直比较稳定地指称太湖周边的区域，包括今天的江苏苏州、上海、浙江湖州等地，也就是明清时期的苏、松、太、常、嘉、湖五府一州地区。此外，又有将明清的苏、松、常、镇、宁、杭、嘉、湖八府以及由苏州府划出的太仓州作为江南的核心地带的说法。概而言之，“江南”大体是指太湖周边，苏南浙北，北到长江，南到杭州湾的长江三角洲地区。

江南文化的概念，较之吴越文化，又有着新的意涵。吴越文化概念，重点在其地域性，且有着历史性，其流风所及，多不能到今日。江南文化则真正超脱了地域性，成为最具有特色的中国文化之一，其影响一直到今日而不衰。

水稻、淡水水产的生产，显然是江南文化孕育的重要因素，而苏松等地明清以来的重赋问题，对于江南文化形成也有着一定影响。在历史时期，中央政权对苏松地区征以重赋，原因当然是多重的，而集权政权对财富的天然汲取，以及“抑兼并”以打压地方绅商，当是其中的重要一环。如此重赋以“抑兼并”，当然会对底层民众产生巨大的赋税压力，也迫使此地区的民众较为普遍地“舍本逐末”，造成了商品经济的一定程度繁荣。

从唐代开始，江南的开发程度得到显著提升，逐渐取代北方，成为全国的经济重心所在。到宋代，范成大的书中就已经有了“苏湖熟，天下足”的谚语。随着科技的发展，人口的恢复和增多，明清时期江南日趋富庶，虽然上有重赋，却仍有了一定的小范围财富积累。这种财富积累，是江南文化繁荣的基础。上海作为江南的典型代表与桥头堡，产生了“海派文化”。

从“海派文化”到南社　所谓“海派文化”，最初不过是北方人称董其昌、赵之谦、吴昌硕等画家潦倒无聊、卖画为生，带有自嘲意味。其实，上海因商业经济发达，催生出新的艺术交易模式，董其昌等“松江画派”已然开启先声。其后赵之谦、吴昌硕等卖画海上，渐有“海上画派”之说。而京戏向以北京为正脉，近代上海京戏崛起，又与当时上海商业经济、男女平权等思潮息息相关。北方京戏行当中，遂称上海京戏为“海派”，言下之意功夫不到，带有戏谑意味。但新的时代，需要新的文化，上海剧院晚上灯火通明，又大量安排旦角戏，吸引女性观众，获得了很大的成功。“海派”京戏，逐渐才无戏谑意味。如此则海派文化，实际以新的时代要求为源头，对传统文化作了很大改动，又为民众所喜见。其突出特点就是兼容并蓄，富有创造性。

近代中国的文化发展，有一项基本的条件，就是书籍报刊的大量出版。作为最高效的知识载体，书籍报刊对一个时代所能起到的作用，毋庸置疑。而上海正是近代中国的出版中心。尤其是出版社林立。稍微举例，当时中国影响较大的出版社中，商务印书馆、中华书局、扫叶山房、点石斋、广益书局、文瑞楼、同文图书馆、久敬斋、文澜书局等皆在上海。其次是报刊如笋。上海报刊之多，不胜枚举。其内容之多元、开放，也是研究者所共知的。出版中心的地位，使得上海成为各种思潮的主要战场，各种文化展示的主要舞台。逐渐崛起而成为文化中心之一的上海，又是书籍报刊的出版中心，海派文化得到了很大的发挥空间。近代时局巨大的动荡变化中的海派文化涟漪，是值得关注的。南社就是海派文化的产物。

海派文化特点即为兼容并蓄而富于创造性，在近代国门开启、列强环伺之际，西方科技、文化都自上海涌入，而近邻日本书籍也大量被引入，四方辐辏，中西交流，上海遂为文化荟萃之地。而20世纪伊始，北方拳乱方殷，八国联军攻占津、京，帝、后仓皇西奔之际，东南几位总督发起了“东南互保”。

南北之争，在当时实际仍主要是南方士大夫与北方清朝廷之争。在民族革命的思潮被鼓吹起之际，海派文化孕育出了“南社”。南社是传统的，其发起人向往“几复风流”，就是明代几社、复社的遗风。南社又是全新的，以文学为旗号，目的却在于推翻帝制的革命。只有上海才会成立南社，只有海派文化才能孕育出南社。

南社创立之后，在上海广泛发挥其革命鼓吹的功能，取得了显著的效果。上海报刊为全国舆论之本，而报人之中，南社社员比例惊人。辛亥革命在武昌爆发，最先响应武昌的，就是南社领导的上海革命者。南社社员陈其美自任上海督军，这使得武昌不再是一盏孤灯，而长江中下游连成一片，以对抗北方清朝廷。其后江浙联军浴血奋战攻占南京，才有临时政府之成立。除了头两次为避清政府矰缴，有意出游，分别在苏杭之外，南社雅集大多在上海愚园、徐园举行，一年两次，为其时美谈。而新南社、南社纪念会的几次活动，都在上海举行。

辛亥之关键在于推翻帝制，而当时革命军并无兵力与北洋新军抗衡，于是希望落在袁世凯反正之上。南北关于袁世凯反正、清帝退位的谈判，都是在上海举行的。其后政局的重大变化，如袁世凯称帝、府院之争、张勋复辟等，上海的南社都站在舆论的风尖浪头，发出南方士大夫的声音。当时报刊执掌笔政者，九成都是南社社员，足可见南社对舆论的影响之巨。

新文化运动是近代思想史、文化史的大事，而在新文化运动之前，引领各种思潮的是上海，是南社。要完整全面认识中国现代化的进程，必须对新文化之前的文化史作深入研究。上海与南社，就是非常合适的研究对象。

南社是近代中国借诗文宣传革命的一个文学团体，具有鲜明的政治色彩。南社是由高旭、柳亚子、陈去病等在上海金山、江苏吴江等地筹备多年而后创立的革命文学团体，其中金山在南社发展史上具有重要的地位。南社代表人物高旭、高燮、姚光、陈陶遗等皆为金山人，他们历经多年试探，或创办刊物，或组织团体，最终创立南社。南社的发展，可从几届领导者看出。前期南社由高旭与柳亚子主持，而后柳亚子因故辞职，姚光接任，刊刻《南社丛刻》等，也可见金山诸人对南社发展的作用之大。此外，金山对于“后南社”时代的南社研究，也有不可替代之重要性。金山保存南社史料众多，很多尚未经整理。要深入研究南社，就要从南社创始者诸人的社会文化传统中探索。是故研究南社，不可不研究金山。南社之于金山，金山之于南社，两两相顾，未可剥离。而金山南社之特色，可从“说剑”与“描兰”两个方面得到诠释，也可从20世纪初叶的中国文坛中得到启示。反之，亦可借助南社的历程来深入理解20世纪初叶的中国文坛与社会变革。

二、南社的“剑”与“兰”

南社是一个社会团体。其成员非常多元化，概括来说，皆为革命志士。分析而言，国粹派占有很大的比例。我们以社会团体来定性南社，并未否定南社的革命团体的性质以及其文学团体的性质。实际上这几种性质，正是构成了南社的特性。南社的创立有其历史文化的渊源，革命与文艺无疑是其中的重要因素。

说到南社，必须要说高旭。他是金山张堰镇人，字天梅，号剑公、钝剑、江南快剑。1909 年，高旭发布《南社启》，昭示“南社”之第一次出现于神州大地。本书所谓“说剑”者，大半由高旭而来，因其同盟会员、革命家身份，不止是文士而已。他作有“花前说剑图”，题诗于其上，说：“提三尺剑可灭虏，栽十万花堪一顾。人生如此差足奇，是真风流真英武。”

南社的说剑，又不仅是高旭一人而已。与他声气相通的，有俞剑华、傅屯良、潘飞声，此四人被誉为“南社四剑”，其中，剑士潘飞声、剑华俞剑华、君剑傅屯良、钝剑高天梅（高旭）。

如果说“南社四剑”还只是以剑为字号者偶然并称，那么从“南社”的创立根本我们还可看到南社成员的侠气、“剑气”。虽然说“琴心剑胆”多为旧小说描绘文武双全之主人翁所用，但剑并非只是武勇之谓。《庄子·说剑》云三剑：“有天子剑，有诸侯剑，有庶人剑。”其中“天子之剑，以燕豁石城为锋，齐岱为锷；晋卫为脊，周宋为谭，韩魏为夹；包以四夷，裹以四时；绕以渤海，带以常山；制以五行，论以刑德；开以阴阳，持以春夏，行以秋冬。此剑直之无前，举之无上，案之无下，运之无旁。上决浮云，下绝地纪。此剑一用，匡诸侯，天下服矣。此天子之剑也”。而诸侯之剑则“以知勇士为锋，以清廉士为锷，以贤良士为脊，以忠圣士为谭，以豪桀士为夹。此剑直之亦无前，举之以无上，案之亦无下，运之亦无旁。上法圆天以顺三光，下法方地以顺四时，中和民意以安四乡。此剑一用，如雷霆之震也，四封之内，无不宾服而听从君命者矣。此诸侯之剑也”。剑之意象，非好勇斗狠，而在于安天下。

南社以“南”为社名，取的是“操南音不忘其旧”的意思，本身以诗社文坛为形式，其内核实际是革命的团体。花月之吟、诗酒之思是其形骸，集会革命、鼓吹起义是其精神。我们不可忘记南社的革命性质，而仅仅以文学团体视之。以南社为名，高旭、柳亚子、陈去病等人大约有以明代的“几社”、“复社”为榜样的意思。

同样在上海松江府于明代后期设立的几社，与我们所关注的南社何其相似。崇祯元年(1628)，张溥、周钟等以选贡生入都，杜麟徵和夏允彝也至都下，相互结识。他们“目击丑类猖狂，绝绪衰息，慨然深结，计树百年”，杜麟徵等乃约同在京师士人二十八结燕台十子之盟，主要有：杜麟徵、米寿都、陈肇公、杨廷枢、罗万藻、艾南英、章世纯、朱健、朱薇、张采、宋存楠(后改名宋征璧)、夏允彝、王崇简等。当时东林人士受到阉党的沉重打击，在朝的声势极弱。燕台十子等与黄道周等在位者“深相接纳，时一过从，借文章欣赏通达声情，冀得一日遇合，翻已覆之局，扶不绝之线”。所谓燕台十子之盟，自始即确立志向为继承东林，参政治，斗阉党。在此，文章之会明显是个由头。苏松诸人大多落第，南归之时约定，“相订分任社事，昌明泾阳之学，振起东林之绪，以仰副去邪崇正之新主”。崇祯二年(1629)，复社和几社成立，分别有版刻《国表》和《几社六子会义》刊行于世。张溥是复社的创始人，陈子龙、夏允彝等人为几社的创始人。何以名几社？杜登春《社事始末》云：“几者，绝学有再兴之机，而得知其神之义也。”绝学再兴，隐含的意蕴也就是内圣外王之道的复兴，也就是士人的参政权复兴。

明末士人的斗争目标是阉党与朝政之乱象，清末的士人有所不同，斗争的对象是腐朽的朝廷本身。“驱除鞑虏”的一面有似于元明之际，而经历了“戊戌变法”百日维新等之后，数千年未有之变局即将来临，进步士人为此奔走，为此相结。苏松地区再度成为这种进步力量的聚集地。在松江府金山，高天梅站到了历史的舞台上。

有关高旭的事迹，其同时人柳亚子的叙述当属第一手资料。在《南社纪略》中，柳亚子首先写的是《我与南社的关系》，而他最先叙述的两个人，就是陈去病和高天梅(高旭)。对后者，他说：

> 高天梅，名旭，字剑公，原名垕，更名堪，字枕梅，一字钝剑，别字慧云。江苏省金山县张堰镇秦山乡人。家世读书，也富有田产。叔父吹万，老弟卓庵，都以诗文著名，人称一门三俊。

这一段说的是高旭的身世，第一，他是世家子，家世读书，富有田产，是典型的苏松富裕家族。与明代一样，苏松一带比较富庶，能有数代富裕之世家，乃可供子弟读书。第二，其门户多读书人，叔侄二代有三人以诗文名世，一门三俊，可见即使是在苏松富庶之地，这也是耕读之家中的佼佼者。柳亚子接着叙述：

一九〇〇年（清光绪廿六年），唐才常烈士在汉口发难，失败流血，天梅作诗哀悼，有“汉儿发愿建新邦”之句，此时革命思想业已成熟了。一九〇四年（清光绪三十年），元配周红梅夫人去世，便去游学日本，在留学界中，是一位活跃的分子。一九〇六年（清光绪三十二年）归国，在上海创办健行公学，提倡革命，有第二“爱国学社”的倾向。同时，他是中国同盟会江苏分会的会长，声名很大，江督端方屡次想逮捕他，却苦于没有机会下手。他的诗词也越做越好了。

这一段非常重要，说明了高旭或当时以其为代表的苏松士人的进步发展。我们前文说到几社、复社的士人，其学问不得不说精深，其品行不得不说高尚，其气度不得不说慷慨。但从根本上来看，明代的士人，无论是几社、复社，还是东林党人，与东汉士人何异？数千年以降，并无本质变化。然而短短二百多年之后，同样是在这块中国最富庶的土地上，高旭等进步士人已经与数千年的前辈有了本质的区别。何以这么说？汉儿要建的是“新邦”。“新”，这是自维新运动以来，留给中国士人的精神财富。何以新？西化。西欧遥远，何以学习西化？日本。高旭去了日本留学，并成为留学生中的活跃者。他更成为同盟会的重要成员，江苏分会的会长。值得玩味的是，两江总督端方屡屡想要逮捕这个革命党人。端方是戊戌变法中的开明人士，作为五大臣之一远赴西欧考察政治，预备立宪。他也非常支持留学。而时至光绪末年，士人对于清朝廷业已完全灰心绝望，决意走更激进的革命之路。端方这位开明人士其实早已是革命之阻力。由此也可见高旭等士人的卓著见识和进取精神。

再看高旭直抒胸臆的诗作，也足可见其心境：

弹筝把剑又今时，几复风流赖总持。
自笑摧残遽如许，只看萧瑟欲何之。
青山似梦生秋鬓，红豆相思付酒卮。
怕听夜乌啼不了，沼吴陈迹泪丝丝。

此诗中又出现了“剑”的意象，用以象征其革命之志。“沼吴”，典故出于《左传·哀公元年》，说的是吴越争霸的故事：“越十年生聚，而十年教训，二十年以外，吴其为沼乎！”金山，自为越土，而以吴比喻敌国，则暗喻满清朝廷。从这一用典，可看出高旭在家居郁郁，百无聊赖之际，仍有“三千越甲可吞吴”的卧薪尝胆之壮志。

柳亚子评论此诗：“说到‘几复风流赖总持’，是已经走上发起南社的道路了。”说是风流，实则是革命之志。“剑”，代表了南社诸人的革命之志。高旭“提三尺剑安天下”的革命情怀，与南社之创立关系匪浅。据柳亚子《南社纪略》说：“天梅杜门家居，一隐三年，不免静极思动。我们三个书呆子，函牍往来，诗词唱和，酝酿复酝酿，动荡复动荡，直到1909年（清宣统元年），南社的名词，便以我们三个人的努力，正式出现于世界。”足见高旭对于南社创立的重要作用。而“三个人”云云，系指柳亚子、高旭、陈去病。这三人意气相和，都带有任侠气、仗剑气。

陈巢南，名去病，字佩忍，原名庆林，字百如，一字柏儒，江苏吴江同里镇人。其曾祖父、祖父以商业起家，有江湖任侠之风。其父亲、叔父也以材武著称，孙中山先生曾为其书墓碑“二陈先生之墓”。陈去病自少意气不可一世，光绪二十四年甲午海战后，在同里创立雪耻学会，响应康梁维新运动。后加入中国教育会，东渡日本，加入拒俄义勇队，“名为拒俄，实则革命”。回国后任《警钟日报》主笔，创办《二十世纪大舞台》。赴徽州，道芜湖，加入中国同盟会。从陈去病的经历来看，他出身苏松一带富庶之地，家世殷实，文采飞扬而又任侠。他的任侠并非江湖气，而为革命意志，为国家命运而奔走呼号。

柳亚子其人更无需多言，他自己说其家世与高旭差相仿佛，自高祖、曾祖以降，都是以文章道德，望重一方，也就是出身于所谓的书香门第。柳亚子更“把唯物史观来解剖”自己，得出的结论“当然是小资产阶级而兼充智识分子的了”。他的父亲“头脑很新，在戊戌政变时代，左袒康梁，大骂西太后”。他与高旭等人相识，共同确定了革命的理想和志向。

在清政府的虎视眈眈之下，进行革命党的集会危机重重，故而以雅集的形式，以诗酒作为掩护。然而人的本质是复杂而非单一的，革命党人进行集会交流而选择文人雅集的形式，并非偶然，也不是随意为之。我们需要了解并理解，清末的革命党人同汉末的士人、明末的几社复社类似，都是士人。所不同的是，因为“数千年未有之大变局”，清末的士人带有历史的超越性，维新都不足以满足其意，更遑论儒家传统的忠君、内圣外王。然而人的复杂性、文化的复杂性再一次让我们不得不认识到，这样具有超越性的新士人群体、知识分子，其对于旧有文化、文学、艺术的喜爱，是根深蒂固的，是不可磨灭的。“说剑”之余，“描兰”兴浓。

我们现在来推测创立南社的几位士人的思想，往往要从其诗作中去揣摩，就是因为这文化的复杂性。我们不能将此复杂性简单视为惯性、惰性，因为这种复杂性在极具超越性的新士人身上有着难以预测的积极作用，能够中和超越性的张力，维持必要的个人心理平衡，乃至社会心理平衡。

事实上，我们有时甚至难以确定这些革命党人的聚会究竟是在为革命而“说剑”，还是内省自照而陶冶心性的“描兰”。南社第一次集会时，柳亚子在《南社纪略 · 我和南社的关系》中，详细记述了与会者的身份。到会的十七位会友中，有同盟会会籍的居然达到十四人之多，“足可证明这一次雅集革命空气的浓厚了”。这样的革命党人的聚会，进行选举却是“在张公祠喝酒的中间”进行的。集会进行了选举，但所选的并非组织人员，而是诗选编辑员、词选编辑员、书记员，顶多再加上一个会计员。更为凸显“说剑”与“描兰”之界限模糊的是，选举之后酒兴正浓，与会者开始谈论诗词。而说到词学时，柳亚子说词当以五代、北宋为宗，南宋除了李清照和辛弃疾，简直就没一个好的，“梦窗七宝楼台，拆下来不成片段，何足道哉”！这就恼了与会的新推举词选编辑员庞树柏（别号剑门病侠，曾组建“三千剑气文社”）和蔡哲夫，他们是主张清代以降的南宋词学正统的，正是推崇吴文英的。于是乎大大争论，柳亚子口吃，期期艾艾不能争胜，竟至于“急得大哭起来，骂他们欺侮我”。

说到“描兰”，我们不得不说到金山的白蕉。在南社创始诸人如陈去病、高旭、柳亚子等身上，我们本就可以观察到“兰”与“剑”的冲突，而因时势的缘故，20 世纪初中国的最大问题是排满、推翻帝制，是故“剑”远比“兰”重要。但是，在漫天的剑光中，兰馥幽然，从未泯灭。南社创立直至民国创始之后，南社之“兰”，在 1921 年的春天绽放了。

在高旭等人酝酿南社成立的 1907 年，白蕉出生在金山张堰一个世代从医的书香门第。白蕉本姓何，小名菊馨，字馥，号远香，又名旭如，字治法。他的祖父何朗甫、父亲何锡琛都是负有时誉的名医。何锡琛字宪纯，又称宪子，通诗文、善音律、喜莳兰，热心地方公益事业。白蕉自幼颖悟、酷爱书画、富有天才，用功不辍，据说白蕉早年临摹欧阳询的《九成宫醴泉铭》、虞世南的《汝南公主墓志铭》，皆可以与拓本透光重合，其勤勉天赋如此。何氏与张堰望族高氏、姚氏等皆为世交，少年白蕉就曾在高氏、姚氏私塾得到名师指点，受到了良好的传统文化教育。我们知道高氏、姚氏对南社的创立和发展有着不可替代的作用，那么白蕉与南社的渊源也就不言自喻了。

事实上，白蕉的“兰气”渊源十分久远。白蕉故里张堰古镇，旧名赤松里，相传汉初留侯张良从赤松子游曾居于此，故又称留溪、张溪，晋朝已形成商市。近代以来，张堰古镇有“浦南首镇”的美称，也是南社的发源地之一，南社创始人之一的高旭就是在万梅花庐撰写了《南社启》，吹响南社成立的号角。南社社友中著名书画家黄宾虹、“江南三大儒”之一的高吹万、社会名流陈陶遗、南社创始人之一的柳亚子、南社第二任主任姚石子等，都十分器重白蕉的才华气质，常有书信往返、诗词唱和，并多有指点提携。在古镇传统和南社文化的浸润下，白蕉诗文、书画、金石莫不精深，传统文艺修养相当全面，是沪上公推的“江南才子”。这位南社的“江南才子”，除了秉承金山的“兰气”，也秉承了高旭等南社元老的“兰气”。

白蕉最出名的是画兰，他的诗文也十分优秀，影响很大。1929 年出版的白话诗集《白蕉》，就收录了他在 1926 年至 1928 年创作的《白蕉》《使梦也睡去》《这是一张白纸》等四十余首白话新诗，内容大都是爱的悲愁和欣喜的歌咏，让我们看到一个向往自由、期待爱情、追求浪漫的青年白蕉。这在某种程度上，也反映了 20 世纪的中国，士人文艺心的大绽放。在天翻地覆的革命排满、推翻帝制时代，这股幽香的文艺“兰气”都一直在南社诸人之间飘荡，所以革命之后，新时代中“兰”也渐渐盖过“剑”，发挥着南社士人的文化影响。而与 1902 年到 1910 年前后不同的是，高旭、柳亚子等人唱和的是七律、是念奴娇，白蕉写作的是新诗，是“使梦也睡去”。我们除了看到“兰”渐渐盖过“剑”，也能看到“兰”之变。新与旧的碰撞有了结果，新终究还是战胜了旧，接替了旧。然而问题仍存在：白蕉之诗歌虽然已是新诗，但他的绘画却仍是国画。在他身上的传统文化的印记是如此强大，西学无论是为体为用，都不能掩墨兰之香。这也是南社诸人身上普遍可见的文化碰撞与几种传统撕扯的张力。

还有另一个借助白蕉可以看到的南社文化之张力，或者说借助南社文化之张力可见白蕉自身的思想复杂性。白蕉生平爱兰、画兰，写诗作文，文化影响巨大。但他毕竟是新时代的士人，不是传统的隐士。他关心时政，积极参与社会革新。1925 年五卅惨案发生后，白蕉曾参加群众示威游行。

1926年，白蕉参与创办《青年之声》半月刊，宣传三民主义。国民党当局却认为此刊“过激”，下令停刊。白蕉又创办了《复活》，继续其革命思想的宣传。1927年，白蕉经李一谔介绍参加国民党，并担任国民党金山县党部青年部部长。1929年，经黄炎培、张一麟等推荐，白蕉担任上海人文社史料月刊《人文月刊》审订，发表了多篇政论、史论文章。特别是1935年，他开始在此刊上连载《袁世凯与中华民国》，议论时政，讽喻当局，受到极大欢迎。1936年在沈恩孚鼓励下，白蕉加以增订润色，并由上海人文社正式出版，得到了黄炎培、柳亚子、叶楚伧等前辈激赏。《袁世凯与中华民国》后来多次再版，成为研究袁世凯及20世纪二三十年代的重要史料。这些都表明，在“兰气”之余，白蕉胸中又有着如南社诸人一般的革命“剑气”，勃发不可抑制。

白蕉之“兰气”正是南社文化影响的产物，也是南社文化二元性的典型象征。革命在左，则文艺在右，二者从未或缺其一，时有尊卑，正如同自古尊左尊右相交替，但左右并未曾偏废，更多地呈现相辅相成的关系。上文说到个体与社会文化的心理平衡，正此谓也。我们借此，或可于金山及南社数十年历史中，看到20世纪初的中国文坛乃至社会的大动荡与大平衡。

三、近代中国文坛与金山

20世纪初的十余年，是近代史上非常复杂的时期，更是巨变的时期。在大变革的时代，社会在经历着变化的“阵痛”，而无论是先驱者，还是保守者，也都经受着思想的变化的压力。表现为社会思潮，是革命排满、推翻帝制思潮的逐步成熟、发展壮大，最终大体统一为推翻帝制、建立共和。共和建立之后，如何建设国家与社会，则又是各种思潮轮番上场，纷至沓来。后世之研究者尚且目不暇接，更遑论当局者是何等迷惑。总结来说，这一时期的思潮变化，关系于是否去旧，去多少旧，如何去旧，也关系于在去旧的基础上如何立新。这些思潮变化，都在南社创立之前后的金山诸人身上有着具体的显现。观察高旭、高燮、姚光等人的诗文、行动，都能看到这些思潮的作用。而另一层面上，高旭、姚光等金山南社创立者们又是这些思潮的直接推动者与参与者。

需要认识到的是，这一时期的各种思潮，呈现出异常复杂的态势。这种复杂度，不光表现于思潮多，还表现为各种思潮的反复性上。如帝制很早就有思潮认为应该去除,但帝制的阴影一直存在于20世纪初叶。如“中学为体”早在洋务运动时就存在,而后数十年又被各种保守主义思潮加以运用,以抵制各种层次的西化。由于这种复杂性,我们很难对一种思潮加以对错的判断。其一是因为一种思潮会反复出现,开始时可能符合社会发展之需要,久而久之,时过境迁,而此思潮又泛起,有可能已经是保守而阻碍社会发展的了。其二是因为研究者要保持价值中立,无论是判断思潮的对与错,还是判断其进步性与否,都涉及研究者自身的价值观而难以客观中立。是故对这一时期的各种思潮,应尽量以史料为据,加以分析,而尽量减少先入为主的价值判断。如此则能尽量反映这一时期各种思潮的“真实”而复杂的面貌。事实上,我们强调的正是这一时期各种社会变动与思潮的复杂性。

经过了太平天国运动、鸦片战争、甲午战争的冲击,传统士人被迫重新去审视自身在社会中的角色及作用,是故晚清时期的思想潮流与清代中期迥然有别。在晚清日新月异的社会变局中,学者重新讲究经世致用之学,典型例子是曾国藩和康有为。曾国藩试图把宋学、汉学、文学和格物致用之学融合成一个无所不包的礼学系统,而康有为则从理学转向今文公羊学,再走向西方政治改革之学。其后,“师夷长技以制夷”思想成为社会主流,特别是经历甲午战争之后,时人意识到必须拓宽、加深对西方的认识和了解,不能仅仅局限于军事和工业技术,而应包括政治体制、经济体系、科学思想等。当然这样的体认只存在于少数先驱,于是对这些领域的西方作品进行翻译,就成为先驱者主张的改革和革新的前提条件。1907年清政府正式成立译书局,后来的国学大师王国维就曾于此任职,在私人译者中,严复和林纾对于传播西学贡献杰出。

由于甲午中日战争中国失败的巨大冲击,许多关于西学的日文译著也被翻译成中文。日本不仅已经翻译了许多非常重要的西方经典作品,而且学日语比学一种西方语言更容易。康有为和梁启超在日本流亡期间,继续积极推动翻译事业,影响了一大批在日本的中国留学生。清朝各省当局以及一些私人团体,派遣越来越多的人留学日本,到了1906年数量达万余人,留日学生把大量日文和西方译著介绍到中国。金山诸人中,就有不少曾经留日,或多或少都受了上述的影响。

面对数千年间未曾有的大变局,中国的思想界有着复杂的变化,大体都是应对这样的大变局而生。巨变之下,或努力前行,化身时代之先驱,或抱残守缺，成为保守主义者。无论何种，都是对西方入侵、西方文化大规模东传而产生的文化震撼的回应。而不管是积极回应还是消极回应，都意味着心灵的巨大撞击和社会的本质性变革。费正清的“冲突—回应”模式在某种程度上很好地阐释了这一过程，虽然难免有“西方中心论”的弊病。震撼之后，最初思想问题的争论即是西学中学的体用之争。在洋务运动之后，直至维新运动，一直到1919年以五四运动为标志的思想革命，中学西学的体用问题一直都是在争议之中。而另一个重大的议题就是，面对西方强大的冲击，究竟是应该以救亡为首要任务，还是要以启蒙为主要着力点？这一问题虽然表面上看是一个主次问题，但实际上与帝制的推翻、政体之争、革命的手段正义性等问题纠缠在一起。

以此视角观察南社，我们能看到的是南社诸人处在这一复杂的思想变革旋涡之中，其中的变化虽然波谲云诡，但能够从整体上以上述方法加以把握，而更细致体察，则适宜于具体的研究中予以落实，比如南社何以在金山一地“酝酿复酝酿，动荡复动荡”，终而创立，继而发展。

南社由金山高旭、高燮、姚光与柳亚子、陈去病等人创立，其反映的时代思潮与社会文化至为深广，而以晚清至民国的时代大变局为根本。研究这一大变局，不可不从时代思潮与社会文化着手，而南社就是其中一绝佳的观察角度。从金山看南社可见创立诸人的思想渊源与变化，从南社看金山可见时代对个体、对阶层造成的思想困顿与变革。《周易》说否极泰来，费正清说“冲突—回应”，前者反映了内在理路的发展，后者强调了外在挑战的作用。无论是内在的理路的发展之结果，还是面对外来挑战而作的回应，金山南社诸人反映的时代思潮与社会文化，都值得我们深入探讨，具体分析。

然而在此处，我们仍要作一全局性的鸟瞰。正如前文所拟喻的，“说剑”与“描兰”反映了金山南社诸人革命性与文艺性的统一。若我们转换视角，将注意力集中在个体之上，或许能得到不太一样的结论。身处大变局之中，金山南社的每一个体，无论偏向于保守还是先进，无不经历了思想变革的痛苦。然而我们要强调的不是痛苦，而是痛苦所反映的内在思想斗争与斗争后的统一。“说剑”与“描兰”反映了个体思想的向内与向外两个向度的统一，为应对道咸以来直至甲午的内忧外患而不得不“说剑”，为维系实质上而非名义上的“道统”而不得不“描兰”。于政治思想、经济体系乃至政体、国体思想而勇猛精进，将数千年“王统”抛诸脑后，而于内心之美学、人生之哲思则寄托幽深，于无形之中维系不绝如缕的“道统”。于外而“说剑”，于内则“描兰”。内圣而外王，正是传统士人安身立命之本。

个体之外，南社诸人的所属群体及其性质，也是我们不应该回避的问题。近代史上关于政治、文化派别众多，如维新派、保皇派、保守派、激进派、国粹派、改良派等。倘若以陈寅恪关于中古政治阶层的分析路径来进入近代，对南方的特点群体作分析，或许可以将南社诸人归为“南方在野士大夫群体”。这一群体本来包括了康、梁等人，而随着戊戌变法的失败，康、梁等人流亡海外，随着时势的推移，康、梁等人转变为保皇人士，与原本的南方在野士大夫群体发生了割裂。群体分析的路径无疑是应该注重的研究范式。

然而，社会心理的发展是曲折而变数繁多的，我们不应以事后的鸟瞰而忽略“当局者”的迷惑，相反，我们应该抱以同情之理解，以获取更多的历史真相。社会心理发展极为曲折，是由于社会的多元而不“平整”，信息的不对称，发展的不平衡。究而言之，社会从未扁平，社会心理也从未一致。而即便是一个群体，甚至一个个体，其思潮、思想都无时不在变化之中。且变化原因之多，也是可以想见的。研究金山与南社，若能于具体研究之外，深入探求当时金山南社诸人的思路历程，寻绎其在历史关键时刻“不得不如此”的深层原因，或许能够有所领悟。对于金山南社诸人而言，在创立南社之前，无疑经历了思路历程的反复、曲折的发展。高旭、柳亚子等人从其父辈继承下来的同情维新、厌恶满族统治者的颟顸，逐渐发展为与海外保皇派的疏离乃至分裂，以及对清朝政权的最终遗弃。在他们的思路历程中，对天下之病的诊断与救世之良方都在不停的变化发展之中。他们从西方各国和日本的思想中汲取营养，但仍抱有极强的文化自尊，也企图从传统文化中汲取营养，来诊断天下之病，为救世开良方。更加重要的是，他们迫切地需要交流、分享、争议这份诊断与药方的优劣。个体难以脱离其历史“现状”而获得对历史的鸟瞰，挣脱“当局者”的迷惑是一个艰难的过程，同样作为群体也是如此。只有当一个相对的“共识”形成于知识阶层之中，对历史“当下”的认知才算初步形成，诊断与药方才能成立。这大体就是南社诸人要建立南社这样一个社会群体的原因和意义所在。

关于南社、关于金山，乃至关于近代史的一些文化史意义的结论。如同我们作总体分析时既要向内又要向外去探求，对金山南社的研究，既要总体分析又要具体研究。我们将要从金山的角度看南社，也要从南社的角度看金山。我们要详细探讨南社创立之前、创立之时的历史细节，也要研究金山高氏、姚氏的思想渊源与行动轨迹。我们要着眼于整个近代史，而着力于金山、于南社，于具体的金山南社人物与事件。希望如此而能得到一些文化史意义上的近代史的新认识。

第一章　南社成立前的金山

一、从金山卫到金山县——金山的行政建置

了解了南社创立的历史背景，以及南社创立前数年间，金山“南方在野士大夫”知识阶层的诸般努力后，我们已能理解为何南社会在20世纪初被创立。在空间坐标上，为何南社会在金山诞生，为金山士人所创立？南社的“兰”与“剑”的两个面向，是否有其地域文化的渊源？前文说到，以时人心为心，以同情之理解心去尝试认识“当局者”的迷惑，方才能帮助我们破解疑惑。而对“当局”的理解，无疑还应落实到“当地”，才能更加切实。

为了达到这样的目标，我们将从下面三个方面对金山展开考察：其一是梳理金山从卫所到州县的变化过程，尝试分析其原因与路径；其二是从江南史和经济史的角度看金山；其三是审视坐落于江海之间的金山在文化上具有的特性。

（一）历史悠久的金山

金山地处“江海之间”，属于江南，也属于海滨，有着独特的历史地理特性。在古代，金山属中国东南边陲，是“东南边域”，再往东南，已经是茫茫大海，无边无际。除零星的海岛外，东方已再无大陆的存在。在海洋交通网络中，金山又是通往日本、朝鲜、东南亚诸国的津要，极具战略意义。金山特殊的地理位置，使得金山人民在性格养成上，既有大陆居民的沉稳，又有着海滨居民的开拓精神。

金山为上海之巅，早期上海大部分地区还是汪洋之时，作为上海之巅的金山就有人类活动了。现今在金山发掘有新石器时代中期的古文化遗迹。20世纪30年代和六七十年代，金山境内先后在戚家墩、南洋港、亭林、查山和招贤浜五处发现了古文化遗址，分别可追溯到六千多年前的马家浜文化、

之后的良渚文化和马桥文化。马家浜文化时期金山已经出现了原始农业，有水稻种植。虽然使用工具多为石器、骨器、木器等，但已有成熟的陶器(皆见于金山博物馆)。良渚文化距今五千三百余年，在金山有多处遗址发现并出土了精美陶器及玉器。陶器中有众多酒器和精致玉器，足见种植业之发达和文明之进步。马桥文化在金山的遗址也有三处，分别在亭林、招贤浜和查山，距今三千七百余年。马桥文化是越文化前身，已有小型青铜器出现。其陶器之印陶纹，以及众多鼎、甗、缶等器的形状与夏文化的特征非常相似，可见在夏商时期的金山已与中原文化有过交流。

金山是吴越交战胶着之地。公元前494年吴王夫差败越，金山属吴，其后勾践回越，金山又入越。其后楚威王败越，金山则属楚国。金山之设县始自秦始皇统一六国后的公元前221年，设海盐县，隶属会稽郡。其后汉朝建立，延续海盐县建置。公元前193年，海盐地震沦湖，县治几迁。《续汉书·郡国志》记载海盐县属吴郡，注文说“县之故治顺帝时陷而为湖，今谓之当湖。大旱湖竭，城郭之处可识”。据正德《金山卫志序》记载：到了明代，金山因其位于东南海防前端，设置卫所。东南之域为明朝廷财赋之源，并为之设防，以防“海岛诸夷”侵袭。是以“命安庆侯即华亭之筱馆筑城置戍”。筑成之后，“隐然与海中金山相直，故名金山卫”。到清朝雍正年间设金山县，属松江府。《清史稿》记载：“金山县，踞青浦、南汇之上游，设参将驻守，列汛七十有八。”

(二) 海上金山卫

金山的得名来自卫所，卫所的得名是因为它的戍城与海上金山遥相对峙。而从卫到县，金山地区的定位经历了巨大变化。金山卫的实质为卫所，明代洪武十七年(1384)，在全国的各军事要地设立军卫。一卫有军队五千六百人，其下依序有千户所、百户所、总旗及小旗等单位，各卫所都隶属于五军都督府，亦隶属于兵部，有事调发从征，无事则还归卫所。卫所制的施行，有一套相应的保障军队数目的户籍制度相配合，即军户。明代的卫所兵制，取法于唐代“府兵制”，以及唐以前屯田养兵的经验，是一种寓兵于农、守屯结合的制度。朱元璋夸口说：“吾京师养兵百万，要不费百姓一粒米。”金山卫城位于松江小官场，“在府东南七十二里，南滨海，与金山对峙”，能与海上金山对峙，当然是一座煌煌大城。金山卫控御地域很广，东西宽约三百一十里，南北长约一百二十五里，东二百七十里，西三十六里，北三百一十里，南至海两里，其除了军事用途之外，更可以控驭地方，震慑民户。实际上金山卫城已经大于松江府城，而其掌控地域之广也与其相当。“洪武间设卫，拨七所旗军屯种上海县二十保长人乡田”（正德《松江府志》），军屯与民田相互交错，军户与编民混合杂居。

作为明代四大卫所之一的金山卫，无疑起到了卫所的作用。但实际上吴越之地并未有长久的兵乱。据崇祯《松江府志》卷四九《兵燹》所载，嘉靖之前，仅有明吴元年的上海钱荷皋之乱、永乐戊戌倭寇之乱、成化十八年刘通之乱，以及弘治十八年崇明贼施天泰之乱曾波及金山卫。而因其卫所属性，金山卫的军事设施又常年得到维护修整，并补充兵源。嘉靖倭寇之乱后，营兵制度形成，金山卫设置参将一员，但金山卫“带江、襟泖、滨海，外寇少，内盗多”（崇祯《松江府志》），因其地乃朝廷赋税重地，故而一直延续了卫所的设置。嘉靖三十九年（1560）倭寇平后，裁兵六百员。又因为卫所制逐渐不能承担国防功能，武备废弛，卫所军毫无战斗力，故嘉靖朝开始招募民兵以充营伍。金山卫则初设时有正伍四千余名，其后逃故行勾二千余，存二千余名。崇祯时方志记载金山卫军额：“本卫原额官军舍余二千二百名，民兵三千余名。后议裁革，今现存陆营民兵六百八十七名，水营民兵四百四十五名，军选锋五百六十名，随又裁去，今现存五百二十七名。”这里记载的约是万历朝大裁民兵之事。而明末乱起，却有水陆民兵增补的异常情况。由此可见有明一朝，除去嘉靖倭乱和明末大乱，金山总的情形是军事卫所性质逐步减弱，司法、赋役、户籍等方面都有了显著的转变，社会化趋势明显。

（三）明代金山卫的社会化

明中期后，金山卫的军户受到生计所迫，稍有闲暇就从事买卖以维生。“凡军练习少暇则治生业，东南城多渔于海，西北渔于河及诸港，稚童即能钩沙取蚬蛤，易米粟胜负薪者。岁凡秋冬交，率往海滨荡间靳取草芀寸许者，束之围可七八余尺，若束翘薪然，人各二束或四束，日凡数百，肩以归。城中爨薪赖是以给，中前、中后二所渔樵尤众。妇善绩麻为网，织锦布粗不及松人，故纺木锦为纱者，市钱不自织……贾者多不炫肆，以少囮县于门。饶裕者多从城外或近乡买田庄，雇农耕耘稻麦及菽。亦有奉例以余丁寄籍民间者。”（正德《金山卫志》）军户从事各种贸易，获得资产，富裕之后买田置产，完全同于地方富裕士绅。军户妇女广泛从事纺织业生产，不再从事传统军户的屯田生产。由此，金山卫的商业经济也得到了推进，更重要的是，卫所的军事建制性质也被更深层次地消解。《大明会典》有关户籍制度记载到："令官军户下多余人丁有例，除存留帮贴正军外，其余俱许于附近有司寄籍，纳粮当差，中间有一家或三五十余人止用一二人寄籍有司，其余隐蔽在家。不分年岁久近，除其该纳粮草仍于有司上纳，其人丁尽数发回军卫。"说明军户多余的人丁已经开始融入地方，而余丁寄籍，则脱离了军户。

明朝宣德五年(1430)周忱授工部右侍郎，奉命巡抚江南，总督税粮。他时常私访民间，询问疾苦。周忱理欠赋，改税法，屡请减免江南重赋。后世有人撰文称："宣德正统间，苏州一府逋税七百九十万石。吉水周文襄公忱，先后巡抚江南，察知其故。一则官田粮重，民不能办。一则豪强大户，不出加耗，偏累小户倍偿。是以贫民逃徙，积逋如山。周文襄于轻额民田，每亩加耗一斗有奇，以通融官田之亏欠。又与知苏州府况公锺，曲计周算，疏减苏州一府重额秋粮八十余万石。他府有差。"(《苏州府志》)此文分析透彻，并非空谈，而是依据实际考察，结合治民经验，确有真知灼见。"大户苞荫""豪匠冒合""船居浮荡""军囚牵引""屯营隐占""邻境蔽匿""僧道招诱"，这是周忱所说的七大弊，即苏松民户之数额日益减少的原因。从金山来说，情况也有雷同，其中"船居浮荡""军囚牵引""屯营隐占"等情况尤其严重。周忱是从朝廷征收赋税的角度而言，而对于民户来说，皆是趋利避害的本能。军户以种种途径脱离卫所，更说明其生活窘迫。脱军入民既然是一种趋势，也就说明了金山从卫所到府县是一种必然。

(四) 清代金山县的建置

进入清朝以后，最初海防的对象是台湾郑氏武装，之后则仍以缉捕海盗为主。沿海的金山维持军事化的卫所建置，已逐渐不再适宜。清朝廷马上得天下，对水兵海战有所抵触，而在东南一角存在强大的卫所，并非北方马背上的统治者所愿见到的。清顺治二年(1645)南京改为江南省，应天府改为江宁府，除掌印指挥和管屯指挥等得以暂时保留外，其余的指挥等职全部裁去。各大卫所全部汰为州县。由于实际需要，尤其是漕粮运输的必需，卫所的一些功能被保留，但其官员任命不再是世袭。卫千总由"部推"，即由吏部任命；卫百户则由"督抚选委"，即由两江总督、江苏巡抚任命。兵丁性质也变为“屯丁”，只管屯田漕运而已。如此一来卫所实质上已经同于州县。

据《江南通志》载，康熙十一年(1672)江南总督麻勒吉、巡抚马祜奏请裁卫归县，“军民俱各称便，佥运亦无窒碍，已有成效”，故建议江宁等卫所，钱粮也都归并到州县征收，并将三十二名千总裁撤。而掌印守备旧有十六名，只保留四名守备，改为四卫，裁去其余十二名守备。此奏最终得到批准。麻勒吉、马祜认为，江宁等十六个卫所，原来设有守备十六名，千总三十二名，用以管理屯丁、黄快丁钱粮。而这些卫所的屯丁、黄快丁，散在各州县，距离省城往往很远，催征钱粮极其不便，致使时有赋税不能完纳。他们认为，如果各州县就近征纳钱粮，则刁民顽丁们不至于以遥远为托词而拖欠，钱粮就更易于完纳。而且卫所的本折钱粮不过二十万，散入各州县征收，各地增额非常有限，再并入地丁，不用再另立案册，非常便利。而且江西卫所屯田归并之后，军民都称其便利无碍，可证明这种办法切实可行。他们建议，江宁等卫钱粮以康熙十二年为开始，归并州县征收。三十二名千总则撤去，守备十六名酌留四名，改为四卫，其他十二名裁去。

在这样的趋势之下，清代的卫所实质上被逐渐裁撤，军事性质逐渐淡化。雍正二年(1724)的实录记载：

> 甲申，兵部等衙门议覆条奏内改并各卫所归于州县管辖一条。查得各处军民，户役不同，未便归并。且武官科甲出身人员，专选卫所守备、千总，若尽裁卫所，必致选法壅滞，应无庸议。得上□日，此事部议所见甚小。滇蜀两省，曾经裁减卫所，未闻不便。今除边卫，无州县可归，与漕运之卫所、民军各有徭役，仍旧分隶外，其余内地所有卫所，悉令归并州县。饬令直省督抚，分别详悉区画。其武举、武进士，作何铨选，不令壅滞之处，吏兵二部，详议奏闻。

卫所属于军事设置，归兵部管理；而一旦撤卫为县，则与兵部无大关系。是以兵部等衙门议论以为归并不便。他们认为各处军民户籍、徭役都不相同，不便归并处理。而且那些守备、千总都是朝廷武官，科甲出身，一旦全部裁撤，武选科举必定要受到打击。雍正帝以为部议见识太小，裁撤卫所已经实施在云南、四川二省，没听说有不便的地方。于是命令除了边卫以及漕运卫所之外，其余卫所全部归并州县。根据乾隆十年(1745)十一月实录的记载：

> 吏部等部议覆。江苏巡抚陈大受等奏称，松江府金山卫，向隶娄县，距城窎远。设经历，专管卫民词讼。自分立金山县，卫民词讼，归县

管理，经历闲冗，请裁。应如所请。裁缺经历胡光祖，请仍留江南补用，与例不符，应饬令离任，咨部另补。从之。

此处云“自分立金山县”，指的是雍正四年(1726)“分娄县南境立金山县”，而仍有金山卫。乾隆十五年(1750)金山卫被裁撤，屯田漕运事由镇海卫接管。乾隆十九年四月实录记载：

兵部议覆。江苏巡抚庄有恭等疏称，奉裁金山卫，归并镇海卫，所有军船。遵改为镇海卫金山帮。又金山卫屯粮，向系卫备在周浦镇征收。今归并镇海卫，应仍其旧，金山帮运随各弁，照旧驻扎松江府。……均应如所请行。从之。

此处所说是金山卫裁撤之后出现的一些管理上的问题，尤其是“奏销、盘查、交代、编审、屯田、报升、报坍、一切年例兑运修造、事件，专归苏州府督办”，实际情形更为复杂，并非一味由镇海卫接管全部事宜。而且金山卫原有衙署仍须留作镇海卫到金山办事之场所，金山卫学也没有撤掉。乾隆三十八年(1773)十二月实录记载：

乙巳，礼部议准江苏巡抚萨载奏称：遵查江苏学政彭元瑞请裁金山卫学原额，均摊各县。查金山卫业经裁改金山帮，自应汰去卫学。请将额进文童十二，分拨华亭、娄县、南汇各三，廪增生缺各三。上海金山各一，廪增生缺各一。武童进额如之。其已进各生，即饬令住居之县学教官，就近管束从之。

关于金山卫学，学生十二员及廪增生三员各有分割。至此金山卫不复存在，而只有金山县。《乾隆金山县志·序》中说：“考金山故地，自有周以至胜国，或隶越，或隶吴，转移无定。迨我朝建县设官，而金山始著。分隶靡常则摭拾每嫌无确据，建立伊始则文献未足供搜罗。故作志难，而作金山之志为尤难。”金山之地，或吴或越，转移不定，而直至清朝设县，金山之名才真正显著。这当然是清人夸耀其功的说法，但从另一角度来看，金山县之确立也的确是一件重要的事项。

从张堰镇的历史，也可看出金山历史的缩影。张堰镇位于金山县中部略南，其东为朱行、山阳，南为金卫，西南为钱圩，西北为干巷。张堰镇秦代属海盐县，南朝梁代时分别属于前京县、胥浦县。唐代天宝十年(751)，属于华亭县，为抵御海潮，筑华亭十八堰，张堰为其一。唐至元代，浦东盐场课司大使署设此，明代则驻金山巡检司署、税课局，一度设金山分府，可见地位之重要。明清时期,金山辖内的市镇时有变化,但张堰镇或张泾堰镇一直存在。顺治十三年(1656),分属华亭、娄县。雍正四年(1726)金山设县,张堰属金山县。而就在这“小小”的张堰,近代以来有高旭等人发起南社。南社社员中上海人居首,上海之诸区县中金山又居首,而金山诸乡镇中,张堰即有十余人之多。以此人数、比例而言,张堰之于南社,之于近代中国的文化史,即占据着重要地位。

从金山卫到金山县,原因是复杂的,也是多元的。总体趋势是一方面原因,明清鼎盛时期的变革是另一方面原因。清朝廷裁卫归县,是顺应历史的发展趋势,也有对南方武装敏感的因素。而在“南—北”的视野中,清政府的“用心”因素会不断被解读,影响到南方士人对历史与当下的认知。我们将从这一视角再次考察南社之前的金山。

二、北方的凝视——金山与明清江南经济

(一)苏松重赋

明清的江南是一个重要的历史地理概念,也是一个文化概念。之所以如此重要,是因为江南是明清国家的财赋的重要来源。自明代以来,江南赋税极重,也由此带来了严重的社会问题。朝臣中历代都不乏就此建言者,但都不能改变这一状况。所以明清两代,凡在此地为巡抚的,按例皆为得力能臣,但求安抚民众,督促钱粮之征索。而苏松重赋的情况在清朝初期终于得到一定程度的解决,这与明末清初一批士人的努力是分不开的。正是依靠着一批士大夫前赴后继的努力,才得以换来苏松人民“浩荡皇恩”的喘息之机,如康熙终于认识到“欲使群生乐利,比户丰盈,惟频减赋”,下诏“永不加赋”。晚至同治朝,太平天国之战事末期及以后,在当地士绅的努力之下,又有一次减赋,此即“同治中兴”的标志,时人夸为“荡平东南第一德政”。

唐代的韩愈已经说“赋出天下而江南居十九”,而“浙东西又居江南十九,而苏、松、常、嘉、湖五郡又居两浙十九也”。明朝丘濬以明代的实况加以计算,其时已经以北京为都,清朝承之不改,实际情况差不多:“岁漕江南米四百余万石以实京师。”这是一笔数额巨大的粮食,给江南地区造成巨大的负担;而相应的,漕运此巨额粮食到京师,又会对沿途州县产生相当大的影响,甚至是明清两朝足以影响“国本”的事项。漕运的粮食大抵用于宫廷消

费、百官俸禄、军饷支付和民食调剂等，无一不是事关大局。

江南苏松之地赋税为何如此重要？清代王应奎《浮粮变通议》说：

> 粮何以浮名也？苏州府现额三百五十万石矣，松江现额一百二十万石矣。然在宋时，苏州府不过三十余万也，松江府不过二十余万也。即有元增定赋额，苏州府亦八十余万而止，松江府亦七十余万而止。是今日之赋额，较之于宋，浮至七倍；比之于元，亦浮至三倍。不特此也，即如湖广全省，额征二百三万，而苏州一府之数浮之。福建全省，额征一百万有奇，而松江一府之数浮之。岂天下之田皆生粟，而二郡独雨金欤！建文诏免，而复于永乐。文襄请减，而增于万历。岂非极重难反之势哉？近世抚臣之请减浮粮者相继，而事寝不行。大抵以苏松财赋重地，为国家之根本，难议蠲恤耳。

王应奎说苏松浮粮，义愤填膺："难道天下的田都长的是粟米，只有苏松的田里会下金子吗？"明代以降的苏松赋税之重是令人惊讶的，在宋代苏松二府相加不过五十万石。元代增加，相加也不过一百五十万石。到了明末清初，苏松二府粮额竟然达到四百七八十万石！二府相加的数字，相较宋元，是宋代的八九倍，是元代的三倍有余。不特如此，横向比较的结果也是非常惊人的。福建一省，粮额不过一百万多石，而松江一府，就较之而多，达一百二十万石。而明代一时诏免，随后必然恢复重赋，一时减则一时又重新增回。王应奎分析原因，不外乎苏松赋税是"国家之根本"，无法蠲恤减少。

沈德潜也撰有《浮粮变通议》，对苏松浮粮作了自己的分析。他认为："苏松之困，莫甚于浮粮。其始也，贾似道倡买官田之说，而增其额。其继也，明祖怒吴民之附强寇以守城，而重其赋。其后也，杨宪改一亩为二亩，赵瀛均官田于民田，而民益受其累，迁延至今。日积月盛，较宋时原额，七倍有余，元时原额，亦二倍有余。宋时苏松税额共五十余万，元时共一百五十余万，今共三百七十余万，而民困遂不忍言。"按照沈德潜之说，苏松浮粮，最初是因宋朝贾似道倡买官田。此说可见于顾炎武《日知录》论"苏松二府田赋之重"。关于此事，黄仁宇《赫逊河畔谈中国历史》分析说："贾似道买田的方案行于 1263 年，去高宗退位为太上皇整一百年，距元军入临安也还有 13 年。买田的地区限于平江(苏州)到嘉兴的六郡，也就是今日江浙间长江三角洲最富庶的地区。所买的田地为每户二百亩之外的 1/3(即 800 亩须卖官 200 亩，1 400 亩须卖 400 亩)。付价根据一个复杂的公式以纸币以金银僧道度牒(可免税也可转卖)及告身(荣誉头衔的文凭)。买田的目的是免除以后之造楮(即纸币)与和籴,预计所收租已能解决当日的财政问题。”原因之二,沈德潜认为是明太祖朱元璋“怒吴民之附强寇以守城,而重其赋”。元末纷争,张士诚据吴地与朱元璋久斗,吴人多附士诚,所以朱元璋对吴地之民心怀愤怒,于是加重当地的赋税以示惩罚。不止沈德潜,蒋伊在《苏郡田赋议》中也说道:“今论苏郡田赋者,皆曰元末张士诚久据苏州不下,于是明洪武初,将伪吴时义兵头目等田,没入为官田,而按其家入私租之簿,以定税法。此今日苏松税粮,较天下独重之由也。其说是已,然未尝究极其害而详言之也。凡没入为官田者,其初粮重至七八斗。”

(二)关于减赋的分析

纵向来看,元世祖时的江南税粮,大概是按照旧法。据《元史》记载,元代的税粮,取于江南的部分,大约都是仿照唐代的两税法。中统年间,白地每亩诏征三升,水地每亩诏征五升。夏税布绢丝绵等物,所输之贯,以粮为差。粮一石,或输三贯,或二贯,或一贯,或一贯五百文,或一贯七百文。元代柳贯《经世大典》内有赋税一则,大体亦然。元代的钱法,一贯同交钞一两,两贯同白银一两。二十亩田即五升起粮,不过一石。粮一石,即输及三贯,以白银计算,也不过一两五钱。王鏊《苏州府志》记载,按《禹贡》,扬州“厥田下下”。唐天宝之后,东南财赋始大增,这与唐代天宝以后江南经济大发展有着密切联系。苏州府的秋粮,宋代为三十余万石,元代为八十余万石,明代几乎达至三百万石。王鏊哀叹:“苏郡今日之民,安得而不大敝,苏郡今日之赋,安得而不积欠乎!”所谓“普天莫非王土,率土莫非王臣”,可为何唯独苏松之民,终无解悬之日呢?蒋伊《苏郡田赋议》也叹息:“何吴民之不幸,一至此也。”苏松地区频年水旱相仍,常常十室九空。故清初的减粮一事,虽然属积重难返之势,却也是挽救时局的着急要事。从朝廷漕粮来说,也就是国本所攸系之事。所以清初苏松减赋,是清朝廷势在必行之事,不减则国本动摇。同治减赋,也被称为中兴之盛事,时人以为五百年的大问题,至此得到最终的大解决。但事实上,苏松、上海地区因为久历太平天国兵灾之祸,又出现了十室九空的情形。所以,并非朝廷体恤苏松之民,实际上是征无可征,否则必有民反之虞。

总体来说,金山所在的苏松地区田赋之重,是众所周知的,情形也是极其严重的，所以才有清初和清末的两次减赋。但苏松赋税实在太重，如上所言，往往一县之赋可敌别地数府，一府之赋可敌别地一省。在绝对的巨额数字之下，减赋也并不能达到理想效果。正如议论苏松浮粮的清人沈德潜、蒋伊所认为，再怎么减，想要同于宋元之时，都是绝不可能的事情。

（三）苏松重赋与明清江南经济

当代明清江南史研究的一项重要内容，就是明清江南的商品经济。历来史家都认为中国的经济发展在唐代就已经向南方倾斜，因此韩愈就已经说天下财赋十分之九来自江南。而经过了数百年的发展，在明清之际，江南已然成为中国经济的绝对重心。马克思主义史学兴起后，对“亚细亚生产方式”作了众多研究，并分析中国为何能维持长久的封建社会制度不变，资本主义的萌芽于何时何地发生，却不能成长。其中一个重要观点认为，早在明代，就已经有资本主义萌芽的出现，江南的商品经济就是例证。明清江南的经济形态，除了传统的农业，还有广泛的手工业、纺织业等轻工业的发展，以及繁盛的商品贸易。各项生产虽然形式丰富，但对经济的分析还需注意分配的功能，以及与其他经济环节的相互作用。

明清两代，中央集权达到前所未有的高峰。这表现在经济上，是国家对土地的最终处置权。马克思说，亚洲国家同时是“土地所有者”和“主权者”，国家的主权实际就是所有土地的所有权的集结。土地既然无法私有，地租和赋税就合为一体。中央集权的明清王朝对财富的分配拥有绝对权力，而这与商品经济的发展是背道而驰的。江南地区，尤其是苏州、松江、常州、杭州、嘉兴、湖州六府，商品生产与贸易的水平已达巅峰，必然开始要求土地的私有权与交换权。在最终处置权无法获得的前提下，土地所有权的复杂化仍不能避免地发展着。经济发展对国家权力产生了影响，而这影响是否能达到质变的标准，是所谓“资本主义萌芽”存活与否的关键。

苏松重赋，反过来也促进了商品经济的发展。原因很简单，种田要缴纳的赋役实在太重了，所以很多“江南大贾”都削减拥有的田产，而只从事工商行业。这在“以农为本”的传统农业社会被认为是“舍本逐末”的做法；另外，即使是从事农业的生产者，也被迫广泛地从事商品性的生产。如此，经济作物及手工业就得到充分发展，农民得以用经济作物和手工业品的生产交换来弥补繁重的赋税。

上文说到，自顾炎武、沈德潜等人都关注到官田、民田并存对苏松赋重的影响，而在明代万历一条鞭法、清朝雍正摊丁入亩之后，问题得到解决，国家征收赋税对象从人到田地，使得无地少地之人的税负得到大大减轻。国家征税以田亩为准后，意味着地主可将高额地租转嫁到佃户身上，从而加重对其剥削。

从上述分析可见，制约商品经济发展的主要因素是巨额的国家赋税。中央集权制度下的明清政权需要征收大额赋税来维持其自身运转。虽在重压之下，江南六府的经济生产力被提升到巅峰，但相应的赋税征收也大大提高。无论以人为征收对象的税，还是摊丁入亩的租，从结果来看，百姓都是赋税的承担者。明清江南经济生产的蓬勃兴盛，创造的财富难以计数，却仍然无法完成资本的原始积累，也无法促使经济关系的转变，例如土地所有权的根本变化。所以，江南经济再发展，也无法走出新路。而江南的富庶，终归是水月镜花。清代有关苏松赋税的专书编纂极其兴盛，有志者纷纷从事于斯，诸如《苏松历代财赋考》《各宪请减浮粮疏稿》等著作都风行于江南。清末的南方士大夫熟稔这些史实，有心世务者无不钻研过自宋到元，乃至明清的江南财赋征收制度与历史。追究到底，钻研至尽，无外乎朝廷要征重税，而且不得不征，江南苏松的百姓实际上也没有地方可逃。如此难以接受的事实，对清末的南方在野士大夫会产生怎样的影响，他们从当地百姓的命运出发，会进行怎样的思考，都是值得关注的问题。

三、江与海之间——江南与海滨金山

在明清江南史的研究范围中，金山无疑是属于江南的。周振鹤在《释江南》一文认为应该将环太湖地区称为“江南”，此即一般意义上的吴文化地区，以明清时期苏、松、太、常、嘉、湖五府一州为主，也包括杭、镇两州的部分地区，其经济、文化中心在苏州。李伯重《简论“江南地区”的界定》一文分析江南苏松地区说，“就明清时代而言，作为一个经济区域的江南地区，其合理范围应是今苏南浙北，即明清的苏、松、常、镇、宁、杭、嘉、湖八府以及由苏州府划出的太仓州。这个范围，与本来意义上的长江三角洲地区大致相若”，而这八府地区又有着共同的特点，“这八府一州之地，东临大海，北濒长江，南面是杭州湾与钱塘江，西面则是皖浙山地的边缘，江海山峦，构成了一道天然界限，把此八府一州之地与毗邻的江北、皖南、浙东、浙南各地分隔开来。不仅如此，我们还可以看到在这道界限的内外，自然生态条件显然有异。其内地平多水，其外则非是，或仅具其一而不能两者相兼”。

从狭义的文化意义来说，江南文化即吴越文化。金山及上海地区处于吴越之间，春秋战国时期或属于吴，或属于越。无论吴越谁属，金山皆为江南文化区。我们或许可以从今日金山区的古迹遗留中体会金山的江南文化。金山区的古镇枫泾，东扼沪渎，西贯浙水，是上海市第一个历史文化名镇，“枫泾寻画”为新沪上八景之一。枫泾历史悠久，南朝梁天监元年(502)于南栅始建仁济道院。后于宋代成市，初称白牛市。元至元十二年(1275)易市为镇(白牛镇)，后改称风泾镇。明宣德五年(1430)以镇中市河为界，划为南、北两镇，分属嘉兴、松江二府。明末，改风泾镇为“枫泾镇”。枫泾古镇是典型江南水乡风格集镇，建筑多为明清风格，均具传统江南粉墙黛瓦特色。房屋以两层砖木结构为主，多呈走马楼式布局，屋面大都为观音兜和五山屏风墙。镇内主要街道以条石路面为主，巷弄多为泥结碎石路面，全镇坊、街、巷、弄八十余处，其中古街长一公里余。古镇水网遍布，河道纵横，桥梁众多，素有“三步两座桥，一望十条港”之称，是典型的江南水上城镇。

江南文化是一种相对独立的区域文化，其相对的对象即所谓“中原文化”。从某种意义上来说，“江南”相对的就是“中原”或者“江北”，这两个概念，即使是今天也具有强大的生命力。历史时期的江南，与北方中原相对应，实质上是宋代南渡之后的文化张力。江南以其诗性的、秀美的文化与中原、北方正统的、厚重的政治文化相对比，互相辉映。而文化的共通来自经济一体，明清时期的苏松等地同属于太湖水系，休戚与共，经济发展水平又一致，常被当作一个整体来看待，所以金山属于江南，也就意味着金山的文化属于江南文化。

然而，与苏州、松江、常州等地不同的是，金山是一个滨海的城镇，曾经是海滨的军事重镇——金山卫。这个特点给金山文化又带来独特的魅力。前文曾叙述金山卫之裁撤、归并州县的过程。而金山之所以建立卫所，实际上有其军事的必要。顾祖禹《读史方舆纪要》对军事要地叙述甚为详细，是历代军事形势参考的重要著作。关于金山以及周边的形势，顾祖禹叙述道：“国朝洪武中，滨海置戍，以防倭寇。及嘉靖中，倭寇突，犯苏、松、淮、扬之间，几无宁宇。于是防维益密。今自金山卫而东北，为柘林堡、青村所，又北为南汇嘴、川沙堡，又北为吴松江。此皆苏、松之喉吭。吴淞而南，虽有港汊，每多砂积，贼可登岸，兵难泊舟，实兼水陆之险。于此防御，至为切要。”又引《海防考》：“江南之要害四：曰金山卫，以迫近海塘，北接吴淞口也。曰吴淞口，以苏、松二郡之要害也。曰刘家河，由太仓入犯之径道也。曰白茆港，自常熟入犯之要口也。”顾祖禹对金山卫的叙述十分准确，认为其为苏松之喉吭之一。又引《海防考》说：“金山卫，以迫近海塘，北接吴淞口也。”按《明史·地理志》：“华亭倚。……东南有金山卫，又东有青村守御千户所，俱洪武二十年二月置。西北有小贞村、西南有泖桥二巡检司。南有金山巡检司，本治张堰，后徙胡家巷。东南有南桥巡检司，本戚睦，后徙治更名。又有陶宅巡检司，后废。又东南有柘林镇，嘉靖间筑城戍守。”又《明史·职官志》：“镇守江南副总兵一人，旧系总兵官，驻福山港，后移驻镇江、仪真二处。嘉靖八年裁革。十九年复设。二十九年仍革。三十二年，改设副总兵，驻金山卫。四十三年移驻吴淞。分守参将二人，曰徐州参将，曰金山参将。游击将军一人，守备六人，凤阳军门中军官一人，把总十三人。”镇守江南副总兵也曾驻金山卫，足见金山卫于海防之重要。

明代海岸线绵延万余里，所谓“岛寇倭夷，在在出没，故海防亦重”。《明史·兵志》对明代海防史有简略叙述，其中涉及倭寇最多，而金山在倭寇之乱中又是紧要之地。倭乱正盛时，各种建议纷纭，大体以各地置守，而金山卫当在拱卫松江的最前线。其后朝廷下令“直隶吴淞江、刘家河、福山港、镇江、图山五总添设游兵”，则皆归金山副总兵统辖。胡宗宪作为平倭的大功臣，卷入政治斗争被罢总督，接替他的浙江巡抚赵炳然奏请以定海总兵属浙江，金山总兵属南直隶，兼理水陆军务，互相策应，足以见得金山总兵在平倭战争中的重要作用。嘉靖倭寇之乱起后，明朝廷在沿海进行了严密部署，以防止倭患，沿海各大都会各设总督、巡抚、兵备副使及总兵官、参将、游击等员，而诸所防御“于南直隶则乍浦以东，金山卫设参将，黄浦以北，吴淞江口设总兵”，可见金山卫是沿海部署中的重要一环。

金山因为地处长江三角洲而又滨海，是先进思想文化传播的前沿阵地，其士大夫知识阶层思想开化较之内陆地区更早、更充分。而同时金山的长期的军事属性，给金山带来了内地城镇所没有的特殊文化。金山之名播于海内，就是因为明代所设之金山卫。而自文化之大端而言，金山学术之盛，是因明清鼎革之际的节义文章而声名鹊起。清代金山从事经学、考据、道学、诸艺学的，历来不缺乏能人，而到清末因南社而大放异彩，则与其明代抗倭以来，尤其是明清之际的刚烈遗风，大有关系。近代以来，中外交往愈发频繁，金山因地处东南海滨成为接受外来文化的前沿阵地，尤其是在甲午乃至戊戌之后，中国士人学习日本的风气愈演愈烈，留日学习、旅日交流成为士人的新风尚，留日学生一度超过了留学其他国家的总和。自从1901年清末新政开始，官费、私费留日达到高潮。东渡日本的占留学生的90%以上。留日学生对中国的近代化影响是巨大的。金山以其特殊的地理优势，在思想方面受到日本传入的新思想新文化影响最大，金山南社就多有留学日本的，最著名的就是南社的发起人——高旭。

高旭在1904年秋东渡日本，就读于东京法政大学，在年底结识了流亡日本的陈天华、宋教仁等，其后接手已休刊的《觉民》《江苏》杂志，创立了新刊《醒狮》。高旭主张"输入文明学说，提倡国民尚武精神"，他认为无论是国还是学，都将随着时势而迁移改变。能改变，是学可长存的前提。若国势已经变迁，而学不随之改变，而欲死守固有之学，则外敌侵入，国亡而学亦亡。这样，"不特国学之不能保也，而国亦因保国学而灭绝"。他认为要真是国学，就不必去保，自然能存在于天地间，是因其自身能变化、能吸收新学术的缘故。他进而论及中国学术的不进步与西方学术的进步的原因，认为在于"政体之专制"与"政体之文明"。1905年8月，同盟会成立，高旭成为第一批成员，并担任江苏省负责人。同年年底，为了响应东京留学生针对日本政府《取缔清留学生规则》的抗议，高旭回国。

需要指出的是，高旭虽然在1904年留日，比较系统地学习了宪政、民主政治知识，但这不是他首次接触西方文化。在此前的诗作中，高旭就已有很多新思想的展现。这说明在东渡日本之前，高旭就已经在金山接触到了西方思想和文化。如1901年在《清议报》发表诗作《唤国魂》以及诗作《寄蒋观云》有"创新哲学即卢骚"句。又如1902年前后，高旭、高燮与顾九烟的唱和、交游，已有明显的革命意志显露。如高旭《三和灵石先生》称"仗尔光复汉土春"，《四和灵石先生》云"满眼胡尘吟大句"，这些都反映了高旭的革命思想。高旭早期诗作中的新词汇层出不穷，说明了金山地区当时各种新思想、新文化的传播是很迅速而普遍的。而日本仍然应该是这些新思想、新文化传入的主要途径，因为大部分的新词汇来自日本。

陈陶遗也曾留学日本，且多次赴日。他原名公瑶，字陶怡，号道一，别书剑虹，又名水，字止斋，金山松隐镇人。陈陶遗受西方先进思想与文化的影响，当大致与高旭相同。留日的金山南社社员还有顾骏的长子顾宝瑚，擅数理之学，喜欢探索机械物，年刚弱冠，进入日本东京高等物理学校，研究数理三年，1907 年以最优等毕业，日本学生呼为“中国之怪物”，自叹不如。

第二章　金山南社的历史与文化

一、南社之历史进程

“南社”概况　一般说来，我们根据定义外延之不同，可以将南社分为狭义的南社与广义的南社。狭义的南社为1909年至1923年在江浙沪地区活动的社会文化团体，参加南社活动、填写南社入社书的成员则为南社社员。广义的南社则包括南社、新南社、南社纪念会，以及南社在全国各地的分支机构，如越社、辽社、广南社、淮南社、南社湘集等，一般将参加过这些社团的成员称为南社同人。广义的南社不仅时间跨度更大，而且涵盖了南社的分支机构。

南社的分支机构，主要有越社、淮南社、广南社、辽社等。先说越社。1910年春夏之间在绍兴成立，发起人为宋紫佩，机关刊物为《越社丛刊》。最早由陈去病酝酿成立，用意即以南社分设于越。鲁迅曾参与越社筹备，担任《越社丛刊》第一集编辑，在《越铎日报》创刊号发表《〈越铎〉出世辞》。再看辽社。1911年春成立于沈阳，由陶牧、汪洋、吴敖等十三人发起，机关刊物为《辽社》，仅出版第一集，内容为发刊词、骈散文、古近体诗、诗余、小说、笔记、杂俎等类。差不多同时有广南社。广南社即粤社，1911年3月成立于广州，又称为南社粤支部、南社广东支部，发起人为蔡守、沈厚慈，机关刊物为《广南集》，谢华国撰有《南社粤支部序》，有社友两百余人。蔡哲夫原名守，一作有守，字成城，号寒琼、寒翁、寒道人、茶丘残客、折芙。斋堂为茶丘、寒庐、有奇堂、味雪庵、砖镜斋、二条一廛、寒琼水榭、茶四妙亭。曾助黄节和邓实办《国粹学报》，刊辑《风雨楼丛书》，与潘达微合编有《天荒画报》。

民国初年有影响的莫过于淮南社。1911年夏成立于南京，发起人为周实、阮式。周实撰有《淮南社启》，姚光撰有《淮南社序》。周实、阮式因起事被害，酿成所谓“民国第一案”，高旭、柳亚子等人都悲愤呼吁，甚至由沪军都督再三致电孙中山。可见淮南社的影响。1924 年 1 月由傅熊湘发起南社湘集，其《简章》规定，以“提倡气节、发扬国学、演进文化”为宗旨，社友入社，不限省籍，社刊分文录、诗录、词录等，均以文言为准，出版《南社湘集》。关于新南社，1923 年 5 月，柳亚子、叶楚伧、胡朴安、余十眉、邵力子、陈望道、曹聚仁、陈德征等共同发起组织新南社，提倡文学和社会革命。1923 年 11 月，出版《新南社通讯录》，次年出版《新南社社刊》。至 1924 年，新南社社员有 217 人。关于南社纪念会，是 1935 年 12 月 29 日由柳亚子、陈陶遗发起，在上海召开成立大会，公布《南社纪念会条例》。至 1936 年 2 月初，登记当然会员 182 人，志愿会员 215 人。同月 7 日举行第二次聚餐会，到会 157 人。1936 年 2 月，曹聚仁撰《纪念南社》认为，19 世纪是一个革命的时代，而以文艺来催促旧时代消亡，也是革命。南社是最早以文艺为武器来革命，也即是革命文学的倡导者，并直接与同盟会相呼应。他赞颂南社的诗文活泼淋漓，有少壮的朝气，在当时暗示着民族的更生。当时的青年都爱读南社诗文，就是因为其朝气。他还以汪精卫的诗文为例，以当时(1936)所作为颓唐，不复南社之时“引刀成一快，不负少年头”的英雄气。所以曹聚仁说，纪念南社，是为了纪念革命性的少壮文艺。这话真的是对南社的非常好的总结。南社的“剑”与“兰”，联系得如此紧密，剑气兰心，也就是革命性的少壮文艺。曹聚仁还引用其朋友的话，认为“近十年的中国政治，不妨说是陈英士派的武治，南社派的文治”。这话对南社评价，不可谓不高了。但仍须注意，所谓“陈英士派的武治”，陈英士即陈其美，却不也正是南社的社员吗?

历史的面相繁多，头绪纷杂，观察历史也需要有其角度和方法。我们整体了解南社成立的历史背景，就必然需要对南社之前的中国历史面貌作一个鸟瞰式的观察，把握中国这段历史的整体动向和趋势。“近代史”的概念已经比较成熟，大致是将 1840 年作为区别古代史与近代史的划分点。事实上，这是对晚清以来应对外来内在挑战的大变局的深刻体认。我们需要考察的“前南社”中国近代史，是以洋务运动为起点，并以南社建立前夕为终点，即洋务运动到清朝覆灭的整个过程。如果以“五四运动”为“现代史”的开端，那么则需要考察的“前南社”历史大约相当于整部近代史，我们的历史回溯也将从洋务运动开始。

(一) 洋务运动的尝试

19 世纪中期是中国灾难深重的一段岁月，太平天国运动、第二次鸦片战争、英法联军攻入北京，清朝皇帝逃往承德，以及英法联军劫掠、焚毁圆明园，而战争中沙俄出兵后以“调停有功”自居，胁迫清政府割让百万平方公里的领土，而后清政府被迫签订《北京条约》。至此，清朝的内忧外患大大加深，于是洋务运动随之开展。

洋务运动是由清政府内部的开明士人推动，主要代表人物中央有恭亲王奕䜣、文祥，地方有曾国藩、李鸿章、左宗棠、张之洞等，其指导思想无外乎“中学为体，西学为用”八字，洋务派创办军事工业以自强、创办民用工业以求富、筹办新式学堂以兴学。然而洋务运动自强的努力，仅仅触及了现代化的表皮，并没有获得工业化的突破。而这一根本缺陷在中法战争就已经暴露出来。十年之后甲午战争的败绩，更是确凿无疑地验证了洋务运动的失败。

太平天国运动以后，清朝的中央权力急剧衰落。各地封疆大吏获得了较大权力，各种现代化的改良实际上就是由这些省级督抚在没有中央规划和协调的情形下率先发动的。虽然李鸿章官至高位，但他并不能替代中央政府，他本人也受到清朝统治者的忌惮。而诸如湖北的张之洞、湖南的俞廉三、两江的刘坤一以及各省的运动组织者之间，并无任何实质意义上的相互合作，反而是相互竞争，而且无一例外地将改良成就当成其个人的政治资本，这场看似轰轰烈烈的洋务改良运动其实毫无章法。在中法战争中，北洋水师和南洋水师拒绝救援福建水师；甲午战争期间，当北洋水师独力抗击日本海军之时，南洋水师则保持了令人难以置信的“中立”，这两个都是典型例子。原因或在于李鸿章将北洋水师视为一己的势力，而不是中国的海军，这也或许是洋务运动“自强”梦想彻底失败的重要原因。

而更进一层，洋务运动的主持者们的目的比较简单，主要是为了使国家能够抵御外来侵略、镇压国内动荡，巩固他们自己的权位。他们完全没有“现代化”的理念，眼中除了权力只有大炮、军舰。更遑论他们也还只是少数，清政府也未必是由他们真正掌权。民众更是从未被发起，也没有经过洋务思想的启蒙。

另一方面，中国在当时是个贫穷的国家，要兴办洋务，就要加大征税，而当政府提高税收以开办新兴实业之时，民众的投资能力就已经被削弱。轮船招商局、上海机器织布局、电报总局等企业中的资本积累与再生产其实也很困难，因为大约一年 8%到 10%的利润被当作红利分配给了股东，而不是用作企业增长的再投资。而清政府内忧外患之下，横征暴敛，资本的积累根本无法完成。最致命的是自上而下没有“藏富于民”的理念，也没有真正意义上的重视财富。

（二）戊戌变法的实相

从 1860 年前后洋务运动兴起，数十年后经过中法战争、甲午战争，国未能强，民未能富，只是将几位洋务派人物推上了政治舞台，给中国社会开了一扇窗户。张之洞、刘坤一等洋务派地方实权大臣从中捞取了政治资本，巩固了各自在地方的势力。几次中外战争证明了洋务运动于国在实质上无所裨益，而清王朝仍如一艘破败的大船，在风浪中缓缓下沉。朝堂之上，统治者虽有开明者为此痛心疾首，但也无心力改变全局，更不可能让政权上层主动交出权力。

对比英国的君主立宪的历程，我们可看到中西方的巨大差异。1688 年，英国资产阶级和新贵族兵不血刃地推翻了詹姆士二世的统治，这场没有发生流血冲突的革命被称为“光荣革命”。1689 年英国议会通过了限制王权的《权利法案》，奠定了国王“统而不治”的宪政基础，国家权力由君主逐渐转移到议会。君主立宪制政体即起源于这次光荣革命。而在中国，1688 年正是清圣祖康熙二十七年。5 月 30 日，清政府派遣代表团前往色楞格斯克。葡萄牙神甫佩雷拉（中文名徐日升）、法国传教士革比勒（中文名张诚）被任命为拉丁和欧洲语言翻译随行。使团途经蒙古喀尔喀汗王地，因准噶尔部噶尔丹进攻喀尔喀，道路受阻，被迫返回北京。清朝政府遂派信使通知俄方，谈判推迟一年举行。同年，清朝的水利工程师、河道总督靳辅阅视京畿水道，见通州以下北运河河道水势缓慢，建议于河中散漫分流之处建筑小坝拦束河水，待漕船经过时开闸放水，以助漕运。马克思所说的“东方生产方式”主要归因于对水利的巨大依赖，这导致专制统治的长久不变。年轻的康熙皇帝称得上是励精图治，在康熙、雍正、乾隆三帝在位期间，实质上获取了空前的成功。朝堂之上，三帝无论是文化素养还是政治能力，都称得上二千年来难得的明君。

中国和英国的演进轨迹在 17 世纪后期悄然变化，中国依然延续了人治、中央集权的体制，英国则走向了君主立宪。二百年后，英国成为世界顶尖的帝国，中国则处于衰落的封建王朝。王夫之在《读通鉴论》中论及，王朝的衰亡有两种形式，一为“土崩”，二为“瓦解”，瓦解意味着帝国如秦朝和隋朝在短时间内全面崩溃，而土崩则如东汉和唐朝在经受巨大危机后尚有秩序保存，而真正的衰亡经历一个缓慢的过程，当然，与之相应，建立起秩序也同样需要一个漫长过程。我们可以把前者称为“危机性崩溃”，把后者称为“结构性崩溃”。古代中国的王朝更迭，无外乎这两种类型。以清朝统治者论，其“天下”是瓦解之势；以专制体制论，“天下”却呈现土崩之势。

洋务运动开展十余年后，清朝的外患达到顶点，日本侵略台湾、俄国侵占伊犁、甲午战争、三国干涉还辽、门户开放等等。在外患白热化的情势下，洋务派诸人手足无措，李鸿章也只能做替罪羊，南方士大夫的维新运动遂起。学界认为瓜分危机加速了维新运动的到来，但实际上，这场运动已蓄积了十年的动力。1885 年中国在中法战争失败后，洋务运动的有限现代化的弱点已很明显，甲午战争中国战败则无可否认地证明了自强运动的失败。士大夫乃至皇帝和太后都认为需要一场更彻底的变革。李鸿章在政治上开始失势，湖广总督张之洞和帝师翁同龢则受到重用，这两人都提倡“中体西用”，其实就是进行政治体制的有限度的保守改革。自南方的康有为率数千名举人联名上书光绪帝，反对签署《马关条约》。康有为鼓吹效法彼得大帝和明治天皇，进行剧烈的制度性变革。中央由帝师翁同龢指导皇帝，地方有张之洞遥相呼应的保守改革，最终不敌慷慨激昂的康有为之说，光绪帝开始倒向康有为主张的激烈变法。需要说明的是，康有为自始至终都主张皇帝乾纲独断，要真正掌握最高权力，其实质就是要在政治上打倒慈禧太后，后者自然极其反对，遂对剧烈变法极力阻挠。于是变法之缓与急、全体与局部，在实际操作中则变为帝后之间的权力斗争，乃至所谓保守派和急进派之间的争执、温和的改革者和激进的改革者之间的冲突，并夹杂了满汉之间的民族仇恨，更加上瓜分豆剖的国际形势又迫在眉睫，使得这些冲突更加激烈。正如很多史学家所揭示的，1898 年的清王朝处于历史的转折点，变法成则可图存，变法败则大势将去。

现存的关于戊戌变法的记载多出于康、梁一派的记载。然而，我们从康、梁的对立面，比如张之洞，可以看到这百日维新的另一面。茅海建先生研究“张之洞档案”非常深入，著作有《戊戌变法的另面——“张之洞档案”阅读笔记》,对戊戌变法前后的张之洞有极佳的研究,对我们有极大的启示。

1894年甲午战争爆发,慈禧太后重新起用恭亲王,重领军机处和总理衙门。慈禧太后及一班老臣认为,一旦恭亲王去世,将无人制约翁同龢。在此背景下,大学士徐桐出奏"请调张之洞来京面询机宜",慈禧思考再三,做出重大决定。张之洞接旨后一头雾水,四处打探"两宫"真实意图,知道自己入京后"或有大用",却高兴不起来,推诿迁延,光绪帝则严词催促。张之洞在惴惴不安中上了路。人在途中,沙市招商局更夫与湖南船帮发生械斗,船帮放火点着了海关,延烧到日本领事住宅。光绪帝下旨,着张之洞回归本任处理。有迹象表明,翁同龢对此旨出台施展了手段。此后北京政情大变,恭亲王去世,慈禧起用王文韶、荣禄、刚毅等取代翁同龢,电告张"毋庸来京陛见"。茅海建先生感叹,如果不是沙市事件突发,翁同龢不从中阻挠,张之洞应于戊戌年四月初(月底变法开始)到达北京。如果他辅政,必不会听命于翁同龢。翁、张两人只是政策分歧,并无不可解的恩怨,也许会互为推重,形成政治平衡。张之洞将阻止康有为一派的冒进和保守派的反动,清末新政或提前实施。但这是并无可能的假设,戊戌变法终于以康有为的冒进导致慈禧等人的反击,六君子喋血,康、梁出逃而结束,变革再次搁浅,需等待下一次契机。

对戊戌变法中康有为、翁同龢、张之洞等人的解读,或许可以从士人团体的角度来做一些探索。从陈寅恪研究隋唐帝国形成、汉魏六朝政治大势的研究范式出发,史学界常以政治事件当事者的所属阶级、群体着手展开研究。相应地,戊戌变法中,翁同龢、张之洞虽然有政治上的斗争,但都属于高级士大夫之列。翁同龢身为帝师,洋务派等人衰落后他是在朝汉人士大夫的第一人。张之洞之堂兄张之万久处枢机,是道咸同光四朝元老,官至大学士。张之洞自己也是与翁同龢齐名的清流人物,如上所述,若非翁同龢阻挠,他极有可能进入军机处秉政,即使张本人非常或并不愿意离开地方。相比较而言,参与百日维新的变法人士多为更低层次的士大夫,起主导作用的则是康有为这位南方的"处士"——他很晚才考上进士,比他的学生梁启超要晚,但这并不阻碍青年狂热地崇拜他。我们或许可以将变法人士归纳为南方在野士大夫群体。比如谭嗣同,是湖北巡抚谭继洵之子,但他明显受到南方在野士大夫极重的影响。他在湖南创办《湘报》、时务学堂、南学会,处处都显露出南方在野士大夫的救亡之心。后文我们将揭示从"南学会"到

“南社”的士人思路历程。

无论如何，我们可以看到戊戌变法的实相，正是天下的土崩之势下，在传统保守士大夫、洋务士大夫之外的南方在野士大夫所努力谋求的出路，而这出路注定是无路可走的。南方在野士大夫对于清朝的上层政治极度不满，处处透露出整体改革的迫切愿望，而这是统治者所极其忌惮的。毫无掩饰地排抑太后一派，也让变法派的路注定走向灭亡。与此同时，南方的其他士大夫，正经历着激烈的思想斗争。天下呈现的土崩之势，让士大夫亟思救亡图存，改变现状，尤其是改变体制本身。从上而下的努力极致，就是从皇帝的高度，排除阻力，全盘改革。然而南方在野士大夫的这番努力虽然造成极大的风潮，但却无奈地失败了。甚至在进行的过程中，还将清流派、洋务派都化作了自己的敌人。张之洞对于康有为的憎恨是众所周知的，甚至在康、梁逃窜之后，他对自己的门生黄遵宪，由于其曾与康有为等人交往颇近，而力为排压，对有关方面指认黄遵宪“实为康党”，要求严办，足见张之洞等人与南方在野士大夫的深刻矛盾。于是，在历史的道路上，南方在野士大夫失去了来一场从上到下的变革的希望，也失去了主流士大夫的认可，徘徊孑孓中，他们越来越不再“北望”，而关注于自身的“南”。

（三）南学会与南社

1898年春，谭嗣同、熊希龄、唐才常等人在湖南倡议创建南学会，在促进了湖南新政的同时，也使得湖南民智骤开，士气大昌，转变了社会风气。由于湖南顽固派的阻挠和反击，南学社开讲仅三月即告结束。然而南学会的影响并未终结。1899年冬，唐才常回到上海，组织自立会，并在上海组织富有山堂，作为自立会联络会党的机构。在联络会党的基础上，唐才常组织了自立军，自任总司令，反抗清王朝，最终归于失败。

我们曾引柳亚子所写《我与南社的关系》一文，说到高旭的经历：1900年，唐才常烈士在汉口发难，失败流血，天梅作诗哀悼，有“汉儿发愿建新邦”之句，此时革命思想业已成熟了。1904年高旭游学日本，成为留学生界一位活跃的分子。1906年归国后创办健行公学，提倡革命。可见南学会、唐才常起事对高旭的巨大影响。柳亚子对高旭是非常了解的，他说高旭此时革命思想业已成熟，应该是说“汉儿”二字可见排满之意，“新邦”二字表现力对革命新的向往。而特别以此哀悼诗说明高旭思想的成熟，可见此事对于柳亚子自己也颇具影响。南学会的“南”字，被高旭、柳亚子所用，也就在情理之中了。

我们将戊戌变法、南学会、南社、辛亥革命连接起来看，或许可看到其中的南方在野士大夫的心路历程。戊戌变法失败后，除了出逃的康有为等人之外，南方在野士大夫并无丝毫的犹豫，几乎是立即起事。当然具体到唐才常，我们也要考虑他到日本接触孙中山的因素。“南学会”变为“正气会”，再变为“自立会”，最后变为“自立军”，从某种程度上承袭了谭嗣同的理想，也象征着理想的破灭。从这点上我们可以证实上文提到的，1898 年清帝国处于历史的转折点的判断。戊戌变法的注定失败与失败的彻底，注定了清帝国失去了南方在野士大夫的所有信任与支持，从而转向排满。这正是辛亥革命的民心基础。

1905 年 8 月，孙中山与黄兴等人在日本东京创建全国性的资产阶级革命党同盟会，孙中山被推举为总理，提出“驱除鞑虏，恢复中华，创立民国，平均地权”为同盟会纲领。在同盟会机关报《民报》发刊词中，孙中山首次提出民族、民权、民生三大主义，使更多的人投身于反清革命。在这之前，孙中山与康有为、梁启超为代表的改良派曾商谈过合作问题，但因改良派坚持保皇、反对革命，合作未能实现。从 1906 年到 1911 年，同盟会在华南各地组织多次武装起义。与之相呼应，在上海，在苏州，一批受到孙中山革命思想影响的知识分子组织反清团体秘密结社。其中的高旭、陈去病、陈陶遗、柳亚子等还受到孙中山的亲自接见，他们都加入了同盟会。

我们要强调的是，自从“百日维新”失败后，流亡海外的康有为、梁启超逐渐背弃了中国南方在野士大夫群体的诉求，转而以“保皇”为念。而原本很早就存在的纯粹以革命为诉求的南方激进士人，以孙中山、黄兴为代表，则转变成为南方在野士大夫所支持的群体。革命成为革命党人和南方在野士大夫共同的目标。虽然这两个群体一时间并不容易融会，但是并不妨碍他们结为“同盟”。

在这样的形式之下，南方在野士大夫革命的诉求最终坚定下来，而迫切需要在国内也有可以公开化的组织。南社于是应运而生。我们可以从 1902 年之后的几年南社诸人的活动中，看到这种逐步坚定的革命诉求，以及南社诸人为反清革命而所作的艰难斗争。

二、金山诸人与南社之创立

(一) 欲凭文字播风潮

当完成了从洋务运动到辛亥革命的士大夫心路历程的回顾后，我们将目光聚焦到后来创立南社的金山高氏、姚氏等人，以及柳亚子、陈去病身上，地点则专注于“南”。凡事务的发展，自结果来看，似乎无不必然，而推求来历，必有痕迹可寻。南社创立数年之前，金山高氏、姚氏等人就已有多处事迹表明他们最终创立南社的必然，以及南社之创立过程和构成之形态。这无论对南社史，还是对南社本身的研究来说，无疑也是极有借鉴意义的。

早在 1902 年前后，高旭、高燮与顾九烟的唱和、交游，已表现出明显的革命意志。如高旭与顾九烟唱和诗所言“仗尔光复汉土春”“满眼胡尘吟大句”“忍辱胡尘寄此身”等句。同年年底，顾九烟逝世后，高旭、高燮二人删订顾氏遗诗，高燮《漱铁和尚遗诗序》发表于《复报》，文称“岁戊戌，志士奋起，争言变法”，革命反清之情绪溢于言表。同年冬天，柳亚子有“欲凭文字播风潮”诗句，正可见南社创始诸人的“夫子自道”。

1902 年也是中国士大夫纷纷成立各派组织的年份。2 月 8 日，继《清议报》后，梁启超在日本横滨创办的《新民丛报》。这是梁启超等人宣扬在中国实行君主立宪、反对民主革命的重要阵地。其《本报告白》宣言三条办报宗旨：一是“取大学新民之义，以为欲维新吾国，当先维新吾民。中国所以不振，由于国民公德缺乏，智慧不开，故本报专对此病而药治之，务来中西道德以为德育之方针，广罗政学理论以为智育之本原”；二是“以教育为主脑，以政治为附从。但今日世界所趋重在国家主义教育，故于政治，亦不得不详。唯所论务在养吾人国家思想，故于目前政府一二事之得失，不暇沾沾词费也”；三是“为吾国前途起见，一以国民公利公益为目有，持论务极公平，不贪偏于一党派；不为灌夫骂座之语，以败坏中国者，咎非专在一人也；不为危险激烈之言，以导中国进步当以渐也”。到了三月份，蔡元培、蒋智由、章太炎、黄宗仰、林獬等人在上海发起组织中国教育会，以办教育之名，鼓吹革命。同年冬，中国教育会正式成立于上海，蔡元培被推为会长。该会下设教育、出版、实业三部，揭示其宗旨为“编订教科书，改良教育，以为恢复国权之基础”。同年夏天，上海南洋公学(今交通大学前身)第五班学生贝寿同等五十余人，因抗议校方压制言论自由，闹退学风潮。退学学生百余人派代表请求中国教育会办学。中国教育会遂于十月份在上海泥城桥福源里设立爱国学社。蔡元培任校长，吴稚晖为学监，章太炎、黄炎培、蒋智由、蒋维乔等担任义务教员。后又在登贤里成立爱国女校，学生分寻常、高等两级，学制均为两年；寻常学级的课目有伦理、算学、物理、化学、国文、心理等；学务由学生联合会自治，学社创有《学生世界》杂志。

同年冬天，留日学生秦毓鎏、张继、叶澜、董鸿伟、汪荣宝、周宏业、冯自由、陈独秀等人在东京筹建反清革命团体。他们原先拟仿意大利独立前的反抗组织"少年意大利"，取名"少年中国"，后为避免清朝当局的注意，仍寓少年中国之意，取名青年会。该会会约第一章即表示，"以民族主义为宗旨，以破坏主义为目的"，表现出鲜明的反清革命色彩。该会初创时有会员二十余人，大多数是早稻田大学的学生。他们编撰了《法兰西革命史》《中华民族志》等书籍，鼓吹推翻清政府的革命。留日学生这一团体虽然远在日本，且宗旨极其明显，但仍然没有直言反清，这是当时的普遍现象。

（二）从《醒狮歌》到《革命军》

1903 年 2 月，《政艺通报》开辟了《风雨鸡声集》专栏。《政艺通报》是半月刊，每期出版上下篇，上篇专谈政治、政书通缉、内政通记、外政通记、内外政要电及政艺文钞等，下篇实际上介绍铁路、开矿、农工等实业，并有艺学文编、艺书通缉、艺事通记、丛钞等。该报非常注重世界形势，较早地阐发了帝国主义、民族主义双重内涵的时代论。认为帝国主义向外扩张在 19 世纪已开始，至 20 世纪最为凶恶，因而又提出了发扬民族主义，建立民族国家的问题。认为欧美列强立国之本是民族主义，其帝国主义即民族帝国主义，呼吁中国处于竞争世界，"非以我民族主义之雄风盛潮，必不能抗其民族帝国主义之横风逆潮"。《风雨鸡声集》专栏作者众多，后来入南社者亦不少，其中金山人后加入南社的就有高旭、高燮等。邓实作《风雨鸡声集序》，高燮有与邓实论诗之诗发表，有"端赖男儿返国魂""玄黄血战何时已"句等。又在此报发表《醒狮歌》，希望中国登到"20 世纪如荼如锦新舞台"。

高燮的《醒狮歌》比较早地以"醒狮"形象比喻中国。20 世纪初的士大夫、留学生等多以"醒狮"来表达对中国的期望，相对的是将现实的中国比喻为"睡狮"，且多假托外国人之口。如《江苏》杂志 1904 年刊登的《德人干涉留学生》一文假托俾斯麦之说称:“德人者,素以瓜分中国为旨者也,数十年前,德相俾士麦已有毋醒东方睡狮之言。”又或如《台湾日日新报》1910 年刊文云:“纽约《地球报》称,人言清国为睡狮已醒者,伪也,彼亚东之狮,实今日犹酣睡梦乡也。”胡适在 1915 年的日记中也曾记载:“拿破仑大帝尝以睡狮譬中国,谓睡狮醒时,世界应为震悚。百年以来,世人争道斯语,至今未衰。”这些大多是辛亥之后的事,辛亥之前,20 世纪初,高燮之外,影响大的莫如邹容《革命军》:“嗟夫! 天清地白,霹雳一声,惊数千年之睡狮而起舞,是在革命,是在独立!”邹容之《革命军》于 1903 年 5 月在上海出版,而高燮之《醒狮歌》已于 3 月 29 日在《政艺通报》刊出。由此可见,金山高氏等人与日本留学生有着思想上的交流与共通。4 月,陈去病参加了中国留学生组织的拒俄义勇队。4 月 8 日,中俄《东三省交收条约》到期限,俄拒绝退兵反而增兵八百多人重新占领营口,于是上海各界人士在张园召开拒俄大会,通电反对沙俄新约,留日学生组成拒俄义勇队,同一时期京师大学堂“鸣钟上学”,声讨沙俄侵略,慷慨拒俄。到了 5 月下旬,章士钊任上海《苏报》主笔,揭反清言论,发表《中国当道者皆革命党》,而《苏报》也发表了邹容《革命军》“自序”。《革命军》直截了当地“劝动天下造反”,犹如一声春雷,炸开了万马齐喑的中国大地,在社会上引起了狂飙巨浪。自从《革命军》出版以后,反清革命运动的政治前途就是建立共和国,几成定论。《革命军》与章太炎《驳康有为论革命书》一起合刊行世,影响巨大。也是由此时,后来创立南社的金山诸人等也已与保皇派康梁等人在思想上、政治上决裂了。这一年,柳亚子替章太炎续写《驳革命驳议》,在《苏报》发表。这是柳亚子在舆论界的第一次发声。《苏报》连续发表《读〈革命军〉》《序〈革命军〉》《介绍〈革命军〉》等文章,批判清政府,高呼革命为神圣“宝物”,要求建立资产阶级“中华共和国”,推荐《革命军》为国民必读的第一教科书。《苏报》案结,章太炎被捕,邹容自动投案入狱。

“苏报案”和章太炎、邹容的狱中斗争促使了革命政治团体的成立,扩大了革命的思想影响。而即便是在租界,清政府与洋人也毫不手软地合谋镇压革命言论。经过《革命军》的激励和章太炎与康有为的论战,广大士大夫革命排满之志实质上已经坚定,而现实状况却不允许他们言论“过激”。金山南社诸人在此情势之下,其言论也很受限制。放言革命虽不被允许,以诗歌言志还可以办到。这是南社诸人多以诗词创作表明心志的原因之一。

1903 年 4 月,《江苏》杂志在日本创办,为留学生之江苏同乡会刊物。南社多人参与,如高旭、陈去病在此发表《革命其可免乎》。8 月,《国民日报》创刊,号称《苏报》第二。高燮、高旭皆参与。高旭在此报上发表《海上大风潮起放歌》,热烈歌颂因为《苏报》案被捕的邹容、章太炎。其诗曰:"自由钟铸声初发,独夫台上风萧萧。当头殷殷飞霹雳,鲁易一卜四心旌摇。"此诗发表后反响颇大。9 月有王无生于此报发表《惨离别楼诗话》,盛赞高旭之诗。11 月 7 日,金山高旭、高燮、高增在松江创办《觉民》月刊。他们屡屡在革命进步刊物发表诗文,自办刊物。从进步革命刊物的撰稿人,到进步革命刊物的创办人、主编者,这是很大的飞跃,表明金山高氏诸人在通往组建革命团体南社的道路上踏进了一大步。

总结该年,其大事件为《苏报》案发,邹容、章太炎被捕。金山周边如上海等地,多种革命文化报刊创办,金山高氏、柳亚子等诸人积极参与,或撰稿支持,或创办刊物。金山高氏尤其令人瞩目——创办了《觉民》月刊,以"觉民救国"为口号,呼吁时人。从 1902 年士人之间的偶尔唱和,到 1903 年报刊纷起,呼吁救国、觉民,这一系列的变化掀起了社会革命的热潮。

(三) 诀别康梁

"苏报案"的影响是巨大的。1904 年没有再看到像《革命军》那样的著作或文章,也没有《苏报》那样激进的报纸。革命人士、宪政人士等都各有鲜明的意图而各行其是。革命人士虽然无法直抒胸臆,鼓吹革命,但可以用其他方式表达对革命的憧憬。宪政人士也因为革命的低潮而获得一定的活动空间。海外的革命党人,则忌讳较少,更加积极地开展着革命活动。

先说激进的革命人士。早在 1901 年 8 月 14 日,洪秀全的侄孙,即加入洪门的洪全福与谢缵泰、李纪堂等革命党人就策划联络洪门会党在广州起义,建立大明顺天国,洪全福被推为大明顺天国南粤兴汉大将军,主持制定了大明顺天国建国纲领,筹划起义各项事宜。1902 年 12 月在广州发动起义,不幸事泄而失败。谢缵泰是那幅著名《时局图》的作者,此图极其生动形象地向国人展现了 19 世纪末年帝国主义列强瓜分中国河山的严重危机,令人触目惊心。1904 年 1 月 11 日,革命党人孙中山在檀香山加入华侨组建的洪门致公堂。2 月 15 日,秘密团体华兴会成立,会长为黄兴。

再说立宪人士。3 月 11 日,由商务印书馆编辑的《东方杂志》创刊。

《东方杂志》初为月刊，后改为半月刊。该刊设输旨、社说、内务、军事、外交、实业、教育、宗教、文件、记载、调查、附录、小说等栏目。初期的主要编辑者有著名的明清史学家徐珂、孟森，以及《亚泉杂志》创办者杜亚泉。《东方杂志》是一种文摘剪报性质的刊物，各栏刊出的文字多数是从当时国内外报刊上剪辑来的，只有很少部分是直接由作者组稿或撰写的。该刊的记载专栏分中国大事记、世界大事记、中国时事汇录、世界时事汇录等门类，连续而详细地辑录了国内外政治、经济、文化等方面的重大事件，如徐锡麟刺杀恩铭、长沙抢米风潮、莱阳抗捐等，查考翻检十分方便。赞赏和推动实行宪政，是该刊的政治倾向。4 月，梁启超发表《政治学大家伯伦知理之学说》，诀别"共和"；高旭乃于《警钟日报》发表赠梁启超诗针锋相对，表示"君涕滂沱分别日，正余情爱最浓时"。6 月 12 日，《时报》在上海创刊。该报得康有为、梁启超资助，主张君主立宪，提倡发展民族工商业，是康、梁在国内的喉舌。《时报》最有影响的是对报刊业务的改革，重视新闻、言论，紧密配合时事要闻，专辟《时评》栏。由此可知，南方在野士大夫与海外立宪人士正式决裂。而高旭、柳亚子等人，自戊戌以来，由父辈以下，大多数是"左袒康梁、大骂西太后"的。康、梁既然一意保皇立宪，与共和诀别，高旭等人也就与其决裂。

实际上高旭等人的革命意志并未因"苏报案"而稍受损伤。1 月，高旭在《政艺通报》发表诗作《好梦》，描述革命之后的大同景象。其中游戏公园、自由跳舞，人权天赋，可见其时士人的理想政治图景已非传统的"大同小康"，而带有浓郁的自由民主色彩。上海创办《女子世界》，柳亚子参与发行。高燮、高旭、高增皆参与撰稿。2 月，林獬、章士钊等人在上海创办《警钟日报》，蔡元培为总编辑。高旭、高燮、柳亚子、陈去病等人先后为其撰稿。

更加激烈的言辞终又再次出现了。3 月，柳亚子在《江苏》发表《中国革命家第一人陈涉传》，极力鼓吹革命，说革命"实世界上最爽快、最雄壮、最激烈、最名誉之一名词也"。虽然如此，这明面上仍是在指称陈胜吴广起义。6 月，高旭至上海访问《警钟日报》社，结识陈去病。7 月，高旭于《警钟日报》发表诗作，批评诗坛。所谓批评，仍批评的是"小雅日微夷狄横"，革命之志昭然。8 月 20 日，高旭于《中国白话报》发表通俗歌谣《大汉纪念歌》《排元虏》《鞑子来》《郑成功》《创天国》《逐满歌》《光复歌》等。同年又编辑《皇汉诗鉴》，鼓吹革命，唤醒睡狮。此二事，借诗以言革命之志，已经到了十分直白的地步。

尤其可以说明南方在野士大夫与海外立宪人士决裂的是两份杂志的出版。其一是上面说的《东方杂志》。其通过摘抄转载，反映了明显的立宪色彩。主事者或碍于形势，或因政治主张，是反对直接的革命，而赞同渐进的立宪的。

其二是这一年的10月份，陈去病《二十世纪大舞台》杂志出版。我们知道，高旭等金山人士与陈去病、柳亚子的交谊极深，思想互相影响，行事也互相帮助。《二十世纪大舞台》创刊于上海，半月刊，共出了2期，实际创办人为陈去病与汪笑侬。发起人为陈去病、汪笑侬、熊文通、陈竞全、孙寰镜、孟崇军等，撰稿人有柳亚子、欧阳巨元等。分设论说、传记、小说、传奇、班本、丛谈、诙谐、文苑、歌谣、批评、纪事、答问、图画等门类，是一个以文艺作品、特别是戏曲作品进行革命宣传的文学期刊，是近代中国最早以戏剧为主的文艺期刊。它以"改革恶俗，开通民智，提倡民族主义，唤起国家思想为唯一之目的"。柳亚子撰写的《发刊词》直接明快，说明这本杂志就是要让民众以"驱除光复"为志，绘声写影，让民众知道满族统治者之丑，与嘉定、扬州之恶毒，以促进民族革命的决心。又多有海外革命者的传记类作品。刊物出版后，"购者甚众"，第1期迅即再版，刊载的主要作品有：论说、传记类有《论戏剧之有益》《告女优》《南唐伶工杨花飞别传》《日本大运动家名优宫崎寅藏传》等；戏曲、传奇类有《安乐窝》，此剧指名道姓丑化慈禧，又有《金谷香》《长乐老》《缕金箱》《黄龙府》等。这些作品均带有反清革命色彩，为清朝统治者所不容。1905年初，正当陈去病等积极筹备出版第3期的时候，被封禁。

《二十世纪大舞台》反对清朝统治、反对帝国主义侵略的民族民主革命立场十分鲜明。其简章说"同人痛念时局沦胥，民智未迪，而下等社会犹如睡狮之难醒。侧闻泰东西各文明国，其中人士注意开通风气者，莫不以改良戏剧为急务。梨园子弟遇有心得，辄刊印新闻纸报告全国，以故感化捷速，其效如响"。"本报以改革恶俗、开通民智、提倡民族主义，唤起国家思想为惟一之目的"。积极鼓吹戏曲改良，民族民主革命色彩浓烈。共辟有"图画""论说""传记""传奇""班本""小说""丛谈""诙谐""文苑""歌谣""批评""记事""答问"等十六个栏目。除小说栏外，其余均与戏曲有关，两期中发表有《安乐窝》等传奇剧（片断）四个；《长乐老》《拿破仑》等京剧班本（选场）四种；《发刊词》《论戏剧之有益》等论文三篇；以及伶人便照、剧评、梨园纪事等内容。主要撰稿者为陈去病、柳亚子、汪笑侬、孙寰镜、欧阳巨元诸人。

柳亚子为《二十世纪大舞台》撰写的发刊词，赞扬正在开展戏剧改革的“南部乐部，独于黑暗世界，灼然放一线之光明”，指出戏剧具有强烈的感化作用，号召戏剧家在舞台上再现中国民族斗争及外国革命的历史，以激发人民的斗志。陈去病的《论戏剧之有益》更呼吁革命家从事演剧：“苟有大侠，独能慨然舍其身为社会用，不惜垢圬以善为组织名班，或编《明季稗史》而演《汉族灭亡记》，或采欧美近事而演《维新话历史》随俗嗜好，徐为转移，而潜以尚武精神、民族主义，一一振起而发挥之，以表厥目的。夫如是而谓民情不感动，士气不奋发者，吾不信也。”这两篇文章，代表了当时资产阶级革命派对戏剧的观点。刊物发行至日本、新加坡及国内各地，孙中山创办于香港的《中国日报》专门介绍此刊，评价甚高。

立宪色彩浓厚的《东方杂志》，与可以代表金山等地人士思想的《二十世纪大舞台》，我们可以看到两个知识群体的分裂。更进一步，我们可以看到金山诸人的思想，在时代的河流中已席卷而下，直奔着革命、共和而去，势不可挡。

（四）南社与国粹派

我们或许可以从南社与“国粹派”的关系中获取更多有关南社文化的深层认知。说到国粹派，不可不提邓实。邓实，字秋枚，别署枚子、野残、鸡鸣，风雨楼主，广东顺德人。1877 年生于上海。五岁亡父，与弟邓方相依为命。从青年起，便崇拜顾炎武，“喜为经世通今之学”。光绪二十八年（1902）创办《政艺通报》，宣传民主科学思想。后与黄节、章太炎、马叙伦、刘师培等创立国学保存会、神州国光社，出版《风雨楼丛书》和《古学会刊》，主编《国粹学报》，在知识界产生过重要影响。他和章太炎、刘师培等都是国粹派的代表人物。国粹派人物，说到底都是国学根底较深的革命党人。国粹派人物中，如邓实、陈去病、黄节等人都在日后加入南社。

国粹派认为中国文化是最优秀的文化，远比西方文化更优。他们宣传民族革命，将“外族之专制”归因为“外族”二字，主张以革命去除之，复兴古学来救中国。国粹派是学术派别，南社实际上与其关系极深，甚至视南社为国粹派的一个社会团体，也亦无不可。当然，实质上南社成员更为复杂，有着更多元的声音。

金山诸人与邓实交游甚密。1903 年，高燮曾在国粹派的重要刊物《政艺通报》上发表与邓实的论诗之作，呼吁“端赖男儿返国魂”，其小注云：“君来书嘱细论诗，答以此章。”可见二人交往的密切。同年11月，高旭也发表了致邓实的诗作。1905年1月，邓实于上海成立国学保存会，认为当时人人醉心于欧风，国学已经岌岌可危，认为“匹夫之贱，有责焉矣”。次月，邓实主编的《国粹学报》在上海创刊，在金山诸人中，高旭也是此报的积极撰稿人。

然而，高旭也并未完全同意邓实等人以保存国学为第一要义、为救世之良方的说法。1905年9月，高旭在日本创立了《醒狮》杂志，主张“输入文明学说，提倡国民尚武精神”。他认为，无论是国还是学，都将随时势而变，能改变是学可长存的前提。若国势已经变迁，而学不随之改变，而欲死守固有之学，则外敌侵入，国亡而学亦亡。这样，“不特国学之不能保也，而国亦因保国学而灭绝”。并且，他认为要真是国学，则不必去保，自能存于天地间，以其能变化、能吸收新学术故。他进而论中国学术之不进步，与西方学术之进步的原因，认为在于“政体之专制”与“政体之文明”。

同样是南社的创立者，高旭与邓实、黄节在思想上的分歧是显而易见的。而我们今日回顾细品，则显然可见高旭的见解通达有理。当然，我们还应从当时的历史文化去仔细观察，深入发掘其中的原因。

倘若以“剑”与“兰”的特性来分析，则此种关于国学、国粹的讨论，其为剑乎？为兰乎？或许此类讨论，正在于剑兰之间，昭示着南社之革命性与文艺性的深刻联系。革命有其原因与诉求，文艺亦然。剑与兰之间，或许是我们更加需要注意的文化史的意义所在。

(五) 革命与诗界革命

在“新旧”之间徘徊，在“中西”之间斟酌，似乎是近代以降的知识阶层的常态，如上所言，是极具文化史意义的议题。金山南社诸人的徘徊与斟酌，从其创立南社之前的过程中就历历可见。我们是否可以将剑赋予新，而将兰赋予旧呢？是否可以将剑配以西，而将兰配以中呢？所谓“似是而非”，大抵就是这种情形。革命之所起，正因为新思想，但旧思想中也有革命的种子，民族革命是也。上述的国粹派，乃至为当时人所讥讽的“明末的遗老”，痛哭流涕于明朝陵墓的，可谓“旧”矣，但也是革命的赞成者。同样，认为中华文化甲天下，“三坟五典，为宇宙开化之先”。但这样的守旧者，也有着仗剑天下，驱除鞑虏的革命情怀。

以南社而论，斟酌徘徊且不论，即便是革命本身，也有着剑与兰的分野。南社之所起，正在于“欲凭文字播风潮”，要以文章来鼓吹革命，并分享交流救世的思想。而革命的鼓吹在清政府管制之下，不可能肆无忌惮，而只能隐晦表达。所以在纯粹的政论之外，大量存在的是文艺的争论。如“诗界革命”之说。我们知道，南社诸人精深于传统文化，诗词歌赋为其所喜，雅集之时，诗文唱和几乎是主要议程，而革命的议程被掩盖起来，并未得以记载。但“文界革命”“诗界革命”与革命究竟是何关系？它们是革命的吗？这是复杂的。

黄遵宪、谭嗣同、梁启超乃至康有为等人先后主张进行诗歌的革命，主张诗歌改良。他们在政治上属于立宪一派，是保守的。但他们诗歌的主张却是新的。1904 年，林獬致高旭书，认为所谓“文界革命”“诗界革命”是“妖孽”。他认为，国事日急，鼓吹革命尚且来不及，居然又有人重新主张所谓的“文界革命”“诗界革命”，这实际上无关于世道人心。而他又说，“吾国文章，实足称雄世界”，现在的学子自弃国粹而仿效日本，“真可异者”（高旭《愿无尽斋诗话》）。林獬此书头绪纷繁，矛盾丛生，但正可见时人对革命与否立场的复杂性。他反对诗界革命，却又主张国粹主义。他认为国事日急，却又以为中华的文章称雄世界。他认为文章当以鼓吹政治为急，却又劝高旭为“香山乐府之作”。其中的多重矛盾与张力，值得我们深思。

历史的复杂与多面相，从上述的南社与国粹派、革命与诗界革命中展露无遗。当我们以剑与兰来概括南社文化时，我们应该同时认识到南社文化的复杂与多元，不以我们的研究范式自作藩篱，而是在分析史料的基础上，以史料所展现的历史现象为依据，客观认识南社文化的革命性、文艺性，以及它们的关联性。学术难以归到革命性抑或文艺性一面，革命本身又有着革命性与文艺性的分野与纠缠。以时人心为心，以同情之理解的态度去尝试认识“当局者”的迷惑，或许才能帮助我们破解这些疑惑。

剑与兰的分野，除了群体的复杂性原因外，无疑还有着个体的复杂性原因。前文曾说到，个体在不同时期会有着不同的思想趋向，而时势的变化，会使得个体承受极大的心灵与思想压力，而作出相应的改变。高旭、柳亚子等人对康、梁的态度就是一个例子。另一方面，当在个体身上时，剑与兰的矛盾与张力有时会泯然无寻，融会一体。柳亚子熟稔文学，本身即是出色的文学家，诗文皆佳；同时他鼓吹革命不遗余力。值得一提的是，他曾先后多次改名，如柳人权、柳弃疾等。他曾自云改名弃疾的缘故，是因陈巢南改名去病。陈巢南想要学霍去病扫荡匈奴、驱除鞑虏；他则想效仿辛弃疾从耿京起兵反金，且“弃疾”与“去病”很对称（柳亚子《五十七年》）。霍去病为汉大将军，扫除匈奴，成功极大。但辛弃疾从耿京起兵，其后失败南归，不仅不能与霍去病并称，甚至不算是个好兆头。然而柳亚子依然径改，大概是觉得辛弃疾还是个大文学家的缘故吧。从这一件小事，我们可见南社诸人身上的两种特性的融会。

三、金山南社诸人的活动

金山对南社的创立发挥了重要的作用，这并非偶然，而有其深层原因。本书前文已经从南社成立前的金山和南社的历史与文化两方面加以申说，而从南社创立之前的酝酿、诸人的努力来看，金山以及以高旭等为代表的金山人的作用更为明显。本章从南社创立之前，金山诸人的各项活动来看当时的中国何以会有南社之需求，以及金山诸人何以会参与创立南社。南社的创立，历来都推重高旭、柳亚子、陈去病三人的作用。而创立南社的时间点以及相关事件，也多以首次虎丘雅集为标志。但南社作为一个革命的文学团体，雅集是其活动。该团体的成立，当以其首次发声——《南社启》的发表为标志。虎丘雅集是其雅集活动之始，而非南社之始。从这个意义上来看，金山高旭的作用更为凸显。南社创立之后数年，促进了革命形势的快速发展，对辛亥革命的发起起到了积极作用。而在辛亥革命之中，金山南社诸人也有着积极的活动。本章将从这个角度，考察辛亥前后金山诸人的种种活动及其影响。

（一）南社之前金山诸人的活动

《觉民》与金山诸人　我们要理解南社创立的缘由，有必要梳理南社创立之前的事件，以及南社的创立与金山的关系。1903 年 11 月 7 日，高旭、高燮、高增在松江创办《觉民》月刊，设有论说、哲理、教育、军事、卫生、传记、时局、小说、谈丛、杂录、尺素、文苑、婚制、青年思潮等栏。值得注意的是，该刊对时局、对青年思潮的关注，以及从文学到哲学，从教育到卫生、婚姻制度等社会面相的广泛关注。我们知道金山为海滨之城，各种外来新思想、新文化传到中国则必经乎此，金山因而成为传播新思想新文化的前沿阵地。

《觉民》月刊撰稿人很多，而其中后来参加南社的也不少。如高旭、高燮、高增自不必说，还有黄节、陈家鼎、包天笑、马君武、马一浮等人。由此可见，《觉民》之于南社，正是先声。雏凤清声，桐花万里，数年之后南社之所以广交宇内文士，自然是源于苏松之地志士的缘故，另外也与其办刊物广积人脉有着密切关系。该刊的发刊词，正可见金山诸人意见。与此前在刊物上发表诗文不同的是，发刊词要聚集读者、撰稿者，就必须要体现全局的眼光和对当下急务的正确的判断。刊名“觉民”，正由发刊词全篇来加以说明，并借以表述其办刊缘起与宗旨。高旭所作《觉民》发刊词说：

> 试游于欧美之乡，吸自由之空气，撞独立之警钟，吊华盛顿、克林威尔与夫玛志尼、加富尔诸英雄，莫不豪兴勃勃；又试游于印、埃之故墟，则但见恒河之滔滔，雪山之高耸，以及尼罗河、金字塔之空存，则不禁索然思返，发《黍离》《麦秀》之悲。无他，国之兴即国民之荣，亡即国民之辱。而其所以或兴或亡者，非国民之责而谁之责？
>
> 夫积民而成国，断无昏昏沉醉之民，而能立国于竞争之世。欧美之所以雄长地球者，人人有觉民之责任，若士、若农、若工、若商，皆有主人翁之资格。不宁惟是，学生攻书之暇，出一杂志，以写种种事情，若者良，若者不良，内而乙国之事情，外而全球之大势，无不登诸报端，以输入文明，其计至深远也。我侪堂堂男儿，觉民之责任不容放弃。放弃己之责任。而诿之于人，是为自弃之人，处化日光天之下则安之，即处盲云毒雾之境亦安之。“我侪小民，焉知大计？”“各人自扫门前雪，莫管他家瓦上霜”。固几几乎尽人而守此好秘诀，盲人瞎马，黑夜临池。天下之可危，莫过于此！
>
> 吾今有一言告诸君曰：亡羊补牢，犹未为晚，果能涣然冰释，则犹可挽回。顾救国之责任，我与诸君共之。伊尹曰：余，天民之先觉者也，余将以斯道觉斯民也，非余觉之而谁也？加里波的亦曰：余誓复我古罗马。自来非常之士，莫不由于自信之坚，而加之以数年之学力。士不可以不弘毅，任重而道远，国民不当如是耶？舜何人，予何人，有为者高亦若是。我侪果能持此志而力行，而无间乎终始，所谓天下无难事，独怕有心人也。

> 况乎欲扫数千年之蛮风，不可不觉民；欲刺激国民之神经，使知合群爱国之理，不可不觉民；欲登我国于乐土，不尔可不觉民；欲为将来行地方自治之制，不可不觉民；欲破大统之幻想，不可不觉民；欲尊人格以尊全国，不可不觉民。觉民哉！觉民哉！我侪其交尽之。山非不可移，独患无愚公之志；海非不可填，独患无精卫之诚。精神一到，何事不成？嗟嗟！五胡乱华，泣铜驼于荆棘；六朝淫靡，慨祖国之沧桑。苟有热血人，安忍坐视祖国之沦亡，而不为援手，使重见天日也！

发刊词开篇就以当今欧美诸大国的生机勃勃，与所谓“文明古国”的印度、埃及的死气沉沉相比较，令人顿生责任感，是所谓“国民之责”。中国自古皆言“天下兴亡，匹夫有责”，实际上这里指的并不是匹夫有责，而是士大夫有责。进入近代，仍有很多人以为政治属于精英，贤良执政而国就能兴。这种见识与20世纪初的高旭相比较而言，高下立判。高旭继续说“积民而成国，断无昏昏沉醉之民，而能立国于竞争之世”，从前文高旭列举豪杰如华盛顿、克伦威尔等以及相关诗文，可以看出高旭对民主、共和有着深入的认识。他认为，国之强在于民，国民的自由、独立才能铸就国家的富强。所以觉民成为救国图存的必然途径。而最令人钦佩的是，高旭很快就能挣脱维新立宪派的枷锁，将自己的思想付诸实践。高旭是书生，也是卓有成果的革命实践者，于此就可见一点端倪了。

高旭认为“精神一到，何事不成”，将国之存寄希望于民之智，将民之智寄希望于“我侪”的努力。事理至此已明，而高旭“犹三致意焉”。他将伊尹的话、加里波第的话、曾子之语糅合为一体，这正是梁启超以来优秀士大夫的风格，也正是他们思想的反映——中西结合，交相为用，皆能为其心内主旨服务。高旭认为报刊的作用是深远的，主要就是“输入文明”。此类事就正应“我侪”来做，是“我侪”的责任。为何？他用伊尹的话回答：“余，天民之先觉者也。”我是上天生育这些民众中先觉悟的人。高旭对当时社会问题、政治问题的总解决方法是人本身的精神、思想的提升。革命是后来南社、同盟会乃至绝大多数士人的共识，但革命有各种维度，高旭认可的维度是思想革命、文化革命。思想文化俱不可见，是故高旭要从事工作的是“文字革命”。这篇发刊词饱含着金山诸人的感情，也已彰显其主要思想观点。其与南社，实为先声，除了上述的人事的关系、经验的积累等之外，还可以将此发刊词与他后来所写的《南社启》对照而看。

南社创立前夕的金山诸人　1906年是一个看似平常的不平常之年。在经历了“苏报案”、吴樾刺杀五大臣，尤其是日俄之战竟然是君主立宪的日本获胜等事件之后，清政府对于时局也有着相应的对策。其主要策略就是立宪。清政府的立宪是被时局所逼，对于中国局势来说，已经是明日黄花。《民报》与《新民丛报》展开革命与立宪的大论战，革命派与保皇派的各种分歧展现无遗。然而我们不能以清政府立宪之非本愿，而完全抹杀立宪派的进步性与历史功绩。9月初，在未被吴樾炸死的五大臣出洋考察归来后，清政府颁布了《宣示预备立宪先行厘定官制谕》，其声称：“各国之所以富强者，实由于实行宪法，取决公论，君民一体，呼吸相通，博采众长，明定权限，以及筹备财用，经画政务，无不公之于黎庶。又兼各国相师，变通尽利，政通民和有由来矣。时处今日，唯有及时详晰甄核，仿行宪政，大权统于朝廷，庶政公诸舆论，以立国家万年有道之基。但目前规制未备，民智未开，若操切从事，涂师空文，何以封国民而昭大信。故廓清积弊，明定责成，必从官制入手，亟应先将官制分别议定，次第更张，并将各项法律详慎厘订，而又广兴教育，清理财务，整饬武备，普设巡警，使绅民明悉国政，以预备立宪基础。”众多士人翘首以盼来的，竟然只是一个“预备”立宪的上谕。然而立宪之论一时也遍布海内外。此后10月13日，袁世凯编刊《立宪纲要》。11月6日，清政府发布新官制，大权集中在满族贵族，引起时人不满。立宪始终在“预备”中，一直到辛亥革命前夕。大概时人都逐渐明白，慈禧等人只是拖延时间，根本无意立宪。但清政府虽然一直到灭亡也未立宪，立宪的呼声却越来越高。与激烈的革命相比，立宪而解决中国问题显得温和得多，故而也颇得时人支持。只是清政府既然无法指望，那么如何完成清政府统治的结束，乃至帝制的结束，成为革命派与立宪派所逐渐趋于一致的目标。只是立宪与保皇，二者间千丝万缕的联系一时难以割断。

革命党的活动则颇具纪念意义。12月2日，中国同盟会在东京举行《民报》周年纪念会。孙中山作了三民主义与中国前途的演讲。孙中山、黄兴等又制定了同盟会《革命方略》，以备起义时用。以今日的眼光来看，革命党与清政府之间一进一退，似乎排满即将成功。而放在当时，却是暴风雨欲来，满天阴晦不明。革命不是单枪匹马的事情，必须汇集同仇而敌忾。革命党明白此理，清政府也不糊涂。所以严查聚会结社，“夏寓”被弃，公学被关，金山诸人中的高旭、陈陶遗和柳亚子等人因此不能聚集而谋事，之后又因为很多事情，最终他们决定创立“南社”，广交仁人志士，以此来助力革命，完成他们同盟会员的义务。清政府禁士人之“聚”而强令其“散”，南社诸人却是虽“散”而求“聚”，是以其后才有南社之创。高旭、陈陶遗、柳亚子等同盟会员们，为了推进革命，需要有一个组织来进行革命的宣传、联络。由于清政府的密切关注，使得这样的汇聚变得十分艰难。南社建立前夕的金山诸人等，是较为苦闷的。

1907 年春，高旭赴上海与朱少屏、刘季平、沈砺等相聚。忆及柳亚子“骚魂尔我应常聚”的诗函，约其来海上，柳亚子未能到来。和之后高、柳二人龃龉不同，这段时间，高旭与柳亚子的诗词唱和很多。高旭甚至想把这些唱和之作刊出，名曰：《废民唱和集》。高旭《愿无尽庐诗话》记载：“丁未春月，余作倚声，每成一解，必寄亚卢，亚子为一一和之。余拟合刊为《废民唱和集》，亚子亦极力赞成，惜人事多故，匆促尚未偿所愿。”其中如高旭《虞美人·题定庵词》：“东华献赋真无计，且老温柔里。一箫一剑絮平生，回首羽琌山下碧云深。棱棱侠骨千年矣，谁慰伤谗意？长林丰草不胜秋，交尽燕邯屠狗欲何求？”柳亚子则和作《虞美人·题定庵词和天梅韵》：“千年剑侠真长计，肯老空山里。才华如此竟虚生，荡气回肠禁得恨深深。灵箫去后无人矣，谁识狂奴意。伤春怨女士悲秋，感慨名家如汝杳难求。”高旭作《虞美人·题辛稼轩词》：“羞作人间痴女子，绮语闲千纸。此儿气概绝沉雄，铁马金戈叠过大江东。中兴无日腥膻遍，乱世儒生贱。我今同抱古人忧，空倚危楼洒泪看吴钩。”柳亚子则和作《虞美人·题辛稼轩词和天梅韵》：“霸才青兕兵家子，读破书千纸。河山半壁误英雄，赢得雕虫余技擅江东。唐宫汉阙荆榛遍，苦恨铜驼贱。华夷倒置总堪忧，未请长缨孤负汝吴钩。”所谓“中兴无日腥膻遍”“河山半壁误英雄”，辜负吴钩，老于温柔，满满皆是索居金山故里、不得施展革命壮志的忧愁。这样的苦闷，同样也是促使高旭等人创立南社的绝大动力。

在苦闷中，高旭等人相邀登临山水，以遣幽怀。4 月，高旭与陈去病、朱少屏、刘季平、沈砺等赴苏州拜谒明末抗清英雄张国维祠，一路诗酒流连，返回后编辑各人所作诗词，命名为《吴门纪游》。高旭等将这本册子寄送柳亚子、高燮等人。柳亚子等大为懊悔未能一道前往，只好题诗和之。高燮就直接奔赴苏州一游，并和诗。这次游历，起因在于处于清政府监视之下，只好以游览山水、文人雅集、诗酒唱和的方式来避嫌，既能联络同志，又可以纾解愁闷。苏州之游与南社虎丘雅集关系匪浅,可以说是南社虎丘雅集的一个原因。

在舆论方面,萍浏醴起义既失败,1 月,《洞庭波》改为《汉帜》,在东京出版。高旭也曾为此刊撰稿。2 月,《小说林》在上海创刊,主编及撰稿人后来大多入南社。陈去病则到上海主持国学保存会之事,编辑《国粹学报》,邓实、黄节等人多与游。柳亚子在《复报》以白话文发表《民权主义! 民族主义!》一文,其中云:"如今的民权主义,是说百姓应该有组织政府和破坏政府的权利……如今的民族主义,是说一族有一族的界限,不该拱手让人,那些异族胡儿,妄自称尊的,定要把他一举扫荡的了。"总结起来,就是要革命,破坏清朝政府,建立"皇汉共和国"。而 4 月,《神州日报》在上海创刊,高旭作《水调歌头》以祝贺,有句云:"把这睡狮唤醒。"该报不用清朝纪年,是革命派的重要刊物。高旭其后在该报上发表了大量诗文,如作《怀人诗》五十首及序皆刊于此报。与这样大量怀人诗作类似的,是他请人绘制《万树梅花绕一庐》画卷,而"用以寄意",并在《复报》征求海内外"诗豪词杰"题咏,一时高燮、柳亚子、刘师培、陈去病等人都有诗作。这两件事并非只是文人唱和,结合前文所论,应当都与其革命筹划有关。这在当时诗作的字里行间都隐约可见。只是具体所筹划为何事,则未见直接史料说明。

1907 年 7 月 6 日,徐锡麟起事失败,被杀于安庆;7 月 15 日,秋瑾就义于绍兴。皖浙起事失败,徐锡麟、秋瑾先后被害,对高旭等人的冲击非常大。徐锡麟的起事,对清政府产生了巨大的冲击。徐锡麟早年任绍兴府学堂教师,后升副监督。1903 年应乡试,中副榜,后赴日本参观大阪博览会,于东京结识陶成章、龚宝铨等,并曾积极参加营救因"苏报案"被捕的章炳麟。回国后先在绍兴创设书局,传播新译书报,宣传反清革命,在上海加入光复会。1905 年徐锡麟与陶成章等光复会员在绍兴创办了大通学堂,以暗杀为职志。后以捐官打入清军内部,得再次赴日本学军事,1906 年归国后到安庆任安徽武备学堂副总办、安徽巡警学堂会办。因受到亲戚湖南巡抚俞廉三的举荐及巡抚恩铭的赏识,当时的徐锡麟就是清朝的一个颇有前途的官员,任谁也想不到他是革命党。1907 年因上海有革命党被捕事将泄露,徐锡麟决意起事,将尽杀恩铭等大员。徐锡麟是官宦富户,衣食不愁,竟然为了革命而捐官,且居于安庆数年,做到安徽巡警处会办,然后奋起一击。而刺杀的对象安徽巡抚恩铭,是勤于新政的新派人物,曾创办安徽师范学堂、安徽陆军小学堂等等近代机构。章太炎认为:“光复会比同于同盟会,其名则隐,然安庆一击,震动全局,立懦夫之志,而启义军之心,则徐锡麟为之也。”徐锡麟之事让满清统治阶层惶惶不可终日,满汉矛盾与统治矛盾交缠在一起,达到无法解决的程度。因为徐锡麟并不是社会底层人士,而是“朝廷要员”。恩铭也不是顽固派,而是主张新政的人。慈禧等统治者无法理解这件事情,甚至不敢单独面见汉人官员。徐锡麟安庆一击,杀了一个封疆大吏,也震动了中国全局。作为光复会员,徐锡麟、秋瑾都曾到过上海,秋瑾等人经过高旭等的引荐,还曾受到孙中山的指示。徐锡麟、秋瑾的被害,极大震动了高旭等人。而一时间罗网大密,有志者难以聚会联络。于是以某种名义或形式结社,成为革命的必要。

徐锡麟、秋瑾之被害,是同盟会成员的高旭等人所深深怀悲的事情,更因此而思奋起。于是出现了神交社的集结。1907 年 8 月,高旭与陈去病,朱少屏、刘季平、沈砺、柳亚子、邓实、黄节、吴梅、包天笑、杨笃生、祝心渊等十八人共同结为神交社,此前并已发出《雅集小启》。启文有云:“昔在先朝……遂得创兴复社,高会群英。云间继之,几社乃作。由是江、淮、齐、豫、皖、浙、楚、赣,济济髦英,鳞萃辐辏。虎阜三集,南金东箭,美莫能名,至今道之,有余羡焉。”这是追溯前朝的风流韵事。而后云:“天崩地坼,云散风流,逃社方盟,史祸遗烈。吴、潘之后,风雅式微,慎交甫萌,而汉槎塞外,愁听悲笳。神州不祥,纪昀钟戾。”此处用词文雅,含而不露,实际说的是明清鼎革,中国为满族所统治。如此则“訾言一出,文网日张。三百年来,文人结社,几与烧香拜盟同悬厉禁,吁其恫哉!”生于此时,乃大不幸,遂叹“我生不辰,遘兹颠闵。道迹江海,行几类乎鸱夷。凭吊山川,心窃比诸方谢”。然而“足音空谷,逃者自愉。鸟鸣嘤嘤,诗人所慕”,文人交往之雅事,是所心向往之。以此为借口,则当与众人结伴而游览山水,论文道故。而高旭、陈去病等人仍然流露出愤世嫉俗之意:“夫当此俗敝风颓之日,正吾侪论交讲学之年。何况秋令方新,长日如岁,雷雨既过,薰琴乍调。竹林清谈,世何让乎嵇阮;德星夜聚,今不异乎太丘。际吴会之名区,结海天之胜侣,论文道故,一朝而集。虽乏曲水流觞之雅,庶追江湖惊隐之风。方闻君子,幸广引教之。”

这篇小启应该代表了陈去病、高旭等人的共同心声。小启写得极其古雅,除了陈向来崇尚国学,其现实考虑则是尽量避免引起清政府的注意。如其所言,“三百年来,文人结社,几与烧香拜盟同悬厉禁,吁其恫哉!”在这样的情势之下，只有尽量宣称他们都文人雅士，只求“鸟鸣嘤嘤”，求其友声。但“夫当此俗敝风颓之日，正吾侪论交讲学之年”，语言似含矛盾，其实说得已经非常明显，所谓“论交讲学”虽然未必全为虚假，但绝非其重点所在。神交社正是因为高旭等人前此约游苏州的后续，而因皖浙的事败，迫切需要联络同志，于是以雅集为名，得以一聚。而神交社于南社之创，则很明显为其先声了。

上海为四方辐辏之地，更是海外归来必经之所。尤其是出入日本，最方便的途径就是上海。这点决定了上海士人团体交游的广泛，也极有利于有志革命者的联络。神交社之事后，就是高旭、柳亚子等人与刘师培夫妇的上海酒楼之聚。1908 年 1 月 5 日，刘师培、何震夫妻由日本回国到上海，陈去病邀他们与高旭、柳亚子、沈砺相聚于酒楼。他们此时已有结社之意。1 月 12 日，高旭、陈去病、柳亚子等再邀刘氏夫妇等十一人在国华楼聚会。席上于是有结社之约，即名南社。

南社创立之前，不得不说陈陶遗。前文说到高旭、陈陶遗、秋瑾、熊克武等人都在 1906 年 7 月在吴淞口船上与孙中山会晤。此次会议应是孙中山布置各地起事及其宣传的重要密会。会后又有革命党招供出“夏寓”为同盟会在上海的机关，而陈陶遗遂赴日本，接管《民报》《醒狮》，并任暗杀部副部长。其后他接任同盟会江苏分会会长，曾刺杀两江总督端方。在刘师培夫妇叛变投靠清政府后，两江总督掌握了他的情况。7 月 9 日，陈陶遗由日本回国，刚一下船，就被捕，转押南京。1909 年 6 月，经过多方营救，陈陶遗出狱。他随后往访柳亚子，二人一起又往访高旭。三人相见，痛饮三日，诗酒欲狂。因为相聚难，他们相约发起南社雅集，地点定在陈去病所在的苏州。他们应还记得此前高旭等人的苏州之行，于是决定还要拜访一回张国维祠。三人约定，由柳亚子撰社例以定社事；由高旭撰宣言以定宗旨；由陈去病撰启事以资召集。留溪别后，即分头行动并通知所联系的社员。自 1908 年初成立南社后，他们终于在高旭的家乡金山，确定了南社的入世宣言。

（二）辛亥革命与金山南社诸人

从南社建立到辛亥革命　南社的历史作用，其“荦荦大者”在于革命，在此“大节”之下，谁第一个喊出“南社”之名，谁是社长、文选抑或诗选编辑，都本属末节。南社是为革命而“张一军”的事业，也要在辛亥革命中予以考察。

高旭等人在南社中，对辛亥革命有哪些作用，是我们考察的目标。

在辛亥革命之前，黄兴在广州组织了黄花岗起义。这次起义虽然规模不大，也很快失败，参与者却大多是同盟会的精英，其中就有不少南社社员。据陈去病《高柳两君子传》记述："粤东倡义，吾社之士即联袂趋赴，期得一当。及武汉克而东南未定，黄兴、宋教仁、陈其美等奔走规划，日夜不休。卒以其力恢复上海，并下苏杭，皆社中所顾也。南都既奠，社之豪杰若马君武、吕志伊、景耀月、汪兆铭、陈家鼎、居正、陈道一辈，复从容推戴中山，建立中华民国，俾吾皇汉四百兆同胞，一旦获睹汉室之重光，识胡虏之衰替。说者谓，事虽天定，然非两君子于平时多所联络，亦未易至是。岂不然欤！"从中可看出不仅黄花岗起义，其后的武昌起义，东南地区的响应都至关重要，这些响应都成于南社之手，且确保了武昌起义的革命成果。而金山诸人中加入南社的，也或直接、或间接参与了黄花岗起义。

辛亥革命是终结帝制、建立民主共和之中国的一次努力，是革命派、立宪派等各个派别人士共同合力的结果，而非某一方势力的压倒性的成绩。其最终有得有失，在某些方面归于失败，也同样是各个派别人士的合力的结果。以上海为主要活动地域的南社之于辛亥革命有着特别的贡献，这是上海的精英士大夫的总体贡献的一个面相。我们将南社放到金山、放到上海，或许能更客观地了解南社的历史功绩。

近代以来，直至辛亥革命，重大事件似乎都与上海、上海的士大夫团体有着密切联系。"东南互保"就是一例。"义和团事件"发酵引发列强环伺，1900 年上海的各界人士在唐才常的主持下，召开"中国国会"，以西方议会的形式举行了投票选举，又名"张园国会"。其后 8 月 22 日因干事唐才常组织"自立军"，旋在汉口起事被捕，遂自行解散。参加"国会"的人士虽然只有百余人，但有章太炎、文廷式、毕永年、马相伯、陈三立等名流参加，说明当时上海的精英士大夫对民主选举的向往，他们对西方国会政治非常熟稔。

白蕉在《袁世凯与中华民国》的序文中说："武汉起义，一切策动，上海实为中心。其于袁，外有张季直先生，内有张仲仁先生。"武昌起义本身是很偶然发生的，孙中山也认为："时响应之最有力而影响于全国最大者，厥为上海。陈英士在此积极进行，故汉口一失，英士则能取上海以抵之，由上海乃能窥取南京。后汉阳一失，吾党以得南京抵之，革命之大局，因以益振。则上海英士一木之支者，较他省尤多也。"陈英士即陈其美，是南社社员，也是南社在上海负责武装事务等实际工作者。上海的有关“策动”,主要是对统一政权的形式的策划。而在此之前,则是上海的响应。其中,寓居上海“惜阴堂”的赵凤昌起了很大作用。

赵凤昌曾任湖广总督张之洞的幕僚,对武汉之事能够及时了解。他得知武昌起义后,立马发电报去确认。其后,赵凤昌“因复电朱促张謇返沪,时张适去汉口。随往晤商会董事甬人苏宝森,告以革命既起,沪汉商务息息相关,倘使战火燎原,两地均不堪命。急为今计,商会亦召各业会议,请沪地官商人民持以镇静。且电达江督张人骏,固圪自保,万勿轻预上游之事,冀阻江督发兵援鄂。又上海有英法租界,万一牵涉,贻害更大。应再由商会约西人商会开会,陈说民情,使达之领事,上闻公使。……当私告外商,此际应以保圪护商为主,外人绝不当有所左右。倘为清政府张目,资以饷械,或借租界之力扼制民军,则地方必须致靡”(《惜阴堂辛亥革命记》)。可见赵凤昌等人对当时革命形势的判断之准确,影响之大。而当时的“上海各报馆生意甚形兴旺。望平街一带人山人海,皆急于探求消息者。闻革军胜,则无不欣欣然以为喜;有谓官军胜者,则必迁怒于此人。如前日望平街人丛中有一无知者闻革军大胜之言,微叹一气,后面之人,遽饱以老拳。事虽可笑,观此亦可见人心已大去矣”(《胡绍之等致胡适的信》)。赵凤昌等人在谋划上海独立之际,经过南社的多年努力,同盟会和光复会早已“驻沪筹画”,并联合上海绅商于 9 月 13 日发动起义,南社社友陈其美任沪军都督。上海光复引起连锁反应,苏州、浙江也很快宣告独立。这是对武汉最大的声援。

1911 年,中部同盟会高层纷纷加入南社,并积极参与南社活动,因而南社对革命事业起到了很大的作用。8 月 4 日经朱少屏介绍,宋教仁填写入社书,加入南社。柳亚子有诗赠之。次日,宋教仁在《民立报》发文评介《南社》。至 9 月南社第五次雅集所到三十五人,除高旭、姚光、柳亚子、俞剑华等人外,还有宋教仁、陈布雷等人。此次雅集推举高旭为庶务员,宋教仁为文选编辑。南社为革命别张一军的作用至此完全发挥出来。

上海之光复,以前期的舆论宣传和武昌起义后的联络为主要手段,其中南社的作用不言而喻。柳亚子后来追述说:“第二次通讯录出版以后,接着武昌革命也起来了。大家忙着奔走国事,南社的事情只好暂时搁在一边。记得在武昌起义以后,上海光复以前,曾经有一封署名‘亦是同胞’的信,从苏州全盛信局投寄到上海法租界三茅阁桥民立报馆转交南社会计柳亚卢那儿来。信封上写着菊月初三日，当然是旧历九月，依照阳历是十月二十四日，距离武昌起义恰恰是十四天了。他在信的开头上写着：‘铜山西崩，洛钟东应，古有斯言，何今无此事？’接着便说：‘贵社诸社友，鄙人相识甚多，验其宗旨，虽以文学为名，实有救时之志。今者武汉起义，一举而澂逃彪走，再战而瓦解冰消。当此之时，正丈夫用武英雄得志之秋也。自前月黎君起义，鄙人以为我江南志士，必能援手梓桑；何意至今尚杳然无闻，岂欲坐观成败耶？窃以为江督、苏抚究属汉种，有胆大心细之士，入其署而游说之，不白旗遍地者，吾不信也。贵社人才济济，此中真谛，自不劳饶舌。至于军机辎重，无须多备。新军煽动于姑苏，商团呼啸于沪渎，则一举而苏、沪归正，常、镇、太、必有响应，即浙之杭、嘉、湖、亦定卜同谋矣。趁此天心与人心巧合之际，望诸君勿失此机会也。’这封信投到我书呆子手上来，自然是不生效力的了。不过，在上海方面担任实际工作的陈英士社友，却早在着着进行，和信上所讲的话也正是差不多吧。阳历十一月四日（旧历九月十四日），上海光复，英士被推为沪军都督，组织都督府。五日（旧历十五日），苏州程德全也接受英士派去代表的劝告而宣布反正了。”这位“亦是同胞”不知何许人，但其见识也真的很高，对形势把握得极其准确。既然给南社写匿名信，说明不是革命一派，而是立宪人士的可能性比较大。立宪人士热心时局，他们认为光复上海的人选，显然就是南社。然而他们对南社的实质也认识得很清楚：“贵社诸社友，鄙人相识甚多，验其宗旨，虽以文学为名，实有救时之志。”柳亚子说自己是书呆子，而社友陈英士（其美）则步步进行，大体居然和这封信所说的一致。这就说明了南社之于革命的作用。南社之中，诸如高旭、柳亚子当然不是书呆子，而负责的是革命的舆论宣传；陈其美、宋教仁等人则负责“担任实际工作”，也就是武装活动。

武昌起义之后，张謇、赵凤昌等人反复筹划，决定对政体之事展开行动。在他们的谋划下，江苏都督程德全、浙江都督汤寿潜联名，致电沪军都督陈其美，并公开发函，要在上海设立“全国临时代表会议机关”，其实质为临时国会。这与上文所说的“张园国会”又有着明显的联系。立宪派诸人并非都是“保皇”的守旧分子，相反，在大节上颇有开明的思想。他们推崇的，从英国的君主立宪已变为美国的建国模式。美国开国，由十三州代表到费城组成国会，讨论国体政体。立宪派也表示应效仿这样，先由各省派代表到上海，组成实际上的临时国会，再由国会讨论组成政府。

对联邦制的向往，很早就可从梁启超之文章中看到。1901 年，梁启超《卢梭学案》案语说："使有一大邦效瑞士之例，自分为数小邦，据联邦之制以实行民主之政，则其国势之强盛，人民之自由，必有可以震古烁今而永为后世万国法者。而我中国民间自治之风最盛焉，诚能博采文明各国地方之制，省省府府，州州县县，各为团体，因其地宜以立法律，从其民欲以施政令，则成就一卢梭心目中所想望之国家，果尔则吾中国之政体行将为万国师矣。"江浙都督致沪军都督的公开函，代表了辛亥革命之后的一种思潮。在他们的规划中，拟成立的临时国会代表，由各省咨议局和独立各省都督府各举代表一人。他们没有质疑对清朝咨议局的代表资格。而北方数省尚未宣布独立，其咨议局，也可派代表。足见上海精英士大夫所谋划的临时国会，其出发点是尽可能地代表全国，来共同决定中国的去从。而对于清朝廷的处理，他们主张政权的和平移交。秉承包容，达成统一，他们向往的是不流血的中国式"光荣革命"。

陈其美是南社社员，在劝说之下接受了咨议局可以选派代表。另外的南社社员宋教仁、黄兴等也加入到筹划中。他们拟定了《拟宣布临时国会成立计划》和《组织全国会议团通告书稿》。在临时国会第一次会议之前，实际上有一件小事，足以说明南社对于这次建立国会、决定中国去从的参与与贡献。11 月 9 日起，南社马君武开始撰写文章，题为《共和政体论》《论共和国之秩序》《论新中国当速建设国会》等，达十余篇，皆发表于《民立报》。马君武与高旭关系最笃，二人常相唱和。高旭在辛亥之前曾有诗《次君武韵即寄欧洲》，也刊发在《南社》第四集上，其中就有句云"欧西政治谁最工？愿从先生究其理"。马君武与高旭在很多方面都非常相似。他们都是留日学生，在日本入同盟会。马君武虽然学工科，但对于政法之学十分擅长。高旭虽然以诗文见长，但他在日本学的正是法政。二人气味相投，交谊深厚。以马君武为代表，南社成员在舆论上对此次临时国会最大事项进行了充分宣传。

12 月 2 日议会会议，决定制定政府组织大纲，委托马君武、雷奋、王正廷起草。其中，马君武即南社社员，王正廷为同盟会会员，与南社诸人交好。3 日，经代表签名公布了《中华民国临时政府组织大纲》，中国历史上首次由代议机关立法来组织政府。在临时政府成立过程中，南社及其影响下的上海之作用，首先在于上海临时国会的倡议，高旭、马君武、陈其美等社员都直接、间接地起了作用；其次则是国会制定政府之组织大纲，南社马君武等又具体从事其起草工作。在国会会议制定政府大纲时，江浙联军终于攻下了南京。自汉阳失于北洋军后，南方又获取了南京这一重镇，得以抵消失去汉阳的大形势损失，从而与北洋军维持战略平衡。南京光复的作用是巨大的，从辛亥革命之“关键战役”的上海光复到南京光复，都有着南社的影响。

10月10日武昌起义爆发，高旭作《闻武汉义军起喜集钱蒙叟〈投笔集〉集句得十章》欢呼胜利。11月6日，吴禄贞在石家庄被袁世凯遣人暗杀，高旭作《哭吴绶卿》诗。吴禄贞与蔡锷齐名，有着高远抱负，其被杀对于革命非常不幸。11月27日，为周实在山阳率众起义被害作悼诗及联语。沪军都督府召开革命先烈追悼会，高旭撰《吊革命死者文》及联语云：“革命！革命！革命！几多大好男儿，死而为灵，应助同胞齐杀贼；议和！议和！议和！毕竟是何妖孽，来者努力，断无遗恨失吞吴。”

陈去病、张昭汉主办《江苏大汉报》在苏州出版，作诗庆祝。其后高旭与姚光曾至大汉报馆。姚光《吴门游记》载：“辛亥光复之秋，与高天梅始至吴门，居可园大汉报馆，时戎马倥偬，留一日即返海上，而相会者有陈佩忍、胡石予、吴瞿安、傅钝根、徐寄尘、徐小淑、张默君等，皆裙屐名流。佩忍置酒百尺楼上，酒酣，瞿安吹笛按曲，声裂金石。夜阑更与天梅、钝根联句，极一时之胜会也。”姚光所说“时戎马倥偬”，淡淡一笔，却写出了南社高旭、姚光等人为革命奔走之苦，面临的危险。

周实之事见于上文。按当时正值东南纷纷宣布光复之时，而淮南社是南社之支脉，实际与上海南社高旭等人联系紧密，其起事当在南社诸人总筹划之中。而其被害，也使得南社诸人奋起反击，姚氏县令最终被缉拿到沪，由沪军都督陈其美组织审讯定罪。然而最终仍被袁世凯特赦免死。高旭为周实的遗集写有序文，情真意切，又可见当时南社诸人交谊联络的细节。

而辛亥年的时局，尤其重要的是南京的光复。当时，袁世凯麾下冯国璋、段祺瑞等秉承其意，时而对武汉等地进行猛烈进攻。11月中，周祥骏上书镇江军政府林述庆、柏文蔚，建议迅速攻取南京：“汉族光复，四方景附。都督统制手挈劲旅，攻取镇江，捐除苛政，与民更始。凡我皇汉民族，莫不喁喁望治，幸何如也。虽然，祥骏有过虑焉。列强谋瓜分我国已数十年矣，决不肯因我稍事振作，遽尔幡然变计，转移政策。我若有隙可乘，彼心仍蠢蠢欲动，则战期延长，为害非小。而其最可忧虑者，莫过于不即取金陵。何者？金陵绾带吴、鄂，扼扬子江中坚，一日不入我版图，则上、下游不能联络为一气，而北征之师无期。北征之师一日不出，则称伪号、持谬见者即不得迅速扫荡，而一国三公，意见纷歧。倘清政府稍施奸计，一般哀求立宪之政客从而附和之，则瓜分之祸或恐因此而起，未可知也。为今之计，莫若以直取金陵为最要。”（《更生斋全集》）武汉孤悬长江上游，而江浙沪虽然光复，但清政府有强大的军事力量在南京集结，张勋等人屯兵数万之众，致使革命的势力首尾不能相顾。南社周祥骏观察十分到位，其目光远大，并不局限于东南自保，而放眼他日北伐。若南京不光复，则北伐不能谈起。而不能北伐，东南一隅难以确定政权的合法性，迟早要被帝国主义势力与北方联合绞杀。江浙联军的兴起，与此建言关系不小。而江浙联军实际上以沪军的团结努力为最大，陈其美等人由中部同盟会、光复会等的联络，再加上南社的前后奔走，最终将联军组建起来。在南京之战中可看出，江浙联军上下团结一气，是能够快速攻克南京的最重要保障。12 月 2 日，江浙联军攻克南京，高旭作《盼捷》诗，欢呼胜利。

1911 年 12 月，《民立报》刊发了高旭一篇短文，题目非常抢眼，曰《真英雄》。这里的“真英雄”于名利无所争，指的是孙中山。1911 年 11 月 22 日，孙中山发表声明，只要袁世凯赞成清帝退位，自己将辞职让位于袁世凯。北洋军势力强大，情势为世人所共见。武昌起义，尚且不得不强行逼迫黎元洪为都督，而南北议和前，冯国璋、段祺瑞秉袁世凯之命，猛攻之下，汉阳即陷落。北洋军非旗军可比，以江浙联军的能力，攻克南京尚且死伤过万，只可称惨胜，若以之与北洋军相抗衡，那么非得进行旷日持久的内战不可。孙中山并无多少直属的武装力量，南方各省自临时国会建立，就以不流血地终结帝制、建立共和为大目标，且都以袁世凯为解决中国问题的人选。高旭此文刊发于 12 月 2 日的《民力报》，是对孙中山不汲汲于名利的肯定。

关于孙中山让位于袁世凯之事，需要回到辛亥年“双十”之后。10 月到 11 月间，袁世凯三次遣使拜见黎元洪，表达和谈之愿。同时，又命其子袁克定约见黄兴，建议合作。袁世凯惯于“持其两端而抑其中”的权术，革命党深谙此点，故袁世凯的阴谋未能得逞。既不能施展阴谋，袁世凯授意北洋军猛攻汉阳。11 月 27 日，汉阳失陷。出于大家意料之外，袁世凯又立即停止了进一步的进攻。他使英国公使朱尔典命令驻汉口领事居间调停，安排于 12 月 1 日和谈。袁世凯的代表唐绍仪赴沪“惜阴堂”，与革命军代表伍廷芳谈判。南方内部商讨后，由黄兴电告袁世凯，如果他支持共和并迫使清帝退位，将由他出任共和国的总统。

当时绝大多数革命党人和立宪派都一致认为袁世凯是解决中国问题的不可或缺的人物，只有袁世凯才能使国家免于内战，并迫使清帝退位，结束帝制，缔造共和。这在今日是令所有人感到诧异的观念，在当时却是极其正常的思维。因为武汉起义恰逢清军调赴四川镇压立宪派组织发起的保路运动而军防空虚，加上各种偶然因素，从而得以成事。东南各地的光复，也都没有经历过与北洋军的直接对抗。江浙沪联军数万，虽然攻占了南京，但也付出了极大的代价。而袁世凯控制的北洋军是当时中国最强大的武力，是众所周知的。清政府倚袁世凯若长城，他在当时是最称得上“举足轻重”的人物。

孙中山的夙愿是推翻清室，建立共和。但他面临的现实形势就是，能做到迅速推翻清室并建立共和的只有袁世凯。如果袁世凯想要做大总统，则他只有卸任。另外，他已经就任临时大总统，再退而让于袁世凯，则袁世凯是共和的总统，而与清政府的法统无涉，这一点关系到“合法性”依据。从革命党内部来说，孙中山也为同盟会单纯的民族主义情绪深感苦恼。三民主义，实际上当时大多数革命者只理会民族主义，而无视民权主义、民生主义。革命党起义之后，建国的热情高涨，但方向似乎已经迷失。

上海立宪派和革命党关于由临时国会建立政府的建议，早已得到孙中山的认同，认同上海立宪党人联合革命党和各方势力组织“议会”。早在 11 月 16 日，在回国途中的孙中山致电武汉军政府：“今闻已有上海议会之组织，欣慰，总统自当推定黎君。闻黎有推袁之说，合宜亦善。”说明孙中山认同上海立宪党人联合革命党和各方势力组织“议会”。然而，孙中山回国却促使了南方一致采取较为强硬的措施，确定共和的国体。12 月 25 日，孙中山到达上海，第二天就赶到赵凤昌的“惜阴堂”。各地代表云集南京，于是开会组织政府，选举临时大总统，与会代表 17 人，孙中山获得 16 票。此后，临时国会又致电各省，要求选派精通法政的参议员三人至南京，组成临时参议院。其后，29 日孙中山当选临时大总统，31 日选举黎元洪为副总统。1912 年元旦孙中山就任总统，宣布中华民国成立，并表示自己是临时大总统，“暂就临时之任，借以维持秩序，而图进行”。临时国会之成立政府、选举临时大总统、副总统，目的只有一个，即为中国尽早确定共和之国体。至于孙中山的临时大总统之位，应已达成共识，是要在袁世凯解决清帝退位之事后让于袁世凯的。这是南方的谋划。

南方的谋划让袁世凯愤愤不平。12 月 29 日，孙中山当选临时大总统，袁世凯愤怒地立即中止了和谈。他又命其麾下四十多名军官宣称支持君主立宪，反对共和。元旦当日，袁世凯宣布撤销唐绍仪的代表职务，并不承认谈判订约。英国驻华公使朱尔典访问袁世凯，袁世凯表示不接受南方的临时国会，而要重新组织在北京召开国会来确定国体。虽然清帝尚存，但无论南方的革命党、立宪派，还是北方的袁世凯，都以国会为理所当然的最高权力机构，以用来确定国体、组织政府。所争议的无外乎该国会由谁组成，在哪里召开。值得一提的是，袁世凯在最初与清政府谈判复出的条件，第一条就是“召开国会”。

袁世凯既然发怒，又组织“民意”反对共和支持君主立宪，孙中山只好再三解释：“文不忍南北战争，生灵涂炭，故于议和之举，并不反对。……一俟国民会议举行之后，政体解决，大局略定，敬当逊位，以待贤明。”而如前文所说，“其于袁，外有张季直先生，内有张仲仁先生”，张仲仁就是张一麐，张季直就是张謇。袁世凯最听张謇的话，张謇致电袁世凯拟定召开国民会议办法：“一、开会地点在汉口；二、议员由各省咨议局或省议会公举；三、各省议员人数暨票数，旧查人口之多寡为比例；四、蒙古即派在京王公，西藏或派北京雍和宫喇嘛，或五台山之呼图克图，或章嘉佛；五、开会期至迟不得逾一月；六、多数决定政体后，两方即须照行，蒙藏亦不得翻悔；七、政体决定共和，即另举总统。以上各条，皆极公允。望请酌核速复。千万秘密！”他向袁世凯保证：“甲日满退，乙日拥公，东南诸方，一切通过。……愿公奋其英略，旦夕之间勘定大局。”（《赵凤昌藏札》）赵凤昌拟定的开会办法稿也与张謇稿类似：“一、开国民会议，投票取决共和、君位问题，取决多数。取决之后，两方均须承认。二、国民会议由各省电举代表组织，每省三人，每人一票，若到会代表不及三人者，仍有投三票之权。三、开会省数有三分之二，即可开会决议。四、开会场所在上海城。五、开会时间定于十一月初十日以前，愈早愈妙。”此后，由张謇等草拟清帝退位诏书，交由南北各方斟酌通过。

同时海外的使臣纷纷敦促清帝退位，袁世凯告知南京，如果他能出任大总统，就将诱使清帝逊位。当时南北双方以新闻传媒具体规定了政权转交的程式：一、将清帝逊位的消息通知外国大使、领事；二、袁世凯公开声明拥护共和；三、孙中山得知清帝逊位后，便主动辞去临时大总统之职；四、国会选举袁世凯为临时大总统；五、袁世凯保证遵守国会即将通过的宪法，在此之前他将不享有军权。达成共识后，袁世凯逼迫清政府在现有的有利条件下体面退位。1月17日至19日的三次会议中，大多数满族与蒙古族亲王都反对。袁世凯再次发动约五十名军官宣布支持共和。段祺瑞、冯国璋也都公开宣布支持共和，并威胁清政府。

1912年2月12日，隆裕太后正式发布退位诏书，两千余年的帝制终结。而翻云覆雨的袁世凯，在退位诏书中又夹杂了“私货”，在由张謇草拟的退位诏书中增添了一笔：“袁世凯前经资政院选举为总理大臣……即由袁世凯以全权组织临时共和政府。”如此则袁世凯之组建政府合法性来自清帝，而非国会。这使得南方难以接受，双方争议纷纭，但已无法改变这一事实。次日，孙中山辞职，推举袁世凯。数日后，参议院表决通过袁世凯为第二任临时大总统。16日，袁世凯致电参议院接受临时大总统职务。

在整个权力转移过程中，从南方来说，国会及参议院都起到了巨大作用，而非某个个人。南京的临时国会代表十七人，其中有四人为南社社员，陈陶遗为金山人。柳亚子认为这是南社历史上值得大书特书的一件事，确实不为过。而其后1913年1月10日发布国会召集令，高旭被选为第一届国会众议院议员，也属于南社的重要篇章。从临时国会到正式国会，是最高权力机关。临时国会在民国诞生之前，是民国的“产婆”。而政府由临时国会制定的纲领组建，临时大总统由临时国会选举。即便袁世凯窃国成功，在清帝退位诏书中增添一笔，以清帝的名义授权他组建政府，但终究不为南方接受，而要由参议院表决通过他为第二任临时大总统。北洋政府时期，黎元洪、冯国璋、曹锟等任总统皆由国会选举，而不能自己任命。而南社前有陈陶遗为十七人参议员之一，高旭为正式国会议员，且都为金山人，已足以说明二人在南社中的重要地位，以及曾产生的巨大作用。

民国的诞生是中国历史上一个具有划时代意义的大事件，因为它结束了长达二千余年的帝制。从此，中国不再属于任何“天子”“皇帝”抑或任何家天下的王朝，而只属于广大民众。辛亥革命的步骤非常紧凑，过程非常短促，所取得的成功非常大。从1911年10月10日武昌起义爆发，到袁世凯逼迫清帝退位，到1912年1月1日中华民国成立，其间仅83天。其巨大成果就是终结帝制、建立共和。革命虽然迅速地取得胜利但却并不彻底。孙中山的大多数追随者热情所钟仅在于民族主义，仅致力于推翻满清。如本书前文引述，柳亚子笑言陈去病，倘若孙中山革命成功要帝制自为，恐怕陈去病也要奉命不遑的。

此前的很多研究都认为，孙中山的追随者大多不能领会三民主义的精髓，只有“一民主义”或“二民主义”。而当帝国被推翻、民国成立之时，他们认为自己的主要目标已经实现，故而渴望和平，因此不顾孙的反对，情愿同袁世凯这种毫无原则的、曾手染谭嗣同之血的人进行妥协。这些研究将孙表述为得不到多数人的支持，更认为他是一个不切实际的理想主义者。然而这样的表述是不确切的。

从当时的具体情势看，孙中山让位给袁世凯是南方一致认为的最佳方案，更是孙中山在归国途中就做好的准备。让位袁世凯的目的在于争取袁世凯反正，从而极大减少流血，达成终结帝制、建立共和的目的。事实上，南方诸人的筹划最终也成功了。然而此后的历史走入了另一个低谷，袁世凯逐步窃国称帝，南北再度对立，军阀纷起，而这些实非始料所及了。虽然如此，当时人对袁世凯的了解仍然不够充分，以致后来发生许多变故。以孙中山为例，袁世凯就任临时大总统后邀请孙中山、黄兴到北京。袁世凯先后十余次征询孙中山对时局的看法，最后任命孙中山为全国铁路督办。而对黄兴，也是多次接见，任命其为川省铁路总督等职。孙中山在离京后，对袁世凯赞不绝口，十分相信袁世凯的能力与真诚，认为十年内都应由袁世凯任总统。孙文尚且如此，何况他人！对历史的观察不能作“事后诸葛亮”式的逆推，而应努力挖掘当时的历史事实。

然而，并非所有人都真正相信袁世凯。南社诸人因为周实被害、元凶漏网未诛的缘故，对袁世凯抱有很重的戒心。其中，又不乏真正的“明眼人”，某种程度上洞悉了袁世凯的真面目。1911 年 12 月 2 日，高旭在《天铎报》发表《擒贼先擒王》，声称袁世凯“最足为共和新中国之梗者”，其后有陈布雷按语：“袁贼罪大恶极，凡我国人无不欲食其肉而寝其皮。虽副车之椎幸逃博浪，而毒龙之尸终载鲍鱼。请悬钝剑此评，以俟吾言之验！”关于此文，应当了解当时的背景。武昌起义后，清政府在 11 月 1 日解散皇族内阁，任命袁世凯为总理内阁大臣。此后不久北洋军夺取汉口、上海光复、贵州、浙江、江苏相继独立，而清政府下诏要迅速制定议院法、选举法，准许革命党按照法律组建政党。其后两广、安徽先后独立。27 日，冯国璋猛攻之下，汉阳沦陷。29 日，各省代表先后抵达武昌，次日，转入汉口英租界顺昌洋行举行各省代表第一次正式会议。袁世凯主动派人过江与武昌方面鄂军政府议和。此时,高旭非常敏锐地认识到袁世凯才是新中国最大的敌人,号召革命党人去刺杀他。其文附有《天铎报》主笔陈布雷按语,说袁世凯“罪大恶极”,必将不得其终,留高旭此文待验证。

高旭此文,“二百六十年以前亡我中国者,非满虏,乃汉贼也”一句,发人深省。所谓二百六十年前,说的是甲申之变,“汉贼”吴三桂引军入山海关,从此“洪水横流”。其又进一步而言,说眼下率领北洋军来攻打的张勋、冯国璋等人是汉贼,但为患还小,真正的大患是幕后的袁世凯。在赵凤昌、张謇、孙中山等人一致认为袁世凯可靠之时,高旭的见识令人惊叹。而“非满虏,乃汉贼也”,实际上已经开始消解极端民族主义,将对中国问题的观察引向深入。此文直接大呼刺杀袁世凯,短小精悍,极富战斗力,是民国杂文的代表作。南社之中,与高旭一样痛恨袁世凯的还有柳亚子。他撰写反袁文章在高旭此文之后,以 1912 年初为最多,诸如《袁世凯休矣》《论袁世凯》《请看袁世凯之外衣》《请看本初内阁之人物》等。本初,袁绍之字,借指袁世凯,以昭示其欲称帝之心。

高旭的见识远不止此。在上文刊发的同时,他还刊发了一篇文章《贫富革命又少不了》。高旭敏锐感觉到共和国目下最要紧的事情是民生,也即是社会分配问题。他将同盟会“平均地权”的主张重新翻出,提醒革命党人此事正当其时。然后,他又巧妙地将民族主义与民生、民权结合起来:“今之排满者,非以满虏之夺我权利乎。”这才是当日南社诸人鼓吹的民族革命的真意。

在北洋军与革命军对垒议和之时,高旭就已想到了革命之后的危局,“料想共和国成立之后,社会经济必大起恐慌”,而提出解决方案:“平均地权之说,博识之彦于十年前已引为明训。岂可于而今反淡然视之乎!”高旭的忧虑,实际上是害怕革命沦为太平天国式的、李自成式的底层起义,而不能动摇旧中国的根本:土地所有制。平均地权运动几乎与近代中国的历史完全同步,历经数十年。由此可见高旭的眼光是长远的。

辛亥之后的南社与高柳之离合　南社创立的初衷,就是为同盟会别张一军,以文字鼓吹革命,而从精神上激励国人,使民众觉悟而促进文化。这里面其实有政治的、学术的两重原因纠缠在一起。首先,南社以学术、文艺之结社为借口,实行政治的、革命的联络,因此学术的创社原因为虚,而政治

的原因为实；其次，南社毕竟主要以文字往来、互相争鸣唱和为其主要活动方式，而联络革命为其隐藏的活动方式，因此学术的创社原因为实，而政治的原因为虚。最后，革命之后，政治的原因就面临着转变与消失两个可能，而学术的原因则将被强化。

然而对此两重因素纠缠的认识程度，又因人而异。从组织上说，南社本就松散庞杂，并非政党，甚至不如会党。这又增加了情况的复杂程度。高旭和柳亚子的离合，深刻反映了南社的复杂程度，也反映了历史发展的多重面相和图景。高旭一定程度上代表了金山诸人，但又有着其自身思想的特殊性。其中，也可见金山诸人思想的复杂性。

1911 年 12 月 23 日，南社在上海举行临时雅集，会上高旭宣称，今后须注重促进道德增进文美。高旭在《答陈蜕老书》说："今幸民族朝政，顿异往昔，则吾社之宗风大畅，而未尽者，非政治之发扬，乃在道德与文美耳。"陈蜕老，即陈范，其晚年更名陈蜕。陈范是清光绪秀才，曾任江西省铅山县知县。1894 年以教案被劾罢官，居上海。1900 年购《苏报》产权，遂锐意报业。起先他鼓吹变法维新，提倡立宪，后渐倾向革命。邹容、章太炎"苏报案"起，陈范逃亡日本，结识孙中山、陈少白等人。1905 年返上海，被捕入狱，翌年获释。其后在上海为多种报刊主笔，宣传革命甚力。其人虽有大功于革命，但从不居功，为人尊敬。陈范致函高旭，希望南社在政治上再图奋往。陈范作为沪上知名报人，对南社情形当然了解，他以南社事致函高旭，正因其熟知高旭是南社主事者之一。他所说的奋往，应该指的是希望南社组织政党。

陈范在《与天梅书》里说："吾南社以文词感发国人，惊魂荡气，生死肉骨，于今三年矣，不可谓无宏效大验也。顾吾天梅提倡之意，以实不以虚。今者民族、朝政，廓然改革，兵、农、政、学、工、商，一一皆求实进，吾社进行，亦当腾步，固非仅如前此潇风晦雨中，以沈音险语钩挽国魂已也。"对此建议，高旭并不赞同，他认为："吾社本以文字为导师。今幸民族朝政，顿异往昔，则吾社之宗风大畅，而未尽者，非政治之发扬，乃在道德与文美耳。"即南社的目标不是政治而在于道德文美。饶有趣味的是，南社创立之始，以及辛亥之前高旭追述南社创立时，是说南社系为同盟会别张一军，作为同盟会的臂膀助力，虽托名文字之盟，而其真正用意不在于文字。其间有矛盾在，原因只是因为时移世易。

南社之创立是为了革命，但确切地说，是以"文字革命为职志"，其意不仅仅是在文字间，而在文字之革命。此处言文字，《南社启》则言文学。《南社启》说：“今者不揣鄙陋，与陈子巢南、柳子亚卢有南社之结，欲一洗前代结社之积弊，以作海内文学之导师。余惟文学之将丧是忧，几几乎忘其不自量矣！试问今之所谓文学者，何如乎？呜呼，今世之学为文章者、为诗词者，举丧其国魂者也。荒芜榛莽，万方一辙，其将长此终古耶！其即吕氏所谓‘其坏在人心风俗’者耶！倘无人也以搘柱之，则乾坤或几乎息矣。此乃不特文字衰亡之患，且将为国家沉沦之忧矣！”其言一则曰文学，一则曰文字，皮相虽异，而内里实同。

然而高旭所谓文字、文学，究竟指的是什么？此处答陈范书中，从后半段实际上可以得到启示。他说：“经史子文四种，分门别户，限于时尚，不得不尔。然足遗通人笑耳！世界文字本无经史子文之分，总名之为文可矣。古之所谓经，与子，与史，果奚以区别哉？《书经》，史也，亦文也；《诗经》，文也；《道德经》，经也；《离骚经》，经也；《华严经》，亦经也；《孟子》，子也，宜列于子，乃跻之于经；《墨子》，实经也，有《经上》《经下》篇，乃降列于子。凡此，皆失其平者也。”这里虽然是说他对于经史子集的划分的看法，但可以看到，他所谓文，其内涵很广，包括了经史子集，且世界范围内皆可总名之为文。所以高旭的文、文字、文学的概念，实际上是比较广义的文化，或曰精神文明。而狭义时，指的是学问。这里的学问是涵盖了学术、文史之学、诗词之学等等。以文字为表述的文化，代表了一种文明的精髓，是故高旭说：“然则国魂果何所寄？曰：寄于国学。欲存国魂，必自存国学始；而中国国学之尤为可贵者，端推文学。盖中国文学为世界各国冠，泰西远不逮也。而今之醉心欧风者，乃奴此而主彼，何哉？余观古人之灭人国者，未有不先灭其言语文字者也。”国魂者，即文明的精髓。此处国学即文学，文学即言语文字，亦即文化是矣。顺便一提，高旭所谓国学，与今日李零先生“国学即国将不国之学”的观点颇为相似，此点将于下文详论。

按高旭的表述，南社的宗旨在于文字革命，亦即文化的革命。意在文化的革命，而非文字本身。以文化的革命来助力革命，并为革命者提供文化的支持：“往时人士入同盟会者思想有余而学问不足，故借南社以为沟通之具。”稍为拔高，南社是要为革命提供理论支持。高旭与柳亚子的认识区别也在于此。

回到高旭答陈范书。高旭在辛亥之后，不再提南社为革命助力之事。

为何？武装革命已经完成，不必再奔走呼号为推翻政府筹划。那么是否进一步而驰骋政坛呢？这也是陈范老人提出的建议。高旭的看法是："今幸民族朝政，顿异往昔，则吾社之宗风大畅，而未尽者，非政治之发扬，乃在道德与文美耳。"辛亥革命刚结束，南京的参议院即将组织政府、选举临时大总统之际，他认为，南社辅助革命的任务已经结束，应回到文字革命本身，致力于推进文化的变革，增进人民的道德、文化、美学，也即后世所谓精神文明的水准。

南社本为松散的士人结社，并无直接以团体参与政治活动的优势。高旭反对南社从事政治活动的态度是明显的。他说："吾辈断断不提倡政法，以政法者，时流之事也。吾辈乃拘墟之士，为他人所不欲为、不能为、亦不敢为之事。"拘墟，即拘虚。《庄子·秋水》云："井蛙不可语于海，拘于虚也。"拘墟之士，意即孤陋寡闻之士。这是自谦的说法，孤陋寡闻则不预时流的意思。而所谓"他人所不欲为、不能为、亦不敢为之事"，与上述"时流之事"相对，指的是一般人不会做、不能做、不敢做的文化的革命的事业。高旭一方面说"吾辈"是孤陋拘虚之士，另一方面又说"吾辈"所做的是别人"不能为、不敢为"之事。隐隐间，他是以文化事业为更高追求目标的。

而高旭对政法之事又有着自己的看法。他说："或曰今之中国，非所谓法治国乎？舍法与政，疑无急焉。而抑知不然。道德文美，其内也；法与政，其外也。营于外者既如是，其实繁有徒矣，枝叶固茂矣。不培养其本根，我知木虽盛，十日不雨，枯槁之虞可立而待也。"他并没有将法政之事看轻，相反，他本人正早年曾赴日本学习法政。他将法政视为外，而将道德文美视为内。在此逻辑上，他认为内者为本，本根不培育，则其外的枝叶就要枯萎。道德文美不兴盛，法政也无法真正实施。

这样就引入了高旭自己的主要观点，他说："故旭之国学商兑观，一方在促进道德，一方在促进文美。所以者何？盖二者之性质最为高尚，实含有世界至善之性质也。至善者何？必使世界皆公园，皆善士，无私室，无恶人，使世界人类皆生活于道德文美中。于是乃无罪恶。然欲无罪恶，必自无政客、无学究始。"他以道德文美事业为最崇高事业，将使世界达乎"至善"。要达于至善，则要"自无政客、无学究始"。这是高旭近乎无政府主义思想的逻辑。

高旭既然以"无政客、无学究"为世界至善的前提，那么自然不赞成南社在革命之后进一步直接涉入法政等事而组建政党。他说:“共和民国元年春,南社举行雅集于沪上之愚园,多数人士有改组政党意,而仆持极端主义者,正以此耳。”这是高旭与柳亚子等人关于南社向何处去的思想分歧的根本所在。

南社向何处去　1911 年 12 月,南方诸省相继独立,江浙联军攻下南京,武汉方面也与北洋军停战,南北和谈已成定局,国会开始组建政府。在此情势之下,南社向何处去成为南社核心成员的重要议题。12 月 19 日,陈去病在他主持的苏州《大汉报》发表召集广告,宣称南社目的已达到,召集同人于上海愚园举行大会,组织共和政党。《大汉报》此版有报头云:“发表本社夙愿,庆贺革命成功,讨论进行事宜,组织共和政党。”题为《南社临时召集广告》:

> 启者,自光复以来,本社之目的已达。惟建国伊始,一切事宜正资讨论,亟应组织共和政党,以策进行。为此广告,准期十一月初四日午后一时,在上海愚园特开临时大会,务祈同社诸公惠临为要。发起人:陈去病、柳亚卢、高天梅、叶楚伧、黄朴人、陈布雷、沈道非、朱少屏、陈陶怡、蔡冶民、傅钝根、姚凤石、邹亚云、胡仲明。

陈去病以南社组建政党的态度十分鲜明。同日,上海的《天铎报》发布《南社旅沪同人公启》:

> 启者,自光复以来,本社之夙愿粗遂,唯民国初建,一切事宜正资讨论,合应集合社员,发刊丛报,以策进行。为此广告,准期十一月初四日午后一时,在上海愚园,特开临时大会,务祈同社诸公惠临赐教为要。南社旅沪同人公启。

很明显,二人发布启事的日期既一致,用语又雷同,陈去病与柳亚子应该是已商议好。但二人所言仍有不同。陈去病直言组建政党,而柳亚子则以为“唯民国初建,一切事宜正资讨论,合应集合社员,发刊丛报,以策进行”,并未说组建政党,而认为要“集合社员,发刊丛报”,仍从事之前的舆论宣传之事。

在公告之后,上海愚园召开了南社大会,高旭发表了意见,即如答陈范书所说,不建议改变南社的性质,而仍以学为根本。此次会议应在很大程度上通过了高旭的建议,而未如陈去病所说去组建政党。高旭在南社的重要关头观察准确,决断无误,且得到了社众的承认。

然而，南社创社三人高旭、陈去病、柳亚子，对于南社向何处去就有三种意见，足见革命之后南社分歧之大。实际上，南社本身为松散的士人结社，并未在思想上强求一致，只是为了“排满革命”的共同目标而联合起来，鼓吹宣传，联络同志。是以本质上南社就有着思想的多元性，而这种多元性最明显的表现就是“剑”与“兰”的张力。

“说剑”与“描兰”之间有着比简单对立更复杂的关联。“剑”与“兰”的分野，除了群体的复杂性原因外，无疑还有着个体的复杂性原因。个体在不同时期会有着不同的思想趋向，而时势的变化，会使得个体承受极大的心灵与思想的压力，而作出相应的改变。剑与兰的矛盾与张力有时会泯然无寻，融会成一体。

如果说南社创立前，高旭、柳亚子等人的分歧仅仅是同志间的嬉笑，那么辛亥后的高、柳离合，就是对南社向何处去的分歧的表现。而南社向何处去，又与中国向何处去紧密相关。无论如何，高、柳诸人都对这一大问题作出了自己的思考与选择，其目的一致，其道路分歧，可以说同归而殊途。我们或许可以从南社的诸次雅集中观察时局对南社诸人的影响，以及高、柳诸人的选择。这样就对高、柳的离合作出更深层次的理解，而不是流于表面的标签化分析。

南社的第一次雅集是在苏州虎丘举行，高旭作为重要的创立者之一，甚至可以说是公认的创立者，因故没有到场，但仍被选为编辑之一。当时，高旭、柳亚子、陈去病并无龃龉，大家齐心协力，筚路蓝缕，在清政府的高压之下，相濡以沫，一心为革命作宣传佐助。此后，1910 年 1 月，《南社》第一集出版，有高旭的《愿无尽斋诗话》，其后改名《愿无尽庐诗话》，主张文学应鼓吹人权，排斥专制，唤起人民独立思想，增进人民种族观念。高旭此文虽然只是说诗，但从一定高度奠定了南社思想的底色。

以诗歌而论，高旭主张作诗不可不学古人，但也不可太学古人。其言多有新意：他以为自古学杜甫之诗的人甚多，但真正能得杜之神髓的，仅有五人而已。他们是韩愈、李商隐、苏轼、黄庭坚、陆游是也。为什么这么说？是因为这五人虽学杜而仍有自己的本色，自己的气概。若没有自己的本色与气概，那就只是伪诗人而已，无足贵者。所以高旭说不可太学古人。他以学杜甫为例，学杜之病既然如此，则学他人亦是这样。

高旭接着说：“中国旧时所称诗人，乃狭义的诗人，而非广义的诗人。……世界日新,文界、诗界当造出一新天地,此一定公例也。黄公度诗独辟异境,不愧中国诗界之哥仑布矣,近世洵无第二人。然新意境、新理想、新感情的诗词,终不若守国粹的用陈旧语句为愈有味也。林少泉往年以一书寄我,所言可谓先得我心矣。《小叙》曰:发乎情,止乎礼义。《记》曰:'温柔敦厚,诗教也。盖诗之为道,不特自矜风雅而已。'然'发乎情'者,非如时之个人私情而已;所谓'止乎礼义'者,亦指其大者、远者而言,如鼓吹人权,排斥专制,唤起人民独立思想,增进人民种族观念,皆所谓'止乎礼义',而未尝过也。若此者,正合温柔敦厚之旨。"虽然高旭说诗文贵乎复古,不加评骘批判,但实际上很明显他将复古之上乘者厘定为神似的复古,而其中强调的是今人自己的本色、气概。他明言反对形似的复古。

在此逻辑下,他推论说,能深得古人神髓意境,虽然用最新的词去点缀,也不是"背古",而实为真正的复古。是故,所谓的诗界革命,是复古的美称。其后,他说:"汤、武之征诛,其道可通于尧舜之揖让,职此故耳。"这是非常重要的一句"闲话"。上古之时尧舜禹禅让天下,而商汤、周武征伐以取天下,在古代士人评论中,是一个大题目。若从忠君的角度来看,汤、武皆有不忠的"原罪";若从道统的角度来看,则汤、武逆取天下而顺应民心天意,上与尧舜之道相合。结合高旭当时的时局,可以知道,高旭的用意实际上是在于批判泥古、复古,而主张自出机杼,以自身的本色、气概为重。更深层次地,高旭是以批判泥古而为汤武张目,为革命张目。

南社的第二次雅集于 1910 年 4 月 10 日在西湖唐庄举行。所到的社员有陈去病、柳亚子、陈陶遗、朱少屏等十六人,高旭未能赶到,稍后几日曾想与柳亚子、陈陶遗在杭州相会,也因故未遇。据《南社纪略》所述,陈陶遗从嘉善法政讲习所赶到杭州参加了第二次雅集,其后柳亚子和陈陶遗一起去嘉善,而高旭赶赴杭州,和他们未能相遇。然后高旭再赶赴嘉善,而柳亚子已去。二人以词章相唱和。4 月 12 日,柳亚子随陈陶怡去嘉善,高旭赶赴杭州,未遇,二人以词通讯。高旭《忆故人·上巳后一日西子湖头怀亚子》:"草草杯盘卿已去,天涯离恨难支。我来原亦未曾迟,东劳西燕又是误佳期。多少痴情何处诉,碧桃刚值开时。一枝攀折枉相思,低徊绵渺此意几人知。"柳亚子《蝶恋花·上巳日自武林返魏塘,天梅适以是日抵杭,词来极哀怨之致,倚此和之》:"越水吴山芳讯阻,是汝来时,是我归时路。刻意寻春春已暮,人生能几华年误省被兰姨琼姊妒,便不重逢,也胜重逢处。一瞥惊鸿人又去，坠欢终竟无凭据。”高旭到杭州后，雅集已散，他吊古伤今，浮想联翩，填词《望海潮·登六和塔》：“靖康半壁，偷安南渡，中原王气全收。虎倒龙颠，当年英物，匆匆淘尽东流。白雁恨难休。看仓皇蹈海，横扫貔貅。满眼沧桑，那堪吊古为勾留。行行莫再回头说，不如归去，抛却杭州。上巳风光，名流觞冰，相期再续前游，韵事要千秋。笑一时高会，云散风流怕把心期重诉，一醉解千愁。”其后，同年8月，高旭、柳亚子、蔡模在嘉兴烟雨楼得以同游，亦是南社之小雅集。

1910年夏，陈去病编辑的《南社》第二集出版。此时柳亚子对《南社》的出版开始有不满，由此引发了矛盾，到南社第三次张家花园雅集时爆发为“革命”了。柳亚子《南社纪略》追述说：“第一集是高天梅编辑的，印刷由黄宾虹经手，在上海出版。第二集是陈巢南编辑的，他自己经手印刷，在杭州出版。从大体上比较起来，第二集的编制，好像比第一集进步一些，像文选、诗录、词选都放在一起，而以各家专集殿后，比第一集的参差错杂好得多了。不过，文的成分太少，诗的成分太多，不均平得很，而排列的次序又毫无意义，不排姓氏笔划，也不依籍贯省份，依旧成为一塌糊涂：我们不是当编辑员的人都在这样地想着。原因呢，巢南和天梅都是书生习气，做事情马马虎虎，而我是主张实干硬干的，对他们便深觉不满起来。这样，在南社中间，诱起了对于干部诸人革命的因子，终于到张园雅集而爆发了。”

南社的创立，本为革命作文化的、理论的支持，而协助联络同志，组织起事，又以文学作为借口，以掩人耳目。是故本书以“说剑”与“描兰”并称。但二者之间实际难以截然划分，如柳亚子等人，则因诗歌是宗唐还是宗宋，词是推崇北宋还是南宋等问题而与社友大吵，乃至“大哭起来”。当然，柳亚子是性情中人，放声大哭也不是仅此一次，并非什么大事。这是文人的可爱之处，也是南社雅集有趣之处。然而，这些争论都不妨碍南社社友一致的目标：排满革命。是故虽有争吵，却也其乐融融。还有一点需要注意，南社雅集留下来的史料比较单一，大多是柳亚子所叙述者，其中难免有其个人好恶、不够客观之处，须加以判别。

柳亚子因虎丘之事，又对《南社》由高旭、陈去病编辑而不满，大抵还是文学上的考虑。至于他认为高旭、陈去病“文人习气”，办事难免“马马虎虎”，他要实干、硬干，认为自己会把《南社》编得更好。《南社》编辑的最大作用是革命的联络，而又有文化的革命之倡导。分析《南社》编辑的本质目的，可以看清楚一些事情。至于其中选编的诗之宗唐宗宋，编辑的顺序等等，实属末节，高旭、陈去病对此马马虎虎，并不是“文人习气”，而是另有着重。

按南社创立的计划，一般每年雅集二次，分别在春秋佳日举办。南社第三次雅集，于 1910 年 8 月 16 日在上海张家花园举行。此次到会的有柳亚子、朱少屏、黄宾虹、包天笑等十九人。陈去病、高旭未到，是柳亚子计划之中的事，因而此次选举，陈去病、高旭均落选。柳亚子的“革命”，就是通过了《南社第三次修改条例》十三条，“革干部派的命”。实际上此次虽然动作很大，却只是柳亚子自己兴高采烈，对于南社大局并没有什么实际影响。柳亚子自己认为他通过此次“革命”成功而获得南社的领导权，但说的都近似玩笑话，若高、柳二人当真反目，则远远与事实相违背了。

对于“张家花园革命”，柳亚子自己追述说：“革命军的马前卒，当然是我，而神机军师，则是太仓俞剑华。我们这一次的革命策略是很巧妙的：我们先主张第三次雅集地点要在上海。巢南在杭州教书，他守着老营，不来上海，而天梅是照例不到的。于是，八月十六日（旧日历七月十二日）那一天，雅集在上海张家花园举行。三位编辑员都不到，剑华自己也不来，但锦囊妙计他早已吩咐给我们了。当这一次的雅集，修改条例，便订成了《南社第三次修改条例》十三条。……这一张名单宣布出来，好像巢南、天梅都不大高兴。巢南素持马虎主义，倒也没有什么。天梅是一个倔强鬼，他便存心和我作对，这就是后来一九一二年（民国元年）十月二十七日第七次雅集时和我相骂的伏因了。这一次，是我革干部派的命，但到第七次雅集时，我做了干部派，天梅也要来革我的命呢。这是后话，暂且不提。”这重点提出陈去病、高旭都对他的做法不满，而尤其是倔强的高旭“存心”和他作对。

此次选举宁调元等人为编辑，之后并未得到实行。宁调元等致函柳亚子，坚辞编辑员。景耀月、王无生都如此。柳亚子说：“好像巢南、天梅都不大高兴。巢南素持马虎主义，倒也没有什么。天梅是一个倔强鬼，他便存心和我作对，这就是后来一九一二年（民国元年）十月二十七日第七次雅集时和我相骂的伏因了。”实际上陈去病、高旭二人究竟如何，我们并不知道。至少在柳亚子看来，也只是“好像”“不大高兴”而已。而柳亚子认为此事是高旭后来在第七次雅集时和他相骂的“伏因”，这里只是他对于自身的剖析，并不能作为准绳。但从中我们可以分析出高、柳等人的分歧，实际上是文学、思想方面的分歧。

无论高、柳等人在文学、思想上有多少分歧，但他们在一起鼓吹意气，写诗作词能够激扬慷慨，很是激发了社会青年的意志。须知上海当时的报纸，有相当多的奢靡、色情之风，与之相比，南社文字无论如何都是严肃而慷慨的，产生了非常积极的影响。上海之所以能够成为辛亥革命的策源地，与南社的宣传是分不开的。

《南社》第三集由柳亚子编辑，宁调元等人既然坚决不担任编辑员，那么柳亚子自己和俞剑华协助完成了编辑。《南社纪略》记述说："于是，责任便搅到我的头上来了。幸亏剑华帮忙，替我代操选政，而我自任钞胥之役，到了那年年底，居然把第三集出版，这便是革命以后的第一声。一切编制，也都重新来过，取销专集，限定诗文词录的页数，都是根据第三次修改条例而实行的呢。这样，总算是告一段落了。"其中收有金山高增的词作《金缕曲》，有关路权、矿政，表达了对清政府的不满，以及对日本等国侵害中国的担忧。其词《金缕曲·日来连接警告，百感交集，再叠楚伧韵，以写我忧》："一觉邯郸道，猛回头四郊多垒，羽书驰到。大宛康居齐入寇，惯把界碑推倒：枉金币年年修好。鹿走中原悲劫运，让群雄争向围场噪。可容得，商山老。剥肤漫说时犹早，恨蚩蚩依然醉卧，妖氛谁扫？跨上昆仑敲法鼓，义勇军声何杳。思救国人前高叫。唇齿相依君解否？怕秦亡韩魏将图赵。拼蹈海，此生了。"

南社的第四次雅集，于 1911 年 2 月 13 日在上海愚园举行。此次所到的人大为增加，除了柳亚子、俞剑华等人，还有高旭、姚光、周祥骏等人，达 34 人之多。次日的《申报》有报道《南社开会于愚园》："昨日正午十二时，南社开会于愚园，到者三十余人。午膳后开会，由柳君亚卢报告新入社员及收支社金详数。继社友畅叙衷曲，合摄一影，晚复开宴大庆楼，彬彬雅雅，极一时之盛云。"柳亚子在《南社纪略》中记述："照顺序单所规定的，午餐，收费，摄影报告，补收入社书、入社金，谈话，一幕一幕做下去，压台戏自然是大庆楼的晚宴了。记得天梅和我大闹其酒阵，座中也很分左右袒，却是我的方面人多，还有未来的女子北伐队队长张佚凡女士也出马相助。于是我哈哈大笑，说道：'得道者多助呢。'这句话，谁知道又种了后来高、柳破裂的根苗。"

柳亚子前面从"张家花园革命"的叙述中，将高、柳分歧破裂的最早伏因追溯到他"革干部派的命"，此处则以酒桌言语追溯，"得道者多助"云云，在此后"三头"与"一头"之争中有所反映，高旭曾以此语讥讽他。柳亚子以言语龃龉为高、柳破裂的根苗，殊为不伦，也只是个人意气而已，后来追述，不足为据。实际上此次雅集到者既多，“彬彬雅雅，极一时之盛”，很是盛会。其后几日，陈其美填写入社书，《南社社友通讯录》出版，并附有高旭《南社启》，著录社员一百九十三名，都对革命的联络起到了很重要的作用。革命党中，黄兴、陈其美、马君武、宋教仁等巨子皆先后入社，为南社社员，足见南社联络助力革命作用之大。与此相较，高、柳之间的个人言语龃龉不值一提。

南社第五次雅集，于 1911 年 9 月 17 日在上海愚园举行。此次宋教仁、陈其美都与会，高旭、姚光、柳亚子、俞剑华、胡朴安、黄宾虹等共三十五人。此次修改了条例，设定了关于支社建立的条例等。宋教仁任文选编辑员，景耀月任诗选编辑员，王蕴章任词选编辑员，柳亚子任书记、会计，高旭、黄宾虹、朱少屏任庶务员。此次雅集在越社等支社建立之后举行，总结了革命经验。此次会后编印了第二次通讯录，而稍后武昌起义就爆发了。《南社纪略》记载：“在武昌起义以前，我们还编印了一本《南社社友第二次通讯录》，是旧历八月编的，算阳历大概在九十月之间吧。通讯录分上下两编：上编是已填入社书的，以收到入社书先后为次，下编是未填入社书的，只好以介绍先后为次了。计上编自陈巢南起，至许稚梅止，共一百七十六人。下编自景秋陆起，至温著叔止，共五十二人。把上下编合计起来，有二百廿八人，比起第一次通讯录来，在半年中间，已加多了三十五人了。第二次通讯录出版以后，接着武昌革命也起来了。大家忙着奔走国事，南社的事情只好暂时搁在一边。”虽然柳亚子说南社的事情被搁在一边，但实际上指的是南社的集会、雅集事项，而南社最注重的宣传舆论之事、联络同志之事并未停止。比如武昌起义，除了陈其美、宋教仁、黄兴直接参与军事活动，南社其他人也都在积极参与宣传。10 月 10 日之后，高旭等众人可称得上“戎马倥偬”，中间还有过一次小型集会。前文曾说到此事，姚光《吴门游记》记载了高旭、姚光等人在苏州大汉报馆与陈去病等人相会。

革命既然成功，南社的去向如何，是高、柳等人的根本分歧之处，因此就有了前文所说的 1911 年年底的南社临时大会。虽然高旭、柳亚子、陈去病三人意见都不同，但此次临时大会基本认同了高旭对革命后南社的去向的判断，认为应该积极提高国民的道德文美。会后，柳亚子、朱少屏等人组织“文美会”，就是这种认同的反映。然而时局发展完全出乎南社诸人的想象，革命的成果很快被袁世凯窃取。高旭所设想的南社从事提高道德文美的工作，根本无从谈起。南社诸人投入了反对袁世凯的斗争。我们知道以当时力量而论，南方无法与北洋军相抗衡，而只能寄希望于袁世凯来终结专制、开创共和。《民立报》开始为南北和谈、推举袁世凯作宣传，主张拥袁。1911年12月初，南社诸人以高旭为开端，直指袁世凯为民国最大障碍。1912年初，柳亚子等人则以《天铎报》与《民立报》大打擂台，对袁世凯之险恶各种揭露，甚至他还撰写《取销临时政府问题》，倡议不承认南京临时政府，从而无视南北签订的协议，其中最为重要的就是所谓清帝优待条件，仍称皇帝。南社诸人与袁世凯则有深仇，即“民国第一大案”淮南社周实事件。

南社第六次雅集于1912年3月13日在上海愚园举行，到会者柳亚子、朱少屏、冯平、庞树柏、姚光、邹铨、钟英、顾彦祥、王文熙、黄宾虹、胡朴安、阳兆鲲、雷昭性、叶楚伧、汪东、徐宗鉴、杜诗、沈琨、袁圻、吴修源、沈翰、周伟、陶铸、汪洋、陶牧、谭介夫、陈家鼎、陈家英、陈家杰、黄侃、刘暖、马骏声、梁龙、王锡民、曾镛、陈柱、黎庶从、曾延年、李叔同、李云夔、冯泰等四十二人，席间提议为周实、阮式编遗集。此次陈去病、高旭皆未参加。柳亚子后二日于《民声日报》发表《感言》，兴致不浅，而又重点提到周实之案。

周实起事被县令姚崇泽所杀，姚氏逃窜后，南社诸人形成强大舆论压力，由沪军都督陈其美多方发声，高旭、柳亚子等六人联名致电孙中山，孙中山复电陈其美同意沪军都督府办理此案。最终陈其美将姚崇泽押解上海。司法总长伍廷芳与陈其美两人在司法程序上意见相左，发生了激烈的争论。沪军都督陈其美是资深革命家，又是南社社员，主要是为惨死的南社同志报仇；伍廷芳希望将此案作为“民国第一案”，在审理过程中寻求新的规则，借此倡导司法独立、文明审判。二人争议的，实际上是究竟要程序正义还是实质正义。二人在尽快把姚崇泽绳之以法这一点上达成共识。在完备的审讯之下，姚崇泽被宣判死刑。而此时已经就任临时大总统的袁世凯开出特赦令，让姚崇泽逃脱一死。南社诸人对此无法接受。为周实复仇一事与袁世凯就任临时大总统之事相终始，南社诸人始终都在反对袁世凯。经此一案，南社受到一定程度的打击。

民国创始，南社诸人都各自有着新从事的事业。按临时政府的设计，各部部长取名，次长取实，南社如吕志伊出任司法部次长，景耀月出任教育部次长，马君武出任实业部次长。陈陶遗则当选参议院副议长。经高旭首唱反对袁世凯后,柳亚子等人持续不断地攻击之,建议北伐。1 月 4 日,姚光发表了《北征歌》。而柳亚子也曾到南京临时大总统府去任过秘书,与朱少屏、邹亚云等人坐伍廷芳的车去的南京。一时间南社诸人进入临时政府者不少。

高旭于 1912 年 2 月 6 日,与柳亚子、李瑞椿联合为周实举行追悼会,又为柳亚子所辑《无尽庵遗集》作序。除了参与周实等悼念、宣传事宜,还于《太平洋报》接续刊出《愿无尽庐诗话》下篇。他还曾赴南京,觐见孙中山,得到"进步"二字题词。他有一首《进步歌》。诗歌中,高旭赞扬孙中山不做朱元璋,不做洪秀全,而专以服役为务,可与华盛顿并称。他回忆与孙中山的会面,最初是在日本。而"翩来海上再相逢,秋水中央溯洄在"云者,即本书前文所述孙中山路经上海,船停在吴淞口,而高旭、陈去病、柳亚子等人坐小船往谒见。而"吁嗟乎!不进则退可奈何!以退为进妙若何?入夫圣者出夫魔"几句,似乎系对孙中山即将让位于袁世凯而发出的钦佩与担忧。与柳亚子不一样的是,高旭并未放言反对南北和谈。在当时情势之下,他虽然对袁世凯抱有极大的担忧,却似乎也明了局势的紧迫。

1912 年 4 月以后,南社的主要刊物阵地是《太平洋报》,高旭连续发表《愿无尽斋诗话》的下半部分。如柳亚子所说:"《太平洋报》的局面是熟悉的,大家都是熟人,并且差不多都是南社的社友。不是的,也都拉进来了。那时候,可称为南社的全盛时代。"(《南社纪略》)南社并在该报发表启事,以太平洋报馆为交通部。文美会成立的消息也发表在该报。4 月 2 日,在该报发表启事,请社员将通讯地址函告,以便编第三次通讯录。

1912 年 4 月 9 日至 10 日,《太平洋报》刊出了高旭、柳亚子关于陈三立、郑孝胥诗歌的讨论。高、柳二人的思想分歧由来已久,表现在诗学方面,就是柳亚子无保留地批评"同光体"、宋诗学派等。高旭则立意更高,他论诗但求自身气概、风格,而反对泥古。至于学古、复古,也多以之为外衣,主张学古人神髓,力求新意。柳亚子《与高天梅书》说:"论陈、郑诗甚平允。弟所以痛恶之者,正以其浪得名耳。弟以为二子之诗,刻意求艰深病在一涩字。夫涩,原为诗中一体,但不可视为正宗。若人以此创,众人以此和,不至于诗道陵夷,荆榛塞路不止。即明季钟、谭,何尝不偶有佳作,而其究卒为天下诟骂,正坐此耳。弟无卧子、日生起衰之才,尚不敢建旗鼓与抗,但耿耿此心,终未尝不以此望之同志也。"高旭则发表《愿无尽庐诗话》一则以为回复。高旭评论柳亚子之论诗说:"我友柳亚子,今之雄于诗者也。见夫人心之陷溺,诗道之闭塞,莫可究诘,乃亦欲创一说以救正之。何其思之深而忧之切耶!其所持之独见,余甚佩之。"然而他接着说他不赞同其看法,而自有其主张:不分派别。与其拘泥于诗派而重复古人互相攻讦,不如不分派别,而取其有用者。不分派别,则必心有主意,此处虽高旭没有说明,但他于《南社》第一集发表的诗话第一篇已说,"鼓吹人权,排斥专制,唤起人民独立思想,增进人民种族观念"。即认为诗应不分派别,其用意在于宣扬民族,民权。

1912 年 5 月 17 日,文美会召开第一次会议,柳亚子、黄宾虹、李叔同等人参加,并邀请吴昌硕等人。5 月 23 日,高燮、高旭、姚光、柳亚子、胡朴安、李叔同、陈范等发起"国学商兑会",会址初设张堰镇文昌阁,次年迁至秦山闲闲山庄。高燮在《太平洋报》发表《国学商兑会小启》数日后,又发表了《国学商兑会章程》,其商兑分经学(小学附)、史学(政治学、舆地学、掌故学附)、子学(理学、佛学附)、文学(美术学附)四类;须公举经、史、子、文评辑员各一人,理事长一人;设定常会每月举行一次,由评辑员主持,讨论学术,发明文艺;又须举行大会,一年二次。其会址设于张堰镇,通信处就在姚光的家中。可见此会的金山色彩很浓。高燮向来对国学最有兴趣,姚光也致力于整理国故。6 月,姚光开始在《太平洋报》连载诗话,效仿高天梅的做法,名曰《倚剑吹箫楼诗话》。同盟会在金山建立分部,召开大会,高旭、姚光分别当选正副部长。随后,姚光又被选为国学商兑会理事长,文美会则并入此会。7 月 4 日,《太平洋报》发布了文美会并入国学商兑会的消息。

1912 年 9 月,周祥骏致函高旭论提倡孔学,而高旭复函,不赞同提倡孔学。周祥骏《与天梅书》略曰:"国学商兑会章程,弟未见,请寄一份来。近来提倡国学者往往株守一隅,不愿参稽世界学以会其通,前曾与姚凤石、胡朴翁屡言之。吾辈若欲商兑国学,必须研究孔学真际,方能致用。若扬汉学之余波,袭宋学之皮毛,钞录数千条生僻史事,便自诩为史学专家,是犹航绝流断港而欲至于海也。有是理乎? 率尔狂言,伏乞裁正。"周祥骏以为如果要研究孔学,就要参稽世界学术而会通之,不能株守一隅。高旭《答周仲穆书》则曰:"尊见欲提倡孔学,弟殊不敢赞同。孔学实为专制之学,孔子一生教人惟尊君而已。……鄙意废孔用墨,共和乃成;平等兼爱,斯为极则。墨子者,其世界之圣人乎?"高旭没有回答周祥骏的问题,而从更根本的层面,否认了"提倡孔学"的合理性。如何否决? 他说孔子是君主主义的,是尊君的,中国三千年专制，很大程度就是中了孔子的毒。是故与其尊孔，不如尊墨，墨子是民主主义的。他的一句话非常好："夫共和政体者固在政，而抑知学尤在政之先乎？今政果改矣，而学仍此学也，政其可长恃无变欤？"他从学术的角度，担忧的是共和政体是否能够长久。这与时局有关，也与其一贯倡导的国学观有关。

陈范致高旭书，已见于上文。其中，高旭认为国学商兑会的做法不尽正确，"商兑草章，清夜思之，实多乖谬"。他从其国学观来看，经史子文四类划分就没有什么道理，是属于孔子专制主义的遗毒。总结来说，高旭的国学观、孔学观十分明显，是批判的，而非推崇的。即便是放诸后来新文化诸君子行列之中，高旭也属于激进的反孔派。

其后，南社社友姚锡钧发表其与高旭书，以为废孔用墨不可行。高旭复书，再次详细说明其理由与用意。而姚锡钧读后再致书高旭，说应该"石破天惊，自找新理"，这已经合乎高旭的本意。而后来周祥骏《更生斋类稿甲乙编》出版，《民立报》评论说其"即孔学之沓驳处，亦纠正不稍假借"。其中应有高旭的激烈言辞的影响。可见高旭对于国学的讨论影响很大，也在一定程度上收到了效果。而柳亚子则发表致高燮诗，讽刺高氏同室操戈，议论孔墨异同，还不如他"争春航事"。

金山诸人中，高旭较为激进，高燮则偏于温和。姚光年纪较小，在二人之间调和。南社诸人中，高旭与柳亚子都容易激烈，而姚光则能优容于高、柳之间。是故后期南社姚石子之名大起，与此不无关系。而就金山诸人的思想来说，所谓"孔墨异同之辨"，反映了高旭、高燮的思想分歧，也反映了金山诸人思想的复杂性。政治上的主张与学术上的偏向并不是简单的对应关系，有时学术上的争论更有利于政治上认知的深入。是故不宜以学术的争论来定义政治上的立场，更不宜简单地给各人贴上各种"革命的""保守的"标签。

在这些事端之后，南社的第七次雅集，于 1912 年 10 月 27 日在愚园召开了。这时的政局，袁世凯作为第二任临时大总统，在北京接见了孙中山十余次，任命孙中山为全国铁路督办。黄兴也被袁世凯安排南下办铁路。孙中山等人都被蒙蔽，认为袁世凯是难得的人才，总统之位非其不可。此次到会者高旭、柳亚子、姚光、朱少屏、高燮、郑佩宜、陶赓照、宋铭谷、庞树柏、沈砺、李拙、孙鹏、钱厚贻、胡朴安、胡怀琛、汪洋、陈家英、陈家杰、王粲君、杨锡章、姚锡钧、陈蜕、汪文溥、沈沅、吴有章、蒋同超、王蕴章、庄庆祥、姜可生、李云夔、张传琨、杨嗣轩、俞宗原、程善之、殷仁等三十五人，俞剑华未到，陈陶遗未到。柳亚子建议改编辑员的三人制为一人制，毛遂自荐，认为非己不可。雅集选举高燮、柳亚子、王蕴章为文、诗、词选编辑员，姚光为书记员，胡怀琛为会计员，胡蕴玉、汪文溥、朱少屏为庶务员。

柳亚子《南社纪略》详细记载此事：

> 这一次雅集，我是提议修改条例的，主要在改编辑员三人制为一人制。理由呢？根据经过的情形，第一届编辑员的成绩，我是不能认为满意的；第二第三届所举的编辑员，索性没有就职，更为失败无疑。我觉得南社的编辑事情，老实说，除了我以外，是找不出相当的人来担任的了。一个人就不容易找，何况要三个人呢？所以我的主张，是改三头制为一头制，人选则我来做自荐的毛遂，这是为了南社的前途，我认为用不着避免大权独揽的嫌疑的。但在会议席上，第一个反对我的是高天梅。他不能了解我的意思，反而对于第二届选举时的“革命”运动，含有报复的意味，便顽强争辩起来了。那一天到会的人，也并不能说他们多数是高党，但俞剑华到南洋去了，失掉了我的右臂，连能持大体的陈陶遗、叶楚伧也都没有出席。来的人大半是马马虎虎的，对于南社的过去情形，简直莫明其妙。他们认为“众擎易举，独力难成”，是一切办事的公式，就不自觉地上了天梅的当，而把我苦心孤诣的计划，轻轻地否决了。记得当时是用投票方法来解决的，揭晓出来，反对票多于赞成票，条例原封不动，我当然很不高兴。天梅还记着一年以前大庆楼上酒后的谑言，说道：“究竟谁是得道者多助呢？”一句话还不算数，又讽刺地嚷着：“今天到会的社友，知识程度很高，自然黑白分明，不会受人家的利用了。”你想，听了这许多言语，叫我如何不气？当时在否决了我的提议以后，接着是选举职员，名单如下：……那天的节目，是愚园吃茶点，丽珠照相，我憋着一肚皮的鸟气，勉勉强强敷衍完了。晚上雅聚园聚餐，喝了许多闷酒，天梅还在冷语冷言，自鸣得意，自然使我更觉难堪。还到朱少屏家里，一夜睡不着，决定明天登报声明永远脱离南社。

10月28日柳氏发表《柳亚子脱离南社之通告》，宣布脱离南社：“仆因多病，不能办事，自请出社。所有会计部存款及一切账目、文件，请在沪诸社友召集开会，举人前来西门外安澜路三十八号郑寓交代。仆即日归里，杜门养疴，恕不久候。此白。”

结合前面的“张家花园革命”、第四次雅集高、柳“大闹其酒阵”，以及柳亚子与高旭关于郑孝胥、陈三立诗学的讨论、柳亚子作诗讽刺高氏孔墨异同之辨等等事情，高、柳二人的关系破裂似乎颇有其由来。但张家花园革命，变曲在柳亚子突然袭击，趁着陈去病、高旭不会到场，而进行“革干部派的命”；第四次雅集高、柳酒桌有争执，也无关宏旨；关于郑孝胥、陈三立诗学的讨论，高旭还称赞了柳亚子的诗学造诣；至于柳亚子关于“冯春航事件”的争执，高旭作了调人；而柳亚子作诗讽刺高氏同室操戈，也明显是戏谑。综合而言，高、柳都无原则上的对立。而此次高、柳争辩，柳亚子愤而出社，按柳氏自言，似乎最主要的原因是怨高旭没有理解他。“第一个反对我的是高天梅。他不能了解我的意思，反而对于第二届选举时的‘革命’运动，含有报复的意味，便顽强争辩起来了。”柳亚子任性出社，见之于报纸，“看见了报纸，大家觉得事情弄糟了，连天梅也隐隐然有些后悔，于是叫人来疏通”。

1912 年 5 月 24 日，袁世凯通令禁售排满及诋毁前清各项书籍。8 月 25 日，同盟会与统一共和党等四个政团合并为国民党，在北京召开成立大会，选举孙中山为理事长。10 月，袁世凯发布《尊崇伦常文》。10 月 7 日，陈焕章等在上海发起成立孔教会。在此情势之下，更能影响南社诸人的，并不是个人龃龉，而是时局中泛起的旧时代的气味。南社第七次雅集的不欢而散，实际上反映的是南社诸人的彷徨。1913 年元旦，高旭作诗，有“新朝甲子旧神州”“失笑衣冠尽沐猴”之句，就很能见到南社诸人的心境。

南社第八次雅集于 1913 年 3 月 16 日在愚园召开，按柳亚子的意思改为一头制，请柳复社，遭拒。此次到会仅十二人，足见萧条。书记员姚光在此次雅集中开始起到很重要的作用。第八次雅集之后，发生了一件重大事情，南社社员宋教仁被刺杀。这件事情对于中国、对于南社诸人来说，都是极大的打击。其时高旭正赴北京就任众议院议员，抵达后才知，他与南社诸人一起写了很多极痛切的悼念诗文。高燮《致天梅书》：“一自文驾启程，而奇案适发，变故纷来，国事可危，分崩立至，大难来日，吾忧如何！君等为民代表，付托之重，肩有万钧。今何时乎？岂容稍懈，铸金绣丝，要在好自为之，无负颂祝，则不佞深山俯仰，著书日月，皆出鸿施矣。”可见南社诸人的愤懑与迷茫。上海之南社本部尚在任性意气，于时局无补，高旭抵京后，很快就在先哲祠组织了雅集。4 月 27 日，南社雅集于北京畿辅先哲祠，到者三十一人，推从南方特地赶来北京的陈去病为主席，决议将南社机关部设于北京等。其后组织赋诗，皆抒反袁、悼宋之意。其《南社开会纪事》说："南社雅集由高钝剑君发起，于四月十七日十二时假畿辅先哲祠开会。社友到会者数十人，公推陈佩忍君为主席。陈君入席，报告南社组织之原因，根于皖、浙事败，同志星散，故欲借文字以促进革命之实力，然社友不过寥寥数人而已。至己酉十月初一，在虎丘大会，社友始众。及去岁光复，实心任国事者本社同人为最多数（如黄、陈、马、宋、何、吕诸子）。去年南北统一，共和告成，本社之目的已达。今日集会于北方，同声称庆。今日开会，一为诸同志握手为欢，一为将来之进行。"所谓的进行之法则分为：设机关部于北京；重修《明史》；编《南明史》；征求太平天国之遗史；征求光复以前之殉难者；征集民国时人小像；征求宋钝初先生遗墨；编辑《南社》杂志。其中，第一条最为重要，但可惜并未真正实施。

诸人诗作中，高旭的诗最能代表南社诸人的情绪：

> 醒时何兀兀，一醉千首写。狂态忽大作，裂石声震瓦。修禊遥集楼，呼朋倾金斝。海棠数十本，临风态娇姹。至竟未忘情，向我衣袖惹。乾坤入怀抱，奇泪忽盈把。人为俎上肉，我为釜中鲜。相与同归尽，吞炭宁喑哑！儒生讵无用，椽笔扶大厦。登高发长啸，古之伤心者。阳春白雪音，未必和者寡。同倾古肝胆，浩浩如涛泻。鹏翼九万里，图南风斯下。霸才讵无主，千秋哀屈贾。吾道果如是，怨诽续小雅。陈夏振风骚，令人思复社。

在袁世凯暴露真面目之际，南社在北京由高旭、陈去病重新组织起来，又有着当初继承复社的气概。高旭"儒生讵无用，椽笔扶大厦"的呼声，让南社诸人奋起，以手中之笔来扶助中华民国这座将倾的大厦。

可惜的是，南方的南社很快发表声明，宣布北京支部的启事与南社本部无关，不予承认。而时局变换又极其迅速，在北京实际已无可能重新组建南社总部了。其后，高旭以其议员身份多方参与反抗袁世凯的斗争。5 月 30 日，袁世凯派军警搜查国光新闻社，众议院高旭、邹鲁等二十五人联署向政府质问。

北京南社第二次雅集于 6 月 10 日在崇效寺举行，借修禊赏花之名，赋诗讥刺袁世凯欲称帝。到者南社在京社员吴雪东、谢华国、周斌，顾余、陈以义、周亮、张长、杭慎修、陈景贤、梁复、邵瑞彭、高旭、吴修源、陈去病等十四人。高旭《崇效寺看牡丹分韵诗题识》:“南社诸子,成集都门,修禊于崇效寺,时维癸丑五月之第六日。赏花托兴,分韵徵辞。痛国事之蜩螗,伤美人兮迟暮。一时富贵,俨欲称王。半日清闲,同来载酒。飞觞献佛,击钵催诗。国色与才子争香,好句与名花竞艳。斯真宣南之创举,实亦海上所未逢。写成一卷,半属传人,贻之千秋,定呼佳话。天梅识。”其中,“一时富贵,俨欲称王”之句很明显是借牡丹花指袁世凯欲称帝。

其后,北京南社又于陶然亭举行了第三次雅集,高旭因卧病未往,陈去病代为拈韵得高字,赋诗。北京社员又集会追悼宋教仁和陈范。陈范到北京主报纸笔政,5 月去世。在此期间,柳亚子出版《春航集》,聊当“弄弄笔头,长歌当哭”。6 月 26 日宁调元在武汉被捕,因其早已去武汉组织反袁。7 月,高旭组织众议院议员二十二人联署电武汉黎元洪营救,不果。袁世凯命黎元洪就近处理宁调元。其后宁调元 9 月 22 日在武汉被害。二次革命,陈去病从北京南下,赴老社友麾下,任江苏讨袁军总司令黄兴的秘书。很快失败,陈去病只好藏匿起来。

南社第九次雅集于 10 月 16 日在愚园召开,此次先由高旭、陈去病等四十余人在报上发表启事,中有柳亚子名,但柳未闻其事。雅集后,姚光再请柳亚子复社,又遭拒。不过,这次他有新想法,与姚光商量将南社改为主任制,让姚光去和高旭商议,高旭不予反对。遂于 1914 年 3 月 29 日愚园第十次雅集时,第六次修改条例,邀请柳亚子复社,出任主任。到者陈去病、俞剑华等十八人,姚光未到。会后姚光写信给亚子,亚子同意。5 月 24 日,南社临时集会欢迎柳亚子复社,到者三十人。

1914 年,袁世凯下令停止两院议员职务,开始修改约法。又解散各省议会。其后,宣布祀孔日。3 月公布《治安警察条例》,禁止政治结社及同盟罢工,规定学生不得政治结社,也不得参加政治集会。4 月公布《报纸条例》,限制言论自由。5 月废除临时约法,公布其《中华民国约法》,改内阁制为总统制。时局的变化,出乎所有人的意料。高旭于 1913 年年底南下回乡,编辑《变雅楼三十年诗征》。所谓“变雅”云者,如《诗序》所言,即“政教失,国异政”则变风、变雅作。他向老友广泛征求近人作品,大家纷纷去函。柳亚子有赠诗,有写序,可见二人心曲之互通。柳亚子《天梅以〈三十年诗征〉索题感赋二律》《〈变雅楼三十年诗征〉叙》皆写得情真意切。其中有句“狂奴故态”,出自《后汉书·严光传》中,是光武帝笑骂严子陵的典故。柳亚子在此序中极尽旧情义，一则曰“两人皆年少气锐甚，酒酣耳熟，高自标榜，辄谓上马杀贼，下马作露布，天下英雄，惟使君与操，江东无我，卿当独秀”，再则曰“独吾两人，尚顽钝不死，引镜自照，头颅俨然”。以此而观，高、柳二人依旧文思相通，没有破裂之意。

南社的衰落　1914 年，南社上下与中国其他士人一样，心忧民国之存亡。8 月，南社于上海徐园举行临时雅集，到会者有俞剑华、汪文溥、朱少屏、陈世宜、朱宗良、徐大纯、胡朴安、张默君、林一厂、曾镛、吕志伊、郑国准、邵力子、吕碧城、黄澜、申柽等十六人。月末，柳亚子编《南社》第十一集出版，有高燮《答吴泽庵书》，反对尊柳抑韩，认为韩愈的固多可议，但文章则在柳宗元之上。高旭则发表《南社哀吟》，悼念陈范、黄人、周实、岳雪、王无生、夏允麐、宁调元、邹铨、张恭、周祥骏、陈子范、宋教仁等十二位南社社友。其写陈范：“蜕老其犹龙，浮名何足校。不为鸡鹜争，宁顾莺鸠笑。玄亭甘寂寞，古道长相照。”写周实：“周郎洵可儿，我曲君能顾。回思白门游，清泪如雨注。惜哉祢正平，竟死于黄祖。”写宋教仁：“大名垂宇宙，经画谁与伦。伍员纵覆楚，三户未亡秦。大地悲回风，纷纷愁杀人。”此时南社除了高燮等辨别韩愈、柳宗元高下，或者是柳亚子等说梅兰芳、陆子美，就是高旭这种悼亡之作居多。

然而南社反袁一直在进行中，只没有表现在史料之中。9 月 20 日，社员范光启为中华革命党，在上海组织反袁，被刺。25 日，社员程家柽在北京策划刺杀袁世凯，被捕而遇害。可见南社的反袁活动一直没有停止。

10 月 10 日，南社第十一次雅集在上海愚园举行，提前发了选票进行通讯选举。而《南社》第十二集出版，诗作中控诉袁世凯、担忧共和制之愤懑之作极多，且多有迷惘之感怀。第十一次雅集，收到的选票很少，弃权的太多，可见大家灰心丧气。不过柳亚子仍当选主任，自兼书记、会计，委托姚光、胡朴安、朱少屏等人为干事，也就是以前的庶务员。

1915 年 2 月 18 日，日本向袁世凯提出二十一条。南社朝鲜籍社员申柽有《与同社诸子书》，提醒国人警惕。该文刊于《南社》第十三集，于 1915 年 3 月刊出。

南社第十二次雅集，于 5 月 9 日在上海愚园举行，到者陈去病、柳亚子、高燮、姚光、陈世宜、李云夔、周斌、朱宗良、徐自华、陈布雷、邵力子、徐大纯、胡怀琛、陆衍文、周瘦鹃、许湘、狄君武、顾震生、蔡璿、李志宏、陈以义、余十眉、徐蕴华、钱永铭、刘筠、章阔、周湘兰、刘鹏年、周宗泽、曾赜、张光厚、白炎、杜羲等四十二人。柳亚子《南社纪略》记述说:“这一年,社务是很平静地进行着。但在国事方面,却很不平静了。自从二次革命失败以后,袁世凯残民盗国的手段,着着进行,到了这一年,帝制野心,更加暴露。日本帝国主义者窥其隐衷,遂乘欧战的机会,想独吞中国,把二十条来压迫袁氏,复以承认帝制为交换条件,利诱威吓;双方并进,冢中枯骨的袁公路,自然甘心坠入其中而不自觉了。这是光复以来第一次的国耻,民气沸腾,达于极点。可怜我是手无寸铁的书呆子,只好抱着满腔孤愤,寄沉痛于逍遥。”这一次雅集的气氛是极其抑郁的,大家作诗泄愤,痛骂袁世凯。此后南社诸人几次临时雅集,如柳亚子、高吹万、姚石子同游杭州,刊行《三子游草》,又在西泠印社临时雅集,这些都是“黄连树下弹琴——苦中作乐”而已。而任性的柳亚子,又因《三子游草》与高吹万高燮闹翻,以至于柳亚子登报与高燮绝交。虽然事细无足论,但与后来1917年蔡哲夫拥高燮为南社主任之事遥遥有关,这也差不多是属于高、柳离合。其后,《南社》第十四集出版,有刘去非等诗作多首,慨叹南北议和到帝制阴谋。一片亡国情绪淹没了南社。柳亚子自叹有“三灰心”,表明消极情绪已达极点。7月10日,南社社员仇亮在北京密谋刺杀袁世凯,被捕遇害。而柳亚子等收集烈士遗著,都有人善意提醒要收敛。8月,袁世凯组织了各地多种请愿团要求变共和为帝制。筹安会组建。高旭、高增、柳亚子再也难耐怒火,作诗谴责。柳亚子低落无聊,竟至于组织所谓“酒社”,以图忘忧。这是高旭隐居不出、柳亚子与高燮登报绝交后,柳亚子一腔悲愤无处发泄而故作狂态的表现。

南社的第十三次雅集,是10月17日在上海愚园举行的。到者有姚光、邵力子等二十七人,柳亚子因疾未到。检点选票,柳亚子继任主任,到了12月12日,袁世凯宣布接受称帝。南社诸人作诗讨伐,但早已在高旭、柳亚子等人意料之中,此事成真,也只有灰心丧气而已。据申柽《乙卯九月九日纪事》所记载,自朝鲜社员观之,南社诸人“嗒然如丧,块坐一隅”,甚为颓唐。“颓然放然,不知白日之既逝。”

1916年是所谓“洪宪元年”,蔡锷于云南组成护国军,起事讨袁。为其起草檄文的,正是南社社员吕志伊、王德钟。1月22日,《民国日报》在上海创办,主持笔政的是南社叶楚伧、邵力子,此报为南社的阵地。本月,《南社》第十五集出版。4月,《南社》第十六集出版。而舆论界低迷不振,同光体之诗学、戏曲诗词等聊以为乐而已。5 月 18 日，南社社员、中华革命党首领陈其美在上海被人刺杀。高旭、陈去病、柳亚子等作诗哀悼。《南社》出到第十七集。

同年 6 月 4 日，南社第十四次雅集在上海愚园举行。到场者有柳亚子、叶楚伧、邵力子、姚锡钧、胡朴安等 56 人。两日后，袁世凯死。南社雅集开始增多了。柳亚子记述称："到这年的年底，袁皇帝的逆迹，更加明朗化了。改元洪宪，已经宣布，大典筹备，听夕不追，真令人有人间何世之感。我虽然痛哭流涕，镇日地对歌操颂莽的人们笔诛口伐，究有何种用处呢？但，天有不测风云，云南起义的第一炮，到底响起来了。以后是黔桂从风，粤川响应，到了一九一六年（民国五年）六月六日，居然把袁皇帝硬生生气死。共和回复，文教再兴，对于南社，当然是很痛快的。在这一年中间，社集总共出版了五册：十五集是一月出版的，十六集是四月出版的，十七集是五月出版的，十八集是六月出版的，十九集是十一月出版的。关于雅集，一共举行了四次：两次是临时雅集，两次是正式雅集，足以表示兴会的飙举了。"胡适代表的白话诗兴起，"胜似南社一百集"（《胡适留学日记》）。在文化上来说，新文化运动比南社更能代表时代。南社为天下文宗的时期，已然过去。

1916 年 6 月 29 日，黎元洪宣布重行召集国会。7 月中旬，高旭二次入京。8 月 27 日，高旭等人在北京举行雅集。9 月 24 日，南社在上海愚园举行第十五次雅集。10 月 1 日，《新青年》发表胡适致陈独秀信，多有批评南社之语，而主张"文学革命"。至此，南社的历史使命，已经正式交付给胡适、陈独秀等人了。其后虽南社仍在，但已没有昔日的风采。到了 1917 年，张勋复辟，风气大坏，文学界关于同光体、郑孝胥与陈三立等的讨论日益激化，而引发了南社柳亚子驱逐社员朱玺，成舍我反对柳亚子、柳亚子再驱逐成舍我，而后蔡守等人鼓动改选高燮而高燮不接受、成舍我等人成立"南社临时通讯处"提倡恢复旧章等。最后柳亚子倦怠灰心，不再当任南社主任。1918 年，南社由姚光任主任，辛苦支撑，并独立出版《南社》。1919—1922 年，南社的活动则更少，柳亚子也不再参与。到了 1923 年，曹锟竞选总统而有"贿选议员"之事，创立南社的高旭卷入其中，一时成为舆论矢的。

南社的历史使命完成了，被新文化运动接过去了。这其实是一代人的使命完成了，将使命交给了下一代人。

第三章　高旭与南社

一、高旭的经历与交游

无论说到南社，还是说到金山，高旭都是不可不说的人物。高旭对于南社的重要性，前面已有论述。南社与金山之所以产生如此密切的联系，主要在于高旭。高旭是南社的主要发起人之一，仅此一点即可见其对于南社的重大影响。高旭在1923年卷入曹锟贿选事件，使其“晚节不保”，也正是因为这次政治事件，长期以来，学界对于高旭没有充分的研究。近些年才有高旭文集的整理、年谱的编纂以及专题论著，使得关于高旭的研究有了比较深入的开展。我们既讨论南社与金山，则自始至终都以高旭等人为连接点。本章将尝试从南社、金山走出，走近高旭本人，论述其经历、交游以及学术思想的大概。

高旭的一生大致可以分为四个阶段。从出生到戊戌变法时期，是第一个阶段。此时的高旭因其家学传承，加上时局影响，以及金山为外来文化前沿的地域优势等缘故，他既有着深厚的旧学功底，又有着开阔的眼界，在思想上偏于维新变法。从戊戌变法失败到1904年赴日本前，为第二个阶段。如同当时很多知识分子，高旭在戊戌变法后的思想，逐渐从维新变法转变为革命排满。他决定赴日本，从心理上来说，已经决定不再做报国的书生，而是要做新式的学生。书生，维新变法；学生，革命排满。从日本归沪到辛亥革命，是第三阶段。高旭在日本参与同盟会的成立，任江苏分会的会长，回国后又在上海筹建了健行公学，居夏寓而运筹帷幄，积极参与组织革命起事，并且多方宣传，为革命制造舆论环境，后来被清政府关注，被端方通缉，高旭只好解散公学、关闭夏寓，退居旧里。其后办学校、组南社，终而在辛亥时大放异彩。辛亥革命之后到其去世，为第四阶段。这时期高旭的经历充满了跌宕起伏，他从辛亥革命刚刚结束时的满怀期望，到对袁世凯窃国的满怀失望，再到努力以法政救国，却一再受挫。最终，高旭为坚持法政救国而“身败名裂”，他一生最为努力的南社也随之走向了衰落。

（一）家谱家学

金山张堰高氏，自高奎（岑楼）以降有四子：高桂（近斋）、高桢（秦麓）、高松（申甫）、高华（峙青）。四子这一辈皆以木旁为名。再下是高燮一辈，为高桂之子二人：高燮（吹万）、高煌（望之），而与高旭之父高炜为从兄弟。此一辈皆以火旁为名。再下，即是高旭这一辈：均、基、堤、圭、垣、[illegible]、埗、庄、堜、绵、馨，以及高炜之子高堪（天梅）、高增（卓庵）。此辈皆以土旁为名。再下为：钧、铮、剑、锦、锷、镮、铣、铦、钺、銮、锟、锌、钠、锐、锫、镛、锬，以及高旭之子小剑，皆以金旁为名。可见高氏世代以五行为名字偏旁，高奎从土，其诸子名字为木旁，符合土生木；高桂之子名字为火旁，符合木生火。如此周而复始。

高旭，本名垕，改名堪，以此入学，并行于世。字天梅，别字剑公、汉剑、钝剑、慧云等，斋名万树梅花绕一庐、万梅花庐、愿无尽庐、未济庐、变雅楼等。金山高氏有着良好的文化氛围，是书香门第，高旭的父亲高炜、叔父高煌皆知书能文。高旭“生而歧嶷，七岁就傅”，自少与其叔父高燮一起读书学习，高旭七岁就学，十三岁攻诗文，十六岁读毕诸经，十七岁能诗，名噪金山。师从俞贞甫、顾莲芳、庄瘦岑。顾莲芳为金山清代数学家顾观光的后裔，顾观光字宾王，号尚之，别号武陵山人，金山钱圩乡人，他好训诂，善医道，深究天文、历法、数学、物理，其学兼采中西之长，以为二者可互相证而不可互相废，旧法者新法之所以出，而以为“积世、积测、积人、积智，历算之学后胜于前”，著作有《九数外录》《算剩初稿》《算剩续编》等。姚光评论他的学问“洞微乎古法之源，抉择于西人未言之秘”。其他著作还有《六历通考》《顾氏推步简法》《周髀算经勘校记》《读周髀算经后》《七国地理考》《国策编年》等。可见他兼通中外、文理。俞贞甫则以德闻名，曾举孝廉方正。庄瘦岑是饱学儒生。由此可见，中西并重的家学学风，注重科学的教育氛围，为高旭今后突破旧藩篱以及发展自由思想奠定了良好的基础。

（二）维新思想

虽然高旭、高燮的启蒙恩师，都是当时中西兼通的饱学宿儒，但进入青少年乃至成人，高旭所受到的最好教育主要来自新时代报章。在高旭出生之前,上海申报馆于1876年就开始附出《民报》,这是第一份白话报刊。在戊戌变法之前,维新派也办有《演义白话报》《平湖白话报》《无锡白话报》《通俗报》《女学报》等多种进步报刊。上海《演义白话报》创刊于1897年,时间最早;《沪报》1882年创刊,后更名为《字林沪报》,是英国报人巴尔福创办的。《新闻报》1893年创办,与《申报》《沪报》鼎足而三。在康有为和梁启超的维新变法之后,维新派也大力创办报纸,比如《清议报》就是戊戌政变后康梁等人在海外办的第一个机关报,1898年创办于日本横滨,梁启超主编,该报刊设有论说、名家著述、文苑、外论汇译、纪事、群报撷华等栏目,以"主持清议,开发民智"为宗旨,除了抨击专制统治,还大量介绍西方资产阶级政治学说,传入国内后,对于青年学子思想的影响极为深远。可以说,在大量新时代报刊的知识滋养下,高旭得以眼界大开,在思想上也偏于维新派。他在《清议报》《新民丛报》《新小说》《选报》《政艺通报》等报刊上发表大量诗作,宣传进步观念,宣传变法思想。

戊戌六君子于菜市口殉难,唐才常自立军起义失败,对南方在野的士大夫来说,打击不小。高旭自此走入思想的成长期。这里要突出谭嗣同、唐才常二人对于高旭的影响。高旭在1901年署名"江南快剑"发表《唤国魂》长诗,其中写道"天子蒙尘不援手""进化兴邦筹一策,上下男女平其权""扼腕发愤兮思大同",明显表现出同情维新派人物的思想立场,他崇拜谭嗣同及其《仁学》,他发表的《读〈谭壮飞先生传〉感赋》称"伟略华盛顿",将谭嗣同比作华盛顿,在《吊烈士唐才常》则投入了更多的感情,表彰"南学会"的英勇事迹。

1903年6月,高旭读章太炎《驳康有为〈论革命书〉》和《读〈革命军〉》等文章,态度由维新转变为倾向革命。声称要"仗义逐胡虏,正气壮山川",歌颂自投入狱的邹容为"宁为自由死,不作牛马生"。"苏报案"发生,国内舆论齐颂革命。8月23日,高旭作《海上大风潮起放歌》,歌颂章太炎、邹容二人"笔舌突过汗马劳""伟人姓名全球标",声言"要使民权大发达,独立呼声嚣",猛烈抨击清政府。又作《近世新乐府·沈荩绞死》,为被清政府杖毙的名记者沈荩伸张正义。9月,高旭为《陆沉丛书》《攘书》《孙逸仙》等书题诗,鼓吹民族革命,并以自由斋主人之名发表《爱祖国歌》,声称要与欧美国家并驾齐驱。1904年4月,梁启超发表《政治学大家伯伦知理之学说》,诀别"共和";高旭乃于《警钟日报》发表赠梁启超诗《读任公所作伯伦知理学说题诗三章即以寄赠》称“君涕滂沱分别日，正余情爱最浓时”。高旭自戊戌以来，同情维新，鼓吹变法，但当康梁一意保皇立宪，与共和诀别时，高旭等人也就与其决裂。从思想上来说，高旭完成了从维新到革命的转变。

（三）东渡日本

1904 年，高旭赴上海，与陈去病、刘光汉等人结识来往。同年，妻子周红梅病逝。同年 9 月 25 日高旭赴日本留学。这一天，他在《警钟日报》上发表了留别其叔高燮的诗二首。其一有“鲸吞鳌掷此何时，说起中兴泪已垂”，中兴是隐语，以恢复明朝，中兴汉氏来比喻推翻清皇朝。其二云“删尽繁华抹尽名，阿咸志愿百无成。也知随俗翻花样，不作书生作学生”。高旭慨叹志愿无成，此诗是其心境的写照。当时阴影遍布，“苏报案”之后，革命志士意气低迷。社会思潮方面，有梁启超公开与共和“诀别”，高旭发表赠梁启超诗，针锋相对。而主张君主立宪的思潮一时间风行于世，与此相对的是革命党人活动的激烈。黄兴在长沙建立华兴会，自任会长，宋教仁任副会长，于长沙起义，失败后，宋教仁等遂于 1904 年春赴日本，入东京法政大学学习西方政治。高旭之赴日，是为寻求思想的突破。彷徨的高旭决意“不作书生”，求学于日本，作一个学生。而在日本，他同样来到东京法政大学学习，结识了宋教仁、陈天华等人，获得了突破的契机。

1905 年 6 月 3 日，宋教仁、黄兴在日本东京创刊《二十世纪之支那》，辟有图画、论说、学说、政法、历史、军事、理科、实业、丛录、文苑、杂俎、时事、时评等栏目。其撰稿人中，就有高旭、高燮。此刊采用宋教仁所推定的黄帝纪元，卷首刊有黄帝画像，画像背面有宋教仁的题词：“呜呼！起昆仑之顶兮！繁殖于黄河之浒。藉大刀与阔斧兮！以奠定乎九有。使吾世世子孙有啖饭之所兮！皆赖帝之栉风而沐雨。嗟我四万万同胞兮！尚无数典而忘其祖。”以不忘黄帝，不数典忘祖而表达其鲜明的反清思想。8 月 20 日，中国同盟会在日本东京成立。此刊后来很快被日本查封，改名《民报》，成为当时著名的革命刊物。

宋教仁将“托古革命”发挥到了极致，以“黄帝”这一华夏之祖来作为激励排满革命的图腾。用黄帝纪年，成为革命者不认清朝正朔的表达方式，一时风行于士大夫之列。近代中国的危机发端于外来冲击，与内忧一起构成国家、民族危机的来源。面对内忧外患，自 19 世纪后半叶以降，时人皆已认识到要学习西方文明。而仅仅学习他人，不足以解决如何对待自身这一问题。传统文化与思想，本身并无政治性，可用以刺激革命，可用于复古尊君。而革命的领导者，正是浸淫传统文化至深的士大夫阶层，是故将传统文化与思想用以刺激革命，是当时通常的做法，与复古尊君、反对革命的守旧派有着本质区别。这一历史大命题，考验着当时所有的学人。

高旭对这一命题也作出了自己的解答。9月4日，高旭作为第一批会员加入同盟会，不久被推举而担任中国同盟会江苏分会的会长。这对于高旭本人，乃至后来的南社，都是极其重要的事件。宋教仁后来也加入了南社，是南社的重要成员。同盟会与南社的关系极其紧密，这从柳亚子和高旭对二者关系的解答中都可以看出。柳亚子《南社纪略》说："这个时候，孙中山先生和同志们，在海外创设中国同盟会，以三民主义相号召，正在十七次革命失败奋斗的过程中间，而内地所号称知识阶级的人，还是昏昏沉沉，做那'天王圣明，臣罪当诛'的好梦。我们发起的南社，是想和中国同盟会做掎角的。……它的宗旨是反抗满清，它的名字叫南社，就是反对北庭的标帜。"高旭《无尽庵遗集序》则说："当胡虏猖獗时，不佞与友人柳亚子、陈去病于同盟会后更倡设南社，固以文字革命为职志，而意实不在文字间也。陈、柳二子深知乎？往时人士入同盟会者思想有余而学问不足，故借南社以为沟通之具，殆不得已之苦思欤。"南社是同盟会助力，目标是反清，自然不用多说。而高、柳二人所言也有不同之处。高旭说南社"以文字革命为职志"，虽然"意实不在文字间"，但此之一节未曾磨灭。柳亚子则只谈了反对清朝的一面。之所以说起这一细微差别，是想结合高旭在南社创立前的作为，来理解他所说的"文字革命"究竟何指。

上文所说的高旭的解答，其实就在他加入同盟会不久。9月29日，高旭在东京创办《醒狮》，以"输入文明学说，提倡国民尚武精神"为宗旨，这和《二十世纪之支那》的"提倡国民精神，输入文明学说"宗旨几乎全同。尚武以及与同盟会机关刊物的高度一致，是因其加入同盟会的缘故。高旭还特别突出"尚武"，所辟版面就有论说、军事、教育、政法、学术、理科、医学、音乐、谈丛、文苑、小说、时评、丛录等。若与《二十世纪之支那》栏目对照，更可见二者大同而小异，而高旭特别之处，在于学术、理科、医学、音乐等的设置，其对于文艺、社会科学的注重是很明显的。高旭、高燮、柳亚子、马君武等人皆为此刊物的撰稿人。《醒狮》是宣扬革命的一块重要阵地。1905年末，为响应东京留学生针对日政府《取缔清留学生规则》的抗议，高旭辍学回国。

高旭以师姜的笔名在《醒狮》上发表了一篇重要文章《学术沿革之概论》，由此文可知，高旭提倡的“文字革命”，其根本在于学术。南社活动中与此相关的，是有关国学的讨论。由于有关南社诸人专门的学术讨论文字较为少见，而《南社》等刊物所载例以诗词为多，故此文对于南社的深入分析尤为重要。高旭在文中说：“国何以立？以有学。无学，则国非其国矣。故一国必有一国之学，谓之国学。虽然，专讲保存国学，亦安能立国哉！国因时势而迁移，则学亦宜从时势而改变。夫唯其能改变也，故学可为珍，而学乃可以常存。”这是一种极其通透的观点。首先他认为一国之学谓之国学，其含义实际上即一国之学术。其次他认为没有学术，则国将不存。以中国而论，他将中国近代的大危机的根源归结为学术，在思想上是深入的，也代表了很多士大夫的观点。从军事到政治，从经济到文化，层层上推，追流溯源，近代士大夫之中的佼佼者将中国积贫积弱的原因归结为最为根本的思想文化层面；一部分士大夫则将中国之落后仅仅归结为经济、军事等面相，坚持认为中国文化冠绝寰宇。而如高旭者则认为学术为一种文化的精髓，学术可以代表一种文化。在这些士大夫中呈现出不同的是，他们对于最为根本的学术采取的是怎样的态度。最后，高旭认为，学术必须根据时势而改变，不变则不能存。学术不变而不能存，就不能去保这样的学术。若真为国学，则不必保而能自立。我们以此观点去观察南社时期众多有关国学的争论，能有很多收获。其后高旭接着陈述，“师姜曰”直指中国学术不进步的原因在于政治体制。他将中国与西方相比较，以为西方学术的昌明，正由于其政治体制的文明，所谓政体的文明是其宪法规定的言论、思想、出版的三大自由。高旭认为，文明国度拥有思想的自由，又加上言论、出版的表达自由，故而其口、手表达其心，毫无障碍和顾忌，故而其文化日益昌盛。按此逻辑，高旭分析了中国学术的历程，并在文中分八个时代论述中国学术史。

在文章末尾，高旭抛出了中国学术的未来以及中学、西学之间关系的大问题。在分析之前，有必要指出此文撰写发表时间是 1905 年，日本留学生在开年时上书朝廷要求立宪，上海《警钟日报》方才被封，“苏报案”邹容死于狱中，年仅二十。在许多年后大家都认为是毋庸多想的时期，在当时的历史情境中，并不是那么清晰的。高旭首先将开新、守旧二派的观点列出。所谓开新派，主张全盘西化，而扫除一切旧学。守旧派认为古圣贤之法足以自强，不必取法西学。这两派都有很强烈的排他性，对于“中立”者的态度都不友好。高旭的结论是吸收、保存并行。吸收西学之适合者，保存国学的精华者。何谓国学的精华？结合文章开头有关学术不进步是由于政治体制的判断，高旭认为的精华就是国学中未被专制政治体制破坏的少数“吉光片羽”。至于“不合于世界大势之所趋者”，按其先后之意，应该就是指不合乎宪政文明者。而何谓西学之不适宜我国者？高旭以为“一国有一国之风俗习惯，夏裘而冬葛，北辙而南辕，不亦为识者所齿冷乎”，并没有说清楚，只是大概而言。当时守旧反对西化的，多以西方文化习俗中与中国固有的文化习俗所相反为理由，对此难以强行说服，也无关宏旨，大多都可以在交流深入后自然冰释。是故对此需要宽容，而慎言“全盘西化”。文章总的论调还是“对于外国输入之学，不可一概拒绝，当思开户以欢迎之”。在1905年的历史语境中，各种抱残守缺的言论甚嚣尘上，高旭这样的论调无疑是开放的，他为了接纳吸收西学而撰此文，对于中国学术的分析则充满了批判主义的精神。其批判国学，是为了批判政治体制之专制，因为他开篇时已经说明，中国学术的不进步就是因为政治体制的专制。所以对于“文字革命”，高旭最根本的思想在于学术。学术的发展，需要欢迎西学，以吸收新学来保存国学中少数未被专制政治体制破坏的“吉光片羽”，而创造新的国学。这对南社时期高旭参与的各种讨论，有着指导意义；对我们了解南社的这一面向，也有着指导意义。更为重要的是，这也代表了金山诸人对于国学、西学等的革命态度，以及各种思潮的斗争与融合。这在金山诸人的南社活动中将会有充分展现。

通过这篇文章，我们也可以看到从《觉民》发刊词到《南社启》之间，高旭思想的成长与成熟。需要特别指出的是，高旭的民主共和等思想的形成，是在赴日本之前，而不是赴日本之后。他早期的诗歌中就有了卢梭等人的痕迹，可见他不是到日本才接触到卢梭《社会契约论》等政治学说。而在日本数年也使高旭的政治思想得到巩固和成熟，尤其是他与宋教仁、孙中山等人的交往，奠定了他之后从事革命、建立南社的基础。

（四）健行公学与夏寓

1906年高旭已经从日本回国，担任同盟会江苏分会的会长，据柳亚子所说，“实际上负着全省革命工作的重任”。柳亚子1906年2月来上海结识了高旭，并由其介绍，加入了同盟会。高旭旋即创立健行公学当作临时的革命机关。据柳亚子追述，此事起于 1905 年日本政府取缔中国留学生之事，致使很多留学生归国，在上海创办了“中国公学”。因为中国公学的主持人排斥江苏人，故而一些江苏籍的归国留学生又创办了健行公学。高旭既是中国同盟会江苏分会的会长，又在健行公学教国文，就将此学校当作了革命的机关。柳亚子回忆说：“1907 年暑假后，健行公学停办，高先生也在松江，以后同盟会江苏分会的事情，大概是另外换人主持了。好像在江苏分会之外，另有上海分会，是马君武、梁乔三几个人主持的，地址是中国公学。在 1906 年下半年，健行公学和中国公学两方面，已经是言归于好的了。”

高旭在西门宁康里健行公学的后面租了一所房子，作为夏昕渠在上海养病之住宅，故名曰夏寓，用于贮藏秘密文件以及秘密集会。后因与学校太近，倘若有变，革命党人有被一网打尽的极大危险，于是高旭将夏寓搬到八仙桥鼎吉里四号，仍悬挂门牌为“夏寓”。《高旭年谱》云：“在健行公学后面夏昕渠之住宅设立同盟会秘密机关，经常举行江苏省和上海地区同盟会员秘密会议，榜其门曰夏寓，以作掩护。当时，健行公学成为上海革命活动的中心，革命同志苏曼殊等往返上海，都在这里联络，故有第二爱国学社之称。6 月 29 日，章太炎先生出狱，高旭等亲率健行公学学生于提篮桥监狱大门迎送于吴淞中国公学，当晚即又率学生送至黄浦江舟中，东渡日本。”所谓爱国学社，是“苏报案”之前上海的一座著名学校。1902 年，上海南洋公学部分学生抗议校方压制自由思想，愤而退学。11 月 21 日，中国教育会于泥城桥福源里建立爱国学社，由蔡元培任学校总理，吴敬恒为学监，黄炎培、章太炎等人执教。“苏报案”后，爱国学社受到波及而被关停。夏寓及健行公学接续爱国学社，促进了革命志士的活动与联络。

高旭还带领上海的革命领导人与孙中山直接联络。同盟会成立后，孙中山即派人到国内外各地发展同盟会组织，宣传革命。1905 年至 1906 年间孙中山本人则赴东南亚各地，向华侨宣传革命，募集革命经费。1906 年孙中山途经上海，于吴淞口船上与高旭、柳亚子、陈陶遗、熊克武、秋瑾等会晤。柳亚子《回忆残稿》记载：“本年孙中山由乘轮途经上海，柳亚子、高旭、陈陶怡等坐小船至吴淞口外相见。”“辛亥革命前五年，我和其他同盟会的会员在上海办了一个健行公学。一天，有个人秘密送了个讯来说孙中山先生来到了上海，他是从去各地方路过上海的。和其他四五个人（其中有高旭，同盟会江苏支部的部长)便坐了一艘没篷的小船,赶到一个轮船上去看他。我口吃,不爱说话,话说得不多。当时谈话的时间不长,我那时才二十岁。”则孙中山此次会晤的主要人物当是同盟会江苏分会长高旭,柳亚子则是个二十岁的青年人随同前往。陈锡祺主编《孙中山年谱长编》:“熊克武忆述:‘五月,中山先生化名高野,乘法国邮船由日本经上海去南洋,约我们上船去见他,报告内地的情况。临走时,中山先生说他需要一千块钱,我们答应设法筹措,后由秋瑾送去一千元。’”此事又可得《秋瑾年谱》佐证:1906 年,“秋瑾在上海会见孙中山,并代熊克武等筹措款项一千元转交于孙”。其后,高旭与中国公学的马君武、傅君剑,以及湘学社宁调元、陈汉元,蠡城学社之秋瑾、陈伯平都建立起了联络,共同策划革命起事。1906 年开始,同盟会开始在华南各地组织了多次武装起义。

此次会晤孙中山,表明南社诸人极早就直接参与了革命之事。但南社诸人在上海活动,其革命事业最主要的还是宣传舆论和革命联络。这二项所起到的作用是难以估量的。高旭 9 月以一夜之力造二十首诗,并形成很大的社会影响,无疑与此次密会孙中山有较大关系。

可惜的是,夏寓和健行公学很快受到清政府的严厉打击。1906 年末,叛徒供出健行公学为同盟会江苏分会机关,主持人高旭是革命党。风传两江总督端方要封校、禁报、抓人。1907 年初,端方果然指名要抓高旭。高旭只能舍弃夏寓,将健行公会合并到南洋中学,而回金山家中居住避祸。柳亚子回同里老家,陈陶遗赴日本,马君武亦赴海外。9 月 10 日,健行公学被迫解散。这样就使得同盟会江苏分会没有常设机关。夏寓之事始末大概如陈去病后来追述:“当是时,高(旭)方与孙中山创同盟会于江户,回国号召。柳与之遇,遂共设机关部于海上新八仙桥,诡其名曰夏寓。又设健行公学于西门宁康里,以培植年少。又为《醒狮》《复报》,以指斥当世。虏吏端方闻之,心弗善也,乃发侦骑,将按名逮捕。而两君子挥金亦垂罄,乃散其众归于家。然其梦想共和,求光复,固如故。”而夏寓之关、公学之闭,对于高旭等的打击是重大的。高旭有《风马儿》一词叙述其沉痛感受:“鹃声带血剧凄清,看花也伤心,月也伤心。忆着今生爱恋已,前生盈盈。鸾吪凤哕,太无凭据,纵醉也惺惺,梦也惺惺。影事思量,难返旧时魂沉沉。”柳亚子有词《金缕曲》,其序称:“健行殂落,慧子有词告哀,倚此和之,知天下犹有伤心人也。”其词云:“啼血鹃声苦,是年时残阳芳草,那人门户。望断红墙天一角,丁字帘栊如故，只风景已非前度。枉杀填桥灵鹊愿，奈银河未许天孙渡。肠断矣！向谁诉？芳兰自判前因误，数从头峨眉谣诼，今番真个。海誓山盟无恙在，去矣不须回顾，看一片彩云飞堕。我亦人间辛苦者，最关心忍续悲秋赋。知此恨，恨终古！”可见此次叛徒的供词对上海同盟会的影响之大。

（五）“石达开遗诗”

“夏寓”时期，高旭对革命宣传进行了很多活动。由于革命活动大多要保密以防清政府侦讯，故大多不见记载。其可见诸记载的则是冰山一角而已。1906 年 7 月 16 日，柳亚子在上海发起“青年同治会”，以作为同盟会的外围组织，并开会推选高旭为会长。9 月 1 日，高旭伪造了石达开遗诗二十首及“残山剩水楼主人”序一篇，印一千份行于世，其意显然在于宣传反清革命，影响颇大。高旭是金山人，对太平天国的诸多战事耳熟能详，之所以用太平天国来宣传革命，主要是因为太平天国排满、宣扬均地。尤其是翼王石达开战功彪炳，曾逼迫得曾国藩险些自杀，是清政府的大敌。高旭因而杜撰石达开遗诗，想要以此鼓动“我国民有抱伟大思想，读之而掀髯起舞，生同一之感情”，“伟大思想”就是排满革命。但此二十首诗真意流露，能见高旭的革命感情。如《宝剑》有句云：“床头忽起老龙吟，郁郁书生杀贼心。”《我伤朝内祸》又有“日月丽中天，重光会有时”句，日月者明，虽与石达开难脱联系，而很容易能打动当时革命党人的情绪。柳亚子后来追述说，高旭为激发民气而造的这二十首诗印发后，“读者咸为感动”。这批诗作在当时影响巨大，即便是梁启超也将此作为新获而于其《饮冰室诗话》中加以评述。直到 1939 年，柳亚子在香港《大风旬刊》上发表了《残山剩水楼石达开遗诗书后》，昭示世人，才知道这批诗作是高旭于一夜之间所撰写的。高旭的才情可见一斑，而这批诗作的优秀也可想见了。

高旭假托“残山剩水楼主人”写的《〈太平天国翼王石达开遗诗〉序》道：

余茧其足，绞其脑，不辞劳苦，奔走千里，每履太平朝人物驻镇稍久之地，必矻矻考问，思求其遗著，庶得察观我皇汉一代之典章。志于此者四十年于兹矣，而未有所得。顷友人哭广自日本回国，与余相晤，握手道相念未毕，即笑谓余日：我近日连获宝贵之物二种，虽九鼎、大吕不能远过，君欲一睹以增眼福乎？’余曰：‘请出以见示。’哭广即于袖中探出，掷于几案。余急取视之，一为翼王石达开之遗诗，一为刘状元之奏稿。噫！是二者固余之魂梦所系焉者也。今老矣，犹得见之，其亦可以偿余四十年来搜求太平朝人物遗书之苦志矣。余询哭广，是二者固得诸何地何人，哭广为述《刘状元奏稿》见于日本人中村氏家藏书中，见而爱之，不忍释手，遂假录一通以归。翼王之遗诗则得诸湘中故人刘君某某之手，而刘君某某又得诸其家之佣工。盖佣工之王父为翼王帏幄中参谋，故主帅之诗篇虽一吟一咏，彼皆得而笔录之。哭广之言如此。哭广本笃诚君子，其言盖可信也。奏稿约二万言，一时不能募集刊资，姑待异日。遗诗则字数较少，余因请于哭广，为出资印成千本。我国民有抱伟大思想，读之而掀髭起舞，生同一之感情者乎，夫如是，乃为善读翼王诗矣。若于字句间求工拙，岂足以知翼王之怀抱耶！遗诗历年已久，书页烂漫，字画有不能忆识，余不敢妄为填补，宁缺之以仍其旧。

此序用意在于以石达开诗激励民族情感。而为伪造得逼真，高旭假托此诗得于湖南某人，湖南某人得于家中佣工，而佣工的祖父为石达开的军中参谋，故而得以笔录石达开诗篇。结尾以“中国开国纪年”，不用清朝年号，则与他在日本时，宋教仁创办《二十世纪之支那》用黄帝纪年是一致的。

1906年冬，高旭被迫解散归并了健行公学，关闭“夏寓”，回到家乡金山的乡下，避世隐居。其后，他与妻子何亚希、同乡姚光一起在留溪创办了钦明女校，一同任职。柳亚子有长诗《题留溪女校写真》，盛赞高旭此举对于扭转数千年女权不张、女性受不公待遇的象征意义。作为合伙人的姚光，曾有《赠钦明女校师范生卒业序》一篇，或可更直接地看到高旭等人当时的作为。由姚光之文可知，钦明女校还培养师范生，这对女学、教育界的作用，是可想而知的。高旭等人对女权非常注重，而能身体力行，更是难能可贵。“化其乡而泽其后，女教之复兴，其在兹乎”，他们也希望借女校的培养、女校师范生之培养，逐步完成女权的复兴。他们的最基本理念是上文的开端一句“教育为万事基本，而女学又为教育基本”，此语关系至深，发人省思。

回乡办学，虽然对女学有裨益，但远不足以令高旭释怀。他在日本参与组建同盟会，是江苏的主盟人，回国后在上海多方经营，好容易才聚集起同志，将要大展拳脚之际，却被迫避居在家中，其郁闷可知。他与柳亚子诗词唱和以此一阶段为多，也是因为家居郁闷的缘故。高旭《愿无尽庐诗话》记载：“丁未春月，余作倚声，每成一解，必寄亚卢，亚子为一一和之。余拟合刊为《废民唱和集》，亚子亦极力赞成，惜人事多故，匆促尚未偿所愿。”则此时期二人皆以“倚声”，也就是以词来相互唱和。

（六）创立南社

南社作为一个团体，其成立自当以其第一次发声为开端。南社的雅集则以虎丘雅集为始。简要来说，南社雅集是南社的活动之一，而不是团体本身。以南社的活动之一的开端为其团体组建的开端，并不十分准确。事实上，南社的酝酿与发起早已可见端倪。

1907 年清明，陈去病与高旭、刘三、朱少屏、沈砺五人到苏州游玩，他们出阊门，过山塘，经五人墓，登虎丘，拜谒明末抗清英雄张国维祠，越三日而始归。张国维是浙江东阳人，明末曾任苏州巡抚、兵部尚书。崇祯皇帝在北京自缢后，他拥戴鲁王朱以海监国，在浙江与清军苦战，兵败后作《绝命书》三章沐浴冠服，从容投水而死，尽显爱国之志。虎丘的张国维祠是后人为纪念他而建。高旭作《百字令·绿水湾谒张国维中丞祠》云：“高祠展拜，忆张侯当日，志存匡济。马罪未诛时局裂，缓死文山非计。十载提戈，一篇负国，来者须能继。楚氛甚恶，鬼雄上诉天帝。谁教十万胡儿，义务横扫，洪水滔天势。热血东阳拚一洒，绝痛华夷倒置。龙虎无堆，鸡豚有社，千古齐挥涕。忠魂肯死，北廷空自来祭。”由高旭诗文可见对于张国维气节的赞赏与认同。苏州之游后，辑各人所作诗词为《吴门纪游》，寄送柳亚子、高燮等，柳亚子题诗和之，高燮则直接到苏州一游以和诗。各人在清政府密切监视之下，游览山水、文人雅集、诗酒唱和，可以避嫌。后来南社第一次雅集在虎丘，正是因为高旭早已打了前站。因此后人以为正是这次凭吊，“埋下了后来南社在这里召开成立会的种子”。这次苏州之行，让高旭发现这样以文人雅集的方式与同志集会，是一个很好的办法，种下了“南社”的种子。其后，高旭作《怀人诗》五十首及序，皆刊于《神州日报》。他又请人绘制《万树梅花绕一庐》画卷，在《复报》征求题咏，高燮、柳亚子、刘师培、陈去病等人都有诗作。

关于南社创设的历史因缘，当事人的相关论著已多有述及。陈去病在《南社杂佩》中称：“南社者，去病与吾苏高旭、柳弃疾三子所以继东林、复社之志业而与焉者也。”1913 年初高旭当选第一届国会众议院议员，4 月南社在畿辅先哲祠举行第二次北京雅集。《南社开会纪事》记载这次雅集称：“南社雅集由高钝剑君发起，于四月二十七日十二时假畿辅先哲祠开会。社友到会者数十人，公推陈佩忍君为主席。陈君入席，报告南社组织之原因，由于皖、浙事败，同志星散，故欲借文学以促进革命之实力，然社友不过寥寥数人而已。至己酉十月初一，在虎丘大会，社友始众。及去岁光复，实心任国事者本社同人为最多数（如黄、陈、马、宋、何、吕诸子）。去年南北统一，共和告成，本社之目的已达。今日集会于北方，同声称庆。今日开会，一为诸同志握手为欢，一为将来之进行。”柳亚子也在《南社纪略》回忆称：徐锡麟起事失败被杀于安庆，秋瑾就义于绍兴，浙皖起事应与高旭等人有某种联系，因为不到一年前，高旭就曾联络秋瑾到孙中山的船上会面。徐锡麟、秋瑾的被害，对高旭等人来说，是一个巨大的打击，同仇敌忾之情也达至顶点。徐锡麟、秋瑾殉难后，陈去病要在上海替秋瑾开追悼会，没有成功，却在旧历七月七日开了一次神交社活动“隐然是南社的楔子”。

南社发起问题，陈去病、柳亚子二人均将“皖浙事败”，即1907年光复会徐锡麟在安庆刺杀安徽巡抚恩铭、同盟会秋瑾谋划绍兴革命起义失败，视为创设南社之政治动因。“南社”的“南”字所蕴含的“寓不向清政府之意”，也鲜明地表露出其中的政治关怀。柳亚子则进一步指出：陈去病组织“神交会”，隐然是南社的引子。在皖浙反清义事失利后，尤其是7月13日女革命家秋瑾被捕殉难，东南革命党人举行了悼念活动，陈去病本打算在上海国学保存会举办追悼会，却因为清政府势力的阻挠而未能成事，于是改变计划，在7月29日联络革命文化人士组成“神交社”，其先此发出的《小启》云：

> 昔在先朝，人材鹊起，文章学术，灿乎彬彬。是以泾阳、景逸，倡道东林，而朝野响应，翕然成风。故家子弟，被其余泽，咸敦诗书，别耽清尚。应社之作，斯其权舆。及熊嘉鱼作宰松陵，而吴、沈之颖，群荷甄陶，孟朴、扶九之伦，遂得创兴复社，高会群英。云间继之，几社乃作。由是江、淮、齐、豫、皖、浙、楚、赣，济济髦英，鳞萃辐辏。虎阜三集，南金东箭，美莫能名，至今道之，有余羡焉。天崩地坼，云散风流，逃社方盟，史祸遗烈。吴、潘之后，风雅式微，慎交甫萌，而汉槎塞外，愁听悲笳。神州不祥，纪昀钟戾。謷言一出，文网日张。三百年来，文人结社，几与烧香拜盟同悬厉禁，吁其恫哉！我生不辰，遘兹颠闵。遁迹江海，行几类乎鸱夷。凭吊山川，心窃比诸方谢。以为足音空谷，逃者自愉；鸟鸣嘤嘤，诗人所慕。倘今而后，天作之合，俾江东下士，菰中病夫，得一旦强起，与天下士轩眉扬觯，把臂入林，欢然上下其议论，未可谓非千古佳

话也。夫当此俗敝风颓之日，正吾侪论交讲学之年。何况秋令方新，长日如岁，雷雨既过，薰琴乍调。竹林清谈，世何让乎嵇阮；德星夜聚，今不异乎太丘。际吴会之名区，结海天之胜侣，论文道故，一朝而集。虽乏曲水流觞之雅，庶追江湖惊隐之风。方闻君子，幸广引教之。是为启。

这篇小启写得非常含蓄，是因为清政府矰缴甚密，“孤飞自可疑”（唐崔涂《孤雁》）。以文人墨客之雅集为名义，强调“足音空谷，逃者自愉；鸟鸣嘤嘤，诗人所慕”，作出消极避世的模样。按《庄子·徐无鬼》：“夫逃虚空者，藜藋柱乎鼪鼬之径，踉位其空，闻人足音跫然而喜矣。”又《诗经·小雅·伐木》：“伐木丁丁，鸟鸣嘤嘤。出自幽谷，迁于乔木。嘤其鸣矣，求其友声。相彼鸟矣，犹求友声。矧伊人矣，不求友生？神之听之，终和且平。”虽是做出文人会友的模样，但也有革命志士渴求同志的真意。“际吴会之名区，结海天之胜侣，论文道故，一朝而集。虽乏曲水流觞之雅，庶追江湖惊隐之风”，但求不引当局瞩目。但其实暗含革命求集同志之意，如“夫当此俗敝风颓之日，正吾侪论交讲学之年”之语。而在《神州日报》刊发的《神交社雅集小启》《神交社例言》则称“吾皖、浙革命党人大遭失败，一时同人星散，消息都断，故鄙人于是秋在上海发起一神交社，借资联络”，神交社表面上宣称其性质“略似前辈诗文雅集，而含欧美茶会之风”，联络天下文士，论交讲学，其本质在乎集结革命文人，继承晚明几社、复社风流，“效仿前辈先贤，追慕民族精神”，反对清政府的专制统治。

8月15日，神交社在上海愚园举行第一次雅集，出席者有陈去病、吴梅、刘季平、黄节、邓实等十一人。神交社雅集之时，高旭受到邀请，因风传两江总督端方将按名逮捕，未能出席。后来陈去病向高旭索诗，并邀其重游苏州，高氏作诗《海上神交集，以事不能往，陈佩忍来书索诗，且约再游吴门，邮此代简》称：“弹筝把剑又今时，几复风流赖总持。自笑摧残遽如许，只看萧瑟欲何之。青山似梦生秋鬓，红豆相思付酒卮。怕听夜乌啼不了，沼吴陈迹泪丝丝。”诗中之意，对创立神交社表示欣慰，以几社、复社之风流相期许，希望陈去病继承几社、复社传统，主持坛坫。这也是高旭从家居无聊游苏州、皖浙起事失败而生出的新想法——以文人雅集形式结社。这就是南社的先声。

南社创始人之一柳亚子曾说，在虎丘雅集之前，已经有了“成立以前的南社”。1908 年 1 月 12 日，柳亚子邀集陈去病、高旭、黄节、朱少屏、沈砺、张家珍等十一人于上海酒楼小饮，悼念秋瑾、徐锡麟烈士，拟组织革命文学团体，继承先烈未竟的反清事业。柳亚子提倡的“以文学鼓动社会，推动反清革命”宗旨，得到与会者的认同，“约为结社之举”，倡议成立文学团体“南社”。其后一段时间，南社名目屡屡见诸诗文，行于学界。陈去病为徐自华诗集题诗有“为约同人扫南社，替君传布廿年诗”句，又作诗言及高旭“要我结南社，谓可张一军”。而柳亚子也有绝句《海上题南社雅集写真诗》，南社作为一个社团组织已然存在。

1909 年 10 月中旬至 11 月上旬，《民吁报》陆续刊登了高旭《南社启》《南社例十八条》、宁调元《南社序》以及陈去病《南社诗文词选叙》《南社雅集小启》。其中，10 月 17 日高旭署名“云间高旭钝剑”，在于右仁等创办的《民吁报》发表《南社启》，声称与陈去病、柳亚子有“南社之结”，第一次正式向世人宣告成立南社。《南社启》可谓南社的宣言书，作为南社的第一号公告，其在南社发展史上具有重要的意义。今引录全文并阐释其内涵与价值。

南 社 启

国魂乎，盍归来乎！抑竟与唐虞、姬姒之版图以长逝，听其一往不返乎！恶，是何言，是何言！国有魂，则国存；国无魂，则国将从此亡矣！夫人莫哀于亡国，若一任国魂之飘荡失所，奚其可哉！然则国魂果何所寄？曰：寄于国学。欲存国魂，必自存国学始；而中国国学之尤为可贵者，端推文学。盖中国文学为世界各国冠，泰西远不逮也。而今之醉心欧风者，乃奴此而主彼，何哉？余观古人之灭人国者，未有不先灭其言语文字者也。嗟夫，痛哉！伊吕倭音，迷漫大陆；楔形文字，横扫神州。此果黄民之福乎！人心世道之忧，正不知伊于胡底矣！

或谓：国学固不宜缓，然又奚必社为？曰：一国之事，非一二人所能为，赖多士以赞襄之。华盛顿之倡新国，非一华盛顿之力，乃众华盛顿之力也。社又乌可已哉！然而社以南名，何也？《乐》：“操南音不忘其旧”，其然，岂其然乎！南之云者，以此社提倡于东南之谓。“率土之滨，莫非王臣”，原无分于南北，特以志其始也云尔。鄙人窃尝考诸明季，复社颇极一时之盛。其后，国社既屋矣，而东南之义旗大举，事虽不成，未始非提倡复社诸公之功也。因此知保国之念，郁结于中，人心所同。然岂待有所激而然哉！当是时，主盟者为张天如。余观天如，文学亦未有大过人者，所以能倾倒余子者，徒以其名位而已。一时风气所趋，吴门、金陵两次大会，莅会者，不下数千百辈，似亦可谓壮举。特余所深鄙者，科举痼疾，更甚曩时；门户标榜，在所不免。要其流弊，历史遗羞。艾千子，文学未必过人，而论文之见，实远出张、陈诸子上。千秋论定，当以鄙言为不谬。文章公物，无庸杂私意于其间。阿其所好，君子所大戒。欲知来，先知往。当世得失之林，安能不三致意耶！善哉，吕晚村之言乎："今日文字坏，不在文字，其坏在人心风俗。父以是传子，师以是授弟子。子复为父，弟复为师。所以传授子弟者，无不以躁进躐取为事。"吕氏此言，诚慨弥穷矣！

今者不揣鄙陋，与陈子巢南、柳子亚卢有南社之结，欲一洗前代结社之积弊，以作海内文学之导师。余惟文学之将丧是忧，几几乎忘其不自量矣！试问今之所谓文学者，何如乎？呜呼，今世之学为文章者、为诗词者，举丧其国魂者也。荒芜榛莽，万方一辙，其将长此终古耶！其即吕氏所谓"其坏在人心风俗"者耶！倘无人也以撑柱之，则乾坤或几乎息矣。此乃不特文字衰亡之患，且将为国家沉沦之忧矣！二、三子有同情者乎！深望同声相应，同气相求，与之同步康庄，以挽既倒之狂澜，起坠绪于灰烬。若是者，岂非我辈儒生所当有之事乎！诗有之曰："伐木丁丁，鸟鸣嘤嘤……嘤其鸣矣，求其友声。相彼鸟矣，犹求友声。矧伊人矣，不求友生？"鸟声耶，友声耶！世岂有不喜闻鸟鸣之嘤嘤者耶！"溯洄伊人，宛在水中央"。毋金玉尔音，令余踯躅而徬徨也。

《南社启》虽然仅有千余字，而其中所涵括的学术讯息颇为丰富，以下就"国魂"与"国学"、"复社"与"南社"等问题加以解说。

"国魂"一词，出于中国近世，似受日本影响而盛行于晚清学术界。1904年留日学生刊物《政法学报》上有一篇题为《中国国学保存论》的文章称："中国人最乏国家之观念，故从无国魂之说。至留日学生见日本有以武士道为国魂者，始反索乎中国。"自此以后，"国魂"这一概念成为清末宣传民族主义革命者的常用词汇。如1903年11月19日，朱锡梁组织神交社梁柚隐、苏曼殊、祝心渊、王薇伯、胡友白、杨韫玉、包天笑、范烟桥等十八人，一起到苏州郊外狮子山招国魂。朱锡梁自制招国魂幡，"幡为黑布所成，作狭长形，纵约四五尺，横约六七寸，下缘分歧，为二尖角，中有四白文'魂兮归来'，草书飞舞"。据时文记载，明崇祯帝"殉国"之十月一日实为我国国亡魂散之日，

“自是以后，如巨狮酣睡，沉沉不醒者垂二百六十年”，狮子山招国魂，意在“于二百六十年后国魂飘散之本日，纠集同志，集于狮子之山，为文以招之”。与会诸人写成《纪元觞国魂》《狮子山招魂口占》《题招魂幡》《祖国招魂祭祀侑神歌》等诗为故国睡狮招魂，呼唤民族觉醒。范烟桥在《狮子山招国魂》记述此事云：“清光绪二十九年十月朔，关中梁柚隐、吴县胡友白、杨韬玉、朱梁任、包天笑等若干人，登苏州郊外狮子山，为诗文以招国魂。其事甚秘，而当时文人革命思想之活跃，此其见端。”当时的南社成员也好以“国魂”指代民族精神，希望借助文学的力量，挽救国魂，“南社诗人之冠”的苏曼殊《无题》诗有云“水晶帘卷一灯昏，寂对河山叩国魂”，宁调元说“文字有灵重祷祝，国魂苏复返神州”。

在《南社启》中，高旭认为国有魂则国存，国无魂则国亡，将民族文化视为国之“魂魄”，作为立国与维系国家存亡的决定性因素。继而言及“国魂”载体，则将国魂寄于国学，“欲存国魂，必自存国学始；而中国国学之尤为可贵者，端推文学”。高旭将“国魂”与“中国文学”相联系，意在通过宣扬传统文化，召唤国魂，进而唤起国民意识与民族精神，改造国民，重塑中华。与高旭有同样认识的，还有其同乡社友姚光，他辛亥年所作《淮南社序》也将“国魂”寄于“文学”，文云：“今天下之变亟矣。非崇尚武功，必不足以挽狂澜之既倒，扶大厦之将倾。然而舍本逐末，不可也。以言其本，舍文学其谁哉！盖文学之入人为至深，感人为至切，听郑卫之音，使人靡靡，诵《无衣》之什，而勇气生焉。故文学者，国魂之所寄也。”他认为“古人之灭人国者，未有不先灭其言语文字者”，这一见解承袭古人“欲亡其国，必先灭其史；欲灭其族，必先灭其文化”之说，将蕴含民族文化的国学视为国家立国的精神支柱，论证以弘扬国学振起国魂。

20世纪初年，梁启超倡导的“诗界革命”在学界引发很大反响，在晚清诗坛掀起诗歌变革潮流，一批年轻的诗人也投身其中，高旭发表大量诗文作品，汇入诗界革命的“时代潮音”，他的早期诗文感情激昂，不拘格律，主要以“觉民”为宗旨，召唤“国魂”，充满民族主义、爱国主义的时代气息。黄履平评价高氏诗风说：“此种笔墨，原为当时鼓吹革命而作，故力求浅显，冀动多数国民之心，固不必征文引典，亦自可传。”1901年6月16日在梁启超主编《清议报》上，时年二十五岁的高旭署名“江南快剑”，发表《呼国魂》一诗，这是目前已知高氏最早见诸报章的诗作。在这首诗中，高旭心怀忧患意识，感慨“内忧鱼烂烂已极，外祸瓜分狼入室”的危亡时局，关注内忧外患的国家命运，提出“要存种类须合群，匹夫之贱与有责”，再三咏叹“唤国魂兮豺虎狂”“唤国魂兮声呜咽”“唤国魂兮难为功”。需要指出的是，这一时期高旭讲求维新，呼唤国魂，表现出对于西方列强欺凌的痛恨，以及对清政府软弱无为的失望，并无推翻清王朝统治的革命诉求。

有关“国学”内涵，1905 年 9 月 29 日高旭署名“师姜”，于《醒狮》发表的《学术沿革之概论》一文已作出辨析。此文开篇指出：“国何以立，以有学；无学，则国非其国矣。故一国必有一国之学，谓之国学。”其后笔锋一转，对于“专讲保存国学”以“立国”提出批评，其理由在于一个国家的学术文化绝非一成不变，国家随着时势变动，学术也将因时势迁移，他说：“国因时势而迁移，则学亦宜从时势而改变。夫唯其能改变也，故学为可珍，而学乃可以常存。不然，国势已变迁矣，而犹死守固有之学，不稍变动，势必为强外族闯入而制其命，而尽废其学。若是，不特国学之不能保也，而国亦因保国学而灭绝。况所谓保国学者，未必真国学；苟真国学，固不依赖人之保存，而能自存于宇宙间矣。”高旭在文章中将中国学术分为八个时代，依次为“神学全盛时代”“官学昌明时代”“诸子竞争时代”“儒学统一时代”“佛老混合时代”“理学发明时代”“考据学批猖时代”“西学输入时代”，特别强调国学能够自存于宇宙，在于“欢迎新学术以调和之、补助之”，从而提高进步的速率。正是基于这样的认识，高旭对于“开新”派“必将中国一切旧学扫而空之，尽取泰西之学”，以及“守旧”派“行我古代圣王之法有余，不必外法”的主张，均持批判态度，主张“对于我国固有之学，不可一概菲薄，当思有以发明而光辉之。对于外国输入之学，不可一概拒绝，当思开户以欢迎之”。高旭于文末提出，自今以后，为“吸收”与“保存”两主义并行之时代，即吸收域外文明，保存本国民族文化，如此则于西学免于食而不化之讥，于中学呈现晦而复明之象，中国学界前途无量。

从文辞叙述上看，南社启文表彰国学，呼唤国魂，而其本质上则有着特别的政治诉求。这一点可以从启文所述“复社”与“南社”见之。高旭在南社启文中，大力褒扬了复社先贤在明亡后，于东南地区高举反清义旗，“事虽不成，未始非提倡复社诸公之功”。接着，他以古喻今，借古言今，批判醉心欧风人士，同时也对“伊吕倭音，迷漫大陆；楔形文字，横扫神州”的社会现实表现出深切忧虑，指出为文章、诗词者“举丧其国魂”，败坏人心风俗，长此以往,若无人力挽狂澜,则“不特文学衰亡之患,且将为国家沉沦之忧”。为了扭转这一弊端,高旭仿效明末复社,成立保存国学的文学团体,与陈去病、柳亚子“有南社之结”,一洗前代结社积弊,以作海内文学之导师,而“一国之事,非一二人所能为,赖多士以赞襄之”,他呼吁海内有志同仁,同声相应,同气相求,同步康庄,“挽既倒之狂澜,起坠绪于灰烬”。在国学研究的背后,“不特文字衰亡之患,且将为国家沉沦之忧”,启文期冀“唤起国魂”,“国魂”归来之意,实在于弘扬民族主义,提倡革命气节,通过文学创作宣扬排满复汉思想,推翻清王朝的专制统治。

《南社启》特别点名“南社”之名,社以南名,《乐》“操南音不忘其旧”,“南之云者,以此社提倡于东南之谓”。这里的“南”是指中国东南部,仅是一个地理方位的存在。南社之“社”则来源于明末复社,即启文所称:“窃尝考诸明季复社,颇极一时之盛。其后国社既屋矣,而东南义旗大举,事虽不成,未始非提倡复社诸公之功也。”而宁调元的《南社诗序》、陈去病的《神交社雅集小启》《南社诗文词选叙》以及柳亚子的《雅集图记》均把复社与南社类比,作为结社之原型,意欲继承并发挥复社的文化精神和反清志业。从字面上看,《南社启》主要表达了进行国学研究的学术诉求,高旭或由于政治环境的高压,只是以地理方位解释“南”字之本义,并未对其中的政治意蕴展开具体说明。关于这一点,正如曼昭《南社诗话》所言,南社为革命结社之一,揭櫫为文章气节,所谓文章是革命文章,所谓气节是革命党人气节,“特在清末,于内地不能不隐约言之耳”。南社是一个带有鲜明政治色彩的文学团体,三位发起人陈去病、高旭、柳亚子均为中国同盟会会员,第一次虎丘雅集的十七人就有十四人属于同盟会,因而当时的南社又有“同盟会宣传部”之称。对于“南社”命名背后的政治志向,时人已多有解说。南社早期社员宁调元在《南社序》中说“钟仪操南音,不忘本也”,“不忘本”三字,已直接指向了呼唤反清革命的民族主义情怀。辛亥革命成功后,陈去病于《南社长沙雅集记事》直言“南者,对北而言,寓不向满清之意”,而柳亚子在《南社纪略》中也说:南社成立于中华民国纪元前三年,“它底宗旨是反抗满清,它的名字叫南社,就是反对北庭的旗帜了”。高旭在《致周仲穆书》中对“南社”之名有过解释,他说:“讲学之说,鄙意殊不喟然。何以故?此乃南社,非南学社。固当时发起宗旨如是。文字结合,庶不遭时忌,否则,易惹官吏之干涉。”1912年12月,高旭在周实丹遗集序文谈及筹备南社的背景,他说:“当胡虏猖獗时,不佞与友人柳亚卢、陈去病于同盟会后更倡设南社，固以文字革命为帜志，而意实不在文字间也。盖陈柳二子深知乎往时人士入同盟会者，思想有余而学问不足，故借南社以为沟通之具，殆不得已之苦思欤！”（《〈无尽庵遗集〉序》）从上面所引宁调元、陈去病、柳亚子以及高旭的语录中，我们已经可以清楚地看出“南社”这个名词体现出弘扬民族气节、反抗清王朝专制统治的政治目标。

周祥骏在《与高旭书》中说：“前谒邓君秋枚，探问本社宗旨，邓君言欲选一部文章。弟意既名‘南学社’，须作讲学机关，非同泛泛文会，邓君之言恐未尽也！”周祥骏之意，在于询问高旭南社之为何物，还不知南社的确切名称，以为是“南学社”。而高旭在《答周仲穆书》回复称：“讲学之说，鄙意殊不谓然。何以故？此乃‘南社’，非‘南学社’故。因当时发起宗旨，如是文学结合，庶不遭时忌，否则，易惹官吏之干涉。公亦思今为何如世，而所讲之学，有不令人干涉者乎？一笑。”此处已然明言文学结合是挡箭牌，即若以讲学而结社，则极易受到当局干涉。至于南社之政治意志，柳亚子《新南社成立布告》的几句话说得最为明白：“我们发起的南社，就是想和中国的同盟会做犄角的。因为民族主义，本为是中国历史上的产物。赵宋、朱明的末代，更有鲜艳的血史，在文学界占着重要的位置，所以我们的提倡，就侧重在民族主义那一边。”蒋慎吾也清楚地指出《南社启》表明，“南社系高旭、陈去病、柳亚子三氏发起的，当时他们的共同目标，系‘借诗文以鼓吹革命’，对于文学见解，他们也并非完全一致的。右项宣言由高氏署名，分明是他个人的口气了”（《南社纪念会之史的回溯》）。

高旭《南社启》与其《觉民》发刊词有着内在联系，昭示了从金山办刊到上海成立南社的心路历程，以及解决中国问题的追求。《觉民》发刊词以为西方大国之所以“雄长地球”，在于其民已觉，而中国要强大，则必须由士人去觉民。他又认为：“欲扫数千年之蛮风，不可不觉民；欲刺激国民之神经，使知合群爱国之理，不可不觉民；欲登我国于乐土，不可不觉民；欲为将来行地方自治之制，不可不觉民；欲破大统之幻想，不可不觉民；欲尊人格以尊全国，不可不觉民。觉民哉！觉民哉！”则觉民的作用，或者说目的，正在于扫数千年之蛮风，也就是破除专制的影响；刺激国民之神经，使知合群爱国之理，也就是引发国民自主的意识，唤起民众团结爱国的理念；为将来行地方自治之制，也即后来高旭所主张的联邦共和制；破大统之幻想，也即反对专制;尊人格以尊全国,也即追求对人权的尊重和保障。而《觉民》时期,高旭尚未确定如何来觉民,或者说以何途径来觉民。《南社启》中,高旭则以为当以文学来保存国学,以国学来保存国魂,国有魂则民可觉。从《觉民》到《南社启》,高旭完成了他对解决中国问题的思考。若联系姚光、高燮等人的国学观,则可知作为南社纲领的《南社启》,实际上不光是高旭一人的思想宣言,更是金山诸人的思想宣言。

1910年至1911年间《南社启》分别在《民立报》《神州日报》、槟榔屿《光华日报》刊出。《南社启》向海内外宣告了南社的成立,也向世界宣告了金山诸人的主张与呼吁,吸引了许多优秀士人入社,为革命积蓄了力量,扩展了影响,制造了舆论,成为各地士人结社的向导。而1911年4月,宋琳在浙江绍兴发起成立越社,同月17日,陈去病介绍宋琳入南社,填写入社书。宋琳所发起的越社,遥与南社相呼应,社员以数百计,一时名流云集。从刊发于《帝国日报》的《越社简章》中也可看到高旭《南社启》的影子。《越社简章》第一条就说"本社由南社分设于越,故以越名",简章明言为南社分社,且其余社务及春秋佳日聚会也与南社完全相同,尽管因时局所限,越社以"益智辅仁为主义而兼敦友睦任恤之风"为宗旨,实际上自辛亥革命上海光复后,越社在绍兴召开大会,推举鲁迅为主席,组织武装演讲队,宣传革命。数日后,鲁迅等越社成员出城迎接革命军。这几个时间点,说明南社与其分支机构越社之间的紧密关系。1912年初鲁迅为越社办有《越铎日报》作为机关报。其后,鲁迅编辑的《越社丛刊》第一集出版,该刊除了开篇列有《越社叙》、修改章程等越社文件外,紧接着就列有高旭的《南社启》。足见鲁迅及越社对于《南社启》的重视和认同程度。

1909年周实组织了淮南社。周实与高旭关系非常密切,二人唱和甚多。其后周实被害,高旭极力呼吁报仇。周实《淮南社启》也与高旭《南社启》有着很多的相同之处,启文有云:

> 古者登高能赋,山川能告,师旅能誓,丧纪能诔,作器能铭,然后可以为大夫。甚矣文学之重也!国之有文学,犹人之有灵魂也灵魂之不存,体魄亦从而僵仆矣。……嗟夫!《小雅》尽废,四夷交侵,今世之乱亟矣,而环顾中原,求如三闾大夫一辈人,邈焉不可亟得。万方一概,实窃惄然恫之。昔吕晚村曰:今日之文字之坏不在文字,而在人心风俗之坏。虽然,实以为欲挽人心风俗之坏,仍在文字。……己酉秋日,吴中

首倡南社，以昌明文学为海内先。嗣后陈子佩忍在浙倡越南社，蔡子哲夫在粤倡广南社，而燕南、鲁南、楚南、剑南等社亦相继兴起。大都用文学相砥，以广南社之声气焉。辛亥夏季，南社诸子又殷殷以淮南社相属。实，淮南人也，微诸子言，吾亦将有所陈说也。汉郭林宗曰：大树将颠，非一绳所能系。凡百君子，盍归乎来，以系此将颠之大树乎！文学幸甚！国家幸甚！淮阴周实。

之所以说这篇《淮南启》与《南社启》有着很多相同之处，主要在于，周实与高旭一样，在革命之外，仍有着强烈的文化使命感。他“以为欲挽人心风俗之坏，仍在文字”，这与高旭所说“欲存国魂，必自存国学始；而中国国学之尤为可贵者，端推文学”异曲同工。当然，二人的文章中暗含的呼吁革命之意亦同样强烈，而不同于守旧抱残之流。

和高旭同为金山南社人的姚光也为淮南社写有启文一篇。周实之文结尾引用郭泰之言“大树将颠，非一绳所能系”，呼吁有志者一同奋起革命，“凡百君子，盍归乎来，以系此将颠之大树乎”，而姚光之文紧扣此题，呼吁同志者“挽狂澜之既倒，扶大厦之将倾”。姚光在紧扣周实呼吁革命者一同奋起之意后，再次强调了“国魂”说，行文再次转折，指出淮南之地紧要，天下有事之时，英雄崛起，必以其为根据地。可以说，周实、姚光的《淮南启》也与高旭的《南社启》明显有着精神上的共通。《南社启》的广泛传播对其他地区的有志者来说，是一盏明灯，指引前进的方向。从这个角度说，高旭的《南社启》代表着南社的精神，也代表着金山诸人的精神。

武昌起义后，上海光复，越社紧随南社行动，绍兴不日光复。周实的淮南社也非常积极地展开行动，来呼应革命之势。11 月 14 日，周实、阮式效仿鲁迅于绍兴的武装宣传队，组织学生队，宣布淮安光复。几日后，县令姚荣泽等将其杀害。此事不光是对淮南社的绝大打击，也是对南社的沉重打击。周实的被害，令南社诸人十分愤怒，高旭、柳亚子等积极促使南社成员、沪军都督陈其美布置复仇。陈其美向孙中山上书，要求缉拿姚荣泽。南通县令庇护姚荣泽，即使孙中山去信，也并未照办。在此形势之下，南社诸人并未放弃，而是由陈其美直接致电南通，要求交人，不惜以兵戎相见。于是姚荣泽方才被缉拿到上海，审讯判刑。但其时已任临时大总统的袁世凯保住了姚荣泽的性命，改为终身监禁。这无疑使得南社诸人对袁世凯抱有很大的怨怒。

南社的创立，对于高旭来说是非常重要的事业，但并非高旭的全部。高旭创立南社目的并非如同盟会，也非会党，当然也不可能如之后的政党。高旭对南社本身的活动并无过多控制，甚至在某种程度上是放任的。他对柳亚子非常赏识，将其介绍加入同盟会，又一起组建南社，之后的很多事情都交给了柳亚子去做。在雅集、编纂《南社丛刻》以及报刊主笔方面，高旭都未揽权控制，而是放手由更适合的柳亚子去“实干”。高旭注重的是南社的开风气、新思想，以及联络同仁的作用。

（七）虎丘雅集“公案”

《南社启》宣告南社成立后，第一次雅集在苏州虎丘张国维祠举行。陈去病、柳亚子、朱锡梁、庞树柏、陈陶遗、朱少屏、俞剑华、冯心侠、赵厚生、林立山、沈砺、诸宗元、胡颖之、黄宾虹、蔡哲夫、林之夏、景耀月等十七人，又外来宾张采甄、张季龙叔侄出席，十七位社友中，有同盟会会籍十四人，足见雅集浓厚的革命气氛。诸人仿照复社旧例，沿着前年高旭等五人吴门之游路线，出阊门，乘舟山塘，拜五人墓，游虎丘，于张东阳祠雅集，饮酒赋诗。会后刻有《吴门游草》。中国近代史上第一个革命文学团体南社，于是宣告正式成立。南社以苏州虎丘张国维祠为第一次雅集之地，意在弘扬张氏英勇无畏的反抗精神，含有明显的民族主义倾向，既与张国维的民族气节同气相应，又是对起于虎丘的东林、复社精神的延续。1936 年徐蔚南说：“南社的产生地是虎丘张东阳祠，张东阳是明季奉监国鲁王抵抗满清的一个殉义的勇士。南社是从勇士的怀里产生的。”

值得注意的一个现象是，高旭作为南社的发起人并未参加首次雅集，也未能出席 1910 年 4 月 10 日南社在杭州西湖唐庄举行的第二次雅集。对于高氏为何未能出席这一重要活动，学术界说法不一。柳亚子对此记述道：高旭在 1906 年归国后，于上海创办健行公学，提倡革命，有第二“爱国学社”的倾向，作为同盟会江苏分会的会长，声名很大，江督端方屡次想逮捕他，却苦于没有机会下手，柳亚子在《南社纪略》中说：“一个谣言，说虎丘雅集有危险的可能，于是天梅杜门避矰缴不来了。还亏得巢南坐镇苏州，以及时雨宋公明的资格指挥一切。我是以梁山泊小旋风柴进自命的，自然要尽奔走先后的职务了。”按照柳亚子的说法，高旭因身份敏感，为避清政府祸害而未亲临虎丘雅集。社友朱凤蔚也认为：高旭是南社的最早发起人之一，在当时声名的确比陈去病、柳亚子要大，“为了避免清政府侦伺”，就使他不能参加苏州虎丘的南社成立大会（朱剑芒《我所知道的南社》）。高旭作为苏沪地区革命党领导人，专以文字鼓吹革命，前后不下百余万言，创设健行公学，罗致党人无虑百数，“清廷震恐，隐若敌国，大吏承旨，屡被名捕”（高镠《高天梅先生行述》），这一点确为事实，但是否因为身处清政府的严密监视而缺席虎丘盛会，似可再加讨论。如郑逸梅对于柳亚子的观点提出质疑，他认为柳氏这句话“未免把天梅说得太胆怯了”，理由为时任江苏巡抚旗人瑞莘如的幕僚诸贞壮、胡栗长，消息灵通，他们两位都参与虎丘雅集之盛，“可见事实决不会像谣言那样严重，天梅也不致避风头躲着不出来，但为何事所阻，却也莫名其妙，难怪亚子有此怀疑了”（《郑逸梅选集》）。任访秋主编的《中国近代文学史》评论此事也说“作为当时处于秘密活动中的同盟会负责人之一，这是可以理解的，不能以‘避矰缴’而厚责。实际上，高旭在南社的酝酿成立过程中起了重要作用”。

创立南社是高旭生命中的最重要篇章，而他本人却没有参加第一次雅集盛会。对于南社首次虎丘雅集，高旭写了一首题为《十月朔日，南社诸子会于吴门，以事不得往，赋寄同人》诗云：“铁匣沉埋古井枯，不成遁世岁云徂。德星聚处天犹醉，惊隐风高道未孤。岂少诗篇存甲子，尽多人物在菰芦。独怜唱彻公无渡，薇蕨春光要酒沽。”这首诗原刊于1909年冬《南社》第一集，诗题作“十月朔日，南社诸子会于吴门，以事羁不得往，姑期明春再图良晤，吟成长句，写寄同人”由诗题可知高旭自述“以事不得往”或“以事羁不得往”，至于究竟何事并无明确说明。郭长海以高氏《和哲夫〈重九〉见怀韵》诗中“败人佳兴豚儿病，待我明春虎阜游”之句，认为“高旭因为儿子生病，未得躬逢胜会，不无遗憾”。此事时人也有记载，俞剑华虎丘雅集有诗，即题为《南社雅集，钝剑独不至，人或怪之，而不知其爱子之抱恙也，诗来属和，勉应一章，即步原韵》。

关于南社之约，主事者是谁，向来众说纷纭。高旭卷入“贿选”事件后，有关当事人都有意无意淡化其于南社的功绩。而当时所书所写，却留了下来。世人公认的南社三位发起人高旭、柳亚子、陈去病，分别都曾经就南社的发展问题作过说明。如1933年柳亚子《祭陈去病先生文》中说：“胡清末造，天膻地腥，爰举南社，以抗北庭。虽我巢南，首树大纛；亦有天梅，左犄右角；贱子不才，居然鼎峙。”柳亚子在《我对于南社的估价》一文说：“南社是我和陈巢南、高天梅两位先生发起的，然而，对于文学，对于政治，我们三人的立场便不能相同……从前有人讲过：国民党中某某是一民主义者，某某是二民主义者，某某是三民主义者，只有孙先生是真正的三民主义者。把南社来譬喻，陈先生鼓吹民族主义是很激烈的，但他对于民权，比较冷淡。他自然也反对帝制，但他只是反清反袁罢了。讲一句笑话，倘然孙先生肯做朱洪武，他是会奉命不遑的吧。高先生呢，他可说是二民主义者，因为他是学法政的，头脑比较新一些。所以，我也可以讲，陈先生是代表封建制度的社会，而高先生是代表资本主义的社会的。无论讲文学或是讲政治，我以为都可以一以贯之吧。"陈去病《高柳两君子传》说高、柳二人："至丁未冬，复与余结南社于海上，而天下豪俊咸欣然心喜，以为可借文酒联盟，好图再举矣。"又有《有怀刘三钝剑安如并苦念西狩无畏》一诗中说"其二有渐离，生来耻帝秦。报仇志不遂，往往多哀呻。要我结南社，谓可张一军"。以高渐离而隐喻高旭，明言高旭邀其结南社。1908 年 5 月，高旭寄书给宁调元，有绝句四首，其中有刊发于《神州日报》者，实际就是邀其入盟之书。钱鸿宾《神游虎丘》之诗序就明言"钝剑创南社"云云。

1909 年高旭在《民吁报》发表南社成立宣言书《南社启》。1910 年南社虎丘雅集高旭虽然未能与会，也当选诗选编辑，并编辑出版南社社刊《南社》第一集。金山高氏一门，参加南社的有高旭、高燮、高增、高圭、姚光、王粲君、顾葆瑢、何亚希、林棠等，金山张堰的"万梅花庐"的确可称之为孕育南社的摇篮。

（八）《白门悲秋集》

1910 年 10 月 11 日为重阳节，高旭与叔父高燮、妻何亚希、从弟高均、友人蔡哲夫等去南京游玩，历游北极阁、明孝陵、明故宫等地，一路感慨万千而众人皆有诗作。此次高旭得面见周实，二人初次见面，酣饮致醉。其后周实辑集诸人之诗为《白门悲秋集》一卷，为《南社》增刊之一。高旭与周实称得上倾盖如故，其后周实被害，成为民国第一案，高旭也是推动者中重要人物之一，并有文记载此次相会。高旭说周实既是同盟会员，又是南社社友，此前未曾蒙面，而高旭等游览南京，访问周实于两江学院。他们一起游览胜景，而各有诗篇十余数，后来曾作为《南社》增刊而发行于世。游览之后他们欢聚饮酒，高旭素爱杯中物，而周实不能饮，但二人皆大醉。高旭之妻的话非常能够代表高旭的心境，所以高旭听后彻夜难眠。何亚希说：“君本不易醉，今醉若此，定为实丹。我之所以不同往者，正恐君醉耳。古来伤心人遇伤心人，未有不醉者。君本伤心人，若遇同调，更说伤心话，使妾何以堪耶！况妾亦伤心人，安能见君等之时哭放耶！”所谓伤心人遇伤心人，是指高旭、周实皆对中国状况忧虑万端，而心中所想皆是如何解决。辛亥革命偶然因素颇多，在之前，革命志士思量时局，几乎是看不到切实的革命成功之希望的。是所谓伤心人遇伤心人。其后，高旭说：“予知此间不可以久居也，明日遂行。匆匆不及与实丹话。”因为南京是清政府重点控制的地区，驻有重兵。高旭作为同盟会重要领导人，被端方指名缉拿，出外游玩也有被捕之忧。同行的姚光也有《庚戌重九金陵游记》记载众人以孝陵为核心的游览路线，文末以“吾因之忆去年今日，方在虎林于雨丝风片之中，拜张公苍水墓，今年此日，复来建业，于陈柳斜阳之外，谒胜朝太祖陵。如此重阳，其真百无聊赖矣”数句，点出了同行者的忧虑情绪。

汇辑诗篇的周实在《白门悲秋集序》中说：“昔宋玉赋《九辨》以悲秋，实展而诵之，如坐寒山风雨中，听哀鸟啼猿相倡答。呜呼，何其言之沈且痛也。而不谓天下后世伤心人，周览山川，流连风景，其感喟犹有十、百倍于玉者，岂非由人世之多艰，我生之靡乐，而情遂有不能自已者耶！”他所说的天下后世伤心人，也就是当时与游的诸人，即“顺德蔡子哲夫、合肥汪子啸叔、金山高子吹万、天梅、平庵、姚子凤石、丹徒唐子轶林暨吾郡左子汉鏦、吾宗人菊辈”。周实议论说：“嗟夫！天不可知，世方多难，国亡族灭之祸，岌岌焉悬于眉睫间。一二在上位者，犹复揽权怙势，恬然于危堂沸釜之中。而晚近少年，又从事于锦衣玉食，金鞍白马，酣歌恒舞，而不知休，其于社稷之颠危，如秦人视越人之肥瘠，曾憯然不少恤焉。则吾侪本古诗人伤时念乱之义，以此为周顗新亭之泪，阮籍空山之哭，不犹贤乎！呜呼！其亦可谓言者无罪也已。”当其时，国族俱在灭亡的边缘，而在上的统治者仍愦愦无所作为，士大夫又多醉生梦死，是周实为之痛哭的事。周实此序关于“天下后世伤心人”之语，正与何亚希对高旭所言的“伤心人遇伤心人”不谋而合，不约而同。祭拜凭吊明太祖朱元璋的孝陵，反满之意味再明显不过。他又提到顾炎武之志。顾炎武一生中七次拜谒明孝陵，曾写下《重谒孝陵》一诗，以明其志。周实慨叹的是“天不可知，世方多难，国亡族灭之祸，岌岌焉悬于眉睫间”。

高旭一行凭吊明太祖陵墓，不是为明朝招魂，而是痛于时势；写诗作词者，不是为悲春伤秋，而是感慨系之。他们凭吊朱元璋，但并未一味地歌颂，而是有所批判，如高旭《谒孝陵》诗中所言："惜哉政治何专制，宰戮勋臣任私意。朕即国家奚畏为，颠倒乾纲太无忌。子舆实为民史宗，草芥寇仇论最工。高皇见之怒切齿，立驱文庙终不容。一代伟人神武姿，后有继者慎勿师。牧羊政体久绝迹，大树独揽非其时。"子舆即孟子之字，明太祖将孟子排斥出文庙祭祀。高旭批判明太祖之政治专制，则与其一向主张的排满之本质在于排满之专制无不同。孟子所谓"民为贵，社稷次之，君为轻"的主张，才是高旭等人欣赏的传统文化中的积极因素。不光是高旭，高燮诗作中也提到这一点："我思陵中人，赤手歼胡戎。衣冠还上国，为治三代隆。大胆黜孟祀，罪大掩其功。"相比较而言，高旭所言更加直接而激烈，直言其政治专制，而呼吁后世继承者慎勿以为师。可惜的是，辛亥革命后，推翻满清而选出的大总统们却相继学习了明太祖，而周实也被杀害，成为"民国第一案"。

（九）革命前后

1911年2月13日，南社于上海愚园举行第四次雅集，高旭首次参加。他在酒席之上与柳亚子发生争吵，虽未必是什么根本的分歧，但对高旭的心绪情感影响还是有的。这从嘉兴之游可以看出。3月，高旭到了嘉兴，登烟雨楼，有《烟雨楼题壁》诗，其四有句云："冷落宝刀闲不过，时来湖上数鸳鸯。"为何特意提到鸳鸯？原来在此之前，1910年时，他曾来过烟雨楼，当时是和柳亚子一道。8月11日高旭与柳亚子、蔡恕庵同游嘉兴烟雨楼，有《七夕游烟雨楼》："牛女双双唤渡河，南飞乌鹊此宵多。夜深秋露凉如许，天末羁人感若何。迢递高楼悬片影，微茫一水激清歌。鸳鸯对对如花艳，吹彻箫声定为他。"诗歌中，夜深秋露，微茫水清，一片宁静。而数日之后，8月16日，南社于上海张家花园第三次雅集，通过《南社第三次修改条例》并进行选举，陈去病、高旭落选，是柳亚子所谓"张家花园革命"。而1911年初的第四次雅集，高旭又与柳亚子酒后失和。《南社纪略》载柳亚子叙述："照顺序单所规定的，午餐，收费，摄影，报告，补收入社书、入社金，谈话，一幕一幕做下去，压台戏自然是大庆楼的晚宴了。记得天梅和我大闹其酒阵，座中也很分左右袒，却是我的方面人多，还有未来的女子北伐队队长张佚凡女士也出马相助。于是我哈哈大笑，说道：'得道者多助呢。'这句话，谁知道又种了后来高、柳破裂的根苗。"在此之后的3月，高旭再次来到烟雨楼，却不仅是因为对好友柳亚子在两次雅集上所作所为的失望，更多的仍然是“为伤时局气难平”（《夜起和钝根韵》），而与“大闹其酒阵”似乎关系不大，“只为胸中块垒横，不关邻妇擅风情”（《烟雨楼题壁》）。

1911年，还有件事情值得注意。即1月30日湖北革命党人在武昌黄鹤楼举行文学社成立大会。大会推举蒋翊武为文学社社长，詹大悲为文书部长，刘复基为评议部长。会议决定扩大组织，发展力量，借“研究文学”为名，在新军士兵中发展社员，并出版《大江报》派送各营队。湖北的文学社，与南社非常相似。广州革命党人起义于黄花岗，南社社员多有南下参与的。失败后，高旭作词两阕以纪念，《相见欢·寄南社诸子》言：“心期两地相同，死声中。惆怅年来难竞是南风。春安去，花无语，恨匆匆，回首粤王台畔血花红。”革命形势的严峻，使得南社诸人重新团结振作，高旭与柳亚子之间的不愉快也借此冰释。9月27日，南社于愚园举行第五次雅集，修改了条例，设定了关于支社建立的制度。宋教仁任文选编辑员，景耀月任诗选编辑员，王蕴章任词选编辑员，柳亚子任书记、会计，高旭、黄宾虹、朱少屏任庶务员。此次加入雅集的同盟会员非常多，会后编印了第二次通讯录，联络极便利，有利于革命形势的发展。

第五次雅集旬日之后，武昌起义爆发，高旭作诗欢呼胜利。从武昌起义到年底，高旭似乎都在为革命而奔波。姚光《吴门游记》称“辛亥光复之秋，与高天梅始至吴门，居可园大汉报馆，时戎马倥偬，留一日即返海上”，所谓“时戎马倥偬”，似可见高旭、姚光等为革命奔走之苦。

此后，就是周实被害一案。高旭与周实可称倾盖如故之挚交，在很多方面都有共通之处。周实被害，高旭与柳亚子等人都为之奔走呐喊，报仇雪恨。其后虽经陈其美以强势手腕提拿姚崇泽至沪审讯，而最终因袁世凯的特赦令得免死。高旭等人，对袁世凯的愤恨可知。11月27日，沪军都督府召开革命先烈追悼会，高旭撰《吊革命死者文》及联语。12月2日，江浙联军攻克南京，高旭作《盼捷》诗，欢呼联军胜利，又在《天铎报》发表《擒贼先擒王》与《贫富革命少不得了》，声称袁世凯“最足为共和新中国之梗者”，并提醒革命者民族主义的胜利并不代表革命的胜利。12月23日南社在上海临时雅集，对革命之后的南社的目标进行了讨论，能够推测得知的是，高旭宣称南社今后的目标为注重促进道德、增进文美。其后，柳亚子、朱少屏等人组织了“文美会”。很明显高旭对南社此后的目标设定得到了柳亚子等人的认同。革命接近成功，南社功成身退，努力建设民国的文化，促进道德。

然而袁世凯窃国，南社功成身退的目标无法实现。南社与南京的分歧公开化，首先表现为周实一案，其次表现为对袁世凯的态度，甚至一度发展到对立的程度。1911 年 12 月初，南社诸人以高旭为开端，直指袁世凯为民国最大障碍。1912 年初，柳亚子等人主笔的《天铎报》与南京革命党人的《民立报》围绕袁世凯大打擂台，揭露袁世凯之险恶。双方矛盾难解之下，柳亚子还撰写《取消临时政府问题》，倡议不承认南京临时政府。虽然社员很多加入南京临时政府，并居要职，但由于高旭率先开端的反对袁世凯问题，南社呼吁北伐的呼声一直甚大。

高旭在 1912 年初，曾入南京觐见孙中山，得到"进步"二字题词。他并未留京任职，而是返回上海。在南社最新的阵地《太平洋报》，高旭连续刊发其《愿无尽斋诗话》的下半部分。这段时间虽然有着反袁的斗争，但可称为南社的全盛时代(柳亚子语)，高旭也努力进行着他促进道德、增进文美的创作活动。他与柳亚子讨论诗歌，主张不分派别。联系他之前的言论，不分派别只是其二，鼓吹人权才是其一。高旭有关道德、文化的讨论，一直都围绕着鼓吹人权、排斥专制而进行，从未中断。

1912 年 5 月文美会第一次会议，接着高旭、高燮、姚光等人发起国学商兑会，而后文美会并入国学商兑会。高旭在其中也坚持着鼓吹人权、排斥专制的原则。周祥骏致函高旭讨论提倡孔学，陈范致函高旭讨论国学商兑会，高旭复信都反对提倡孔学而提倡墨学，是所谓孔墨异同之辨。综合而分析之，高旭的原则仍是"鼓吹人权、排斥专制"二端而已，而他坚持此二端，一以贯之:"鄙人十年前所抱宗旨如是，至今未变。"这期间，高旭还被选为同盟会金山分部的司法部长。

1912 年，袁世凯任第二任临时大总统，逐步在文化界进行了倒行逆施的举措。一时间，尊崇伦常、孔教会甚嚣尘上。10 月 27 日南社第七次雅集，高旭到会，未理解柳亚子改革"三头制"为"一头制"的用意，而主持否决了柳亚子的提议，与柳亚子再次失和，其后柳亚子宣告出社。高旭没想到柳亚子会登报出社，托人去说和疏通。这些都是无关宏旨的争辩，并不代表二人有什么真正的矛盾。柳亚子意图加强南社的控制，是依托南社而计划有所为的态度，高旭则未能理解并赞同其行事手段与方式。时局变幻多端，南社诸人也难免彷徨。但在反袁这一点上，高、柳二人是目标一致的。

（十）众议院议员

1913年初，北京发布国会召集令，高旭当选为第一届国会众议院议员。3月中高旭赴北京，3月20日宋教仁被刺杀于上海车站，4月15日林述庆被毒杀于北京，高燮《致天梅书》指出了大变将至的情景：“一自文驾启程，而奇案适发，变故纷来，国事可危，分崩立至，大难来日，吾忧如何！君等为民代表，付托之重，肩有万钧。今何时乎？岂容稍懈，铸金绣丝，要在好自为之，无负颂祝，则不佞深山俯仰，著书日月，皆出鸿施矣。”风雨已来，国势飘荡，高旭身处阙下重地，如何自处，又如何斗争？他仍然选择了一直以来的原则和斗争方式“椽笔扶大厦”，以笔为枪，抨击专制。宋教仁遇刺，高旭作《哭宋遁初》诗并联语。林述庆被毒杀，也作诗悼之。4月27日，南社在北京的社员于畿辅先哲祠举行宴集。推选南来的陈去病为主席，决议将南社机关部设于北京，高旭等人被举为编辑员，有《宴集序》及《宴集诗》，其真意皆为反袁。上海南社未能从根本上获悉其中缘由，很快发表声明，宣布北京支部的启事与南社本部无关，不予承认。而时局变化之下，在北京实际已无可能重新组建南社总部了。袁世凯的反击非常迅速。5月30日，袁世凯使军警百余人搜查北京《国光新闻》社，致该报停刊三日，高旭等众议院议员向袁世凯政府提出质问。6月10日，南社在北京社员于崇效寺举行第二次雅集，高旭作《宴集序》及诗，在赏花中隐含反袁之意，《崇效寺看牡丹分韵诗题识》云：“南社诸子，成集都门，修禊于崇效寺，时维癸丑五月之第六日。赏花托兴，分韵徵辞。痛国事之蜩螗，伤美人兮迟暮。一时富贵，俨欲称王。半日清闲，同来载酒。飞觞献佛，击钵催诗。国色与才子争香，好句与名花竞艳。斯真宣南之创举，实亦海上所未逢。写成一卷，半属传人，贻之千秋，定呼佳话。”所谓“一时富贵，俨欲称王”之句，直指袁世凯欲称帝的司马昭之心。6月15日陈汉元发起成立癸丑同志会，以高旭为评议部正部长。6月26日宁调元在湖北从事反袁活动被捕，联合署名致电武汉黎元洪进行营救没有成功，袁世凯命黎元洪杀害宁调元。6月底北京南社于陶然亭第三次雅集，高旭以病未往，由陈去病代为拈韵，赋诗一首。7月初南社在北京社员举行集会，追悼宋教仁和陈范。“二次革命”起，北京的高压更为严重，陈去病南下，到老社友黄兴麾下任秘书，随后因起事失败而隐居。到了11月4日，“二次革命”归于失败，袁世凯下令解散国民党，取消国民党籍议员的资格。高旭被取消议员资格，渡海南下，他在北京的斗争宣告失败。从辛亥革命起，南社中人积极参与政治的很多，其中高旭是志不在政府任职而专职做议员的，直到被大总统取消议员资格，理想归于破灭，不免失落，所作《浮海词》十四阕，就是南下舟中无聊，取李煜之词作而和韵，其中句如“刚来便去匆匆了，心事知多少”“浩荡江山，坏何容易造何难”“虎口余生谁念我”抒发感慨。

（十一）金山家居

到了1914年，不光是国民党籍议员，所有议员都被解职。1月10日袁世凯下令停止两院议员职务，修改约法，解散各省议会，限制言论自由。到5月袁世凯又废除临时约法，公布其所谓《中华民国约法》，再改内阁制为总统制，司马昭之心路人皆知，但只能道路以目了。高旭返回金山后，开始编辑《变雅楼三十年诗征》，向老友征求作品，响应者众多。姚光《〈变雅楼三十年诗征〉序》云：

> 高子天梅，夙负奇气，有不可一世之概，而抑塞不得意。汉土光复，将谓志可伸矣，乃一至燕京，寻又掉头勷傲以归。归筑变雅之楼于留溪溪畔，杜门息影，而有《三十年诗征》之辑。余受而读之曰：嗟乎！昔屈原惓怀宗国，不得其志，放而著《离骚》之经。《离骚》者，盖极六义以后之变矣。太史公曰：‘《国风》好色而不淫，《小雅》怨悱而不乱，若《离骚》者，可谓兼之矣。’故《离骚》发愤抒情，至深痛不可读。较诸六义，则有异矣，然愈变愈奇，而不失其正，要为六义以后不可少之文也。时至今日，三十年中，其变极矣，而诗学之变，亦为从古所未有。高子此辑虽推极其变，而淘汰使尽合乎正，其《离骚》之志哉！抑高子辑此，不拘乎党派，不狃于格律，有以人存诗者，有以诗存人者，网罗万有，要合于诗教为主。盖实三十年来之民史，而非特可占政治风俗之消长者也。嗟乎！《小雅》尽废，四夷交侵，世变滔滔，不知所届。欲拨乱而反之正，使天下翕然响风，端赖夫诗教。益诗教明而国教可明，国教明而一国之光乃可观焉。高子书成，属余为序，余特揭其有合于古人之旨者，为书简端，以见系世之大也。

姚光以为“《离骚》发愤抒情，至深痛不可读”，而高旭编辑此集，也正是《离骚》之志。柳亚子也为之作序：

> 追维畴昔，同辈少年，或碎筑秦庭，或怀沙湘水。或顾影弹琴，嵇生

> 绝《广陵》之散；或远山消渴，茂陵传《封禅》之书。白社人间，黄垆地下，满眼西州，何处不可回车痛哭！独吾两人，尚顽钝不死，引镜自照，头颅俨然，宁弗令阿婆齿冷，而风潇雨晦中，荒江老屋，相望几数百里，犹能长吟短咏，更唱迭和，以寄其忧伤憔悴。盖项生有言：不为无益之事，何以遣有涯之生？余既号召俦侣，辑为《南社》一编，举世沈酣，漫漫长夜，独以伤离念乱之词，强聒不舍，虽触时忌勿顾。而天梅则雪钞露纂，别有《变雅楼三十年诗征》之作，并蓄兼收，不因人废，若以所见世诗史自任者。托意虽不同，要其肮脏无聊，耗奇借琐则一也。

高旭《自题变雅楼三十年诗征》称："羲农以后一归宿，驱遣潮流三十年。石破天惊无此局，凤歌麟叹奈何天。免教风雅沦榛莽，何必宫商戛管弦。一卷孤芳聊自赏，他时此意恐难传。"以当代诗史自任，是高旭能做的抵抗，也聊为孤芳自赏、不与帝制合作之意。

其后8月，高旭作《南社哀吟十二章章六句》，怀念去世及被害的十二位社友，其中有陈范，也有周实、宋教仁、宁调元、周祥骏、陈子范等，以此表达对袁世凯的愤慨不耻。又搜集宁调元遗墨，作诗云"专制不死共和死，人天消息果离奇。冢中枯骨嗤公路"，所谓"公路"是指曾经称帝的袁术，此处借指袁世凯。

1916年5月18日，陈其美在上海遇刺身亡，高旭作《侠少年行》哀悼。陈其美是民国第一豪侠，南社社员。孙中山非常肯定其在辛亥革命中的功劳，称："陈英士在此积极进行，故汉口一失，英士则能取上海以抵之，由上海乃能窥取南京。后汉阳一失，吾党又得南京以抵之，革命之大局因以益振。则上海英士一木之支者，较他者尤多也。"光复上海后，陈其美任沪军都督，又参与组织江浙联军攻占南京。民国第一案周实案中，陈其美强硬表态，将罪犯姚崇泽押解上海审判。二次革命后，陈其美逃亡日本，与孙中山一起组织中华革命党。1915年，陈其美回到上海开展武装革命准备，任上海讨袁总司令。袁世凯得知，立刻派郑汝成率重兵屯上海，收买爪牙，残害革命党人。陈其美暗杀了郑汝成，随后组织肇和舰起义虽然失败，仍令袁世凯大惊失色，于是派人携七十万元送陈其美，威胁陈其美如果不用这笔钱出国游历，就用这笔钱买凶刺杀，陈其美一笑拒之。袁世凯遂令驻军上海的张宗昌负责刺杀事宜，在数次失败后，多方布局，刺死陈其美。

所谓"盖棺定论"，陈其美的葬事颇受瞩目，也关系到革命党人的士气。

孙中山、唐绍仪等为陈其美国葬事宜，两次呈电北京政府，但受到很多阻力，尤其众议员王谢家更是强烈反对，所写《对于陈其美国葬之商榷书》认为国葬是极重大的典礼，陈其美“谓之党葬则可，谓之国葬则不可”。为此事，高旭致书议员王谢家，条条驳斥王谢家的反对意见，备述陈其美对于革命的首功。高旭认为第一次革命（亦即辛亥革命）中陈其美的功劳，等同于第三次革命（护国运动）中蔡锷的功劳，蔡锷得以国葬，则陈其美也必当国葬。陈其美作为创造共和的功臣，为袁世凯所刺死，却未得国葬之哀荣，南社诸人是以愤慨。但最终大总统黎元洪因为众说纷纭，将此事高高挂起了。直至1948年5月19日，国民政府通过“六先烈国葬案”，为柏文蔚、陈其美、张继、覃振、郝梦龄、李家钰举行了国葬。此外，高旭在《侠少年行吊陈其美》以侠少年称陈其美，赞扬其风流文采，慷慨谈兵。侠风盖世，以鲁连、陈涉为大，高旭以侠来推崇陈其美，与其尊侠观有直接联系。早在辛亥之前，高旭就写有《尊侠》一文，盛赞墨子为“侠之大者”，“泛爱博施，患难穷阨不避，虽摩顶放踵，利天下为之”，表彰墨子为一国人造莫大之幸福，是当时中国所急缺的精神，在国难当头，若无此类奉献精神和利他主义，那么国势如何将不堪设想。此文写于辛亥之前，而陈其美死后，高旭以侠少年称之，可见陈其美合乎高旭所称赞的这种侠之精神。以墨子为大侠而称道之，在后来高旭与高燮等争议的孔墨异同、攘孔尊墨中发展出相承的思想脉络。这一点在高旭的思想中至关重要。

（十二）往还南北

陈其美被刺后不到一个月，1916年6月6日袁世凯在骂声中死去。黎元洪宣布重行召集国会，请各省议员赴京召开国会，以《中华民国临时约法》为合法，仍以旧国会为最高权力机关。7月间高旭以议员身份二次入京，《南社再集徐园分韵得麻字》有云：“北雁南鸿两地夸，名园毕竟属徐家。几回白雪成高唱，安得黄金铸好花。疏柳风吹双鬓短，残荷影拂曲栏斜。良朋细数多新鬼（社友陈英士、仇冥鸿、林亮奇等近皆惨死），独对清流泪如麻。”“两度京华阅岁华，万千愁绪诉琵琶。屠龙沧海人无恙，市骏燕台价可赊。半日清闲寻竹石，万方疾苦问桑麻。扬清激浊吾侪事，《变雅》编成敢自夸。”徐园之会是在9月24日，到者高旭等二十九人。这二首诗表达了高旭面对旧友凋零的万千愁绪，以议员身份“扬清激浊”之志。其后又有《次韵示佩忍》言:“鲍鱼腥里我还来,收拾河山赋大哀。莽莽燕云磨短剑,团团碧月醉深杯。万重帝网成何世,变雅诗人要此才。便尔饭牛歌一曲,西山石烂总皑皑。”高旭对于北洋政府的为鲍鱼之肆,深有体会,但既然来之,即已做好身入污秽的准备,《次韵答孟莼生》“相与同舟各努力,灵山证到散花时”句,正是期待众议院同僚的互相扶持,彼此勉励。

同年10月31日,黄兴病逝,高旭得此噩耗,痛而悼念,写《吊黄克强先生》诗六首,其中所谓“鲍鱼腥臭嗤秦政,戎马风尘识豫州”,结合上述“鲍鱼腥里我还来”,正可见高旭对北洋政府的态度。豫州,即刘豫州,刘备。高旭以刘豫州比喻黄兴,可见推许之高。1917年元旦,高旭有诗云:“居然民国六年矣,血泪头颅换得来。来日大难去日易,风饕雪虐练真才。”此诗寄给了柳亚子,并得到柳亚子的和作。黎元洪在怀仁堂召开宴会,高旭赴会并有诗《黎总统招宴怀仁堂归途赋此》二首:“此乐久不作,洋洋盈耳中。一堂盛裙屐,四海播春风。破敌思擒虎,坑儒笑祖龙。魔王今不见,空剩旧时宫。”“曾踏坚冰过,驱车亦快哉(自注:入公府者多乘冰车)。国魂依衽席,民血映琼杯。正值艰危日,谁推创造才?新华宫外柳,对影自徘徊。”起始几句尚为平常,而“破敌思擒虎,坑儒笑祖龙”突兀出现,是为记述昔年袁世凯称帝时,他一心想的都是如韩擒虎直捣金陵一般打到此处,而坑儒的祖龙即魔王袁世凯已经不在了。第二首“国魂依衽席,民血映琼杯”,更见其隐含的批评之意。高旭1917年在京期间诗作不少,其中有《观金匮石室感赋》也颇能代表其心境:“大盗窃国柄,睥睨一世雄。英豪付刀俎,怯懦受樊笼。民宪恣颠倒,自矜创造功。旻天降巨灾,苍生流血红。妖魅啸白日,大地悲回风。帝王万世业,石室金匮中。嗟嗟尔罪恶,赢得天下恫。仁义与礼乐,至此力亦穷。诈伪欺群伦,今古原相同。曹瞒学周文,新莽师姬公。”对于袁世凯窃国称帝的鞭笞不遗余力,是因当时帝王思想的沉渣泛起,影响很坏。而高旭以国会议员身份,实际上有志于议政制宪,其诗作《国会创始之辰两院代议士集天坛各手植柏树一株归途赋此》云:“飘摇大厦不逢春,郊外荷锄一怅神。期以百年酬夙愿,极天浓荫庇斯民。”“古垣围绕莽尘沙,聊复题名未足夸。自笑此生太殊绝,诗人只合种梅花。”虽然说飘摇大厦,高旭还是有志于“期以百年酬夙愿,极天浓荫庇斯民”。

平居之日果然短暂,很快府院之争爆发。6月初,黎元洪免去段祺瑞总理之职,迫于北洋军人的势力,召张勋入京,又解散参众两院。张勋入都后导演了一出复辟的闹剧，证明了高旭对帝王思潮的警惕之必要。府院之争的背景比较复杂。黎元洪与段祺瑞各自有其政治依托，在国会制宪等问题上有着极大的分歧。黎元洪主张扩大国会权限，以限制段祺瑞；研究系则反对省制入宪，主张限制国会，改两院为一院，以迎合皖系军阀。国民党议员在国会人多，研究系的议案屡遭否决。所以在国会表决中，皖系军阀则策动北洋各省督军组织督军团，粗暴干涉国会。双方斗争中，段祺瑞和他的老上司袁世凯一样，极力运用"民意"来打击对方，双方是以国会为斗争场所。第一次世界大战爆发，美国参加对德作战，要求中国与之采取一致行动对德宣战，并答应借给军费，黎元洪同意。日本支持段祺瑞，允借巨款。因日本支持段祺瑞，美国遂指使黎元洪反对参战。段祺瑞要挟黎元洪和国会同意参战案，未能得逞，于是要求黎元洪下令解散国会。黎元洪以国会和美国公使为靠山，遂下令解除段祺瑞的总理一职。段祺瑞遂赴天津，宣言要重组新政府。山东、直隶、陕西、山西等省纷纷宣布独立，黎元洪被迫召张勋入京调解。张勋要求黎元洪解散国会，黎元洪也只有答应。根据临时约法，大总统无权解散国会。高旭作《猛虎行》，应该就是讽刺张勋。段祺瑞很快将张勋赶跑，"三造共和"。在研究系的支持下，段祺瑞再任总理。他没有重开旧国会，而是召集了临时国会。这使得南方革命党人纷纷起来反对，孙中山乘机打起"护法"的旗帜，于广州组织军政府。

张勋在 7 月 1 日主持溥仪的复辟。国会既被解散，高旭遂南下。8 月 25 日，旧国会两院议员到达广州召开非常国会，选吴景濂、褚辅成为正副议长。9 月 1 日，选举孙中山为大元帅，唐继尧、陆荣廷为元帅，开始"护法战争"。高旭北上本是为了议政、制宪，却不料遭逢大变，北京城又有了个皇帝，他壮志难酬，颠沛流离，满怀愤懑于年末返回上海。1918 年夏高旭再度赴粤参加孙中山先生召集的非常国会，1919 年春归沪，回到金山隐居数年，1921 年 4 月再次赴广州参加非常国会。1922 年 6 月，孙中山与陈炯明关系破裂，而高旭不主张讨伐，希望孙中山能够克制、忍让，从容谅解。《高天梅先生行述》记述称："民国肇造，府君首膺民选，就众议员于北京。及项城专政，国会解散，中山再起粤东，府君从之粤。然中山主义稍稍异于往时，而所谓大总裁者，亦复倾轧不已。人心好乱，举国骚然。府君独居深念，辄叹息痛恨。尝言：'始意本欲攘夷，今乃操戈同室。且不图建设，而一切以破坏为事。此其为祸，岂直洪水猛兽而已乎！'遂解组归，日惟闭户著书。……曩岁孙陈之役，府君力言彼此同族，非满汉之比。当此风雨飘摇，譬诸治家，宜效张公百忍，俾得从容谅解。即余杭章先生太炎亦以为言。而中山先生亢直之性，终不能用，卒至东南数千里生灵涂炭。嗣是以还，革命之声遍于天下，所争既不在于种族，而同舟皆敌国矣。所争既专为一己，故虽腼颜媚外，阴效石晋故事，而在所不恤矣。呜呼，此则府君当革命成功之后，起视斯世之所为，心绝意催，不欲仕进也。”孙中山当然不能接受。对孙中山以武力镇压陈炯明，高旭非常不满，于是返回金山。

高旭对孙中山的失望，是因为他对民主共和的信念，这种信念根植于他对民国的国会、宪法的执念。他是民国首届国会议员，深知这个身份的重要，深知国会的存亡关系到共和体制以及法统的存亡。曹锟、吴佩孚控制北京后，宣布恢复法统，重新恢复旧国会，“护法”至少在名义上已经失去合法性。6月，黎元洪复任总统，通知两院议员到北京。9月，高旭赴京，再一次振奋精神，以议员参与了很多政事的讨论。如10月27日，因开滦煤矿工人罢工，高旭与胡鄂公、蒲伯英等七人联名提出“为开滦矿务局沟通军警残杀工人质问书”，对罢工表示支持。高旭到京后，在北方报纸发表短评、论评达到百余篇，以议员监督北洋政府，以尽议员之责。1923年2月京汉铁路工人大罢工，引起军阀的镇压。众议院议员王恒提出质问书，高旭也在二十人附议之列。

黎元洪于1923年6月再次下野。因曹锟政变，非法驱赶大总统黎元洪，二百多名国会议员为了抗议，南下上海，召开国会非常会议。由于人数不足法定数额，最后失败，高旭就在其中。9月12日在沪的国会议员否认北京选举，高旭也在其中。其后国会宣布开会，高旭又一次赴京，出席9月23日的参众两院回忆。金山县教育会曾致书高旭，劝其离京，高旭作《致金山教育公会函》云：

> 诵来电，敬悉。政变陡兴，是非淆乱。曹锟欲用金钱贿买总统，罪大恶极，令人发指。所幸投票之权，实操诸我。旭之铁腕尚在也。所以迟迟未即南行者，特以此次之倡国会南迁论者，乃竟合全国唾弃之安福、政学两系为一气，深恐故态复作，遗毒无穷。故郑重考量耳，非绝不南旋也。至人格之保存与丧失，以留京赴沪定之，要非探本之论矣。辱承教惠，敢布区区。

在信中，高旭说得很清楚，曹锟想用钱贿选总统，罪大恶极，其铁腕尚在，不可能投曹锟的票。他之所以暂不离京,是因为提倡国会南迁的人并不是为了国会、民国政府着想,而是安福系、政学系之人。身为国会议员,国会开会而不至,就属于失职。高旭认为人格的保存或沦丧,不应该以身处北京还是上海来作为评价标准。实际上国会议员不应当受到此等无端的道德指责,但在当时是不可能的。

10 月 3 日,众议院议员邵瑞彭携所得北京“大选委员会”发放的钱票赴上海,公诸南社集会。10 月 5 日,大选投票者 590 人,曹锟以 480 票当选大总统,两项相减,当有 110 人没有将票投曹锟。6 日,上海市民大会,学生示威,声讨曹锟。9 日,孙中山大元帅府下令讨伐曹锟,通缉贿选议员。10 月 10 日,《申报》《民国日报》公布“贿选议员”550 人名单,高旭赫然在列。10 月 13 日,柳亚子驰电与其绝交。10 月 29 日,南社社友发表声明,宣布不再承认高旭在内的十九名贿选议员的社友资格。

所谓贿选之事,疑处丛生,几乎无一处无疑点。其一,贿选之贿字,是否属实。国会议员按例应该得到报酬,但长期未能兑现。曹锟为讨好国会,而不是如前面几任执政,不闻不问,以贿名之,理由何在?事实上,当时因为国会多次流会,而热心者早已提出“出席费”及“冰炭敬”以吸引议员参会的做法。这些做法是否能算贿选,并无法律的依据。出席费等是在大选之前,属于国会的运作范围。有大选才有贿选,不能反果为因。而议员岁费本身,并未因多领取出席费而增加,就更不能算受贿。而所谓冰炭敬,早已在清朝运行有数百年,实在难以作为贿选的证据。其二是国会历年欠薪,当时据《顺天时报》报道,每人至少已欠岁费 4 600 元。国会议员索薪之事常有。曹锟即便是有贿赂之心,但其实质也难构成贿赂之罪。其三,据事后收缴支票数目,实际发出了六百多张,选举签到也是六百多,则人人都领取了支票。如果说贿选,那么六百多人,岂不是人人都是贿选议员?难道参会所有议员都是好财如命,不顾大义,不顾声名的宵小?这于理不合且难以令人信服。更有议员事后澄清,领取支票时并无附带条件(汪建刚《国会生活的片段回忆》)。陈垣先生《检讨卅年前曹锟贿选事》也证实了此说。更能说明此 5 000 元支票与所谓贿选无涉。此为曹锟贿选本身的疑点。其四,人数之不符。大选投票者 590 人,曹锟以 480 票当选大总统,两项相减,则必有 110 人未投曹锟。而《申报》《民国日报》公布“贿选议员”550 人。其五,报刊名单来源可疑。报刊并未指出其贿选名单之来源,也无法指出哪些是投曹锟,哪些没投。至于高旭私德，从其经历来说，绝无昧德好财的可能。

1924年，高旭经历了贿选事件后，在北京深居简出，是年冬扶病南归，蛰居金山故里。1925年8月28日七夕，高旭病逝。

二、高旭思想研究

（一）高旭的政治思想

南社的三位创建人，当属高旭最偏于政治，而陈去病、柳亚子则更像是文人。高旭的思想特征与其经历相符合，他早年到日本学习法政，与孙中山、宋教仁、黄兴等创立同盟会。回到上海后，又以同盟会江苏会长的身份从事革命宣传。辛亥革命后，武治是陈英士一派，文治是南社一派，政府任命次长取实，其中南社社员就有四五人之多。他没有像很多故友一样进入民国政府任职，而是选择在官僚体制外议政，顺理成章地膺选为第一届国会的参议员，饱含热情，希望履行自己的权责，参政议政。直到最后，现实击碎了高旭的国会政治梦想。

高旭的政治思想并不如同有些学者所说，是无政府主义的，而是推崇西方议会政治、三权分立的民主政治。他自始至终都主张人权、排斥专制，这与他辛亥前排满革命、辛亥后从事国会活动的实践是符合的。革命是政治的极端形式，在高旭的表述中，排满革命也就是反对满族的专制统治。在日本时，高旭撰写了著名的《学术沿革之概论》，主要讨论中国学术沿革，但也说到政体问题，他说："师姜曰：中国学术思想不进步，其原因何在乎？在政体之专制。泰西学术思想日以进步，其原因何在乎？在政体之文明。文明国宪法上定有条例，许人民以三大自由，所谓言论自由、思想自由、出版自由是也。此三大自由，唯文明国人民完全无缺，而野蛮国人民则无之。"所谓文明的政体，高旭认为首先要有宪法，宪法保障人民有三大自由，即言论、思想和出版的自由。高旭明显地将这文明的政体作为他理想中的政体，希望将中国从上述的野蛮国变为这样的文明国。值得一提的是，1906年，清政府颁布《宣示预备立宪先行厘定官制谕》称："各国之所以富强者，实由于实行宪法，取决公论，君民一体，呼吸相通，博采众长，明定权限，以及筹备财用，经画政务，无不公之于黎庶。"当时对于建立宪法和实行宪法政治是普遍的认同与追求。只是清政府颁布此谕，仅仅是为了拖时间，而不是真有其意。

然而这份谕书某种程度上也反映出时人的要求。

其实，高旭在最早于金山创立觉民社、《觉民》刊时，就表露了这样的思想，他说："试游于欧美之乡，吸自由之空气，撞独立之警钟，吊华盛顿、克林威尔与夫玛志尼、加富尔诸英雄，莫不豪兴勃勃；又试游于印、埃之故墟，则但见恒河之滔滔，雪山之高耸，以及尼罗河、金字塔之空存，则不禁索然思返，发《黍离》《麦秀》之悲。无他，国之兴即国民之荣，亡即国民之辱。而其所以或兴或亡者，非国民之责而谁之责?"自由、独立，这正是高旭所追求的政治理想。正如前文所述，高旭在1904年前后已经完成从君主立宪到民主宪政思想的转变。"苏报案"之后，革命思想低迷。梁启超公开与共和"诀别"，高旭发表《读任公所作伯伦知理学说题诗三章即以寄赠》："奴隶重重失主权，从今先洗旧腥膻。复仇本以建新国，理论何曾不健全"，"意识原难尽强同，夕阳西下水流东。方针指定求前达，航海他年孰奏功"，"新相知乐敢嫌迟，醉倒共和却未痴。君涕滂沱分别日，正余情爱最浓时"；又有《读南海政见书》称"芳馨逐虏花开日，惨淡勤王花落时。君自为君我为我，不相菲薄不为师"。

有关高旭的政治理想，还可从其诗作《好梦》得窥一二：

> 昨夜有好梦，疑假复疑真。梦人一乐园，景象焕然新。山水绝清妍，草木露精神。原隰相连接，秩然如莘鳞。行行村市间，仿若画中人。目不睹争斗，耳不闻慨呻。共此大欢喜，吉日以良辰。游戏公家园，跳舞自由身。一切悉平等，无富亦无贫。黄金贱如土，况乃铜与银。工场即公产，所得幸福均。有遗路不拾，相爱如天亲。夜卧如开户，亦不设警巡。卅家立一长，原无君与民。人权本天赋，全社罔不遵。天然有法律，犹钦风俗醇。一片太和气，团体乐国春。嬉嬉复皞皞，疑是无怀民。此梦亦复佳，与我倘前因。乐园在何许？思之泪沾巾。

这样的描述，很容易等同于传统的"大同"理想，或者是无政府主义的表现。然而他在诗中反复强调自由、平等、人权、法律，虽然是诗歌，依然可看出其民主政治的理想。

高旭从日本归国后，以同盟会江苏会长身份创立南社，多方联络，皆为革命。陈去病《高柳两君子传》中说："当是时，高(旭)方与孙中山创同盟会于江户，回国号召。柳与之遇，遂共设机关部于海上新八仙桥，诡其名曰夏寓。又设健行公学于西门宁康里，以培植年少。又为《醒狮》《复报》，以指斥当世。虏吏端方闻之，心弗善也，乃发侦骑，将按名逮捕。而两君子挥金亦垂罄，乃散其众归于家。然其梦想共和，求光复，固如故。”陈去病的归纳是非常准确的，高旭的梦想就是求共和、求光复。在当时情景下，一切以反清为目标，是故高旭并未仔细去辨别排满与反专制的区别。柳亚子在《复报》以白话文发表《民权主义！民族主义！》一文有云：“如今的民权主义，是说百姓应该有组织政府和破坏政府的权利……如今的民族主义，是说一族有一族的界限，不该拱手让人，那些异族胡儿，妄自称尊的，定要把他一举扫荡的了。”总结起来，就是要革命，破坏清朝政府，建立“皇汉共和国”。柳亚子的这篇文章，也能如实反映当时包括高旭在内的南社创立者的思想。

其实，在《南社启》里，高旭也较为隐晦地表露了他的政治思想，“一国之事，非一二人所能为，赖多士以赞襄之。华盛顿之倡新国，非一华盛顿之力，乃众华盛顿之力也”。而高旭与宋教仁、黄兴关系匪浅，在日本时又一同办报，归来后一起奔走革命，高旭以三民主义为其政治思想，是毋庸置疑的。高旭与马君武关系更紧密，二人思想上可称互通。马君武在1911年间撰写《共和政体论》《论共和国之秩序》《论新中国当速建设国会》等十余篇文章，发表于《民立报》，对当时最紧要的国会、政体等大事做出分析。马君武与高旭关系最笃，二人常相唱和，高旭《次君武韵即寄欧洲》诗即有“欧西政治谁最工？愿从先生究其理”句。马君武、高旭都是留日学生，在日本加入同盟会。马君武虽然学工科，但却擅长政法之学。高旭虽然以诗文见长，在日本所学正是法政。马君武的上述观点，亦可在一定程度上反窥高旭的政治思想。

在高旭的诗文中，也可观察其政治主张与理想。《吊革命死者文》云“誓光复我故宇兮，脱鞑靼之羁绊。排魔王而遵人道兮，吐抑郁之民气”，其中，反清与人权、民主并列。辛亥革命不久，高旭曾经刊发几篇短文，鲜明地表露了其政治思想。如1911年12月，《民立报》所刊发的短文《真英雄》云：

> 真英雄必无争名心，争利心。然则英雄于名利无争乎？曰有所争者：为世界之名为一群之利。英雄必以高尚和爱为怀抱。真英雄未有不平易近人者；真英雄亦未有不矫然自异者。夫唯他人所未之忧，而独能先忧之，斯谓之为真英雄。

高旭此文刊发于12月2日的《民力报》。当时绝大多数革命党人以及立宪派，都一致认为袁世凯是解决中国问题的不可或缺的人物，只有袁世凯才能使国家免于内战，并迫使清帝退位，结束帝制，缔造共和。高旭却对袁世凯非常警惕，直指其为“最足为共和新中国之梗者”：

> 二百六十年以前亡我中国者，非满虏，乃汉贼也。若无吴三桂、洪承畴等败类，满虏虽凶恶，断亦难得志于神州。而兽蹄鸟迹、洪水横流之巨祸，亦可以不作矣！若今则张勋、冯国璋、张鸣岐、杨度等之为汉奸，为患犹小，而最足为共和新中国之梗者，实袁世凯也！我大汉不恤死之健儿者，纷纷组织敢死队，既有此热心、热力，何不先诣袁世凯吃黑将军乎！杜工部有诗曰：“射人先射马，擒贼先擒王！”大好男儿，盍三复斯言！

其后有陈布雷按语：“袁贼罪大恶极，凡我国人无不欲食其肉而寝其皮。虽副车之椎幸逃博浪，而毒龙之尸终载鲍鱼。请悬钝剑此评，以俟吾言之验！布雷。”“二百六十年以前亡我中国者，非满虏，乃汉贼也”句，所谓二百六十年以前，即甲申之变，“汉贼”是指吴三桂。高旭说眼下率领北洋军来攻打的张勋、冯国璋等人是汉贼，但为患还小，真正大患是幕后的袁世凯。“非满虏，乃汉贼也”，说明高旭在辛亥年，清政府注定会覆灭之时，想到的是如何消解极端民族主义，将对中国问题的观察引向更深层次。高旭在《贫富革命又少不了》一文称：

> 料想共和国成立之后，社会经济必大起恐慌，则贫富界又不可不革命。平均地权之说，博识之彦于十年前已引为明训。岂可于而今反淡然视之乎！今之排满者，非以满虏之夺我权利乎？此其事既人人认为公理矣。若富者之夺贫者权利，当何如？学美德曰：“吾人既除贵族与国王矣，而尚有一种贵族不可不去者，富豪是也。”布鲁东曰：“财产家庭者，盗贼也！”富豪耶！盗贼耶！殆为天地间之一种妖孽耶！非尽行铲除之，则世界终莫得而平矣。夫私有财产非吾人所原有，乃夺自社会者也。一切货财皆由吾人之劳力所生，唯人类之全体始得为其所有主，焉可使贱丈夫垄断之哉！

其中，“今之排满者，非以满虏之夺我权利乎？此其事既人人认为公理矣。若富者之夺贫者权利，当何如？”此语令人警醒，提出反对清政府的根源是反对专制。而“料想共和国成立之后，社会经济必大起恐慌”，高旭提出的解决方案是：“平均地权之说，博识之彦于十年前已引为明训。岂可于而今反淡然视之乎！”革命之后，高旭所思所想已是“建设”。

虽然现实没有给民国以真正建设的机会,高旭也无从施展其建设的理想,但在辛亥革命后,高旭作了一些设想,并以此为南社的假想的目标。高旭在南社临时雅集上认为南社的目标在于促进道德、增进文美。辛亥之后,高旭不再提南社为革命助力之事。因为武装革命已经完成,不必再为推翻政府奔走呼号,他说:“今幸民族朝政,顿异往昔,则吾社之宗风大畅,而未尽者,非政治之发扬,乃在道德与文美耳。”南社辅助革命的任务已经结束,应回到文字革命本身,致力于推进文化的变革,增进人民的道德、文化、美学,也即后世所谓精神文明的水准。他又说:“吾辈断断不提倡政法,以政法者,时流之事也。吾辈乃拘墟之士,为他人所不欲为、不能为、亦不敢为之事。”需要指出的是,高旭此处所言,是南社作为一个文化团体,而非某个个人。高旭自身就作为议员,参与政法之事。只是他将政法之事作为外者,将道德文美作为内核:“或曰今之中国,非所谓法治国乎? 舍法与政,疑无急焉。而抑知不然。道德文美,其内也;法与政,其外也。营于外者既如是,其实繁有徒矣,枝叶固茂矣。不培养其本根,我知木虽盛,十日不雨,枯槁之虞可立而待也。”这是出于社会风尚与思想潮流的考虑,但同样也是高旭政治思想的一个较高的层面。

从高旭一贯的政治思想来看,后来他反袁、反帝制的言行在意料之中。宋教仁被刺杀后,他表示:“相与同归尽,吞炭宁喑哑! 儒生讵无用,椽笔扶大厦。”陈述了他被迫重归南社时期排满的所为。袁世凯死后,国会两度重开,高旭以议员身份几度赴京参加会议。

1916 年,国会讨论创立宪法,议员展开了广泛讨论。高旭作为议员,写成《对于天坛宪法草案商榷书》,系统地提出政治主张,是研究其政治思想的最宝贵的材料。《中华民国宪法草案》又称《天坛宪法草案》,于北京天坛祈年殿起草,1913 年 10 月 31 日完成,主要规定(一)以列举方式规定了人民广泛的权利,非依法不得限制、停止或侵犯;(二)总统由国会选举,并设副总统;(三)政府组织采用议会内阁制,以限制总统权力;(四)国会采用参众两院制,在国会闭会期间,由议员中选出四十名委员组成国会委员会,作为常设机关;(五)司法权由法院行使,除审理一般案件外,法院还受理行政诉讼。袁世凯解散国会,该草案随之被废。1916 年黎元洪宣布召集国会,速定宪法。8 月,国会决定继续 1913 年的制宪工作,并以《天坛宪法草案》为两院宪法会议的讨论基础。

下面我们逐段分析高旭《对于天坛宪法草案商榷书》：

世界各国之产出良政治者孰主宰是？孰纲维是？为状万端，一言以蔽之曰：基于宪法。然则宪法真立国之大原哉，各国制宪郑重将之而不敢忽者为此也。至若我国由专制而创共和，其制宪尤不可不慎也。审矣，天坛宪法草案为中华民国有始以来之雏形宪法，其所规定，经几多之硕儒俊杰，费无涯心血以成之，已足为盘古至今之破天荒矣。然其缺点正不必讳。荀子曰："其作始也简，其将毕也巨。"故当制宪之初，虽再三研究，亦不厌其烦。用特提出问题，为数凡九。愿与本院同人示商榷焉。

此段开宗明义，对宪法的重要性作了极高的评定，认为宪法是政治贤良之基础、之主宰，是立国之大原。他认为天坛宪草是"盘古至今之破天荒"，但并非没有缺点，是以提出以下九点意见。

（一）主权加入问题

本草案第一章下、第二章上，宜加入一章曰：主权。主权何以须加入？曰：既称共和之宪法，定第一章为国体，第二章为国土，当然应加入国权一章。盖国体、国土、国权三者为立国之要素，缺一不可。更申言之，所谓共和者，由全国人民以无量数铁血购而始获者也。排去专制，力争共和，其目的果安在哉？亦曰：夺独夫之权，归诸全国人民之手。斯为大公无我耳。故墨西哥宪法第三十四条规定："国家之主权，本然属于人民。各种权力由人民而发生，且为人民之利益而建设。不论何时有确定权，以变通或改良政府之形式"。智利之宪法第一条规定："智利国之政府为平民代议的"。其第二条规定："主权在于国家。主权之行使，委托于宪法设置之权力机关"。比利时宪法二十五条规定"凡政权由国民发生"。窃观三国之宪法，皆授权于人民之全体。《临时约法》第二条规定："中华民国之主权属于国民全体"。可谓知所急矣。本草案乃缺焉不详。殆犹未知共和国之所以为共和欤！一部中华民国宪法，开章明义，当以此为主脑。舍此不图，不几南辕北辙乎！或谓既称共和，其主权当然属于全体国民，似可不必规定，但此乃说诗者以意逆志之旨，去宪法之义远矣。盖制宪当以平正确实为天则也。此应商榷者一。

高旭第一条意见就说的是主权，天坛宪草没有明言主权来自国民全体，是一项较大的阙失，而在《中华民国临时约法》中则明言“中华民国之主权属于国民全体”。高旭遍引各国宪法条款，力言此条为根本，应加入。这关系到权力来源问题以及政权的合法性问题。林肯在葛底斯堡演讲中说：“这更要求我们这些活着的人去继续那些英雄们为之战斗的未竟事业。我们应该在这里把自己奉献于仍然留在我们面前的伟大任务——要从这些光荣的死者身上汲取更多的献身精神，来完成他们已经完全彻底为之献身的事业；我们要在这里下定最大的决心，不让这些死者白白牺牲——要使这个国家在上帝保佑下得到新生——要使这个民有、民治、民享的政府永世长存。”与林肯相同，高旭在坚持于宪法中加入主权属于国民全体的时候，想到的是“所谓共和者，由全国人民以无量数铁血购而始获者也”。

（二）自由权不宜限制问题

> 专制政体，人民每视为泥犁黑狱，视为毒蛇猛兽，震惊而避之。何也？以其不自由也。故西哲有言曰：爱自由如面包。人民之稍爱自由者，必恶制裁者也。人民之稍爱生活者，必喜面包者也。不食面包死，不自由亦死。观本草案第七条所规定，是不啻速其死也。是以从前是专制未足，而必玉汝于成也。昧昧我思之，世界不论何国，苟欲求人民自由，决不愿取制限；即欲取制限，苟非丧心病狂，亦断无取无条件之制限。若如本草案，则人民住居及营业、人民言论著作及出版以及信教自由，以及财政所有权，皆可为特别干涉之单行法。原制宪者之初意，本欲争人民之自由权，今其所获若此，不啻自缚其自由矣。人权本为天赋乃天赋之，而自弃之，不亦大可哀乎！且不特此，以人民代表争自由而来，竟自制其自由而去。静言思之，不讶然失笑矣乎！虽然，我之所谓人民权利，亦非绝对不可侵犯也。特制限要有一定耳。否则，他日者寻常立法部不得其人，必至浸浸侵入。至于斯时而始知前日之错误，悔已无及矣。此应商榷者二。

此条关系天坛宪草的第三章国民的相关条款，如“第七条　中华民国人民通信之秘密，非依法律不受侵犯。第八条　中华民国人民有选择住居及职业之自由，非依法律不受限制。第九条　中华民国人民有集会、结社之自由，非依法律不受限制。第十条　中华民国人民有言论、著作及刊行之自由，非依法律不受限制。第十一条　中华民国人民有信仰宗教之自由，非依法律不受限制。第十二条　中华民国人民之财产所有权不受侵犯，但公益上必要之处分,依法律之所定”。高旭认为这些条款竟然主动限制国民自由,实在难以想象。对比美国宪法1791年修正案:“宪法修正案第一条　国会不得制定关于下列事项的法律:确立国教或禁止宗教活动自由;剥夺言论或出版自由;剥夺人民和平集会和向政府诉冤请愿的权利。”则可知,高旭所言是从国民自由叙述的角度。宪法应声明国民相关自由不可侵犯,如此才能保障国民的相关权利。高旭担心法律施行中,将会有人从这些条款出发,专门对国民自由立法限制。

> (三)孔子之道不宜规入宪法问题
>
> 本草案第十九条,“国民教育以孔子之道为修身大本”,其根本错误,不值一辩。顾今兹同院对此问题立说纷纭,竟有用全力以争之者,则又不得不进一解焉。第一项明明规定初等教育,第二项忽而横加孔子之道。夫孔子之道何道也?曰:大学之道也。诸君曾一读《中庸》乎?天命之谓性,率性之谓道。性耶,道耶,教耶,试问三尺童子,能体会入微乎!以孔子之道为初等教育之方针,尊孔乎?渎孔耳!使我先师孔子在天有灵,必掀髯曰:尔小子奚知!何必牵率老夫一至于此!盖孔子之道与初等教育绝不相容,若果有功于蒙童,则中国数千年三家村之学究早已造成强国,礼修乐备,为世界主盟矣,又奚至陵夷至于斯极耶!况所云修身大本者,乃教育方针也。教育方针本属行政行为,为教育部行政方针之一种,似可无劳越俎代谋。既代谋而规定矣,陆海军则当规定孙膑、吴起,内务则当规定周公、管仲,外交当规定子产吴季札,财政当规定桑弘羊、王安石,各部皆有行政方针,何不一一代为之规定,而独沾沾于是?毋乃厚此而薄彼乎!本草案第十一条既规定人民有信仰宗教之自由,今乃无端又阑入孔子之道,是直以孔教压制佛、耶、回各教。亦知中华民国由五族构成之乎!五族中各信仰其固有之宗教,而我以孔教压他人,他人亦以佛、耶、回各教强我,既不强我,彼因此惹起离贰之心,则又奈之何哉!倘因无谓之争,遂至破坏五族共和统一成局,不大可伤心耶!抑我又有言者:当一国初辟时,文明尚未进化,赖有宗教家出,宗教家以迷信主义,利用多数人民者也。至若我孔子,实为教育政治家。而乃有人焉,强拉为宗教者流。不几厚诬古人欤!此应商榷者三。

此条意见,专为宪草第十九条而发:“中华民国人民依法律有受初等教育之义务。国民教育,以孔子之道为修身大本。”高旭认为此条先说初等教育,而又言修身大本，这本就难以衔接。而孔子之道与初等教育难以相容，他取《大学》首句为例，极言童蒙不可能理解所谓天命、道、教等概念。又引申而言，认为若教育用孔子之道，国防是否要用孙膑，经济是否要用桑弘羊、王安石？而且将孔子之道加入宪法，本身与宪草第十一条宗教信仰自由相违背。此条意见，与高旭本身的孔学观密切相关，后者将于下文详述，此处不赘述。

（四）议员应否兼国务员问题

> 本草案第二十六条规定："两院议员不得兼任文武官吏。但国务员不在此限。"是说也，多数议院同人主张之，以为欲达议院政府之目的，不得不尔，引英吉利诸国以为之鹄。此乃似是而非之说，万万不可盲从者也。夫立宪国之精神，其注重在三权分立，议员已有立法权，若在国务员兼操行政权，一人而兼立法、行政两权，权限不清，不第有害立法，并且有妨行政，且其害更有甚焉。议员既可为国务员，则势必至议员中之热衷者尽相率为国务员，可预决也。他日者院内有弹劾案，国务员可以打消之。何也？议员善运动得为国务员者，在院时必能引用多数议员以为后盾。昌言卖国，更无顾忌。如此则数十年来人民革命流血所争之三权分立，不尽付诸电光石火耶！主张议院政府者，求之太过也。求之太过反乃失之，其醉于欧风而蔽于国情也甚矣。此应商榷者四。

此条意见中，高旭明言共和立宪重在三权分立。议员已有立法权，若再兼行政，则权限不清，两相妨害。他反对将国务员放在议员不得从政的限制之外。他认为若国务员不在限制之内，则议员中热衷者将尽为国务员，而若国会弹劾政府，自可伙同其他身兼国务员与议员者予以打消。如此则三权分立形同虚设。此条草案的原本用意在于加强议院的权力，欲强化议院对政府的监督。但高旭认为此举求之太过，反而会影响自身。

（五）保护议院问题

> 本草案第四章规定，第四十七条、四十八条、四十九条，大旨与《临时约法》所规定之第二十六条相同，对于保护议员，可谓知所先务矣。议员之应以法律保障固不待言。特议员犹为国会之分子，分子尚须保障，国会之本身独不当规定保障条例乎？现行法对于普通公署凡有侮蔑及毁弃者，均有一定制裁。岂于最高之立法机关有人侮蔑及毁弃者，反无一定之规定乎！斯堪狄那耶半岛三国宪法曾有保障议院之条，洵不愧为先觉。此应商榷者五。

此条意见，高旭认为既然宪草明文规定保护议员，那么也应当明言保护议院。他认为国会作为最高立法机关理应受到保护。高旭此条意见是有现实考虑的。袁世凯就因国会掣肘，用武力解散了两院。建立国会是辛亥革命得以成功的一项重要举措，从南京临时政府，到北洋政府，其合法性来源都是国会。但国会的存在对于独裁者完全掌握最高权力极为不利，因此从袁世凯到段祺瑞等人，无不痛恨国会。而南北对峙时期，国会又是双方争夺的焦点。保护国会是高旭基于局面所作出的认知和预估，然而在当时情景下实难得以施行。

（六）总统不应有解散国会权问题

或见议院对于政府有弹劾权，遂谓政府对于议院亦当为解散权。以为必如此规定，两者之间始剂于平。此实无充分理由之可言。其误点由于以行政与立法筹视。不知立法权人民自操之，行政权则由人民委诸政府者也。立法与行政，本非相对的乃绝对的。又有谓解散权为诉诸民意而来，不知议员由民选出，以监督行政，则行政对于立法宜其不能相容。若漫然规定有解散权，不几主人授权于公仆乎！本末倒置，莫此为甚。况我国壤地寥阔，率然解散，选举召集，均费时旷日，于政治上遗误滋多，岂可引法兰西等国为此例乎！法国全境只抵中华民国数省，国务之绝不相同有如此。本草案七十五条宜删除，盖无疑义矣。此应商榷者六。

此条意见，可见高旭第一条意见的高明。议员中有人认为要平等而言，既然国会可以弹劾政府，则政府也应有解散国会的权力。高旭指出这样的谬误根源于对国会立法权的来源不明。一切权力来源于国民全体，国民全体拥有立法权，而将行政权交予政府。国会之设，本为监督政府的行政权的实施，怎可由政府来解散其监督者。是故高旭认为“第七十五条　大总统经参议院列席议员三分二以上之同意，得解散众议院，但同一会期不得为第二次之解散。大总统解散众议院时，应即令行选举，于五个月内定期继续开会”，此条应该删除。民国旧国会自从召集之后，曾经屡屡被解散，高旭有感而发，想从根源上解决这个问题。

（七）副总统之需要及其职务问题

有主张副总统之职位实无事可为，似可不设者。余谓不然。现今民主国，美有副总统，法无副总统。我国共和新造之初，宜取美制，断断不可无副总统之规定。盖当大总统犯罪或遭不测时,倘无人代行其职权则奈何!虽日有责任内阁在,恐亦难为力矣。况我国数千年来深受君主之余毒,一旦总统变故,而朝夕之间新总统又不能选出,国内易生扰乱。有此副总统,所以免国家之纠纷也。顾既有副总统,而不规定职务,亦非所宜。各国副总统多有兼他职者。窃以为副总统不宜为行政长官,至于兼掌军政,尤足生夜郎自大之心。无已,其惟参议院议长乎。美利坚宪法第一条第三节规定:“合众国副总统为元老院之议长”。墨西哥宪法七十九条规定:“墨西哥副总统兼任元老院议长”。盖有副总统之资格者必大有可为之人也。以大有可为之人,而置诸闲散之地,不亦深可惜耶!然若使手握兵权,身居险要,亦殊非国家之福。故副总统兼参议院院长,实无尚之善策也。此应商榷者七。

此条论副总统,高旭认为美国宪法、墨西哥宪法都以参议院议长为副总统,可以避免大总统因故不能履行职权时政府不至于瘫痪。而副总统又不宜掌握太大权力,否则不利于国家统一。他认同美国及墨西哥的做法。民国副总统中,黎元洪在袁世凯事败后即继任,避免了混乱,足以证明副总统应当设立。

（八）国会委员会删除问题

宪法草案第五章国会委员会,宜删除也。何也?国会为全国人民之代表,若委员会则直国会之代表矣。议员为多数人之代表,委员会为至少数人代表之代表。观其所规定,则此至少数人毋乃专横太甚乎!何以言之?以其设委员会之大权独揽也。何言之?委员会竟有制定法律权、支配行政权、处分财产权。何言之?本草案第六十五条大总统为维持公共治安、防御非常灾害时、紧急不能召集国会时,经国会委员会之议决,得以国务院连带责任,发布与法律有同等效力之教令。此非制定法律权而谁乎!本草案八十条,国务总理于国会闭会期内出缺时,大总统经国会委员之同意得为署理之任命。此非支配行政权而谁乎!本草案第一百零四条为对外战争或戡定内乱,不能牒集国会时,政府经国会委员之议决,得为财政紧急处分。此非处分财政权而谁乎?两院代议士共计八百四十有六人,其权乃至操诸四十人之手,危乎不危!因此,而真正民意消,政府威吓、收买之计行矣。故窃以为未可用也。此应商榷者八。

天坛宪草第五章国会委员会："第五十一条　国会委员会于每年国会常会闭会前，由两院各于议员中选出二十名之委员组织之。第五十二条　国会委员会之议事，以委员总额三分二以上之列席，列席员三分二以上之同意决之。第五十三条　国会委员会于国会闭会期内除行使各本条所定职权外，得受理请愿并建议及质问。第五十四条　国会委员会须将经过事由，于国会开会之始报告之。"高旭认为这样的国会委员会权力难免太大，甚至有实质上的立法权、行政权、财政权，政府若掌握了这少数的几十人，则完全掌握了国会，是故第五章应删除。实质上，以美国国会为例，其大部分的立法工作都是由各种委员会及更多的下属委员会进行。一般议案提出后，都先经委员会研究审核，再付诸表决。而美国国会两院中还有一些常设委员会，负责处理一些长期问题。常任委员会的机构比其他委员会更为复杂。相比较而言，天坛宪草的国会委员会过于简单，应予以详细的规划和细分，但予以删除则不能解决实际问题。

（九）省制宜加入问题

本草案之大缺点，在不规定省制。此应急宜加入者。或以加入省制有采用联邦制之嫌。抑知联邦制与省制绝不相同。盖用联邦制之国，其各联邦中皆有自定之宪法。对于中央，确乎有独立之资格。至于省制则不然，无省内另立之宪法。论者又谓，本草案第一条规定统一民主国，此是集权的。若省制，则分权的。其殆未解集权分权之原理乎。总之，中央与各省本无谓集权与分权也。若以集权为非，分权亦未必是。若以分权为非，集权亦未必是。所谓楚则失而齐亦未必为得。欲定其是与非者，要在乎集权分权之界限而已。普鲁士宪法第九章第百五条至百十条之规定，加拿大宪法第五章之规定，墨西哥宪法第五章之规定，此物此志也。中国素以地方制度著称，《周官》一书详哉其言之矣。今之主增省制者，其犹先民之意欤！至省制内部一切规定有王宠惠氏《刍议》可依据之。惟对于省长民选，未敢赞同。然直由中央委任，则亦未善。余意，宜由省议会选出三人，然后由中央即于三人中委任一人。省之地位一方面为地方，一方面为中央。省长之先由民选，再由委任，谁曰不宜！此应商榷者九。

高旭此条关系到当时普遍讨论的问题，即省制问题。这又关系到当时中国是否采取联邦制。这个问题极其复杂，实际上 1916 年立宪争论的中心，就在于省制宪与省长民选。国民党议员吕复、焦易堂等是主张省制宪、省长民选以确定省权的。宪法研究会、宪法讨论会的汤化龙、梁启超等人则反对,主张以单行法规定省制。联省自治是当时的一种广泛呼声,孙中山最初就很支持,但后期又因不合用而摒弃之。对于此事的争论不休,甚至引起国会斗殴。高旭此处提出了自己的质疑。不像其他意见,高旭此条意见显得态度模糊而游移,这也说明了省制宪、省长民选在当时所处的舆论情势极其复杂。联省自治的呼声曾由章太炎提出,是近乎松散的邦联制。章太炎本意是要避免中央政府过于强大,但实质上却被各地督军所运用。高旭态度的游移,应也有这方面的考虑。

高旭此文写于1916年11月30日,刊于李大钊主持的《宪法公言》第四期上,同一期还有李大钊《省制与宪法》等文。综合而看,高旭的政治思想是鲜明的,主张专权在民,共和宪政,三权分立,注重国会两院对政府的监督。他熟知美国、法国、英国甚至墨西哥、智利,乃至斯堪的纳维亚半岛的挪威、瑞典等国的宪法,在上文中广泛引用。他并不生搬硬套某国宪法,也不拘泥于某一国的宪法,而是取法于各国中适宜中国状况的宪法条文。在实际的政治操作层面,高旭的政治思想得到了充分的展示。

(二) 高旭的学术思想

高旭于1905年在日本创办《醒狮》,并在创刊号上发表文章《学术沿革之概论》,此文是研究其学术思想的重要史料。高旭在此文中对于中国学术的分析,充满了批判主义精神。高旭批判国学是为了批判政治体制的专制。他认为中国学术不进步是因为政治体制的专制。高旭一直认为中国应进行“文字革命”,文字的最高妙者就是学术。学术的发展,需要欢迎西学,以吸收新学来保存国学中少数未被专制政治体制破坏的“吉光片羽”,而创造新的国学。其文曰:

> 国何以立?以有学。无学,则国非其国矣。故一国必有一国之学,谓之国学。虽然,专讲保存国学,亦安能立国哉!国因时势而迁移,则学亦宜从时势而改变。夫惟其能改变也,故学可为珍,而学乃可以常存。不然,国势已变迁矣,而犹死守固有之学,不稍变动,势必为强外族闯入而制其命,而尽废其学。若是,不特国学之不能保也,而国亦因保国学而灭绝。况所谓保国学者,未必真国学。苟真国学,固不依赖人之

保存,而能自存于宇宙间矣。顾国学之能自存于宇宙间者,在欢迎新学术以调和之、补助之耳。夫如是也,进步之速率岂有量哉!

师姜曰:中国学术思想不进步,其原因何在乎?在政体之专制。泰西学术思想日以进步,其原因何在乎?在政体之文明。文明国宪法上定有条例,许人民以三大自由,所谓言论自由、思想自由、出版自由是也。此三大自由,惟文明国人民完全无缺,而野蛮国人民则无之。为文明国之人民者,其著书立说,一听其脑筋之电力所至。无今无古,无人无我,纵横六合,惟所创造。故全国人民相争相竞,各出其智力,而文化日以精神。野蛮国则不然,言必古人之所已言者。若古人所未言,而为我所独创,与古人意相反对者,则目之为非圣无法,而诛之、戮之、割剥之、牛马之,以遂其时君私天下之多心。故秦始皇有坑儒焚书之事(始皇所坑之儒实非儒,而乃与儒为敌者也;所焚之书,乃百家言而非儒书。若果儒书,始皇固引为同调矣),汉武有罢辍百家之举。而满清胡虏兴文字狱,彼固以为学术思想之发达,非君主之利事,而异族为中夏君,于此尤竞竞焉。君主既以人民之言论自由悬为厉禁,而士夫遂不敢创立异说,以冀得世界之真理。且于儒学之外,不敢无通他学。即能旁涉他学之藩篱,亦不欲明以诏来者,如宋代诸子之理学是矣。当时理学虽称以儒学为归,实乃包括佛、老而有之。夫包括佛、老,乃宋儒学术之大进步,而偏以为讳,则数千年墨守不变之旧俗使然矣。呜呼,可不伤哉!吾为此而惧。今特将中国历代之学术分为八时代以论之。

所谓"国何以立?以有学。无学,则国非其国矣。故一国必有一国之学,谓之国学。虽然,专讲保存国学,亦安能立国哉!国因时势而迁移,则学亦宜从时势而改变。夫惟其能改变也,故学可为珍,而学乃可以常存"。相比较时人保存国粹、守残抱缺的消极思想来说,高旭的这种思想无比透彻。他认为国学即一国之学术,没有学术,则国将不存。他将中国近代的大危机的根源归结为学术。近代很多士大夫将中国的落后仅仅归结为经济、军事等等方面,坚持认为中国文化无可挑剔。这种看似自大的态度,实际上饱含着文化自卑。高旭认为学术为文化的精髓,是故学术可以代表文化。而中国学术在高旭看来是不进步的。这从根本上打击了一些人的文化自大。高旭认为,学术必须顺势而变,不变则不能存。学不变而不能存,就不能去保这样的学。若真为国学,则不必保而能自立。

其下的“师姜曰”，则直指中国学术不进步的原因在于政治体制。我们在上文已有分析。

> 一、神学全盛时代 上古之世，人民榛榛狉狉，智识未开。盱盱而睡、鬻鬻而食之外，无特擅技能，亦无远到之理想。仰而见有日也，月也，星辰也，风雨烟霞也，江河之有波浪也，树木之有荣枯也，人类之有疾病死亡也，则以为既非人力所使，必有物以主宰之。然又不知主宰者究为谁，则以为必有神焉。然所谓神者，非空间所能居，其殆居于天乎！故遂以天为神之家，而神为天主人矣。积此种之幻想，人人脑中如是，人人眼中如是，人人口中如是。于是而笔之于书，谓之神书。中国民族从西方迁徙而来，与印度埃及相同。故皆重神权。自伏羲氏出而作《易》，虽其所说天道与人有绝大之关系，要终不外乎鬼神之界域，不敢稍越雷池一步，黄帝之时，其官吏即当时之僧侣，大挠作甲子，仓颉作六书，客成作历数，史皇作图，皆是黄帝时之僧侣，中国之科学，始于此时。此外，夏禹之世，继《易》而起者，为《洪范》。九畴所说，亦不外幽明之状。又《书》与诗，帝王鬼神，杂出其间。其伸引绵绵，若痴若醉，有唱三之致者，皆科学之遗传也。上古之世，崇信神教，立有专官，称为祝史。全部之术，皆掌于祝史。祝史有统治全部学界之权。祝史者，其墨家之巨子，罗马之教王乎！此为中国学术第一时代。

本段一句重要的话是：“中国民族从西方迁徙而来，与印度埃及相同。”自古中国士大夫以为中国为天下之中，而近代以来，仍主张中国人种的特殊性，不接受人类起源于非洲之说。这种言论直到当下仍有不少人相信，可见高旭当时目光见识的新颖。高旭认为的上古学术是神道设教，重点典籍为《周易》等经书。而他将上古的祝史比喻为后世墨家的巨子，则体现了他的墨子观。

> 二、官学昌明时代 中国之学术，自唐、虞、夏、商以后数千年间，不能超越乎神学之势力范围。迨至西周，而学术遂厘为二，言天事者为一派，言人事者为一派。然学术虽分为二派，而觉力究归一人，则史官是也。斯时也，中国但有官家之学，无私家之学。窃尝考之，中国古时，其学派共分为十，派则虽多，要之，皆官吏掌管之。官吏有无上之威权，而官学有莫大之势力。除官吏外，无威权；除官学外，无势力。官吏与学术盖成为集合体矣。学术之盛，振古无比。亦尝读班固《艺文志》矣，

固之言曰：儒家，从司徒分出者也；道家，从史官分出者也；阴阳家，从羲和分出者也；法家，由理家分出者也；名家，由理官分出者也；墨家，由清庙官分出者也；农家，由农稷官分出者也；纵横家，由行人官分出者也；杂家，由议官分出者也；小说家，由稗官分出者也。班固立言如是，盖信而有征也。观此，亦可想见当时之状况矣。此为中国学术第二时代。

高旭所谓中国学术第二时代的官学昌明时代，指的是诸子百家之前的时代。既然班固《汉书·艺文志》逐个分析了诸子的官学来源，那么诸子之前，必然存在强大的官学。“官吏有无上之威权，而官学有莫大之势力。除官吏外，无威权；除官学外，无势力”，是高旭对此时期学术乃至政治的总结。

三、诸子竞争时代　周室东迁，书籍扫地，古代竹简，荡然无遗。于是聪明智慧杰出者流创造学说，表彰其平日所自信者，各思改造其社会，历史上所称为九流者是也。孔子生于周衰，创立儒教。能传其学者为子思、孟子、荀子三人。儒教最重伦理，而治国平天下之法制，其规划亦复周密。老子所创之教为道家，面道家又分为二派，一为庄、列学派，专讲虚无；一为杨、朱学派，专讲乐利。其宗旨尚自由、排君主，意至美，识至卓矣，而其弊在遁于空虚，且视痛苦为仇敌，而淫侈放纵，极其口腹之欲以为快。墨子倡教称为墨家，其大目的在兼爱，与耶稣爱人如己之说同。又时时发表其理想上之民主政体，而更包涵名学、兵学，以及他重学、光学等。其多才多艺如此。墨子诚中国之圣人哉！此外，又有称为名家，如申不害、商鞅、李斯之徒，其学说由儒家分出，得儒家之一部分，而能精加研究，其法制直超儒家而上之。遵其言以行之，国家可得安宁秩序。泰西之陆克孟德斯鸠，岂真有大过人者耶？但申、商以后，无人继起发挥而光大之，是则中国政治之所以日坠于九地之下，而无得见天日之时也。此四家者，于中国当时有大应响，倾动一世。若名家、阴阳家等势力远不逮矣。然亦厉兵秣马，纵横冲突，角胜于诸强之间也。此为中国学术第三时代。

诸子之中，高旭明显偏重墨子一派。他认为墨子是中国的圣人。其后他与高夑等人发生过“孔墨异同”的辩论，又与周祥骏有类似讨论。高旭《答周仲穆书》曰：“尊见欲提倡孔学，弟殊不敢赞同。孔学实为专制之学，孔子一生教人惟尊君而已。中国往时君主得以私天下者安赖？曰：所赖者乃孔氏之学。公如不欲中国为共和国则已，苟或不然，盍亦一返其故辙乎？鄙意废孔用墨，共和乃成；平等兼爱，斯为极则。墨子者，其世界之圣人乎？墨子抱民主主义者也，孔子抱君主主义者也；故尊民者未有不尊墨，尊君者未有不尊孔。中国三千年之专制，中君主之毒乎？抑中孔氏之毒乎？姑不具论。公岂以中国专制为未久，而犹欲再扬其灰乎？鄙人十年前所抱宗旨如是，至今未变。近见蔡孑民先生亦有此观念，特以废祀孔案提出于教育会，特惜能喻其旨者稀耳！所谓共和国之国民，如是如是。夫共和政体者固在政，而抑知学尤在政之先乎？今政果改矣，而学仍此学也，政其可长恃无变欤？狂夫之忧，正不知终极矣。”他认为孔子是君主主义的，是尊君的，中国三千年专制，很大程度就是中了孔子的毒。是故与其尊孔，不如尊墨，因为墨子是民主主义的。他还与姚锡钧有废孔用墨的讨论，并一定程度上说服了对方。

> 四、儒学统一时代　儒家之学术，专讲名分，与君主专制政体吻合，故君主每利用之。秦始皇虽焚书坑儒，而于政治亦乐采用儒术，以其大有利于已也。至汉而儒学尤盛，文帝设立五经博士。武帝时，罢斥诸百家，专尊儒术，后世称之为儒教之大一统矣。当是时也，学士大夫惟有注经而已。注经有古文家说，今文家说。要皆局于典籍，无所表现。咬文嚼字，身殉蠹鱼。自由之乐，梦寐未逢；奴隶之苦，甘如醉酒。亦可怜矣。迨至王莽僭窃之时，一种怪异妖妄之学问又出现。一时聋盲之辈，随风披靡，无不心醉谶纬。虽然，此种学问亦非凭空创造，乃古代巫祝衍支派所遗传也。延至东汉，解说小学者又崛起，其学派区而为二：一释文义，一讲礼经。要而言之，此皆抱残守缺者流，仰人鼻息以求生活者耳。虽号为积学之儒，占有泰山北斗之鸿名，如蔡邕、王充，其所著《论衡》《独断》，亦皆一以儒术为昆仑墟，而不敢稍溢儒之界说，别发一新思想，别辟一新境界。盖儒教至东汉，其专制为达于极点矣。不若西汉之犹有申、商、黄、老之学，参入于其间也。此为中国学术第四时代。

虽然是叙述中国学术之沿革历史，但高旭对这一阶段的儒学鼎盛仍颇有微词。他从政治专制的角度，看待儒学为专制者所利用的。所谓“儒家之学术，专讲名分，与君主专制政体吻合，故君主每利用之。秦始皇虽焚书坑儒，而于政治亦乐采用儒术，以其大有利于已也”，他指出了儒学适用于专制的特点及后世儒学昌盛的原因。而“咬文嚼字，身殉蠹鱼。自由之乐，梦寐未逢；奴隶之苦，甘如醉酒。亦可怜矣”，则不仅是对东汉以后儒学的评判，也是对近代以来重新推崇儒学之举的评判。高旭认为“盖儒教至东汉，其专制为达于极点矣”，学术如图政治，专制限制其活力，没有活力就不能进步。他在文章中所推崇的学术状态是活动的、开放的，如此才能常葆活力。

> 五、佛老混合时代　老学一大而称为道家，故论者谓老子为道家之始祖。道家分为两派，其一王弼、何晏所倡，为玄理派；其一为神仙派，如《抱朴子》等是。玄理派有崇信虚无者，有实行乐利者；神仙派有崇尚丹鼎者，有专心符箓者。东汉以后，儒术侵衰，治经之徒，改弦易辙。至两晋，而旷达之风海内大盛，清谈之士门户相高。佛学乃自东汉时传入中国，至晋而盛，至南北朝而大盛。其种类有三，曰教门、宗门、律门。宗门分顿觉、渐觉。律门以修身力行为目的。苟有倡者，岂竟无和！斯时之上官名卿，争趋附之，几几乎成一二教混合之奇观矣。惜乎无巨力深识之彦，收拾三教之精英于一炉中以冶之，铸成光明异样、灿烂鲜明之学风，为前古所未有，此则六朝时代之大缺点也。盖此时，外夷为乱，迭主中华。而所谓学士大夫者奔走流离拜豺虎，于学问上无暇加以研求。故虽混合三教，而终不能产出一新学术，使历史黯然无色。可不令人浩然兴叹，嗒然丧气耶！此为中国学术第五时代。

说到第五时代，也就是汉代以后唐代之前的六朝时期。高旭名之曰“佛老混合时代”。此时期经学衰微，玄学大兴，而佛学亦大盛。值得注意的是高旭对佛学的态度。他在诗文中屡屡表示对佛学的推崇，但并无深究。高旭没有如传统士大夫般批判佛学对中国文化的干扰，而认为佛学当称中国学术的一股新血液，并以六朝未能真正融会释道儒三教而创出新文化而发出浩叹。这也符合高旭在文化和学术上所秉持的开明态度。

> 六、理学发明时代　迨至唐代，佛老之学依然混合于儒。及韩愈出而辟佛，其所辟者乃佛之粗，而非佛之精。愈固不知佛也，其言之无昌于道也亦宜。自是以后，虽士人多称道儒学，而其实佛老之学已氤氲于斯时。故至宋，而一种理学之名目披露矣。理学者，实采取道家、佛家之长而支配之。周敦颐所倡之学，称为濂学；张横渠所倡之学，称为关学；二程则称为洛学；朱晦庵则称为闽学。陆子静之学于程、朱、张、周外别出心裁，独树旗帜。继之而起，为明之王阳明。阳明一生主张致良知之学，开辟草莱，发现新地，诚学界之哥伦布哉！濂学者，咀嚼《易》《中庸》而化之者也。其所阐发，皆天人之原理。而其病也，在少实际；

> 关学之实际，较濂学为多矣，而其病在崇尚《礼经》，泥古不化，此乃专制之余孽也；二程、朱子其立说，主重实践，不重空谈，固为颠扑不破之论。要之，其主静，主敬，使人形如槁木，心如死灰。而人类活泼泼地之真精神，几使历百年而尽行消灭。是则其立教之过，安得而辞！况三纲之说，毒病四海，推原而论，当以二程、朱子为中坚。扬汉儒董仲舒之妖焰者，非二氏而谁！此为中国学术第六时代。

此段将唐宋视为一段，以与前文提到的六朝时期相区分。文中的弊端在于轻唐而重宋，仅指出唐代是理学的酝酿时期。他对宋代理学作了仔细区分，并指出各学派的特点及优缺点。他认为周敦颐的学术缺少实际，而张载的学术拘泥于古人，是专制的遗留。二程、朱熹，更是被他视为毒害四海的罪人，究其原因是他认为三纲五常等说，主静、主敬的社会态度及其危害都归因于二程、朱熹。总之，他仍以排斥专制的态度来看待学术史。值得注意的还有，高旭对明代学术只提了王阳明，并对其推崇备至，认为他是学界的哥伦布。

> 七、考据学披猖时代　满虏入关，中原板荡，中流砥柱，一发犹存。自顾亭林、王船山、颜习斋、黄梨洲、吕晚村诸先生死，而汉学绝矣。胤禛、弘历思汉人之心未遽死也，乃迭兴文字之大狱，以逞其一网打尽之毒计。于是而儒雅之士，莘莘济济，歌咏升平，有所谓考据之学出焉。士夫咸殉身于声音、训诂之中，口不谈国事。《说文》《尔雅》两书，尊为天神，重于九鼎。继复支生金石学、校勘学，群焉嚣然附之。中国之学术至弘历僭窃后，而晦盲闭塞极矣！而一二有志之士，不屑为无用之学，不为金石、校勘所诱者，则或从事典章制度之学，或从事于微言大义之学。治典章制度之学者，以三礼为前驱；治微言大义之学者，以《公羊》为先导。虽然，此辈解经，每多附会，局促于蜗角之中，沾沾自喜。至发明先圣之心传，表彰前代之法制，固非其任矣。及康有为、梁启超出，能三致意于此点。其所论述，有至当至确而不可易者。然私心妄断，附会滋多。甚矣其破碎害道也（《孔子改制考》及《思想变迁之大势论》中，附会之处不可枚举）。顾犹或谓其能力张新说，开他人不开之口，发前人未发之谈。其亦爱新觉罗氏朝之才士也夫。此为中国学术之第七时代。

论及清朝，高旭首先肯定了明季诸人的学问，而极力批判清朝的文字狱政策。在文字狱的高压之下，清朝学术以考据之学称盛。在高旭看来，中国学术到了清朝，“晦盲闭塞极矣”。比考据之学好一点的，是典章制度之学与微言大义之学。而对康有为、梁启超之学，高旭仍然是赞多贬少的。高旭在政治上受到康、梁的影响，但后期又毅然决然地摆脱了二人的影响，“不相菲薄不为师”。而在学术上，高旭却能较为客观地评价二人，并对其破碎和附会的缺点披露无遗。

八、西学输入时代　西学之输入中国也，可分四时期。有明之季，耶教东来。传教之徒，以天文、算学散布中国。而我国人得知天文学者，自此始矣。自嘉靖以降，地理学又经彼教中人传入。我国人研究地理学者渐多。五洲大势，始行发现。再后传入者，为医学、格致学，再后为史学、兵学。至今日乃为大盛，盖政治学、社会学、哲学等，无不云蔚霞举，横渡太平洋而咸集于东亚大陆之上矣。我国人本茫然不知世界之大，自英、法起衅，五口通商，始恍然有所悟，知中国以外尚有他国，中学以外，尚有他学。遂乃名其为洋学，称中外交涉事件为洋务，其思想之幼稚如是。夫此四时期中，当以何时期收效果为大？天文、算学、地理、医学、格致学，翻译者，大都彼教中人；故书经印行以后，大人先生每羞道之。至史学、算学乃官立之译书局所印行，而当译员者，又为上流社会中人，故影响稍广。至哲学、政治学、社会学等，译者大半为思想高尚、学问博雅之儒，故一书发行，风动全国。而民权自由主义尚武主义、种族主义，灌溉国民之脑球，镌印国民之骨髓。“非我族种，其心必异”之观念，既以发生，其气势直欲震荡天地，摇撼山岳。“文字收功日，神州革命潮”，是乃近时学界之一大变象也。此为中国学术之第八时代。

高旭对西学的分析，认为其传入有四阶段。其一为“有明之季，耶教东来”，所传为天文、算学。其二为“自嘉靖以降”，所传为地理学。其三为“医学、格致学、史学、兵学”之传入。其四即高旭所谓之“今日”，所传为政治学、社会学、哲学等。他以“今日”之西学传入为影响最大，“一书发行，风动全国”，民权自由主义、民族主义等思潮“直欲震荡天地，摇撼山岳”。以文字收革命之功，是近代学术界的一大变化。此段分析也是高旭对革命的预言，尤其是“欲以文字播风潮”的观念，在此时已经形成。

在文章末尾，高旭以“师姜曰”有一段议论：

中国学术分八时代，如上所述。过西学输入时代，将进为何种时代乎？抑其时代由何等主义造成乎？此亦问题也。

师姜曰：闻之开新、守旧两派之言矣。开新者曰：欲造新中国，必将中国一切旧学扫而空之，尽取泰西之学，一一施于我国；守旧者曰：我欲强我国，行我古代圣王之法而余，不必外法。或但取其艺学。二家之见，所谓楚则失矣，齐亦未为得也。夫我国之学可遵守而保持者固多，然不合于世界大势之所趋者，亦不少。故对于外来之学，不可罗致之。他国之学固优美于我国，然一国有一国之风俗习惯，夏裘而冬葛，北辙而南辕，不亦为识者所齿冷乎？然而，对于我国固有之学，不可一概菲薄，当思有以发明而光辉之。对于外国输入之学，不可一概拒绝，当思开户以欢迎之。若是者，对于内有之学，其唯用主观主义乎？对于外来之学，其唯用客观主义乎？我国之学，其至精至微者，经历代群主专制之威权，铲削推排几丧尽矣。然古籍中时复露其一二，吉光片羽，宜如何珍重保护之，拾其精英，弃其糟粕，此主观主义之作用也。主观主义者，其殆保存主义乎。至于外来之学，其有大利益于我国者，则掠取之，以为补助之资料。其学虽善，而于我国现势不合者，则无宁舍之而勿顾焉。譬人之饮食然，既欲物之适口，又必欲不妨害于卫生。若以多多益善，物物而啖之，急不暇食，必罹腹胀垂毙之患，此客观主义之作用也。客观主义者，殆即吸收主义乎！自今以后，为吸收与保存两主义并行之时代。果能尔尔，于西学，庶免食而不化之讥；于中学，冀呈晦而复明之象。是则可为中国学界前途贺矣。

简而言之，拾其精英，弃其糟粕。高旭认为要吸收西学，保存国学中极少数的符合民主自由的“吉光片羽”，从而造就新的国学。所谓“吉光片羽”，并不是指孔学，而是墨子之学之类。又如孟子的“民为贵，社稷次之，君为轻”等。他对于糟粕与精华的判别标准，就是专制与否。符合专制的，就是糟粕，符合自由民主的，就是精华。这就是高旭的学术史观，也是他的国学观。

高旭的国学观，与当时的国粹派有明显区别，这从高旭、高燮国学观的异同中可以清晰看出。在辛亥革命后，1911 年年底的南社临时雅集上，高旭主张今后南社的目标是促进道德、增进文美。其后柳亚子等人创立了文美会。1912 年 5 月 17 日，文美会召开第一次会议，柳亚子、黄宾虹、李叔同等人参加，并邀请有吴昌硕等人。5 月 23 日，高燮、高旭、姚光、柳亚子、胡朴安、李叔同、陈范等又发起“国学商兑会”。高燮于《太平洋报》发表《国学商兑会小启》，认为“学之不讲，古义奚知？辨有未精，大道斯隐”。他认为“国而无学，国将立亡；学鲜真知，学又奚益”，这点与高旭并无大的区别。但高燮认为“况凡今之人，不尚有旧，视典籍如苴土，沦坟索于草莱，户肄蟹行之文，家习象胥之籍”，则不免与高旭有南辕北辙之势。

高燮又发表了《国学商兑会章程》，分经学（小学附）、史学（政治学、舆地学、掌故学附）、子学（理学、佛学附）、文学（美术学附）四类；须公举经、史、子、文评辑员各一人，理事长一人；设定常会每月举行一次，由评辑员主持，讨论学术，宣传文艺；又须举行大会，一年二次。其会址设于张堰镇，通信处即在姚光的家中。可见此会的金山色彩很浓。其中，高旭任文学评辑员。随后，姚又被选为国学商兑会理事长，文美会并入国学商兑会。7 月 4 日，《太平洋报》发布了文美会并入国学商兑会的消息。7 月 5 日，高燮发表《国学商兑会成立宣言书》，反对“黜废孔祀”，认为“处今日而言国学，其为举世所唾弃乎？然处今日而犹不言国学，吾恐先圣之传，宗邦之旧，将至此而消亡尽矣”。高燮所谓“学者何？一国之所赖以存也。学既消亡，则国亦随之”，他认为学术关乎国家存亡，这也是“南社”在创建时发表的《南社启》的观点。但他认为应该“盖将求夫吾国旧有之学，深思力索，发明其微言大义，以维持坠绪，纳一世之人于文章道德中”，就已与高旭有着根本上的区别。所以高燮得出的结论是“夫国学莫先于儒术，而儒术之真莫备于孔学”，是故黜废孔祀万不可行。从某种意义上说，高燮将孔学放大，以其为中华文化众善之所归；高旭则从孔学根本出发，以其为中国专制毒害之所源。是故二人在对待孔学的态度上有不可调和之势。

而国学商兑会的理事长姚光也将《国学保存论》交《国学丛选》发表，其自跋说：“光素持保存国学主义，此五年前旧作也。唯往者专表彰孔子民族、孟子民权主义，盖为正本清源之计。岁己酉，友人陈子佩忍、高子天梅、柳子亚卢，发起南社，借诗古文词以提倡革命，余亟赞成。今光复功成，民国建立，未始非提倡国学之结果，而明季诸先生之流风余韵所致也。唯旧邦重建，凡百更新，而国学万端，亦皆待理，发挥光大，愈不容缓，此国学商兑会之所以结也。巩固祖国基础，踔扬民族精神，将有赖焉。”姚光将孔子归为民族主义，将孟子归为民权主义，名实之间，自当以实为主，所以姚光的主张不能说是与高旭相反的，却也不能说与高燮完全相同。高旭身为国学商兑会文学评辑员，又是高燮之侄，他对于姚光所说的如此提倡国学以及高燮的国学观实际是持反对观点的。高旭的国学观,并不是努力去保存国学,而是要在新时代吸收新学来改造国学。

有关高旭的国学观,还可从其几封书信中得窥要义。周祥骏致函高旭,论及孔学:“国学商兑会章程,弟未见,请寄一份来。近来提倡国学者往往株守一隅,不愿参稽世界学以会其通,前曾与姚凤石、胡朴翁屡言之。吾辈若欲商兑国学,必须研究孔学真际,方能致用。若扬汉学之余波,袭宋学之皮毛,抄录数千条生僻史事,便自诩为史学专家,是犹航绝流断港而欲至于海也。有是理乎?率尔狂言,伏乞裁正。”高旭复函说:

尊见欲提倡孔学,弟殊不敢赞同。孔学实为专制之学,孔子一生教人惟尊君而已。中国往时君主得以私天下者安赖?曰:所赖者乃孔氏之学。公如不欲中国为共和国则已,苟或不然,盍亦一返其故辙乎?

鄙意废孔用墨,共和乃成;平等兼爱,斯为极则。墨子者,其世界之圣人乎?墨子抱民主主义者也,孔子抱君主主义者也;故尊民者未有不尊墨,尊君者未有不尊孔。中国三千年之专制,中君主之毒乎?抑中孔氏之毒乎?姑不具论。公岂以中国专制为未久,而犹欲再扬其灰乎?

鄙人十年前所抱宗旨如是,至今未变。近见蔡孑民先生亦有此观念,特以废祀孔案提出于教育会,特惜能喻其旨者稀耳!所谓共和国之国民,如是如是。夫共和政体者固在政,而抑知学尤在政之先乎?今政果改矣,而学仍此学也,政其可长恃无变欤?狂夫之忧,正不知终极矣。

高旭明言支持“废祀孔案”,与高燮主张相反。他主张废孔用墨,在当时造成了一定的影响。而在回复陈范书中,他也鲜明地提出自己对国学商兑会的看法:“经史子文四种,分门别户,限于时尚,不得不尔。然足遗通人笑耳!世界文字本无经史子文之分,总名之为文可矣。古之所谓经,与子,与史,果奚以区别哉?《书经》,史也,亦文也;《诗经》,文也;《道德经》,经也;《离骚经》,经也;《华严经》,亦经也;《孟子》,子也,宜列于子,乃跻之于经;《墨子》,实经也,有《经上》《经下》篇,乃降列于子。凡此,皆失其平者也。”(《答陈蜕老书》)后来姚锡钧发表其与高旭书,以为废孔用墨不可。高旭发表回复,其文分析甚细,值得仔细探究:

鹓雏社兄先生足下:顷奉手教,具悉尊指。持之有故,言之成理。甚感,甚感。孔氏学说多可取者。至其大体,驳而不纯。专制政体之下,所见尽复如是。余子碌碌,趋于尊孔一的,本无足怪。以公之通才,而亦主张孔学,合乎流俗,呶呶不休,不令觇国者笑耶!不佞一偏之论,坚持到底。盥诵名论,未敢附从。盖人心不同,正如其面,非故好为立异也。

窃观西欧著名学说,悉赖后学者发挥光大,始克成为完全学派。墨氏学说之破碎不全,正以无后之有志者继其志耳。然以不佞观之,亦可谓中国学术史上一巨子矣。公犹断断焉,以破碎不全为恨。亦知墨子之所以为墨子乎?尊百川而小江汉,盖犹夫人之见者存也。足下第知兼爱之已为卑论,亦知三纲(三纲之说虽出于《白虎通》,即以统系论,则不得不归诸孔氏矣!)五伦之早成调言乎?足下以有统系者推为大宗,则道家、佛家、法家亦未始无统系矣!不佞以为,凡学不能专以统系论。倘必以有统系始得为完全,孔学矣,何以谓之汉?又何以谓之宋?汉学又何以有新旧学派之分?宋学又何以有朱陆异同之辨?破碎不全,莫此为甚!孔氏真谛,何去何从?歧之又歧,直欲为亡羊之哭矣。明明破碎也,而足下许为完全;明明一家言也,而足下许为大宗;明明百川也,而足下许为江河。足下固知江汉矣,抑曾六观夫河海耶?

窃得而断之曰:墨子者,实中国之圣人也,非江汉而何?非大宗而何?安得以破碎短之哉!墨学固以兼爱著,足下等诸瓶盎,而不佞视为瑚琏;不佞珍于熊膰,而足下鄙如糗糒。嗜好既殊,不敢再为哲匠陈之,然不敢辞骈枝之诮。

不说兼爱,为说兼利,可乎?墨子为实利主义之大师,其言曰:“爱人利人者,人必福之。”又曰:“诸加费,不加于民利者,柔王弗为。”又曰:“仁人之所为事者,兴天下之利。”为孔子之说者,反是,曰:“仁义而已矣,无必曰利。”孔氏讳言利而墨子不讳也。夫天下者,利而已。仁与义,即寓于利之中。舍利安有仁义?以此之故,而有“薄葬说”,而有“节用说”,而有“非乐说”。救贫弱之国,宜尔也。况其主张平权与民主主义者耶!

或谓:墨子之主张平权,是固然矣,而非纯然提倡民主者。自不佞言之,子墨子生君权未衰之时,其裁抑君权,已不啻民主主义之开祖矣。读其《尚同》《尚贤》《天志》诸篇,已可概见。《尚同篇》之言曰:“天下既治,天子又总天子之义,以尚同于天。”《尚贤篇》之言曰:“官无常贵,民无常贱。”《天志》曰:“天子未得咨已而为政,有天政之。”此墨学之精义也。其精义中之尤精者，则在《尚贤》。孔氏拘于家族贵族制度，专以尚贤、尚尊、尚亲为务，虽有爱众嘉善之说，已非本根，仅属枝叶。我国数千年社会阶级，至今未能洲除者，职是故耳。孔子曰："亲亲贵贵。"子墨子则曰："不党父兄，不偏贵富。"盖孔氏但知为现在说法，但知为专制说法。而子墨子能为未来说法，为共和说法。庄子谓为"才士"，高子谓为"先知"，人之度量相越，岂不远哉！至其摩顶放踵，轻生死，忍痛苦，尤为利天下之实在。故《淮南子》曰："墨子服役者，百八十人，皆可使之赴汤蹈火，死不还踵。化之致也。"其急进救国，较儒者之迂缓为何如耶！盖子墨子之学，以实利为前提，以平等为结论。其学传诸后代，直战国、秦、楚、两汉、三国而未灭。不专论议，要在实行。又安用学说之统系为耶！浅见者流，自之为宗教家，与耶稣并。不知宗教者，以迷信为天则也。子墨子虽说《明鬼》，实为时代所限，非因迷信神鬼，时谓人当有第二生命，以示人之必死。不若牺牲，生死之为得也。其见解之超卓，果宜如此。不然，《非命》之说又何为而来哉。兼利之极，于是而树非攻之帜。是说也，其门下宋钘、尹文等发挥之。此外，坚白异同之辨，实开中国伦理学之先河。圣人哉！其墨子！《经上》《经下》，又为格致学之开始。殆圣者，何夫不能！决为中国一人，胜孔氏不万倍耶！其学说圆满，谁能过之？况其论政，又与欧西相合，其殆圣而神者耶！《法仪篇》云："天下从事者，不可无法仪。无法仪，则其事能仁者无有。故百工从事皆有法度。今大者治天下，其次治大国，而所法所度，此不若百工辨也。"欧西今日盛行至光荣、至文明三字，曰："治国家"者，不意竟从子墨子政治学中来也。由斯以谈，子墨子不但为大哲学家，且兼大政治家而有之。中国今日而果共和乎？饮水思源，实当推子墨子。足下以为何如？

但足下醉心于孔，亦犹不佞醉心于墨，终格格不相入耳。倘有谠言，尚乞匡我不逮。

夜阑灯尽，忧思沉沉。醉后欲睡，不尽所言。社弟高旭顿首。

姚氏接此书后，又有回复文章，表示要"石破天惊，自找新理"，这从某种程度上正合乎高旭的本意。孔墨异同，尊孔者始终难以与民主共和联系上，而尊墨实际上就是尊崇民主自由，与复古无关。孔墨异同之辨看似是复古的派别之争，但实际上仍是中西之争、新旧之争，或曰政治上的专制、民主之争。

从高旭的学术思想中，我们甚至可以看到新文化运动的迹象。袁世凯欲称帝，尊孔祀孔，多所作为，而高旭为了反帝反专制，对孔学多方贬抑。他虽然是一个旧文人，却有着新思想。他的学术思想表现于文章，为当时的中国种下了几许新文化思想的种子，终而发为新声。

（三）高旭的文学思想

1910 年 1 月《南社》第一集出版，其中有高旭的《愿无尽斋诗话》，后来改名为《愿无尽庐诗话》，文章主张文学应鼓吹人权，排斥专制，唤起人民独立思想，增进人民种族观念。高旭说：

> 中国旧时所称诗人，乃狭义的诗人，而非广义的诗人。若西国，则布龙、苏克斯比、弥尔登诸人，称之为世界大诗人者，非专指五、七言之韵语而言，凡一切有韵之文，传奇脚本之类，皆包括在内。余谓如此乃可尽诗之量。夫言者，人之心声也；言之中于理者则为文，而文之有音节者则为诗。三百篇之诗，但有音节，而无一定章句。嗣后屈原、宋玉起，变三百篇而为骚。司马相如、班固兴，变骚而为赋。唐、宋盛行五、七言，而骚与赋遨衰矣。再传而后，词曲并行，演为传奇。诗之日新月盛，至于如此，不亦人心进化之征耶？今但知曹子建、杜少陵、李太白、陆放翁之为中国大诗豪，抑知屈原、司马相如、汤若士、高东嘉、王实甫、孔云亭、辛稼轩、姜白石之亦为大诗豪乎？明乎此理，而诗之变化尽矣。
>
> 黄山谷律诗才气无双，能将太白歌行运于五十六字中，真为奇事，然有时失之生涩，少自然天趣，不若杜牧之豪宕流转，其气势更为浩然沛然也。然既称为律，终究以音节和谐风调圆美为上乘，若以奇险争胜，去律字之旨远矣！
>
> 作诗用书卷则深厚，不用则单薄，然不善用书卷者，反致意为词累。如王荆公诗，纯用白描，不使典故，弥觉遒劲清真，可知文字不专以富丽为工矣。
>
> 世界日新，文界、诗界当造出一新天地，此一定公例也。黄公度诗独辟异境，不愧中国诗界之哥仑布矣，近世洵无第二人。然新意境、新理想、新感情的诗词，终不若守国粹的用陈旧语句为愈有味也。林少泉往年以一书寄我，所言可谓先得我心矣。
>
> 《小叙》曰：“发乎情，止乎礼义。”《记》曰：“温柔敦厚，诗教也。”盖诗

之为道，不特自矜风雅而已。然“发乎情”者，非如时之个人私情而已；所谓“止乎礼义”者，亦指其大者、远者而言，如鼓吹人权，排斥专制，唤起人民独立思想，增进人民种族观念，皆所谓“止乎礼义”，而未尝过也。若此者，正合温柔敦厚之旨。或曰：如子之论，叫嚣极矣，岂有合于孔圣之旨耶！不知《巷伯》之诗，讥刺奸佞，恶之至甚，乃欲投畀有北；《墙茨》《相鼠》诸诗，其措辞亦不尚含蓄；可知孔子所以不删者，正以有合诗教耳！温柔敦厚四字，岂可专考于其辞而决之乎？决之于诗人之心而已。苟其人以温柔敦厚之心出之者，辞遂激，又奚伤于大雅乎！不无其心，而专以和平柔顺之言以取悦于世，又曷贵哉！

诗文贵乎复古，此固不刊之论也；然所谓复古者，在乎神似，不在乎形似。若明李沧溟、李空同之号为复古，不过拾曹、刘唾餔，李、杜之糟粕而已，曷足贵哉！当时以为诗道之盛，不知此乃诗道之大厄也。今之作者有二弊，其一病在背古，其一病在泥古。要之，二者均无当也。苟能深得古人之意境神髓，虽以至新之词采点缀之，亦不为背古，谓之真能复古可也。故诗界革命者，乃复古之美称，汤、武之征诛，其道可通于尧舜之揖让，职此故耳。不然，泥古不化，王莽之学周公矣，庸有益乎？知乎此而作诗之道思过半矣！

高旭推论说，能深得古人神髓意境，即使用最新的词去点缀，也不是“背古”，而是真正的复古。因此他认为所谓的诗界革命是复古的美称。高旭的用意实际上是在于批判泥古、复古，而主张自出机杼。更深层次地，高旭是以批判泥古而为汤武张目，为革命张目。高旭的文学有着深刻的革命色彩。苏曼殊读后与高旭通信，认为此诗话“精妙无伦，佩服佩服。衲常谓拜轮足以贯灵均、太白，师梨足以合义山、长吉，而沙士比、弥尔顿、田尼孙以及美之朗弗劳诸子，只可与杜甫争高下”(《与高天梅论文学书》)。

《愿无尽庐诗话》是高旭文学思想之渊薮，其中有他对古人诗词的评价，对时人诗作的看法，以及他的文学理论等。其中篇第四十六则云：

西人论文学有与中国相合者，如塞尔林格之言是也。塞氏曰：“凡作文艺，必合二质而成。质者何？一用意，一运气也。夫作者既有所用意，则前后井然，极有次序。然后必有蓬蓬勃勃之气以运之，始见意趣活泼，具有一种欲生之气象。倘二者之中而阙其一，则不足为神品。”何中西相类乃尔。可见文学的妙用实出于天然，非尽由于人为也。

> 倍根曰:“文学者,以三原素而成,即道理、快乐、装饰,各一分是也。盖快乐为文学之胜境。具道理、装饰两种者多矣。所以未得推为至者,以其未至快乐之境也。然亦有尽富于快乐而于道理、装饰二种甚不足者,则又安得为至耶!”者斯可为神品也乎!如论著之有孟子,骚之有屈原,奏议之有贾谊,传记之有司马迁,五古之有曹植,四言之有周公,七古之有杜甫,七律之有李商隐,七绝之有王昌龄,乐府之有李白,词之有辛稼轩,传奇之有孔云亭,小说之有施耐庵,盖庶几矣。

从中可见高旭在文学上并非完全的旧派文人,他同样受到了西学的沾溉。他对于郑孝胥、陈三立等,在批判之余也能肯定其文学价值,尤属不易。柳亚子则不然。他认为郑孝胥、陈三立之诗刻意求艰深,其病在“涩”。而涩虽然是诗中一体,但不可将其视为正宗。若此体大行,则诗道将至于陵夷,荆榛塞路。他将明季钟、谭为天下所诟骂,也归因于其多为此体(《与高天梅书》)。对柳亚子此函,高旭则以诗话一则以示复,他主张不分派别,打破门户之见,显然更为通透。总之,高旭文学观的最先进处在于“鼓吹人权,排斥专制,唤起人民独立思想,增进人民种族观念”,其次是没有派别偏见。高旭的旧诗词功底深厚,于前文中可以窥见,后文中也将继续征引。

三、盖棺定论?——高旭身后文的解读

高旭于南社有开创之功。然而时至今日,对高旭盖棺定论,仍然嫌早。高旭晚年卷入所谓“贿选”之事是其一,而其民国首届国会议员的身份是其二,反对孙中山以武力夺取全国是其三,与柳亚子的关系是其四。可以肯定的是高旭对于南社建立和辛亥革命都作出了巨大贡献,对于国会政治付出了自身的努力和坚持,此外他对 20 世纪初叶的中国文坛也产生了重要影响,且大多数是积极的影响。

高旭去世后,南社已无活力,国会也成陈迹,南北陷入战争,很少人还关注到他。仅有少数文字,表达了人们对这位南社开创者、国会参议员的纪念。

《申报》1925 年 9 月 18 日刊发了高旭的讣告:

> 哀启者:显考中华民国众议院议员,大总统颁给二等大绶嘉禾章,宪法会议议员,宪法成立奖给金质纪念奖章,天梅府君,恸于民国十四

年八月十五日即夏历七月初七日戌时疾终正寝。距生于光绪丁丑三月初五日未时，享年四十有九岁。不孝等亲视含殓送礼成服，兹择于九月二十八日即夏历八月十一日开吊，叨在宾亲、世族谊，恐讣不周，谨再登报奉闻。不孝孤哀子高锷泣血稽颡。锷字小剑，丧居松江张堰万梅花庐。齐衰期服孙洪泣血稽颡。洪字鸿声。

而今能见到的吊唁之文，唯有傅钝根《吊高天梅文》：

维中华民国十有四年七月七日，故友众议院议员、中国同盟会江苏支部部长高君天梅卒于金山里第。友人傅熊湘自长沙寄诔以辞曰：

呜呼天梅，死亦何促。四十九年，长我以方。忆初识君，岁在丙午。我偕宁陈，聿来胥宇。申江一廛，托庇外人。洞庭始波，桀犬狺狺。濒死不死，张楚一军。君应吴会，蔚矣其文。我甫西归，君倡南社。陈（去病）柳（亚子）觥觥，共君骖驾。吾诗何有？发愤以为。非我能兴，君实相之。别离几年，邮筒几千。重见沪渎，觞咏流连。诣君金山，至于张堰。吴桡脚划，松江平险。剪烛联吟，自酉至辰。纵酒大叫，咤笔有神。濡指作书，龙蛇跃纸。张君四壁，君视狂喜。万梅绕屋，征咏百家。寻梅无树，拍手相哗。我涎松鲈，谓宜秋肥。君曰不然，鲈始作鳃。呼儿出鲈，细才三寸。三鳃四鳃，娓娓教认。语我留溪，留侯故居。何年黄石，来授阴符。我笑示君，藏君袖手。曾不匝月，胡运果终。武汉一呼，天下从风。吴门欢会，千载一逢。吴瘫词工，巢南酒酞。我醉如泥，君饮如虹。大告武成，文字收功。庸知来日，百罹是逢。大盗移国，横流靡止。中历诸难，相望千里。故宇被兵，仓皇出走。江海三年，喜随君后。翦淞半江，盟沤一壑。云水苍茫，海天寥廓。廿载提携，方期白首。京洛南还，乃斫于酒。旧悲邻笛，今怆黄垆。生逢几时，死别斯须。吁嗟天梅，人谁不死。何毁何誉，死则已矣。人之相知，贵相知心。君友姚光，谅君独深。吁嗟天梅，素行坚白。庸肯磷缁，中其磨涅。孔无以易，天下滔滔。和而不同，孰谓可挠。议土匪贵，后有千秋。惠施五车，变雅一楼。以我视君，泰山邱垤。以君视人，河海一滴。金光永戢，玉响长辞。死生大矣，云胡不悲。有子传经，君复奚憾。人生百年，孰是长远。江湖虽隔，精魂则通。东望吴淞，曷由奋从！酹酒于江，陈词在楮。魂毋四方，修门返处。呜呼！哀哉！

傅钝根可谓高天梅的知音，“人之相知，贵相知心。君友姚光，谅君独深。吁嗟天梅，素行坚白。庸肯磷缁，中其磨涅。孔无以易，天下滔滔。和而不同，孰谓可挠。议土匪贵，后有千秋”，虽然没有直言，但他肯定了高旭的品行，相信高旭不肯自污。而他从长沙寄此吊文，也是因为姚光去函，他才得知高旭病故。姚光在函中认为高旭终属完人。其函云：

天梅自今春南旋后，郁郁不乐，常以酒自遣。近竟一病不起，于双星渡河之夕作古。综其生平，政由闺闼，略迹原心，终属完人。虽偶蹉跌，然必晚盖，奈遽长逝，可胜痛哭！度兄闻之，亦扼腕叹息不置耳。草草布复。不觉累幅。然仍未罄所怀。游杭之约，如或克践，当图畅叙。

高旭的叔叔高燮在1925年生了一场大病，高旭去世，他有《天梅以七夕病殁感怆成诗得四首》：

同游同学记当年，张顾何冯共着鞭。并我与君成一队，恢宏扬厉欲无前。

谁知旧梦渐沉沦，次第朋从作古人。四十年中存一二，而今剩我独伤神。

我方病剧君犹健，君死吾仍病在床。一样危疴君竟逝，人天哀乐总茫茫。

尘起污人丛百忧，归来怨艾独潜修。可怜积毁能销骨，凄绝秋风变雅楼。

“尘起污人”，“积毁销骨”，看来金山高燮、姚光没有忘记他，也曾追悼他。而其家人写的行述，颇能大体说明其一生行事：

府君讳旭，原名堪，字天梅，又字枕梅、剑公、慧云、哀蝉、钝剑，前后凡五六易。世为江苏金山人。府君生而歧嶷，七岁就傅。年十有六，毕诸经。师事叔祖望之先生，及同邑顾莲芳先生。而叔祖吹万先生、同邑顾景渊先生、华亭张仲傅先生，皆齐年同学，晨夕攻苦。自经史词章，以及百家诸子，罔不参稽博考。每有所获，辄互慰大欢。惟吹万叔祖与仲傅先生文最静细，不烦绝削而自合。而府君与景渊先生豪迈之气往往前无古人，卒神与古会。故一时名宿如奉贤庄瘦岑孝廉、浙江陈云曙太守莫不推叹标举，诧为定庵复生。盖府君敏而好学，根柢深蟠有如此者。

府君幼而失恃，事王父吟槐公，曲尽孝道。尝游学日本，王父苦思之，因寄诗喻意。府君得诗，涕泣者三日，遂辍学归省。府君自弱冠治春秋，即严华夷之辨。又生当晚清，吏治败坏，益思改弦更张。及东渡，晤前总统孙公中山及前总理宋公遁初，与谭排满之策，说之，遂著党籍。并手创《醒狮》、《复报》、南社于东京、上海，专以文字鼓吹革命，前后不下百余万言。又于上海创设健行公学，罗致党人无虑百数。于是清廷震恐，隐若敌国，大吏承旨，屡被名捕。会同邑陈陶遗先生，亦缘党人，为江督端方所执，祸及不测。府君闻讯跃起，奋不顾身，百方营救。越数年，竟得无恙。

辛亥武汉事起，向之门生故旧莫不乘时兴起，勋绩伟然，函电交驰，来相招致。而府君终以王父病，日侍汤药，杜门不出。明年夏，王父弃养，府君哀毁骨立。又明年，葬先王父于祖茔，府君匍匐数里，哭不绝声。既服阕，又绘《风木西悲图》，以志哀慕。盖自先王父殁十有四年，每岁时伏腊，府君念之，未尝不流涕被面，此又府君之天性笃厚，有独至者也。

民国肇造，府君首膺民选，就众议员于北京。及项城专政，国会解散，中山再起东，府君从之粤。然中山主义稍稍异于往时，而所谓大总裁者，亦复倾轧不已。人心好乱，举国骚然。府君独居深念，辄叹息痛恨。尝言："始意本欲攘夷，今乃操戈同室。且不图建设，而一切以破坏为事。此其为祸，岂直洪水猛兽而已乎！"遂解组归。日惟闭户著书。

又久之，黄陂就任，国会再造，府君乃重入京。然黄陂力薄能浅，不能长驾远驭。未几，又下野去。当是时，变起仓猝，讹言朋兴，或欲遂废总统以委员制代之。实则一二疆吏仍遥为牵制，各不相下。是藩镇日强，中央日弱，分裂之病，可立而待。故府君电南中友人，有"总统不决，危机四伏"之语。虽为世所诟病，而府君不顾也。盖府君从事革命三十年，始终以发扬民族为念，其论人论政，每委曲求全，以期和衷共济。曩岁孙陈之役，府君力言彼此同族，非满汉之比，当此风雨飘摇，譬诸治家，宜效张公百忍，俾得从容谅解。即余杭章先生太炎亦以为言。而中山先生亢直之性，终不能用，卒至东南数千里生灵涂炭。嗣是以还，革命之声遍于天下，所争既不在于种族，而同舟皆敌国矣！所争既专为一已，故虽腼颜媚外，阴效石晋故事，而有所不恤矣！呜呼，此则府君当革命成功之后，起视斯世所为，心绝意催，不欲仕进者也。

去岁冬，府君旋里。性本好饮，至是，益颓然自放。每酒酣耳热，抚今吊古，长歌当哭，夜以继日。不孝等辄从旁谏止，府君曰：“此生终不能俟河之清，亦欲求千日之醉耳!”然府君一生，自非剧饮大醉，或疾病宾祭，虽在旅邸，未尝一日废铅椠。家藏书万余卷，皆手自装潢，丹黄数过。其据先儒校语，及名家刊本迻录眉端省，又千余卷，尤以丙丁二部居多。府君早岁即喜金石书画，迨晚年所获，亦达千品。每家居，读书饮酒之外，又喜卉木，手植百本，盆盎秩然。故游府君之庭者，如入悬圃。龙蛇在壁，图史充几，位置井然，室无纤尘。盖府君赋性高洁，亦先王父之遗教使然也。

府君既手创南社，以诗文主东南坛坫，而诗尤卓绝。初近仲则、船山，稍变而为定庵，再变而为仲篪、瓶水。要其纵横排奡之气，高者直逼太白，下亦不失大复、崆峒。民国乙卯、丁巳间，始交龙阳易实甫先生，稍仿其体，为哀感顽艳之作，最后交闽县郑苏堪先生，则又为凄咽清苦之音，盖府君于诗具有夙根，非直读破万卷而已也。

府君兼擅书法。初好诚悬，为之十余年，稍变而为山谷。最后参以北碑，遂卓然自成一体。府君所著书，有《变雅楼三十年诗征》《文录》《词录》，都数十巨册，皆写定，藏于家。

府君聘妣张氏元配，先妣周太孺人生不孝及归徐氏妹企罗、钱氏妹企荼。继娶母何氏。

不孝薄祜顽劣，自就傅之年，府君即亲自督课，所期望于不孝者甚厚。其后，府君奔走国事，不宁厥居。不孝既娶妇凌氏，有子曰洪、冲。而府君年逾四十，精神眠食亦渐不如曩时，犹复千里长征。或孑然无侍，终不欲以不孝自随。迨去冬旋里，不孝方幸从此可以长承颜色，稍尽子职。岂知曾未一年，遽罹此厄，则信乎不孝之罪大恶极，而天降罚之酷矣！痛哉！痛哉！

府君生于清光绪三年丁丑三月初五日，殁于民国十四年七月初七日，春秋四十有九。

伏念府君功在民国，学追古人。当清季党祸亟时，缇骑四出，间关亡命。固多患难之交，不乏道义之友。意必有能锡之诔辞，以光泉壤者，则不孝世世子孙感且不朽。棘人高镠泣血稽颡谨述。

高旭“盖棺”已久，而“定论”仍难。此篇行述，从家人角度看高旭，其云“项城专政，国会解散，中山再起东，府君从之粤”，即 1918 之前的事情，孙中

山不听高旭的劝说，同室操戈，令高旭灰心。高旭对黎元洪总体还是肯定的，但“黄陂就任，国会再造，府君乃重入京。然黄陂力薄能浅，不能长驾远驭”，高旭虽寄希望于国会之争，宪法成立，他却无法避免遮天的尘雾来污其身。回金山后，他长歌当哭，夜以继日，“此生终不能俟河之清，亦欲求千日之醉耳”，何其沉痛！《高旭集》中唯傅钝根一篇吊文，其患难之交道义之友，却未见文字纪念，令人叹息。

第四章　姚光与南社

金山姚氏在南社历史上有着耀眼的地位，而且以姚光的影响为最大。上海南社纪念馆就设在张堰镇的姚光故居。本章即从张堰姚氏家族、姚光与南社、姚光学述以及其藏书等方面展开讲述。

一、张堰姚氏家族

金山姚氏，“先世自汴南来，其族大于云间，代有魁儒彦士，以文笔制作照耀当世”(《复庐姚先生别传》)。姚光《松韵草堂记》也称：“余家故汴人也，赵宋南渡，避虏徙浙，继又自浙徙吴，家于留溪，今八世矣。”而其《伯父贞甫公家传》则更为详细地讲述了家世传承：

> 吾姚当宋南渡，由汴扈驾而来，谱系可溯者，自南山公(秀一)居于浙江平湖之广陈镇始。厥后分支，有迁于江苏金山五保之南陆。至十三世元林公(懋曾)而自南陆迁于邑之张堰。张堰一支，自元林公四传而至味仁公(前绶)，始族大众繁，有声乡党，是为小子之高祖。味仁公生四子：长心泉公(业懃)，次咸生公早殇，次雪泉公(业新)，季景庵公(业承)。此十八世也。心泉公生三子：长钺卿公(垂佩)，次半闲公(垂青)，季秋林公(垂灿)。雪泉公生一子：鲁山公(垂泰)。景庵公生子：春渔公(垂基)。此十九世也。钺卿公生二子：长一夔公(裕丰)，次同生公(裕晋)。半闲公生二子：长即贞甫公(裕廉)，次宾谷公(裕恒)。秋林公生四子：长峻峰公(裕益)，次岭梅公(裕规)，次子衡公(裕升)，季为吾父介三府君(裕谦)。鲁山公生一子早殇，以宾谷公为嗣。春渔公生二子：长裕大公，次裕义公，均早殇，吾父嗣焉。自一夔公以至裕义公，乃吾父同曾祖兄弟十人。而自汴南渡至此，本支不替，二十世矣。裕大、裕义二公既早殇，而吾父每思及之。盖吾祖父春渔公不禄，祖母何太君苦

节，不忍殇之也。

姚姓落根于上海，至迟不晚于唐，青浦孔宅、嘉定鸡鸣塘出土的唐代姚姓墓碑可为佐证。此后的历史文献中不乏各时期上海姚姓名人事迹的记载。自明以来，姚氏家族每以德业文章而显耀，以诗书传家，正德至清嘉庆年间，共产生了六个进士和二十二个举人。近代以来寓沪姚姓名家辈出，如嘉定南翔人姚文栋是著名地理学家、藏书家。民初沿海地区有“南有方家，北有姚家”的传言，至今一些老人去东海镇仍说“到姚家去”。

姚光(1891—1945)，初名后超，改名光，字凤石，号石子，又号复庐，是近代以来上海姚姓中的佼佼者。姚光为“后”字辈，故名“后超”，又以“光”为名，以“复庐”为号，则包含“光大前业”“光复中华”之意。姚光本人最看重且为时人后世所熟知的、最为响亮的名号却是“石子”。“石子”雄心独具，上可补天，下愿填海，天崩地裂也不退缩、不畏惧，坚忍不拔，正是青年姚光满怀革命激情的写照。姚光少年时代受教于舅父高煌、高燮，终身受其影响。辛亥革命前，姚光曾参加国学保存会，南社成立后亦为骨干，又与高燮同创国学商兑会。1918 年，经柳亚子推荐，姚光继其担任南社主任，人称“前有柳亚子，后有姚石子”，是南社历史上的重要人物。

姚光祖宅坐落于“浦南首镇”张堰，毗邻张泾河，傍河道而筑，是一座晚清建筑风格的两层江南传统民居，坐东北，朝西南，黑瓦白墙，砖木结构，由厅堂、天井、穿堂、厢房、后院等构成。据院中石碑记载，姚宅于 1880 年翻建，主宅第三进在 1933 年曾经按原貌翻修，其他三进均有百年以上的历史，占地面积 1 780 平方米，建筑面积 1 688 平方米，连同四周附属房屋，形成了总面积达六千余平方米的建筑群，前埭到后院共四进，左右对称，为四幢砖木结构二层楼，每幢上下十间，加上东侧楼厢房四间及平房十四间。第一、第二埭面宽四间，八椽架，穿抬混合式结构，第三、第四埭面宽五间，长 24 米，十椽架，花岗石柱，底层为落地格扇门、格栅窗。房屋共计 58 间。主宅结构恢宏而古朴典雅，屋基及墙柱砖瓦均扎实坚固，门窗檐顶雕栏木刻，古色生香，精致美观，沿房顶一圈高墙，颇显气派。楼上房和房之间有木走廊可以穿行，大扇的木窗通透明亮，整所房子里弥漫着枣木的香气。如今第四进仍保留着当年姚光起居原貌，后院的百年桂花树依旧生机勃发。

在清代，张堰镇上的最大家族是汪姓，后来汪姓因吸食鸦片而逐渐败落，于是将地皮卖给了“后起之秀”姚家。清末民初，姚家成为张堰镇上的最大家族，有好几个堂号，姚光一脉为“敦仁堂”。姚家在镇上人丁兴旺，曾有“姚半镇”之称，祖上靠着卖米起家，世袭家业十分丰厚。清末以来张堰许多造福一方百姓的公益社会事业，如造桥、开河、筑路以及办学校、济婴堂、图书馆、医院等，几乎都由敦仁堂参与资助，所以张堰南湖头姚家在当地具有较高的声望。当时张堰镇还有另一个大家族钱家，是附近钱圩镇钱氏家族的分支，以刻字印书起家，张堰公园的前身就是钱家花园，南社成员中也有钱氏子弟。高氏则是张堰乡下秦望山一代以耕作崛起的另一重要家族。

近代以来，张堰镇是金山革命的策源地。早在1903年，高旭与其叔父高燮及弟高增三人创办了以唤醒国民觉悟、拯救民族危机为宗旨的觉民社，编辑出版金山县第一份革命刊物《觉民》月刊，聚集了一批志气相投的爱国知识分子，其中包括姚光在内的不少人，后来都参加了南社。张堰镇也是南社创办时的首义之地，具体地点则在高旭家的“万梅花庐”，在四十多位金山籍南社社员中，仅张堰镇人就占了一半。中国共产党成立后，恽代英、萧楚女、陈云等革命家先后到张堰地区指导革命活动，1924年国共合作时期的国民党金山县党部以及1926年成立的中共浦南特支，皆建于此。

姚氏家族与南社渊源颇深。姚光的妻子王粲早年先后就读于上海爱国女学和女子体操学校，知书达理，是妇女界的一位先进人物。1909年5月16日与姚光结婚后，志同道合，伉俪情深。南社成立后夫妻一同加入南社，夫唱妇随，是南社著名的一对才侣，合作出版了诗集《浮梅草》。姚光、王粲婚后二十余年间，生育了十多个儿女，多半夭亡（仅保得两男两女），此事对夫妇二人打击沉重，姚光将四方慰问诗文联语汇集成《思玄录》一册，刻印后分赠亲友。王粲在1933年不幸因难产而过世，姚光备受打击，郁郁寡欢，作《先室王粲君行略》分寄亲戚朋友，又将所收挽辞编为《哀弦集》，钤“忧患余生”印分赠众人，以示纪念。其中有梅冷生《姚光夫人王粲君女士挽诗》曰：“人间历劫黯灾昏，不信璇闺有誓言。尽瘁身能完妇职，克昌后必大君门。春风行卷浮梅槛，夜月归魂写韵轩。为念王郎哀欲绝，苦无天日照临盆。”

姚光夫人加入南社，在一定程度上带动了其他女性对南社的向往。如南社社员周祥骏的长女周道芬，从姚光处得知高天梅、柳亚子、姚光等人夫人均加入了南社，“率能以爱国之婆心翼助诸公，为救国之事业，未尝不心焉慕之”。周祥骏就义后，南社诸子非常关心其遗著的校订整理以及烈士家属的生活状况。周道芬在致南社诸子信中，报告了其父就义前后的情况及遗著整理事宜,《南社丛刻》刊载的周祥骏《长江赋》即为周道芬整理抄寄。周道芬于 1917 年 6 月与嫂魏电岩、弟周扬季一起加入南社。南社共有女社员六十八人,其中丈夫同为社友者三十六位,包括高旭、柳亚子、姚光、朱葆康、叶楚伧、高燮、蔡守等主干人物。

张堰镇高、姚两家几代有姻亲关系,高旭的父亲高炜,是高煌、高燮的堂兄,姚光的父亲姚裕谦与高煌、高燮为表兄弟,高旭、高燮幼时一同受业于顾莲芳,时顾莲芳正为姚裕谦家私塾教师。姚光又是高煌、高燮的外甥,也是高旭的表弟,同时与此三人兼具师生之谊。姚光的三个胞妹中,长幼两位均嫁给了高家表亲。三妹姚竹心,字盟梅,工诗,著有《盟梅馆诗》,其诗清新典雅,后来她与高燮之子高塘结婚时,姚光将其诗作编印成《盟梅馆诗》一册以为嫁妆,一时传为佳话。再到后来,姚光与表兄高平子也结成儿女亲家。

二、姚光与南社

在南社的历史上,人称“前有柳亚子,后有姚石子”,可见姚光于南社地位之重要。李叔同称姚光“年少媚学,恂恂有儒者风,长身玉立,意态洒然也,早岁入南社,从海内诸贤豪,上下其议论”。1909 年 11 月 13 日,南社在苏州虎丘举行第一次雅集,19 岁的姚光首批入社,序号“26”,成为南社最年轻的社友。此后他参与南社活动,在《南社丛刻》发表诗文宣传革命。南社解散后,又应柳亚子之召加入了“新南社”。

在南社举行的十八次雅集中,姚光参加了第四、第五、第六、第七、第九、第十二、第十三、第十五、第十七次,还参加了 1915 年杭州临时雅集。1912 年 10 月第七次雅集时,姚光被推选为书记。1914 年 10 月第十一次雅集,姚光被推为六干事之一。1918 年 10 月,南社在上海徐园雅集,彼时柳亚子坚辞主任,经他提名,姚光被推选为主任。由于社中经费缺乏,姚光自行出资刊印《南社丛刻》第二十、第二十二集,并邀请陈去病、傅熊湘、余十眉等组织编订工作。1923 年新南社成立后,先后举办过三次聚餐会,姚光均有参加。1928 年 11 月 12 日,姚光应邀参加在苏州虎丘举办的南社二十周年纪念大会,并被推任为纪念特刊编委。

1945 年 5 月 17 日,姚光病逝于上海,“学优兮不仕,身殁兮誉闻”,报章杂志刊载了大量的悼念文章和诗词。7 月 1 日,家属在静安寺设奠,金山同乡会举行了由陈陶遗主持的公祭大会。《金山旅沪同乡会公祭姚先生石子文》曰："呜呼先生！和平中正，抱朴守真。其在家也，事亲长则孝而敬，遇族姻则挚而淳；其在乡也，接闾党则惠而慈，交朋友则信而贞；其在外也，危行言孙，与物无竞，与世无争。"这是姚光为人处世、待人接物的写照。

姚光为人谦和，善与人交，待人宽厚、慷慨，交友重气谊，《姚光行述》称其"苟有所托，事无大小，勤勤恳恳，急人之急，徒步径行，从不推诿"，"每从容谈宴，往往有臧而鲜否。于亲族乡党，尤多所假借，虽甚不肖，蹙额微喟而已。缓急相请，量情而与，无弗应者"。姚光尝说"四海之内皆兄弟也"，又称"我终鲜兄弟，以朋友为性命"，并告诫子弟："交友之道，务崇宽恕。宽则得众，恕则远怨。"他严以律己，待人以宽，择善而从，助人为乐，在南社社友中有口皆碑。陈乃乾《纪念姚石子》中说：石子"缟纻之欢，遍于天下，凡致身革命工作及全国文人无不是他的朋友，虽交情有疏密，但从没有恶声"。姚光善结交天下有学之士，他和松江金山地区中共早期领导人李一谔、陈云和烈士侯绍裘等都有较深的交情，不仅同乡高旭、高燮、高平子、陈陶遗等经常在他家聚会，外地来者如柳亚子、黄宾虹、傅钝艮等，也曾在他家暂住，书画金石名家费龙丁有段时期亦寄住在姚家，周实丹、宋教仁、朱少屏等都与姚光引为莫逆知己。

姚光不吝钱财，生性大度，有悲悯同情之心，能急人所难，朋友生活拮据，他总是施以援手。社员蔡哲夫、谈月色夫妇生活拮据，姚光每每请其刻印作画，再以远超常例的优厚笔润给以资助。1920 年家乡饥荒，米价飞涨，姚光将家中存米 250 石捐作平粜，售出之款再购米平粜，转辗共平价粜米达 1 000 余石，尽己所能帮助灾民。加入南社后，姚光经常在经济上资助支持南社活动，甘心为缺乏经费保障的南社活动买单，南社雅集，特别是后期刊印《南社丛刊》，姚光都慷慨解囊。

姚光视家庭为成业之基石，对亲朋情深义重，对宗亲长辈孝敬如常，对妻子珍爱有加，表现出完备的品格和个人魅力。子女尝言，"先严平居论议，每以孝弟为本，学术为辅"。他本人也说："凡百事业，皆基于家庭，家之不齐，国于何有？"祖母何太淑人年七十四辞世，父亲介山公患精神衰弱之症，姚光帮助母亲悉心照顾，料理家务，出应宾客，十余年如一日，其后经历失恃失怙、丧子之痛，夫人又因难产而卒，"至是更神伤气沮，嗒然鳏居者数岁"，后在亲戚力劝下继娶徐氏。日军陷金山，先墓宰木被毁，姚光"引为大戚"，

“岁时祭祀，感念松楸，辄潸然泪下”；舅父高煌去世，姚光“惧大厦之将倾”，万分悲伤，“痛哲人之遽萎，撰祭文及私谥记各一篇，追述学行至详至慎。殁已再期，犹时时过其寓庐，肃然推户，忾焉如在，瞻对遗容，低徊久之，斯所谓心丧三年者也”（《姚光行述》）。

姚光自认其最大的性格缺陷是“生性圆融”，与人交往缺乏原则。这或与他敬奉忠恕思想、伦理纲常，尊奉传统孝道有关，同时也是受家中长辈影响。他曾对高基说：“至超之接人太滥，亦自知之，此固由于生性圆融。超待人素无阶级，人之来者，皆为延见，虽非愿见之人，而亦周旋之，然自问胸中未尝无主宰也。昔我先大母虽遇乞丐，必有数言之吩咐，我先君子之于宾客也，必送至大门之外。超体先人之意，乃无薰莸之分，此实超之不肖。”（《与高君定书》）另一方面，恰恰因为姚光的“圆融”，在南社内部发生分歧时，他能够顾全大局，从中斡旋协调，处事公平公正，在时间、精力和金钱上给予南社无私奉献，从而得到社友以及柳亚子的赏识、认可与推崇，最终得以主政南社。

南社社友达千余人之众，个人之见确有不同，尤其是在文学主张方面，甚至有时因观点分歧而引发矛盾和斗争，此种情况自南社成立之初就存在。南社第一次雅集，与会者谈诗论词，柳亚子认为诗尚唐音、词宜宗法五代及北宋，与庞树柏、蔡哲夫发生争论。柳因口吃而不能全力辩论，哭骂庞、蔡两人欺负自己，此事以庞之致歉而终。高旭和柳亚子虽然同为南社发起人，彼此之间却多有矛盾。高氏自言作诗可以惊天地、泣鬼神，是为“江南第一诗人”，而柳氏则讥讽其“自诩江南诗第一，可怜竟与我同时”。高旭编辑《南社丛刻》第一集，柳亚子指责其做事马虎，以至编制杂乱、缺乏条理。高、柳有一次争论某一问题，各有拥趸者，而以赞同柳之意见为多，柳亚子即以“得道者多助”讥讽高旭。关于南社组织原则和结构的不同意见，有些也转化为口舌之争。南社第七次雅集，柳亚子提议编辑员由三人制改为一人制，高旭对此激烈反对，并在言辞之中流露出对以前雅集选举的不满，最后投票表决，结果是反对者多而赞成者少，仍依旧法，推选高燮、柳亚子、王蕴章分别为文选、诗选和词选编辑员，姚光为书记员。高旭又以“失道寡助”反讽柳亚子。柳亚子在《南社纪略》记述称：当时他毛遂自荐做一编辑员，是为了南社的前途，也不用避讳大权独揽，“那一天到会的人，也并不能说他们多数是高党，但俞剑华到南洋去了，失掉了我的右臂，连能持大体的陈陶遗、叶楚伧也都没有出席。来的人大半是马马虎虎的，对于南社的过去情形，简直莫名其妙。他们认为‘众擎易举，独力难成’，是一切办事的公式，就不自觉地上了天梅的当，而把我苦心孤诣的计划，轻轻地否决了”。经过一夜的思想斗争，柳亚子决定退出南社。次日的《民立报》刊登《柳亚子脱离南社之通告》曰：“仆因多病，不能办事，自请出社。所有会计部存款及一切账目、文件，请在沪诸社友召集开会，举人前来西门外安澜路三十八号郑寓交代。仆即日归里，杜门养疴，恕不久候。此白。”柳亚子的托辞没能掩盖内部纷争的事实，他的确非常生气。高旭自觉有些过火，托人向柳道歉，柳则置之不理。到了第八次雅集，姚光以书记员身份提出请柳亚子重新入社，维持南社，同时尊重柳的主张修改条例，把三头制改为一头制。新条例通过后，高燮、王西神又书面请辞，化三为一，虚位以待柳。柳亚子坚决不复入社。众人又在第九次雅集商议再请柳亚子出山，依旧没能达成。

柳亚子是南社的发起人之一，他负气公开宣称永远脱离南社，无疑对南社发展产生了消极的影响。为了挽回事态，南社多位社友屡次劝说柳亚子归社，后来终于有了附带条件的“转机”，柳亚子：“从前我是主张编辑员单独制的，现在，又发现着这办法的不够了。因为顾名思义，编辑员的权限，只是编辑而已，管不着其他的事情。而我这时候的主张，以为对于南社，非用绝对的集权制，是无法把满盘散沙般的多数文人组织起来的。我就想进一步的改革，要把编辑员制改为主任制。”（《南社纪略》）同时，他认为雅集时进行职员选举的方法不公平，通讯选举法比较可行，而其他执事人员可由主任委托或兼任，不必推选。客观地说，柳亚子的意见有一定的道理，南社历次雅集，出席者四十人以上者仅有三次，唯有陈去病的追悼会参加人数过百，大多数都是十几人至三十多人，十数人参加集会的占很大比例，实际上是并未达到“法定人数”，与会者的代表性大打折扣，而通讯选举法则扩大了选举人范围。至于主任提名各部事务负责人，也在情理之中。柳亚子的主张得到姚光的支持，在后者斡旋下，重新修改条例的议案在第十次雅集获得通过。姚光再次致信柳亚子邀其入会，柳终于同意。在这件事情中，姚光作为书记员在各方周旋协调，化解矛盾，平息风波。然而，南社解体的种子早已埋下。

1917年，南社因“同光体”之争矛盾激化，柳亚子与朱玺、成舍我等先后闹翻。柳亚子在《民国日报》连发两篇宣布驱逐朱、成出社的紧急布告。蔡哲夫在《中华新报》以“南社广东分社同人”名义登出启事，指责柳亚子的霸道行为,鼓动社员改选高燮为主任。与此同时,蔡哲夫、成舍我、刘泽湘、周咏等在上海成立“南社临时通讯处”,提出“南社革命”,主张恢复南社旧章。叶楚伧、田桐、胡朴安、陈去病、姚光、王德钟等则支持柳亚子,先后有社员八批二百余人次在《民国日报》发表启事,宣称“驱逐败类,所以维持风骚;抵制亚子,实为摧毁南社”。10 月 10 日,南社发布改选公告,柳亚子以获得 432 票中的 362 票(一说 385 票)当选主任,而蔡哲夫的“南社临时通讯社”也公布选举结果,称高燮、邓尔雅、傅熊湘分别当选为文选、诗选、词选主任,高燮辞让不就,并在《蔡哲夫绘闲闲山庄图,并系诗见赠,次韵奉答》称:“伤心社事感频年,名士由来值几钱。人世是非最无定,逐群文字漫争先。买山久已厌尘障,筑室聊能远市廛。多谢故人写寥阔,幽栖愧尔笔如椽。”所谓“伤心社事”,自然是指南社内讧。经过此番折腾,柳亚子心灰意冷,态度也趋于消极,“觉得天下事不可为”。雅集停办,《南社丛刻》停刊。柳亚子在次年改选时再次坚决请辞主任,并向社友推荐姚光。经过选举,姚光获得 306 票中的 196 票当选主任,而柳亚子自此再也没有参加过包括雅集在内的南社任何活动。

姚光处理人际关系游刃有余,得心应手,对南社的发展作出了不可磨灭的贡献。其“率性之作”的革命文学成就,融合于革命时代的潮流中,正表现了他的理想和抱负。作为南社中的“小青年”,姚光先后被推为南社的书记员、干事和主任,这与他崇尚“交友之道,务崇宽恕,宽则得众,恕则远怨”,能广泛团结社友是大有关系的。在南社陷于困顿时,姚光在经济上资助支持南社活动,倾尽心力维持南社的运行。姚光之于南社,其功可谓大焉。

三、姚光学述

张堰姚家非常重视子女教育,姚光深受孔子“内夏外夷”、孟子“民贵君轻”思想的影响,自小接受并终身奉行“修齐治平”的人生观与价值观,抱有报国济世的高远志向,“深信先圣礼意之精,端在家族制度”,“及读《春秋》,见尊攘之文,始恍然于国亦有族,不可以不辨”(《姚光行述》)。南社“以学术而兼政治团体”,“用文字鼓吹革命”,因而受到姚光和志同道合者的推崇。在那个特殊年代,姚光的革命意识、国族观念、文学史学与教育思想相互交织,互相衬托,互为体现。

从少年时代开始，姚光对腐朽不堪的清朝统治就十分不满，自取名曰“光”，号复庐，以《文选》集句“摅怀旧之蓄念，发思古之幽情，光祖宗之玄鉴，振大汉之天声”作为座右铭。《石子歌》有云，“在昔精卫含汝填沧海，娲皇炼汝补苍穹。人皆谓汝为冥顽，我独谓汝太玲珑”，“丹心一寸耿难灭，茫茫谁识此苦衷”，表明自己愿做革命铺路石子的心迹。对于上可补天、下能填海，别人视为冥顽的“石子”，姚光看到其坚韧不拔之精神，尽管时局纷乱，天不能补、玄黄倒置、海不能填、祸水滔滔，但姚光依然雄心独具，不愿“归山中”“离世垢”远离是非，而是饱含着深切的爱国情操和以天下为己任的抱负。

辛亥革命前，姚光创作了大量忧国忧民的诗文。1904 年，年仅 13 岁的他便开始写文章议论国事，在《觉民》月刊发表署名“观自在室主人”的《为种流血文天祥传》一文，借文天祥面对元朝统治者威逼利诱却大义凛然、宁死不屈的精神，也尽显了姚光爱国保种的民族思想和革命激情。文中有言，“河山久破碎，蛮族亦称王，而人心赖以不死，神州赖以不陆沉者，何物乎？亦曰：种族魂、自由血而已”，“苟自命为黄炎好子孙者，谁不当枕戈待旦，张大汉之龙旗，扫匈奴于绝域，使贵胄得有扬眉吐气之时，而成一极高尚、极光明、极伟大之完全民族也”，“与其奴隶生，不如自由死，与其服胡生，不如复仇死。其精神猛，其志愿坚。虽冒险有所不顾，虽流血有所不辞。勇往哉！进取哉！以光复我旧物，报我九世大仇，为生平莫大之义务”，文末另题诗云：“仁人志士所植立，横绝地维撑天柱。以身殉道不苟生，道在光明照千古。”《觉民》主编高旭对此大加赞赏，并在按语中称：“作者年仅十三岁，种族思想已极发达，童子军之铮铮者也。”同年，姚光发表了诗作《新秋放歌》，热血青年的革命憧憬以及磅礴之情跃然纸上。诗中指出，清朝统治之下，“江山如故衣冠易”“登高四顾尽胡尘”，可怜山河破碎，然而“同胞睡未醒”，故而号召志士仁人，夷夏之防不可轻视，“出门仰天拔剑舞”“独上昆仑招汉魂”。1905 年，姚光又有《咏梅》一首，其中“神州满地尽胡尘”“万花皆冬尔独春”“独有此花存正气”等诗句，借赞许梅花表达了对于革命前景的向往。1906 年至 1908 年间，姚光创作了多首忧国忧民、表达悲愤之情的诗歌，如《题风洞山传奇》所言“客居有恨将谁诉，大地茫茫尽陆沉”，“国破家亡可奈何？中原大事已蹉跎”；《写恨》则曰“茫茫尘海将安适，世事于今剧可怜。怨恨填胸谁可诉，愤来我亦欲无言”；再如《伤春》一诗“江山正多故，景色自清明。落花看满地，对此不胜情。春色不可画，画之以虚无。剩水与残山，夕阳相与孤”；秋瑾遇害后，姚光作《哀秋女士》称“女界沉沦百感生，展君遗影泪沾巾。天昏地黑山阴道，秋雨秋风愁煞人”。这些诗句均表现出姚光对于清朝统治的不满，对于艰难时局的愤慨以及“光复汉室”的期待。

姚光对“汉家天下”的眷恋之情炽热而浓烈，他从小景仰岳飞、张苍水等有民族气节的人。1909 年，姚光携妻同游西湖，赋诗《偕粲君拜岳墓》曰：“南朝陈迹叹沉沦，历历祠堂满水滨。游遍西湖无所事，瓣香同拜岳王坟。”《西湖怀古》则云：“凭吊湖山欲断肠，沧桑堆里送斜阳。胡尘满地又今日，岳墓张坟哭一场。”又有《湖滨与粲君合影系以三绝》称：“极目前途岂有涯，未酬素志奈为家。相将共矢平生愿，栽遍中原爱国花。”这些都展现了姚光对革命的憧憬、对国家和民族的热爱以及对美好生活的向往。1910 年秋，姚光与高旭、高燮、何亚希、蔡哲夫等结伴游金陵，所作《重九谒明孝陵》曰：“去秋曾泛西湖棹，此日金陵望古遥。最是开愁消未得，年年重九哭南朝。”柳亚子就曾指出，“姚石子琢孝陵瓦为砚，因制铭‘砚可穿，心毋忘’”，其光复汉室之念不言而喻。

在大量“即兴”诗文中，姚光还表达了对革命前辈的响应以及革命报刊的支持。1908 年《国粹学报》初版，姚光作诗贺曰：“美丽欧风日已深，神州国学尽消沉。鸡鸣喔喔荒江上，唤起黄炎爱种心。”《民呼日报》出版，姚光在祝辞中写道，“邪淫满地正横流，正气全销大可忧。努力前途君莫怠，要当恢复旧神州”，“芳草还看一寸才，那堪风雨尽情摧。哀哀国脉真如草，特地为民请命来”。1911 年，陈去病在苏州创办《大汉报》，姚光写诗祝贺：“秽史流传不可论，亩年谁唤国民魂。鲁阳十万戈同奋，报界于今新纪元。”民国成立后，姚光亦寄语新创办的《民国新闻》：“直笔昭然谊独伸，斯文一脉莫沉沦。滔滔沧海无终极，砥柱中流要有人。”

辛亥革命前夕，姚光在《淮南社序》中指出，文学乃国魂之所寄托，是能够挽狂澜于既倒的保种力量，“今天下之变亟矣，非崇尚武功，必不足以挽狂澜之既倒，扶大厦之将倾，然而舍本逐末，不可也，以言其本，舍文学其谁哉！盖文学之入人为至深，感人为至切，听郑卫之音，使人靡靡，诵《无衣》之什，而勇气生焉。故文学者，国魂之所寄也”。武昌首义成功，姚光与同仁兴奋异常，有《秋兴》诗云“秋来一夜金风起，黄鹤楼头尽汉旗。年来风雨癫狂甚，万种愁怀尽扫除。胡虏已多百年运，潇湘仗义为先驱”，“料得四方终响应，楚虽三户定亡秦”；《吊革命诸烈士词》则称“武汉兴师，四海景从。大好结果，先觉之功”。姚光甚至专门前往苏州可园大汉报馆，与高旭、陈去病、胡石予、吴瞿安、傅钝根、徐寄尘、徐小淑、张默君等欢聚。在革命势如破竹的形势下，姚光并未被暂时的胜利麻痹，而是保持了冷静的姿态，希望革命者“长驱逐北捣燕支”“深入虎巢擒虎儿”（《秋兴》），“建虏尚未灭，男儿呼不平。投笔奋然起，仗剑请北征”，“驱归故部落，神州尽廓清”（《北征歌》），将革命进行到底。逢袁世凯阴谋复辟，姚光也与南社同仁一起投入了反袁的二次革命。

南社社员投身革命事业，多有慷慨捐躯者，姚光每每悲痛不已。辛亥前徐锡麟、秋瑾遇难，姚光作《哀秋女士》挽之曰：“女界沉沦百感生，展君遗影泪沾巾。天昏地黑山阴道，秋雨秋风愁煞人。家庭革命首先倡，黑暗神州一线光。素志未酬身竟死，回头前事断人肠。”“附记”则云：“今展其遗影，旧恨重提，诗以哀之，兼哀女界焉。”又有《雨中吊秋墓故址》云：“衰柳萧条寂寞滨，我来凭吊剧酸辛。秋坟觅遍无遗影，秋雨秋风愁煞人。”周实丹被害数十日后，姚光“临风啜泣，和泪吮墨，为文以遥哭之”，作《哭周实丹文》称：“噩耗传来，余初谓君之死必兴师出征，与虏战争，死于枪林弹雨之中也，而孰知其大不然。夫我同胞之前仆后继，为革命而死者，固不可胜数。为种流血，成仁取义，我亦无悲。唯君之死，丁光复之际，大义已伸，而仍为虏所捕，死于其手，是可悲耳！”

1913 年 3 月 19 日，姚光与陈去病、高夑到黄兴处和宋教仁讨论反对袁世凯称帝事，不数日宋教仁遇刺，姚光大为震惊、痛心与愤慨，“惊骇之余，不胜系念”，所作《哭宋钝初先生文》高度评价宋教仁于革命之功绩：“先生温厚和平，精明稳健，奔走革命有年，光复之际，擘划经营，劳瘁备至，是民国之伟人，我党之巨子也”，“我党方力持人道主义，元恶大憝不加诛戮，今则反为所噬，此又余所愤激而不能自已者也”，“先生奔走革命，誓死决心，为国而死，死而无憾。先生虽死而先生之精神常存也”，并大声疾呼“其善体先生之遗意，前仆后继，本昔日革命之精神，扫荡妖魔，以促成共和政体，巩固中华民国，使亚细亚之共和国亦震耀环球，以慰天上英魂”。

二次革命失败后，姚光一度情绪低落，亦时常诉诸笔端。1913 年，有《落花》诗写道：“春雨春风人断肠，沿阶芳草日添长。落花昨夜知多少，逐浪随风水亦香。万种春愁寄酒边，今年花事又成烟。江南风景犹如旧，似此江山一惘然。”1914 年，姚光仍未从落寞中完全走出，作《春寒》《伤心》二诗，前者云:“朔风凛冽起萧晨,二月春寒剧闷人。满地绿红都惨淡,雨丝云墨不成春。花须柳眼无聊赖,漠漠重阴郁不开。最是令人愁绝处,南枝乍动又摧残。”后者曰:“为虺弗摧终贻戚,我谋不用复何论。伤心往事都成梦,晦暝乾坤且闭门。”革命事业受挫,南社同仁牺牲,姚光也难免情绪波动,但依然对革命前途保持乐观主义精神。他在《哭周实丹文》中说道:“夫天下之事,自我发之,正不必自我收之。我种其因,他人收其果,君虽失败,而后有继者,九原有知,其亦可以瞑目矣!”此外,他还常以诗文勉励同道继续革命工作。1913 年高旭北上任参议员,姚光为作《送天梅北上》曰:“破坏已终须建设,男儿未可息仔肩。平生素志同称遂,此去凭君快着鞭。与君久契难为别,别后相逢在几时。极目燕云无限意,要凭雁足慰相思。”《题钱景蘧“深山炼剑图”》则有“神州光明有一线,锋芒小试志愿伸。转瞬横流又满地,急流勇退不染尘”“只待他年炼成后,剑气冲汉光焰新。妖魔小丑尽扫荡,剑乎岂遂终沉沦”等句。

1924 年到 1927 年间,姚光担任国民党金山县党部执行委员,党部就设在张堰镇姚光经营的伞厂内。姚光支持国民党左派党员,参加了在张堰镇举行的五卅烈士追悼大会以及游行活动,对于北伐军持欢迎态度,为革命活动提供经费资助和活动场所。1927 年国民党“清党”波及金山,姚光指出:中央整肃党纲,乃令人欣慰之事,“唯清党之举,宜审慎出之,庶免借端诬害者之故入人罪而得其平”,地方纠纷应内部解决,不宜“小题大做”(《与叶楚伧书》)。至李一谔等人遭到通缉,姚光周旋营救未果,愤而辞去党内职务,不再参加党务活动。

“九·一八”事变后,姚光参加了金山抗日救国会,以极大热情投入民族救亡运动。1933 年,为了备战需要,姚光与曹中孚、李新民等人在乡创办国术馆,支持辽吉黑热义勇军民众后援会分会,征募资金。姚光对局势的观察和对事态的研判极具见识,1932 年重印正德《金山卫志》百部,指出金山卫在历史上就属于战略重镇,应该注重海防建设。1937 年 8 月 13 日,日军进攻上海,姚光任民众组织委员会救济股长。11 月 5 日,日军果然从金山卫登陆,其言应验。其后,姚光蛰居上海孤岛,节衣缩食,闭门不出,始终关心时局,忧国忧民之心未改,完成《金山艺文志》的编著。1940 年夏姚光校读《鲒埼亭正续集》,胡朴安有诗见赠,姚光口占一绝和之曰:“一卷当前《鲒埼亭》,胸中怨愤岂能形。抚今吊古无穷感,人海藏身葆性灵。”同年所作《书慨》诗写道："莽莽神州半陆沉，乱谋不忍误于今。国犹家也无二致，阋墙御侮有明箴。"他还告诫当局："凡吾遗胄尽炎黄，四千年自有经常。切莫饮鸩以止渴，更毋拒虎又进狼。"又有《国难》诗云："国难滔天钜，病根端可寻。政无诚意设，教失重心斟。士少特行志，人多媚世音。横斜风雨甚，何日拨沉阴。苍茫吾独立，俯仰感回萦。五百待业兴，一阳看复生。鸡鸣风雨晦，松柏岁寒轻。抱道坚贞手，凭将天柱擎。"

在加入南社之前，姚光先后参加了国学保存会、国学商兑会、中国学会等国学研究组织，其国学研究始终围绕呼唤国魂、振兴中华展开，其国学观念穿插表现于保国救种的革命思想。姚光自称"素持保存国学主义"，16 岁时所写成的《国学保存论》一文，集中表达了其国学和国族观念，不乏闪光之处。例如评价汉初罢黜百家、独尊儒术，即敏锐地指出"独尊儒术"所尊者并非儒术之正、孔学之真，"唯欲假其名以尊时君而已"；论"学术"与"国魂"关系，以为"故国之有魂，犹人之有精神"，"学术者，一国精神之所寄，故学术即一国之国魂"，"故一国必自有其学术，谓之国学"，"国存而学亡，则其国虽存，而亦必至灭亡；国亡而学存，则其国虽亡，而必能复兴"，进而指出，"故孔学之正宗，即国学之真也，而其学之盛衰，与国势之强弱，世运之隆替，有极大之关系存焉"。他同时强调保存国学并非固守不化，而是将新旧中西融会贯通、发扬光大。

姚光愿意为"保存国学"竭力付出，他对于保存国学的态度，也可从辛亥年革命爆发前与南社社友周祥骏的书信往还中察其真意，尤其是三封复函。在这些回信中，姚光对《国粹学报》所载文章"不合报章体裁，使后生小子见之益觉望洋兴叹"，颇不以为然，认同周祥骏对之所作的批评，而其国学保存论同样受到周祥骏的推许。姚光深念今日大患，"在于人心之不古"，"神州陆沉之祸愈亟"，光大、发扬国学，不能固守不化、顽固不灵，对于西方学术中"我学所未及者"，应当"取其精华，弃其糟粕，融会而贯通之"。周祥骏以为，中国若遭外国列强势力瓜分，"一意愚民"，则国学难以再有继起复兴之望，姚光则以为，若有类似王夫之、顾炎武、黄宗羲等人之存在，"如此国学有一线之延，即国脉有一线之延也，而星星之火终有复燃之一日"，即便是空山独居、抱残守缺，外国势力"虽欲亡我学而不可得"。至于今日之亡国，神州之陆沉，根本原因在内而非在外，"横流满地，砥柱无人，卖学鬻地之徒充塞宇内"。以此，姚光主张："欲挽回季世之颓风，莫如提倡节义，使人心涵濡乎宗邦典型，而生其爱种保国之念，人心未死，国可不亡矣。”由此可见，姚光之所以提倡保存国学，正在于提倡节义而使人心不死、国脉延存。国学之功用“足以起死回生”，故保存国学是救国之一途，同时更应“熔新旧于一炉，贯古今于一室”。

1912年6月，姚光和高燮、高旭等发起成立国学商兑会。国学商兑会以“保存国故，交换旧闻”为宗旨，即如高燮《国学商兑会小启》所言“国而无学，国将立亡，学鲜真知，学又奚益”，“爰立斯会，冀挽颓波”。姚光自言国学商兑会“与南社相辅而行，一重学术，一重文辞”（《与李印泉书》），不少南社社员也加入其中，国学商兑会与南社并驾齐驱，堪称兄弟组织。该会以高燮为编辑员，以姚光为理事长主持会务。“商兑”者，“商度所说，未能有定”之意，不求一定为纯学术研究，其宗旨在于阐发孔学真义，去伪继绝，推敲众说，探微思幽，以存大道。同年9月，国学商兑会会刊《国学丛选》在张堰创办，高燮、姚光担任编辑，姚光此前所作《国学保存论》附跋刊发，题记曰：余亟赞成南社之借诗古文词以提倡革命，“今光复功成，民国建立，未始非提倡国学之结果，而明季诸先生之流风余韵所致也。惟旧邦重建，凡百更新，而国学万端，亦皆待理，发挥光大，愈不容缓，此国学商兑会之所以结也。巩固祖国基础，踔扬民族精神，将有赖焉”。姚光主张保存国学，与国粹派有所不同，国粹派将孔学视为国学正宗，其余皆为伪学，而姚光并不拘泥于孔氏学说，提倡“熔新旧于一炉，贯古今于一室”，以为民国立国之根本。《国学丛选》不定期刊出，陆续出至第18集。

姚光“国学观”的形成，与其家族和家学方面的渊源甚深。姚氏诗书继家，世代硕儒，对于姚光的影响极大，如前文已有介绍的康熙辛未科进士姚宏绪及其五世孙姚椿，而金山高氏与姚家亦多有联络，姚光在少年时代所受高燮教育良多，而高旭、高燮在家塾学习，曾受到俞贞甫、顾莲芳、庄瘦岑等教诲。顾莲芳为清代金山籍数学家顾观光之后，顾观光治学兼采中西之长，以为两者可互相证而不可互相废，旧法为新法之所从出，“积世积测，积人积智，历算之学后胜于前”。姚光折服于此新旧中西关系说，所作《顾尚之先生传略》云：“故凡谓已得新法，而旧法可唾弃者，非也。中西之法，可互相证，而不可互相废。故凡安其所习，而党同伐异者，亦非也。由此观之，先生之学，不立门户之见，不分党派之争，诚通儒之学也。夫学术所以贵会通也。先生保存旧法而发明之，吸收新法而纠正之，熔新旧于一炉，贯中西于一室，真能会通之矣”，“熔新旧于一炉，贯中西于一室”，“不立门户之见，不分党派之争”，“保存旧法而发明之，吸收新法而纠正之”，姚光的国学观正与之一脉相承。

在姚光的政治思想中，关于“自由”的论述应是不可或缺的内容。1912年1月，《天铎报》主编李怀霜等发起“中华民国自由党”，2月3日在上海张园成立，孙中山、黄兴为正副总裁。自由党致力于扩张民权、振兴实业，宣传资产阶级议会政治，揭露袁世凯等军阀的专制统治。同年4月，金山成立自由党组织，响应中华民国自由党，其地址设在张堰厚生阳伞厂内，姚光首批参党，并作《金山自由党分部启》曰“夫自由者，人道主义党之云者”，宣称自由党之结“将以合一群之人而谋民生之幸福”，引述古今中外诸先哲名言，从荀子、淮南子到里富尔、加来尔、亚里士多德、卢骚、赫胥黎、穆勒·约翰，阐述自由精义，若“里富尔曰：自由犹植物，宪法其园圃也。加来尔曰：不能服从规则，不能自由。亚里士多德曰：社会第一要著，在脱野蛮之自由。卢骚曰：无自由则国家不能存，无德行则自由不能存。赫胥黎曰：限制自由，即保护自由”。姚光认为“此即人贵自由，而尤贵勿侵人之自由”，“自由之幸福，惟自治力大者乃能享之，一有逾越则泛滥专横，社会无治安之日”。正如在国学研究中辩证看待中西新旧一样，姚光对于“自由”的认识冷静而客观，这也正是其思想的闪光点。通过勾勒“自由”这一重要的政治概念，姚光指出：“自由”的前提是“明乎己与群之权界”，万不可造成“误会”，以启祸端。

姚光在文学方面的主张，可认为是与高旭、高燮同气相求的。1912年5月3日，高燮在《太平洋报》发表《国学商兑会小启》，他以“古义”为追求目标，其主旨与姚光所论异曲同工、遥相呼应，但高燮的观点更加直白：“盖人心之尽死，皆由学术之不明矣。……况凡今之人，不尚有旧，视典籍如苴土，沦坟索于草莱，户肄蟹行之文，家习象胥之籍。”这里批评的是一种对西学的盲目崇拜，国学没落，斯文扫地，“倚席而讲，匪博士之才；抱经以行，丧宿儒之业。见披发而祭野，辛有所以兴悲；作胡语以骂人，表圣因而致痛”。国学商兑会的目的正在于“冀挽颓波，非敢强人以从同，聊系绝学于一线”。高旭的《南社启》也说：“国魂乎，盍归来乎！……国有魂，则国存；国无魂，则国将从此亡矣！夫人莫哀于亡国，若一任国魂之飘荡失所，奚其可哉！然则国魂果何所寄？曰寄于国学。欲存国魂，必自存国学始；而中国国学之尤为可贵者，端推文学。”高氏二人还与陈衍、严复、樊增祥、林纾、张謇、汪康年等同为雷瑨主编的《文艺杂志》撰稿人，该刊以“商榷文艺，网罗典籍，保存国粹”为宗旨，这也正是姚光所身体力行的。姚光强调文学是“国魂之所寄”，依靠文学方能养成“保种爱类之心”，而“挽狂澜扶大厦”同样应当倚仗文学人士。此点正好回应了周实成立淮南社的初衷：“凡百君子，盍归乎来，以系此将颠之大树乎。”姚光在《淮南社启》中说：“今此社之结，因文学而导其保种爱类之心，以端其本，人人涵濡乎风教，不忘其典型。二淮沉毅果敢之民风，犹有存者。则今日悲歌慷慨之伦，安知不即异时挽狂澜扶大厦之士乎？”

在20世纪初的中国诗坛，流行过“同光体”与“西昆体”，学习和模仿宋诗，但在高燮、高旭眼中这些不过是“鸦鸣蝉噪”，丧失了“雅”的传统。高燮主张“旷世感情增爱力，过人哀乐茁灵根”，对诗人的“情”提出更高的要求。宁调元的《南社诗序》也明确表示不喜欢宋诗的诗歌趣味，而志愿继承复社传统，提倡写作怨、怒、哀、思的作品。值得注意的是，《南社诗序》是南社即将成立之际为计划编辑诗选所作序文，这一时期宁调元与高旭之间有过多次通信，在某种意义上说，上述意见和态度代表了南社发起人的共同看法。与此同时，姚光也对诗坛提出批评，认为过分注意形式主义的追求，极大地束缚了诗人的手脚，阻碍了“诗”与“情”之间的自然联系。姚光“毕生好诗歌，偶有所感，必微吟低唱，情之所注，不拘泥于声韵”(《金山县志·姚光传记》)，主张诗歌应该以情怀与性灵为本，不拘泥于唐宋派别，正如其《论诗》绝句所云：“作诗无用分唐宋，独写情怀真性灵。我是天机随意转，荒江樵唱有谁听？”

姚光诗作有其独到之处，和他长期与高燮、高旭等诗人往来，并参与到“诗界革命”的讨论中有关，其《〈荒江樵唱〉自序》《复吴泽庵书》与《〈紫云楼诗集〉序》三篇文字，颇能表达其对于诗歌的见解和主张。《〈荒江樵唱〉自序》作于辛亥前一年，文称诗是性灵之物，“人各有情，感乎心而发乎声，谓之诗。故苦思力索，非诗也；摩章练句，非诗也；步武古人，非诗也；唐宋分疆，非诗也”，姚光自述诗作“多于酒后梦醒之余，吹箫说剑之顷，晓风残月之外，山光波影之间，闲吟低唱，忽然而得之，亦未尝伏案拈韵，含毫吮墨，拘拘于为诗也”，他期待诗为“忽然得之”。《复吴泽庵书》又说：“夫言为心声，言之精者为诗文。诗之效在陶冶性情，移易风俗。若非真气弥漫，安能有所感发乎！故作诗须有性情，有寄托，而又须有书卷，有兴会，四者缺一不可焉。各人有各人之性情，各人有各人之境遇，划朝代而学之，分家派而效之，不通殊甚也。”“有无其境遇而故为之辞，是无病而呻矣，或好为奇僻艰涩之句以自矜其才，则入于雕虫小技矣。文与诗一也，为文亦须出之血诚，若无动于中，则可不作，作必呶呶而无声气，是以应酬之章，无佳者焉。”《〈紫云楼诗集〉序》则对唐宋诗之争给出了意见，“晚近诗道庞杂极矣，其下者固无论，上者斤斤于唐宋之辨，余亦未以为可也。余闻声音之道，与政相通，治世之音安以乐，乱世之音怨以怒，亡国之音哀以思”，因而“满清之季，我党之子好为高抗激楚之声，以收光复之功，清室大夫所作，多务枯瘠之语，奄无生气，卒覆其社，此其故可深长思也”，“性情之失，而身名随之”。

姚光曾为悼念亡子昭明作有《忆语》一卷，梅冷生《〈昭明忆语〉跋》评价道：“哀乐本于情，文字宣诸意。镂心者情，锲情者意，故通于情意者忆也。即婴尘网，纷纭心目间，事过境存，不能秘而勿宣，宣诸文字宜也。抑事往往有乐暂而哀永。俯仰陈迹，感喟所系，悱恻缠绵，低徊往复，触于景，即于物，而境现焉。以有涯之生，抱无涯之戚，此岂可以离情意而言哉！”“时月色寒窗，霜花拂纸，仿佛殇魂一缕从行间出，姚子诚有所宣矣。昔王夷甫亡子，谓情之所钟端在吾辈，然则姚子之钟情，苟天壤间不废文字，斯编之传必也。”梅氏此论，正可印证姚光“人各有情，感乎心而发乎声”的诗文观。《倚剑吹箫楼诗集》是姚光重要的诗作之一，收录姚光1911年至1942年的诗作，包括与高旭、柳亚子、高燮、俞剑华、周实、蔡哲夫等南社社员唱和之作，诗作内容虽多偏于一己情感的抒发，以诗歌为心性之守，但其所遭遇的大变故投射反映于诗句。这种意义上的“诗史”，反而更能够体现时代变局下时人的心理状态，以及时易世变给个体所带来的情感冲击，《燕京有作》《登陶然亭》《在京闻乱得家电促归感而赋此》《津浦归途作》等皆属于此类诗歌的显例。

姚光受教之初先后就读于两所新式学堂，一所是七岁时进入的养中学堂，该学堂为1907年叶漱仁与沈嘉树在金山吕巷镇创办；另一所是十五岁时进入的秦山实校学校，该校是其舅父高煌与父亲姚介三1905年合办。姚光十七岁进入上海震旦学校，未数月大病一场，不得已中途辍学，居家自学，读书、藏书、著书，至老不衰。“时新学初兴，仍以经史为重”，其学问根柢“皆孝靖公（高煌）植之”，其后“又从吹万祖母舅治诗古文词，尽得古人义法，亦不囿于桐城”（《姚光行述》）。姚光每有所作，即呈请其舅斧正，其第一本文集即为高燮删定，高燮在《删定复庐文稿弁言》记述称“忆甥自十六七时毕业学校而家居，即从余游，余乃稍稍导以古文之知识，甥意欣然。余与甥志趣既合，相处又近，虽只辞片段，必就余商榷，脱略形骸，无拘无隐，至今十余年，未尝少间”，“卷中各稿，大抵多经余浏览而手润者，余学不加进，而甥文遽尔斐然”。从中可见高燮对姚光才华学识的喜爱与赏识。此外，姚光还得到了胡朴安的推爱。胡氏长姚光十余岁，以南社诗人闻名，是国学保存会会员，曾在《国粹学报》担任编辑工作，精于文字训诂之学。两人相识于1913年，此后著文论道，时相过从，结下了深厚的友谊。1942年11月，胡朴安审读姚光的诗文集，撰成序文一篇，云“是时（民国初年）石子与余皆致力于韩、欧文，余尝云：‘韩文炼气入骨，其文重；欧文凝气于神，其文韵。故韩文须高声诵读，欧文须低声讽咏’，石子首肯之”，民国以后，胡氏供职新闻界，而姚光努力不已，“诗文之外，以砥砺学行为事”。当胡朴安得以阅读其《复庐文稿三编》，则惊叹“三十年来石子之于文猛进而不已”，称赞姚光“得韩之骨，而无学韩者之粗犷，得欧之神，而无学欧者之沉晦”。周大烈在《复庐姚先生别传》中也曾说姚光“平居治学一以东莱文献为归，能衍其族听岩、春木两先生之绪而光大之，而长途踠足，赍志中身，士论惜焉。所著书少作《金山卫佚史》行世最先，昔录《云间诗征》未成编，他所纂有《姚氏遗书志》《金山艺文志》《金山文征》《复庐文稿》等，咸具稿可缮，写藏于家”。

姚光一生笔耕不辍，著述甚丰，为学“于浙东为近”，对于黄宗羲、四明万氏、全祖望、章学诚等“服膺甚挚”，特别关注史部文献及明季史实，是以有《金山卫佚史》的写作，为明季忠义之士列传，时有增订。又如撰《金山艺文志》，视为毕生事业，旁搜博访，稿凡数易，著录之富，几乎是旧志的五六倍，可惜迟迟未付梓。姚光存世的最早期作品，定名为《复庐文稿》，其续编、三编的创作过程，在1943年出版的《文集》“自序”中有论及：1902年“始学为文”，曾编1902年至1907年家塾暨学校所作为《总角文存》（已佚），“丁未后家居，虽称潜修国学，而外为物役不能专也”。《复庐文稿》收录十七年旧作八十六首，《续编》得文仅十六篇，《三编》则是“避地沪滨”时的作品。又有南渡以来一家之书《姚氏遗书志》（已佚）。另有《读书札记》《倚剑吹箫楼诗话》《闲情偶笔》《怀旧楼丛录》及诗集《荒江樵唱》《倚剑吹箫楼诗》《浮梅草》《续浮梅草》等。《浮梅草》是记载他和夫人1909年游玩西湖的诗作。1915年三四月间，高燮、姚光、柳亚子各带家眷游杭州，并与杭州的社友接触，于是作有《续浮梅草》。姚光自云“风景不殊，废兴顿异，则又不禁感慨系之矣”，与《复庐文稿》自序所言近似，从中皆可见世变之绪。姚光效法唐宋古文家，主张“文以载道”，而文辞求达意，修辞求立诚。从其《文稿》初编到续编、三编，读者亦可看到时局演进的痕迹。三个时期，日月不居，环境更易，人生遭际凡数变，情境自是有别，风格自然迥异。少年姚光有极强的民族情感，“心雄气盛，视天下事无不可为者”。辛亥前后，南社为华夏文宗，于事无所不至，于理无所不论，此时姚光的诗文也与时局紧密相关，“家国身世之感”都在文字之间若有可见。

四、藏书及其他

在姚光的生命历程中，以读书、著书为皈依的藏书、编书、辑书以及印书等活动，是最为不可或缺的一环。

姚光的家境比较优渥，这为他购书藏书提供了经济保障，其藏书处有复庐、自在室、怀旧楼、松韵草堂、秋棠馆、浮梅槛、棣华香馆、倚剑吹箫楼等。姚光对于图书的热爱受到高燮的影响。高燮的“吹万楼”藏书三十余万卷，尤其是以《诗经》类文献最为丰富，有“葩经千种”之誉。《上海近代藏书纪事诗》有谓：“流寓淞滨白发皤，念家山破痛如何。残书剩有葩经载，千尺珊瑚费网罗。”伦明《辛亥以来藏书纪事诗》“钱学霈”条附高燮、姚光则云：“平生足未涉吴闾，梦想苏斋时后方。三士都从耳边得，金山高燮与姚光。”释文曰：“金山高燮字吹万，姚光字石子，余亦未识其人，但南北诸书店，咸啧啧称之，盖二君俱知学而又好积书者。高君藏《毛诗》注本最多，又留意乡人著作，近见其摄印《明二何集》，亦罕见本也。”又有按语称：“高吹万藏书甚富，计有十五六万卷。其精者，俱载《吹万楼藏书记》中。”抗战爆发后，日军从金山卫登陆，张堰镇首当要冲，高燮的藏书楼因战事成为废墟，所藏书画二百七十余箱多半损毁。战事稍停后，仅于废墟中捡得二十余箱。1949 年之后，高燮将所存《诗经》文献二千余册悉数捐赠给国家。

金山沦陷时，姚光避居上海，世变时艰，搜集书籍成了他的某种寄托和日常生活的一部分。当时有乡人来告，家中财物遭劫，他淡然回答“国难至此，此何足道哉”。其后听闻藏书尽散，姚光顿足痛惜，感慨称“此关于乡邦文献，诚可惋惜”，爱书如此，几近成“痴”。姚光曾告诉梅冷生：“弟之聚书，聊寄身心，聚而不能读，自比贤于博弈而已。所搜极普通之本，不出书目答问范围，凡考订史籍之作，及清代朴学家集与夫有关乡邦文献之著述，皆喜搜之,若孤本秘籍,既属难遇,亦力不易致。”(《与梅冷生书》)其子女曾称:“先严既笃志著述,因涉目录之学,乃益好聚书,遇乡邦文献,虽片楮只字,珍逾璆璧,抱残守缺,视为天职。”(《姚光行述》)事实上,姚光所藏也不乏珍本孤本、秘本、稿抄校本,且颇多金石、碑板、图录等,地方志中的明崇祯本《松江府志》、康熙本《吴江县志》、乾隆原刻本《震泽志》等更属稀见。在姚光的藏书中,松江郡属乡邦文献是最为重要的一部分。他曾致信傅增湘说:“光自少以亲老,终鲜兄弟,未能一志于学,然性喜书籍,年齿日增,外感世变,内经家难,忧患余生,更似非亲书籍不足以资排遣,而于乡邦文献之传,为宿昔心期之,所存尤兢兢三致意焉。”(《与傅沅叔书》)

姚光搜罗各种文献古籍,由近及远,自一邑而全郡全省,每有所获,价格高昂亦在所不惜,如 1931 年为了购明版志书数十种即耗资二万五千元,其中崇祯版《松江府志》系国内孤本。他嗜书如宝,所藏图书达三百箱数万卷之多,拟筑一石室藏书,傅增湘因赠一联“书林猗顿君山富,福地琅环石室严”。抗战期间,避地沪滨,姚光更是勤于收罗文献、校勘古籍,即如其自述所言“杜门却扫,收视反听,索居斗室,时亲故纸,述作遂多”。尽管这一时期的经济状况愈发困难,但他宁愿节衣缩食,收购了《张啸山日记手稿》《顾观光手稿》、李日华《恬致堂集》以及各家批校本《史记》《汉书》、田篑山批校《五代史》、陈眉公评本《西厢记》等,并专门刻成“姚光劫后所得”藏书章。

姚光旁求传布先哲遗书,可谓数十年如一日。《松风余韵》所收止于明代,姜孺山《国朝松江诗钞》续之,亦仅及嘉庆初,姚光录嘉道以来郡人诗为《云间诗征》又继之。姚光搜集、整理、刊印乡邦文献、前贤遗著,不遗余力,不畏艰辛,取材则自有其评判与选择标准。可以《钓璜堂存稿》《云间两何君集》的编辑刊印为例。

姚光自 1910 年起有志搜辑徐孚远诗文集,然当时仅辑得残文一卷,故而感慨道:“今所见者,唯我邑钱氏所辑《艺海珠尘》中《交行摘稿》诗数十首而已。余甚憾焉,乃为多方搜辑,始于庚戌,随所搜罗,今已集成一卷,先生当时著述极富。而所得仅此,故以‘残集’题云。呜呼!先生之泽,既不被于当世,赍志以殁,而二百六十年中,又少有表彰,故人鲜知其贞操介节。今得传者,止此区区小册,是可悲矣。”而诗文集《钓璜堂存稿》直至 1926 年,方由姚光怀旧楼刊行,所用底本是松江雷君彦赠予姚光之徐孚远孙徐怀瀚抄本以及徐氏七世孙元吉藏本。姚氏刻跋曰:

> 稿中都诗二千七百余首，与《交行摘稿》，皆先生于役海外之作，分体编次而无卷第。至各体之中，似以岁月为序，顾每体多少悬殊，不易翻阅。余乃以怀瀚所录为原本，依其序次，约略厘为二十卷，与上海王君培孙(植善)相校录而付之梓，乃附以《交行摘稿》，冠以林霍原序。海宁陈君乃乾、江浦陈君珠泉又纂辑先生年谱一卷，其历任敕命及祭文书稿等，皆编入而附录之。

徐孚远所著，县志云有《十七史猎俎》160卷，“曾刊行与否不可知”，《钓璜堂存稿》则“似从未付梓者”。徐氏弟子林霍所藏仅有文十余首、诗一帙及《交行摘稿》梓本一册。全祖望撰徐氏传，称闇公殁后，其子亦饿死，故《海外集》不传。可见二人均未见全稿。姚光说：“此裒然巨帙，首尾完具，当系先生次子永贞侍母戴夫人扶柩返里时，篋衍所携归而世代珍守者，乃二百六十余年后，一旦发见，且自此帙并先生之遗像归之于余后，徐氏即遭回禄之灾。其他法物荡然，而此帙、此像独以不留于家而获免，不可不谓有默相之者矣。”姚光得徐全稿，如获至宝，“其欣慰为何如哉”，而将其付梓，则一丝不苟，完全尽到了编辑职责。跋文同样透露出，姚光搜集整理刊印徐孚远佚诗佚文，不仅仅因为徐是本乡前辈，更重要的是先生之大节与精神：

> 呜呼！先生琐尾流离，刻意光复，昊天不吊，赍志以殁，迹其生平，参预义旅，从亡海外，荐绅耆德之避地者，亦皆奉为祭酒，与南明之关系盖不亚于郑延平王及张尚书焉。先生之大节，至晚年而愈显，其精神固尽寄于此稿也。先生往矣，精神自在天壤，百世以下，读者可以想望其风旨，而亦藉以考见南明二十余年之文献矣。

因为如此，夏德仪在《徐闇公先生年谱后记》中说：“他们作这个年谱，搜罗了不少有关的资料，还有若干订正之处。年谱的内容翔实，不但足以表章闇公先生的大节，更为研究南明与郑氏史事者很好的参考书。”徐孚远的“大节”精神，在陈子龙身上同样存在。王昶、何其伟编辑《陈黄门集》时，搜求《安雅堂集》无获，以为已失传，后金山徐祖鎏始访得此稿，以贻何氏，因卷帙繁多，未能即时增入。光绪间华亭闵颐生先生复借钞一过，并增辑论史一卷，未及剞劂而颐生先生突然离世，哲嗣瑞之善承先志，与高燮、姚光等集资付印，始得流传。高、姚的初衷，正如柳亚子所指出：“甚矣，义方之显晦有数，而抱缺守残之功绩为不可泯灭也。高、姚诸子为南社社友，复创寒隐社以讽热衷当世者，以察黄门，与梦媛公、徐闇公等提倡几复心事若合符节，其用力之勤也宜矣。”

1927年，商务印书馆以十六万银元购得蒋汝藻抵押给兴业银行的宋元珍本，北平图书馆则将剩余明代古籍中的善本罕本购走，而其中即有云间人何良俊《何翰林集》及何良傅《何礼部集》，均为嘉靖年间家刻本，校勘质量与刊刻水准极高，几乎无可替代。作为同乡后辈，姚光觉得理当将此乡邦文献奉归故土。何良傅曾依附奸相严嵩，何氏也有对严氏的溢美之词，姚光认为却不能以一而废全，“不以孔翠有毒，而弃其羽毛”，何良俊的才情卓绝，《四友斋丛说》《何氏语林》等著作向来为学界称道。1931年12月，由陈乃乾引荐，姚光继商务印书馆、北平图书馆等大的图书出版机构之后，从蒋氏密韵楼遗留藏书中选取数十种明版志书和明人集部图书，与高燮、闵瑞芝商定并集资二万七千银元购得。次年夏，姚光征得北平图书馆的同意，自筹资金，将两部何氏文集影印刊行，定名为《云间两何君集》。姚光《〈云间两何君集〉跋》云：

> 有明吾郡何元朗与弟叔皮，同以文采照耀于世，有“两何君”之称。论者谓分宜官南祭酒时，叔皮以文受知，厥后分宜执政，元朗因得官翰林。观叔皮致分宜书，可见二何集中不少感恩之作，以此为二何病；然文人知遇之情，自所难免。二何仕宦皆不得志，挂冠而归，优游林下。元朗风神朗彻，襟度豪爽，叔皮雅敦友谊，尤笃内行，岂严氏门下之伦哉！元朗有《翰林集》二十八卷，叔皮有《礼部集》十卷，嘉靖间先后刊梓，顾传本绝少。近吴兴蒋氏密韵楼所藏明人集部之书，归之北平图书馆。余与检书之役，二何之集幸皆遇见，因向借取影印，汇为一函，题曰《云间两何君集》，庶其为江左风流之嗣响乎！

《云间两何君集》印制精良，高煌隶书《何翰林集》题笺并书刊印牌记，高燮为《何礼部集》题笺并书刊印牌记，陈陶遗以行楷题写“云间两何君集”总名。

姚光热衷藏书却不自秘，每觅得先贤撰述，即与同好交流传阅，或千方百计传录或集资校刊，或以十分之热情创办公共图书馆，广布学林，反哺社会。如1930年代，姚光先后将《云间两何君集》寄送李菊生、柳诒徵、叶景葵等同好，交流图书，畅谈学术，“邮筒往还，殆无虚日”。正因为姚光对于图书的惜爱与无私，与一大批藏书名家、著名学者因书结缘，诸如冒广生、刘承幹、叶景葵、张元济、顾廷龙、李宣龚、王佩诤、郑振铎、陈乃乾、王欣夫、梅冷生、柳诒徵、袁同礼等。

1928年姚光与张元济书函往来，他感佩张元济主持商务印书馆，网罗古籍，校印流通，发扬文化，于国有光，其功在百世以下，而编辑《四部丛刊》更属空前巨制。同时咨询《续辑》不知何时进行，“则其所定目录亦可得闻乎?”“古本二十四史，亦影印有日否?”《涵芬楼秘笈》精本甚多，是否将继续进行? “凡此均所企盼。”姚光还建议张元济能于《四部丛刊》之外，别辑清代各部丛书，以承先启后而津逮学者;《皇清正续经解》之遗漏及后出者不少，则可三续;清儒校读诸经，各有新著，可另汇一《新十三经注疏》以辅汉唐;《广雅丛书》编辑体例未纯，可否以此为蓝本而再增删之，加以完善;海宁陈氏合印之《周秦诸子校注》十种能否再廓而充之(《与张菊生书》)。同年，在与刘承幹往来书信中，姚光多次表示“以印工纸张之费开示，当备价具领”之意，求书之心切，无以复加。如信中有言:“先生刻书满天下，功在百世，无待小子之赞扬。窃超未能读书，而颇喜藏书，尤喜藏近代校刻之书，闻有佳籍必思得之以为快。尊刻之书已购得者固不少，而求之未获得亦尚多。兹检目录中为超所未有而亟愿一见之本，另纸抄上，敢乞嘱司书者，以印工纸张之费开示，当备价具领。想先生校刻书籍，本以承先启后为怀，必不见却，而有以津逮之也。”(《与刘翰怡书》)据刘承幹的复函可知，姚光得赐刘氏刻书十余。

姚光1928年与江南图书馆馆长柳诒徵建立联系，多次去函论学并互通编印书籍事宜。如《与柳翼谋书》云:“贵馆藏书，甚多秘笈，近更得先生执掌馆事，务祈择有关经史之善本，先行景印，以津逮学者。”次年2月，姚光致信柳诒徵，称已委托沪上中国书店代寄所印《说文假借义证》《说文解字段注考正》各一部。1933年2月，姚光致函北平图书馆副馆长袁同礼:“吾华文化中枢，得阁下主持其间，发扬盛业，于国有光。年来政治设施觉毫无是处，此其一线曙光矣。近日教育部选印清代《四库全书》，徒骛虚名，以轻心掉之。贵馆为之再印罕传珍本，以相辅而行，甚盛甚善。”姚光还表示愿意抄寄所藏正德《松江府志》以弥补北京图书馆所藏残本之憾，并捐赠影印乾隆《金山县志》和《干巷镇志》各一部(《与袁守和书》)。1934年3月，姚光复信叶恭绰，希望交换所需书刊;11月，致信光华大学校长张寿镛，寄去所刊书籍十余种并期待获得《四明丛书》已出版之第一、第二两辑。在此前后，与姚光交流藏书之事者又有徐乃昌、丁芝孙等。数年之间，姚光因图书文献结缘或订交的沪上乃至全国文化名人和知名学者还有郑振铎、陈乃乾、王欣夫、冒广生、胡适、顾廷龙等,此外姚光还在 1930 年结识了仓石武四郎、神田喜一郎和长泽规矩也等日本汉学家。由前述事实可以看出,姚光与友朋之间借赠书籍以互通有无,是为其藏书生涯的一种常态。

事实上,姚光不止于藏书,读书、刊书、用书更是其最大的志趣,与同好交流传阅图书文献,甚而传录或集资校刊,使之广布流传。姚光自称为"藏书者之藏书",又是"读书者之藏书","余之微旨,欲兼此二者也"。周大烈、高塝更称姚光是"著书者之藏书",并定义三类"藏书"之异同以为:

> 藏书者之藏书,书不期备富,人不待隽爽,金石录十卷人家,亦足与百宋千元相辉映。是以一编入手,动色相矜,经眼曾藏,翻同附骥,则书实成人之名,人不能有所增益于书也。读书者之藏书,必务穷其流别,究其得失,向歆而后,晁陈其殆庶,抱经守山,兢兢校补,似犹属第二义,脉望绛云,伯仲间耳,劣赵优钱,不无阿私之见。然就令要旨独探,豕鱼能辨,必其书自有可传者在,人亦仅能无失其故而已。著书者之藏书,为撰述鸠庀耳,譬入药笼者,牛溲马勃,都无弃材,桔梗豕苓,有时为帝,自非胸具炉锤,目穷万本,未克办此。虽别子为祖,而难易有不侔者。或有书未大行,因而遂显。又与士登元礼之门何异,是人且大有造于书也(《金山姚氏复庐聚书献书始末记》)。

姚光一生嗜书,自称"书淫",并刻有"书淫""校理秘文""抱残守阙""历劫不磨""姚光劫后所得"等藏书印章。他一方面搜集历代乡邦先贤遗文,一方面不断地编书、刻书。需要指出的是,其整理刊布文献的目的,在于实现挽存国学、救国保种的抱负,正如他自己所说:"我辈之校印古籍,本欲存绝学于一线,以绵国脉于无穷。"(《与张菊生书》)1941 年,姚光有长诗《自题劫后藏书目录示念祖、纪祖等》,自言"平生于书有笃好,结习所在唯缥缃",旁搜远绍,泛滥网罗,披沙拣金,新旧杂糅,"维桑与梓必恭敬,乡邦文献征尤狂","故纸堆中觅生活,抱残守阙乐未央。补苴罅漏张幽眇,障川挽澜力尚强"。然而世事难料,"蓦地鲸波掀东海,妖雾弥漫遍故乡。转瞬中原尽鼎沸,人丧所守徒彷徨"。幸运的是,藏书"寇来幸未尽遭殃",经此劫难,姚光对于幸存书籍更加珍惜,"即今典籍遭厄运,断简零篇缀无妨。历劫不磨尤可喜,后有所得如馈粮"。从中可见姚光对其一生中最在意事业的回顾与总结,藏书之坎坷离奇、酸甜苦辣,苦闷与彷徨,失意与得意。

1950 年 5 月 17 日是姚光逝世五周年纪念日,其哲嗣姚昆群、姚昆田等

“笃念先人毕生聚书之辛劳，冀得永护以慰先灵”，遵照姚光遗愿，将其藏书五万余卷悉数捐献给上海市人民政府文物保管会，中多金石、碑版、图录及珍稀善本孤本。时任上海市长陈毅专门题词嘉奖，题曰《金山姚石子先生周甲遐庆致语》，文云：“金山姚石子先生即世之五年，哲嗣昆群、昆田兄弟等举石子复庐所藏书公之本市，览其簿录，达数万册，四部门目胥备，精校名椠，灿然溢目，而崇祯本《松江府志》，海内尤乐道之。五月廿七日为石子六十遐庆之辰，昆群、昆田兄弟要予一言，以告亲友。因念吴会为文献大邦，上海又东南钜步，藏家扃锢，习气极深。其有认识新时代而爱护文物如昆群、昆田兄弟，心量之广，择术之慎者，洵足以树则于故家嗣裔也已。爰濡笔书之。一九五〇年五月陈毅。”此文原由沈尹默楷书直幅，后不幸遗失，由顾廷龙补书之。

据《姚光行述》记载：“初，我县壤地偏小，而南北殊为辽远，各乡人士颇怀畛域，县政因多不举。先严每值集会，鲜或缺席，语必由衷，思不出位，以是各方无不推诚相与，间有争持，得先严一言立解。他若河工、学校、保婴、消防、平粜、施医，以及图书馆、款产处、同善堂等，或仍旧贯，或属创举，先严盖无役不与，即无事不办。”从中可见姚光对于地方教育和公共事业的贡献。

姚光提倡女子受教育，其胞妹三人竹漪、竹修、竹心皆饱读诗书，三妹“更以余力治英吉利文，下笔斐然，尤喜为诗”，有《盟梅馆诗》印行，长女则肄业于圣玛利亚女校，亲族之间女性受教育程度颇高。姚光尝称“天下兴亡，匹夫匹妇与有责焉”（《王粲君重印〈闺范〉跋》）。他注重男女同受教育权利，把女子教育作为开启民智的重要组成部分，1907 年写成的《颜氏男女同受教育说》一文说：“夫神州学术礼制，皆重男轻女，相沿成俗，故男子则使之求学，女子以无才为德，邪说横行，公理扫地。”1908 年，姚光和高旭、何宪纯等人创办钦明女校于张堰文昌阁旧址，高旭为首任校长，姚光任会计员，资助学校日常经费，兼任文史教员，自编教材《金山乡土地理教科书》，自序称“兹编之辑，于金山地势沿革叙述尤详，使读者知古知今而无陆沉耳聋之诮矣”。姚光尊重女性，认同女性对社会的贡献，强调“真文明”“真自由”，主张女子同受教育，号召广大女性为强国保种而努力，《赠钦明女校师范生卒业序》中说：“教育为万事基本，而女学又为教育基本。我中国女学之式微也久矣，所以无完全教育也。同人职此之故，投身于教育界即首先提倡女学，而钦明女校于以立。”《钦明女学校写真题词》写道：“文明花发正含苞，未许邪风任意飘。寄语诸君毋自弃，复权强种赖卿曹。半教名词大可羞，齐家基础在身修。要知道德宜尊重，罪恶偏多假自由。”《题钦明女学校职员写真》称：“女权堕落溯原因，谬学流传教化陈。志欲开明心莫死，补天填海在同人。”在钦明女校成立前后，姚光提出了“女子宜注重家政”和“女子宜注重医学”的观点，《女子宜注重家政说》强调“提倡女学，男女平等，同受教育，女子求学之宗旨，及将来学成致用之范围，亦当与男子同”。对于“欧美诸国之女子，且合群以要求参预政权”的现象，姚光认为女子虽以人女、人妇、人母为首要角色，“而经理家政，非学不可，学而行之，能尽其道”，“我国女教不讲，故一女子往往能使举室不宁，影响及于风俗，为害甚烈，正座无学也”，“我愿女界诸子，毋高谈爱国也，先爱家可矣；毋空言治平也，先齐家可矣”。《女子宜注重医学说》则强调女子宜注重医学，“为学之次第，当以卫生学为首务，盖有健康之身体乃有健康之精神也”，“经理家政，多女子任之，然家庭之事至繁极重，而保一家之治安者，在长幼健康也；而保一家之健康者，在卫生也”。

1910 年，姚光与张伯侃等创办私立尚公小学于张堰东岳庙旧址。钦明女校成立后，姚光从事其间，与诸君同学一堂，孜孜不倦，三年于兹。1911 年，钦明女校迎来了第一届毕业生，姚光百感交集，寄语诸生，对女校毕业生寄予了殷切期盼，《赠钦明女校师范生卒业序》有云：“师范者，学为姆也，师范卒业，乃由人教而教人，人姆而姆人矣，其担负岂不重且大哉！诸君三载业成，业成而散，散而各出其校中所肄习者，发挥而光大之，于以化其乡而泽其后，女教之复兴，其在兹乎！夫师道立，则善人多。自今以后，女界之日以进步，教育之日以完全，惟诸君是赖。诸君其勉之！抑我闻之，卒业者乃修业之一结束，非学业之可仅止于此也。学术万端，穷老莫究，前途无量，往者珍重。”1912 年，钦明女校改组，姚光仍与高旭、何宪纯等负责校务，却不再担任教职。1913 年，姚光恢复了在钦明女校的教职，讲授历史、地理和修身课。1924 年，姚光参与创办松江、青浦、金山、上海、南汇、奉贤、川沙七县女子师范学校。1936 年 8 月后，钦明女校与尚公小学合并为张堰公明小学，添设高级班，增建校舍，姚光参与了新校的筹备委员会，并给予经济资助。1943 年秋，乡人任道远、曹中孚创办张堰书院，姚光征得族人同意，提供姚氏祠堂为校舍。

姚光热心于地方事业建设和发展。他在 1908 年与高旭等一同创办了张堰第一份民办报纸《公言报》，同年秉承父志参与编印《重辑张堰志》。

1910年完成《金山卫佚史》编写。辛亥革命成功后，在家乡参加剪发大会，与高旭、何宪纯等组织阅报社，宣传革命。1916年8月，在张堰发起施医局，邀请县内各科医师担任局务。1917年，参与筹备开浚县骨干河道张泾河，担任财政管理员，亲自主持筹集资金、组织民工、商借机器等事项。1919年，与钱伯埙创办厚生阳伞厂，任董事，起草《厚生阳伞公司章程》，开乡办企业之先声；又与高燮、钱伯埙、舒馨山、戚智川、莫右如等创办有奖储蓄会，为阳伞厂集资。参与协助处理济婴局事务。1920年，受命为金山县水利协会委员，继续负责开浚张泾之财政管理工作。1921年，赞助、筹划并修缮张堰镇大街。1924年，出任张堰镇妇女救济会副会长。1925年8月7日，张堰图书馆董事会举行第一次常会，姚光被推选为馆长；10月10日，张堰图书馆正式开放，馆址设在尚书浜济婴堂，姚光承担了图书馆的一切开支。1926年，继续与高燮共同主持沈泾、小桥河、东市河及山塘、旧港、惠高泾等的开浚工作，任名誉董事。1927年6月，姚光被推举为张堰镇救火联合委员会常务委员。1929年，姚光两次致信时任江苏省省长叶楚伧，请求撤换不称职的金山县县长徐丹初，徐氏次年即被撤。"九·一八"事变后，姚光积极参加了抗日救国会，任执行委员。1932年致电行政院长汪精卫和监察院长于右任，请求保护金山县查山古迹，以免于开石筑路之祸。1933年，经李根源、金松岑介绍，姚光加入苏州国学会。11月，赞助张堰图书馆金石书画展览会，并提供展品；是年又与曹中孚、李新民在乡间创办国术馆，为黑吉辽义勇军后援会征募资金。1935年，与丁瑞珍、王鸿逵等人发起组织《金山县鉴》社，社址在张堰图书馆，编辑出版县鉴。1937年1月，为备战需要，姚光与汪培心、戚智川、吴鹏飞在张堰创办消防会；同年5月受聘上海市博物馆与通志馆举办之上海文献展览会理事及金山文献征集处主任；6月12日，被推举为张堰电灯厂董事长；8月13日，被任命为民众组织委员会救济股股长。1938年，姚光避难在沪，组织金山在沪同乡会，任监事。抗战期间，参与郑振铎在沪组织的"文献保存同志会"，抢救民族文化遗产。

姚光热心地方公益事业，与其信奉"以朋友为性命""四海之内皆兄弟"的交际之道大有关系。他对朋友讲求信义，不计较个人名位，"他确实从没有虚掷过光阴，从不敢浪费生命。他从不认为自己有光辉的一生，始终以不求闻达为安身立命之守则"（《姚光行述》）。在南社社员之中，姚光年龄最幼，却深得同志好感。他不吝钱财，生性大度，能急人所难，有悲悯同情之心,始终能以一颗“爱人”之心与亲朋、同仁、乡邻相处,交友遍天下,正如陈乃乾在《纪念姚石子》所言:“仁爱二字,似乎是石子的天性,他爱自己的家属,爱自己的亲戚,爱自己的乡邻,推而至于爱朋友、爱国家,无一不出于至诚。”

20 世纪上半叶的中国,历经徘徊曲折,传统政治模式已无法维持,但内部蕴含了一种力量,这种力量使中国不会瓦解或一直四分五裂,也不会被各列强肢解或被某一列强独占。在这个政治大变动的过程中,作为一个传统时代金山一隅的读书人,姚光以自己的方式参与到这一中国历史上少有的轰轰烈烈的巨变洪流中。姚光一生参加过多个社团或组织,在救亡图存的历史洪流中身体力行。纵观姚光一生,其活动轨迹大体在金山、上海、苏州、杭州等地,而以居金山的时间为最长。他是一个地道的南方在野士大夫,也是一个有革命理想的实干派。无论著书立说,藏书刻书,或是从事教育事业、公益事业,无不如此。姚光生于金山,其心血亦洒于金山,虽古之贤士大夫莫过如此。

第五章　金山南社成员纵横

一、士大夫与知识分子

从整体上了解金山南社社员，我们就应当从时间和空间两个维度上尝试认识。而在理念上，金山南社社员兼具了“士”与“知识分子”的特性。在万事维新的近代中国，在现代化进程中的金山，可从南社诸人的身上体察新与旧、中与西、激进与保守，乃至“剑”与“兰”之间的张力。

金山诸人创立南社，以高氏和姚氏为代表，而高、姚二氏又有姻亲关系，则几乎一户之内遍是南社社友。对士大夫与知识分子的张力或分野的分析，可从高氏、姚氏来入手。首先，士大夫与知识分子的张力表现在每一个金山南社人身上，或多或少，但未有或缺。以高旭为例，他的早期教育是典型的士大夫教育，其子所撰《行述》即称他“生而歧嶷，七岁就傅。年十有六，毕诸经。师事叔祖望之先生，及同邑顾莲芳先生。而叔祖吹万先生、同邑顾景渊先生、华亭张仲傅先生，皆齐年同学，晨夕攻苦。自经史词章，以及百家诸子，罔不参稽博考”，这显然是典型的传统士人的学习路径，而此后高旭的学识与行事也完全合乎传统士大夫的要求，正如《行述》所言，“府君幼而失恃，事王父吟槐公，曲尽孝道。尝游学日本，王父苦思之，因寄诗喻意。府君得诗，涕泣者三日，遂辍学归省”，而后“门生故旧莫不乘时兴起，勋绩伟然，函电交驰，来相招致。而府君终以王父病，日侍汤药，杜门不出。明年夏，王父弃养，府君哀毁骨立。又明年，葬先王父于祖茔，府君匍匐数里，哭不绝声。既服阕，又绘《风木西悲图》，以志哀慕。盖自先王父殁十有四年，每岁时伏腊，府君念之，未尝不流涕被面，此又府君之天性笃厚，有独至者也”。高旭居家行事，也合乎士大夫生活习惯，“然府君一生，自非剧饮大醉，或疾病宾祭，虽在旅邸，未尝一日废铅椠。家藏书万余卷，皆手自装潢，丹黄数过。其据先儒校语，及名家刊本迻录眉端省，又千余卷，尤以丙丁二部居多。

府君早岁即喜金石书画，迨晚年所获，亦达千品。每家居，读书饮酒之外，又喜卉木，手植百本，盆盎秩然。故游府君之庭者，如入悬圃。龙蛇在壁，图史充几，位置井然，室无纤尘”。

高旭毕竟是新时代的知识分子，最显著的一面就是创办刊物。高旭先后创办了《觉民》《醒狮》，参与创办《复报》等革命报刊。在《海上大风潮起放歌》中，他歌颂章太炎、邹容二人“笔舌突过汗马劳”“伟人姓名全球标”，声言“要使民权大发达，独立独立呼声嚣”，这也是典型的近代知识分子的语气。高旭在《觉民》发刊词说：“试游于欧美之乡，吸自由之空气，撞独立之警钟，吊华盛顿、克林威尔与夫玛志尼、加富尔诸英雄，莫不豪兴勃勃；又试游于印、埃之故墟，则但见恒河之滔滔，雪山之高耸，以及尼罗河、金字塔之空存，则不禁索然思返，发《黍离》《麦秀》之悲。无他，国之兴即国民之荣，亡即国民之辱。而其所以或兴或亡者，非国民之责而谁之责?”这里宣扬自由、民主，赞誉华盛顿、克伦威尔，也非近代知识分子所莫能知。需要说明的是，高旭将士大夫与知识分子的特性张力处理得颇好，融为其独特的人格。在思想方面，他一方面推崇自由民主，一方面排孔尊墨，能够找到平衡点。这种平衡，也就是“说剑”与“描兰”的平衡，高旭一则仗西方民主宪政之剑去实行革命的理想，一则以传统文化之兰去调剂自身内心的精神。总体来说，高旭身上知识分子的特性更浓，而不可以纯粹的传统士大夫视之。

士大夫与知识分子分野的另一种表现，就是金山南社诸人中，有些偏于士大夫，有些偏于知识分子。我们说高旭偏于知识分子，而高燮则更偏于传统的士大夫。高燮字时若，与常州钱名山、昆山胡石亭合称“江南三名士”。他是高旭的叔叔，但年龄差似，而自幼一起从学，二人的教育经历大致相同。高燮和高旭一起创办《觉民》，又一起从事《复报》的编辑。高燮曾写《醒狮歌》有“斯时狮睡睡正熟”句，比较早地以“醒狮”形象地比喻中国，而高旭在日本期间与宋教仁等创办的革命刊物就叫《醒狮》。可以说，醒狮的意象正是表达了近代中国知识分子对于祖国强大、民众觉醒的期盼，这是高燮和高旭二人相同的一面。高燮与高旭不同的地方也十分明显。高燮与邓实很早相识，二人志趣相投，对国学持保存态度。高旭虽然对国学注重，但在保存的表象下，是开放而创造的态度。这是二人最大不同的地方。

1903年，高燮在国粹派的重要刊物《政艺通报》上发表与邓实的论诗之作，呼吁“端赖男儿返国魂”，文中小注称“君来书嘱细论诗，答以此章”，可见他与邓实交往密切。1912 年 5 月 23 日，高燮等发起“国学商兑会”，并在《太平洋报》发表《国学商兑会小启》：

在昔秦政焚烧，《六经》尚存孔壁；汉武罢黜，百家犹在人间。故有入泉出天之精诚，即为古圣先民所呵护。学之不讲，古义奚知？辨有未精，大道斯隐。自匡、刘以大儒而附伪莽，绝不来君子之诛；吴、许以道学而仕胡元，反得享太牢之奉。盖人心之尽死，皆由学术之不明矣。

夫国而无学，国将立亡；学鲜真知，学又奚益！况凡今之人，不尚有旧，视典籍如苴土，沦坟索于草莱，户肄蟹行之文，家习象胥之籍。倚席而讲，匪博士之才；抱经以行，丧宿儒之业。见披发而祭野，辛有所以兴悲；作胡语以骂人，表圣因而致痛。爰立斯会，冀挽颓波。非敢强人以从同，聊系绝学于一线。空山落寞，精义以阐发而益深；斗室沉吟，玄谛因推敲而愈鲜。孤证妙解，必使切理而餍心；触类旁通，亦不逞奇而眩异。邦人诸友，凡百君子，如有乐乎此者，敢望贻我佩玖，同歌《丘中有麻》；与子偕行，共采中原之赦。民国纪元三月日敬启。

这则启文中的“国而无学，国将立亡”论断，与高旭《南社启》大体相仿，“学鲜真知，学又奚益”也与高旭相同。然而，其中所言“况凡今之人，不尚有旧，视典籍如苴土，沦坟索于草莱，户肄蟹行之文，家习象胥之籍”，对于西方思想学说所进行的严厉批判，这一态度显然与高旭相去甚远。其后，高燮又在 7 月 5 日发表《国学商兑会成立宣言书》，反对“黜废孔祀”：

处今日而言国学，其为举世所唾弃乎？然处今日而犹不言国学，吾恐先圣之传，宗邦之旧，将至此而消亡尽矣。学者何？一国之所赖以存也。学既消亡，则国亦随之。故学之不讲，孔子曰：是吾忧也。下而无学，孟子曰：丧无日矣。原伯鲁不悦学，闵子马曰：周其乱乎？是则学之关系于人国何如哉！然所谓学者，非专崇时尚，徒为媚世取悦之学也，亦非姝姝自守，而为固执迂谬之学也。盖将求夫吾国旧有之学，深思力索，发明其微言大义，以维持坠绪，纳一世之人于文章道德中者也。此所谓国学也，乃万世不弊之学也，而非犹夫一知半解，孤陋寡闻，不过为苟且功令之学而已。

夫国学莫先于儒术，而儒术之真莫备于孔学。然而孔学既厄于当时，其后复焚坑于秦，表章于汉（按：表章之隐衷与焚坑无异，特变其作用耳），淹没于魏、晋、六朝、五代之际，杂驳于唐，衰弱于宋，牢笼于明，鬻卖于胡元、满清两朝。数千年来，不出于践踏，则出于利用；利用既久，而孔学遂成为事君之学。虽有豪杰，或能灼见其真，而时君方摧锄僇辱，唯恐其后，必使胥一国之人皆务为富贵利达之学而后已。而人之习之者，亦但知富贵利达，其学之为公为私不问也，为是为非亦不问也。湣湣昏昏，长夜不旦，而孔学之真巤无有知之者，而尊孔之举乃等于告朔之羊矣。

今者清运既终，专制随倒，共和初建，岌岌犹危，乃不学无术之徒谓夫政体变更，国教不合，拟请黜废孔祀（近见粤省某议员有此议）。虽瞽说盲谈，绝无置议之价值，然不有人起而发明斯学之真，有以关其口而辟其妄，则涓涓不塞，此亦灭学之渐也。

夫孔学自有真，非君学之谓也，特为人君借之以为束缚国人思想言论之具耳。思想言论者，非人君之权力所能制也，于是乎不得不借国人素所崇信之孔学以制之，而国人自欣然乐其德化焉。此人君操纵之妙术也。浸假而盗贼借之，而颂声作矣；浸假而夷狄借之，而颂声又作矣。嗟乎！我读数千年吾国学术之历史，我欲流涕太息作十日哭矣。乃今者君之毒方去，而孔学将从之而俱亡，此我所以更不得不狂呼哀号，愿与邦人君子共相证明而救护者也。

当满清之覆也，其初亦由一、二有识之士，倡为《春秋》攘夷之说，而光明所布，不数年间，遂告厥成功焉。此亦受孔学之赐也。夫神州国学，原非止孔学而已，即孔学之真，亦非止攘夷一端而已，是在好学深思，详稽博考，以会通其旨耳。此学问所以尤贵思辨也。诸君倘以不佞之说为然乎，请继今以言。

此文主要驳斥当时不祭祀孔子的主张。前文已经指出，高旭明言支持“废祀孔案”，主张废孔用墨，由此高旭、高燮之间有所谓“孔墨异同”之辨。虽然一孔一墨，皆是古人，但尊孔意味着尊王，用墨意味着尊民，亦即民主。其间一旧一新，不难判断。甚至可以说，尊孔者仍是近代士大夫，用墨者已近乎近代知识分子了，此间虽有性质区别，却无绝对的高下之分。

二、科学家与革命者

作为文学革命团体，南社的大部分成员都属于革命者。从职业上来说，有些是教师,有些是出版从业者,有些则是科学工作者,这在金山南社诸人中,也有这样的情况。

在金山南社社员中,以科学家而入南社者,以顾宝瑚最具有代表性。顾宝瑚(1889—1924),字珊人、珊臣,是顾骏长子,擅长数理之学,喜欢探索机械,孜孜穷求,终日不息,年甫弱冠,进入日本东京高等物理学校,从事数理研究三年,1907年以最优等毕业,就连日本的学生也自叹不如,称他为"中国之怪物"。顾宝瑚回国后曾经担任两江师范学堂译员,其后北上在清华学校担任教职,讲授代数。当时北京举行留学生考试,顾宝瑚参考而中理科举人,发放任命为河南知县,而不屑赴任。1911年6月他与胡敦复等创设立达学社,以"自立立人,自达达人"为宗旨,服务于教育事业,历任民立中学、私立浦东中学校校长,大同大学、同济大学数学教授,勤恳尽职。顾宝瑚先后在《数理化学会杂志》《同济杂志》发表《说虹》《重心求法》《数理杂录》《单用圆规之作图法》《力之平行四边形定律:包亚桑(Poisson)之证明》《差级数与插入法》等学术论文。1923年在同济工学会作《相对论探源》的学术讲演,同年冬赴德考察战后的教育状况,第二年五月不幸因喉病在柏林过世。

顾宝瑚在科学界和教育文化界都有比较大的影响。从日本留学归来后,他选择在教育界贡献光热,担任多所中学和大学教员。顾宝瑚在异国不幸逝世,深为中国学界所痛惜,当时报刊多有报道,惋惜之情历历可见。1925年5月11日的《新闻报》有《顾珊臣周忌追悼会纪》云:

> 顾珊臣君为中国科学界泰斗,上年游德,以喉疾没于柏林。本月五日,为一年忌辰。其挚友计仰仙、黄任之等,发起追悼。十日下午二时开会于大同大学之礼堂。壁间满张祭幛挽联,并□有顾君事略一本,分赠来宾。到会者有同济、大同、浦东、民立四校职员学生,及其他各团体来宾,不下七八百人。由大同代表曹梁厦致开□词,同济沈从先、大同殷佩斯读祭文,同济校长阮介藩述顾君行状,民立校长苏颖杰及浦东校长沈茀斋等各致悼词,大旨皆以顾君之学行堪钦,遗孤足念。其最恺切者,谓使天永其年,其于科学界之贡献,必为中华学术上生色。即不能寿,倘生于研究科学设备完美之欧美,当已见更伟大之创造。又近日国人追悼孙逸仙、胡笠僧,如荼如火,而对于科学家之顾先生,视之漠然,于此可见国人偏重事功而淡于学术,曷胜浩叹。嗣由顾公子宁先向众致谢而散。

这篇报道批评了当时重政治人物、轻科学专家的社会风气。“偏重事功而淡于学术”，是历来的常态，但在当时顾宝瑚却能得到七八百人的追悼，不可谓时人不予重视了。1925年6月，浦东中学校师生为之立纪念碑，《顾珊臣先生纪念碑文》云：“先生讳宝瑚，江苏金山县人。擅数理之学。民国十一年一月来长吾校，勤恳尽职，颇多改进。翌年冬赴德意志考察教育。十三年五月病喉卒于旅次。年三十有六。铭曰：社会之英，后进之型，天胡不吊，而遽夺我学术界之明星。民国十三年六月浦东中学校教职员暨全体学生谨立。”在1926年的上海报纸上，还可见到追悼他的文字。如《先施乐园日报》4月13日刊载朱志鸣《志顾珊臣》一文记述云：

> 金山顾珊臣先生，讳宝瑚，今世之科学家也。先生生而岐嶷，秉质聪颖，过目能诵。性磊落不羁，垂髫时，就私塾读，即能下笔件数百言。宿学明经，均许为后起之秀。夙喜探索机械物，孜孜穷究，终日不息。先生之好科学，殆得诸天性者欤。年甫弱冠，负笈东渡，入东京物理学校，研究数理三年，以最优等毕业。日本学生，自叹勿及，为之咋舌不已。见先生，辄呼为中国之怪物。其能轰动异邦，岂偶然哉。归国后，任金陵两江师范讲席。旋北上，任教清华学校。时京中举行留学生考试，先生往应，一试而中理科举人，发任为河南知县。先生不屑就，乃南下。上海适有大同学校之创设，先生不惮劳力，与胡敦复先生等，惨淡经营，自任义务教授，又兼任民立中学、第二师范等教职。学生之受其教化者，莫不称先生之教法精明，循循善诱也。欧战以还，德人所设立之上海同济工业学校，归与华人管办。先生任该校数学教授。该校所有教本，用德文者居多，顾先生素不谙德文，于是从事研究德文矣。经年而学大进，德人咸叹顾先生之颖敏。是以华人教员在同济中，足能与德人并驾者，唯先生一人而已。民国十一年，兼任浦东中学校长。十二年秋，赴德试察教育。十三年夏，以喉疾殁于德京柏林。时年三十有六，闻者惜之。

此文写得生动，记载了顾宝瑚的突出事迹。顾宝瑚之所以能成为当时杰出的科学家，除了得诸科学天赋外，金山文化的滋养自然是很重要的因素。

又有高均，字君平，号平子，一号行，中国现代天文学开拓者。他是高煌之子、高燮之侄、高旭之堂弟。1912年毕业于震旦大学理科，先后任职于上海徐家汇观象台、佘山观象台、青岛观象台、“中央研究院”天文研究所、南京紫金山天文台。1926 年参加第三次国际经度联测。1928 年任“中央研究院”天文研究所研究员，代理所长一年。1935 年代表中国天文学会参加在法国巴黎举行的国际天文联合会第五届大会。在抗战期间，高均避居上海租界，拒不为日本人服务，抗战胜利后任教于暨南大学。1948 年冬迁居台湾，供职于台湾数学研究所，继续从事天文学研究。1970 年病逝于台北。高均著有《学历散论》《平子著述余稿》等。为了纪念他对天文学的巨大贡献，1982 年国际天文联合会第十八届大会以“高平子”命名位于月球东经 87.8 度、南纬 6.7 度的一座环形山。

又有陈定，原名小道，字若木，号端白，陈陶遗之子。1926 年毕业于德国敏兴大学医科，后在上海为医师。1919 年赴德入名思忒惠廉大学医科，后进入名兴皇家大学医科，专攻内外科，兼治小儿、花柳、皮肤、妇科、产科。1925 年秋获得医学博士学位，在福堡大学内科医院及名兴大学皮肤科门诊部实习，任名兴私家医院外科手术室助理，赴汉堡热带病研究院并其附属医院，专事热带病理。1926 年归国后，淞沪商埠督办丁文江聘请他就任卫生局长，其父陈陶遗代为辞谢。1927 年陈定在上海开诊，悬壶济世，主治内科、皮肤科。1928 年娶持志大学高材生张凤梧为妻。1935 年又赴日本帝国大学、仙台帝国大学研究传染病和皮肤科。曾任江苏医科大学皮肤科主任、中德产科女医学校病理学教授、上海同德医专热带病学教授、私立民国女子工艺学校教授、南通医学院教授兼附属医院主任、汉阳兵工厂医务主任等职。陈定撰写有《乡村中之疾病》《述李克加及李克加病》《黑热症》《续发性贫血》等医学论文。

当然，其中最有名者当属陈陶遗。1909 年 11 月他由柳亚子介绍入社。1905 年入松江融斋师范学校，同年转入中国公学。不久东渡日本，进入早稻田大学攻读法政，由高旭介绍加入同盟会，结识黄兴，加入光复会。1906 年受命回国，在上海和高旭等创办中国公学、健行公学，宣传爱国主义和革命思想。同年秋第二次赴日，任同盟会江苏分会长，兼任同盟会暗杀部副部长，接办《民报》《醒狮》月刊。归国谋刺两江总督端方，事泄被捕，第二年获释。辛亥革命时，任南京临时参议院副议长、国民党江苏省支部长。1925 年任江苏省省长，1933 年任上海市临时参议会秘书长。抗战全面爆发，辞去秘书长职务，日伪多次威胁利诱，他均严词拒绝。

金山南社籍成员的构成是复杂的，包含各行各业从业者，但总体上看还是以文化教育工作者居多。前述的科学从业者加入南社，在早期是很少的，主要是因为那个时代纯粹的科学从业者本身数量有限。通过以上介绍，我们可以看出，首批南社成员的子侄，很多都选择了从事科学。如陈陶遗之子、高旭之从弟等。从中国的现代化进程来说，科学家的重要性无与伦比。除了引进现代科学，促进国民生产、生活，还有现代科学带来的思维意识，可以改进国人的生活观念，乃至影响文化观念。金山南社的科学家群体，为中国的科学事业以及国家的现代化贡献了自己的力量。

三、旧诗人与书画家

说剑之暇，信笔描兰。金山南社诸人在中国近代的历史进程中，贡献大的是其政治层面的积极努力，亦即“说剑”的一面。而在近代文化史的视角中，金山南社诸人在文化领域的贡献也是具有突出而深远的影响，亦即我们所说的“描兰”一面。在南社之中，旧诗人比例非常高，而书画家亦属不少。南社发起之时，中国有所谓“诗界革命”，金山诸人中，高旭、高燮等人都身在其中，进行了广泛的讨论，他们主要争论的焦点是诗歌应宗唐还是宗宋，又以如何评价宋诗学派为讨论题目之一。柳亚子《与高天梅书》说：

> 论陈、郑诗甚平允。弟所以痛恶之者，正以其浪得名耳。弟以为二子之诗，刻意求艰深病在一涩字。夫涩，原为诗中一体，但不可视为正宗。若人以此创，众人以此和，不至于诗道陵夷，荆榛塞路不止。即明季钟、谭，何尝不偶有佳作，而其究卒为天下诟骂，正坐此耳。弟无卧子、日生起衰之才，尚不敢建旗鼓与抗，但耿耿此心，终未尝不以此望之同志也。
>
> 至张、樊琐琐，本不足道。顾樊所为《彩云曲》，亦颇可观览，此亦所谓捷沙得金者。若近所传樊、陈唱和《喜雨诗》，则诚无赖之尤，又不但文字之谬矣。
>
> 又，近世词家，如郑文焯辈，弟亦殊不满意。其病亦坐涩字，往往一句中堆砌无数不相联络之字面，究之使人莫测其命意所在，甚有本无命意者。此盖学白石、玉田，而画虎不成者也。弟窃谓词家流别，以南唐、北宋诸家为正宗，否亦宁学苏、辛，勿学姜、张。盖学苏、辛而不似，犹有真性情；学姜、张而不似，徒以艰深自文其浅陋，欺人而已。

> 大底诗词之道贵一真，然而今人喜以伪体乱之，此弟之所见所由与时贤大异也。然非知我若公者，亦安敢轻发狂言以取世忌哉！更幸公有以晋之耳。

高旭的回复为《愿无尽庐诗话》一则，他说：

> 翁覃溪，乾嘉时有名之诗人。其论诗特拈肌理二字，谓王渔洋拈神韵二字，固为高妙，但其流弊，至流为空调，故特拈肌理二字以矫正之，实欲以实救虚也。所为诗自诸经注疏以及史传之考订，金石文字之爬梳皆贯彻洋溢于其中，虽瓣香在少陵、东坡，初不以一家拘也。论者称覃溪为能以学为诗。夫矫弊之论，固贤者不得已之苦心，余即谓欲为诗世界大人物，其必兼渔洋所拈之神韵二字覃溪所拈之肌理二字而有之，斯可耳。否则终为一隅之见，非定论矣。我友柳亚子，今之雄于诗者也。见夫人心之陷溺，诗道之闭塞，莫可究话，乃亦欲创一说以救正之。何其思之深而忧之切耶！其所持之独见，余甚佩之。然余之论诗也，不分派别，必沟两界而通之，庶乎其为集大成也。

这两封书信是旧诗人之争的典型事例。需要指出的是，高燮推崇宋诗学派，高旭对其并有推崇之词，认为其诗“雅近宋贤”。高旭虽然论诗一以排斥专制、促进人权为标准，但并未将文学彻底政治化，持有较为客观的审美。

说到金山南社诸人的诗歌，不得不提当时影响巨大的高旭《石达开遗诗》。我们不妨逐首来看看这些传颂一时的“石达开遗诗”。第一首叫《途中感怀》：“道路自栖栖，尘埃障眼迷。飘零鸿雁侣，顾影有余凄。”此首犹如开篇，只是描写了行旅之景，而无特别字眼。大抵行旅之中作诗，未必皆要突出自己身份。若每首诗都点出石达开所作，反而容易使读者产生疑窦。全部诗作中如此类的不少，高旭杜撰石达开之作，这也是其用心处。

第二首《极目》：“极目楚氛恶，狂风著意吹。荒凉唐日月，黯淡汉旌旗。北地春花笑，南朝秋叶垂。楼头景萧瑟，客子怅吟诗。”按《左传·襄公二十七年》：“晋楚各处其偏。伯夙谓赵孟曰：‘楚氛甚恶，惧难。’”杜预注：“氛，气也。言楚有袭晋之气。”而“唐日月”“汉旌旗”黯淡荒凉，表示太平天国走下坡路。其下又云“北地春花笑，南朝秋叶垂”，写出南北对立，意味更为明显。但仍未点出石达开。

第三首《望家山感作》：“家山望不见，芳草徒离忧。风雨连朝夕，杨花扑酒楼。关山憎客梦，驿路暗离愁。怅怅安所适，暮云西北浮。”所谓家山之思，关山客梦，总结到“暮云西北浮”，按《古诗十九首·西北有高楼》：“西北有高楼，上与浮云齐。”阴郁的西北乌云，对应的是东南。

到第四首《宝剑》，开始流露出峥嵘之气：“床头忽起老龙吟，郁郁书生杀贼心。已到途穷犹结客，风尘相赠值千金。”而《别南王冯云山》则点出了作者身份为太平天国诸王，但诗中并无太多身份相关的用词：“相处□□久，分离别绪长。蛟鼋横地起，鸾鹗刺天翔。意气凌千里，威声撼八方。□□□□□，含笑□□□。”此诗开始用缺字框，以表原稿漫漶缺字，或使读者觉得文字有违碍于朝廷者。

《马上口占》，则与石达开长年征战相符。其诗曰：“苍天意茫茫，群生何太苦。大江横我前，临流曷能渡？惜哉无舟楫，浮云西北顾。到耳多哭声，中原白日暮。”除了《古诗十九首·西北有高楼》之典，还有孟浩然《望洞庭湖赠张丞相》：“气蒸云梦泽，波撼岳阳城。欲济无舟楫，端居耻圣明。”而《题旅店璧壁间》：“半壁江山叹式微，□□□□□□□。前日欢歌今日哭，南人消瘦北人肥。□□□□□□急，回首沧桑事已非。”此诗中最可玩味的就是“南人消瘦北人肥”，须知高旭代表南方在野士大夫群体，以南对北，反抗专制统治，其心中常存南北之对立思维，也有意识地强化这种思维。而时局禁忌所限制，不可直接说满说清，只好说南说北。

《闻天德王被难》：“槃槃管、乐才，当世岂易睹。天生洪夫子，救民出水火，仗剑从军行，顾盼自雄武。海内皆昆弟，相将一臂助。正盼王师来，宿耻尽洗吐。无图天不禄，投身喂豺虎。骓兮忽不逝，中原白日暮。血肉何狼藉，白骨披道路。所恐长城坏，何人挽天步。予怀塞不解，青山惨无语。华夏正多难，临风涕如注。”此诗所谓“天德王”，即洪大全（泉），据《剿平粤匪方略》《平定粤匪纪略》等：“广西拿获贼匪伪军师洪大泉，经赛尚阿遴派随带司员步军统领衙门员外郎联芳、户部员外郎丁守存槛送来京，计四月内可到。维我朝故事，凡解京正法者，皆实系逆首方可示天威而昭武功。今闻洪大泉不过供贼驱策，并非著名渠魁。从前查奏逆首姓名亦并无此人。嗣因贼众窜出永安，于无可如何之时，不得不张皇装点，藉壮国威，并以稍掩已过。臣愈以为京师之耳目易掩，而天下之耳目难欺。且恐逃匪闻而窃笑，愈以张其玩侮之心。……应请特降谕旨将洪大泉之不值解京明白宣示，饬令沿作督抚无论该犯行抵何处，即行就地正法。……庶在事文武咸知警畏，而贼匪闻之……愈足寒贼胆而励军心矣。”其原名焦亮，自称湖南天地会首领，与洪秀全并称万岁者云云。罗尔纲《洪大全考》等已经考明。咸丰帝谕:“该给事中另片奏贼伪军师洪大泉拟请毋庸解京等语。洪大泉籍隶衡州,系从贼夥党,原非首要之匪。现既槛送在途,仍著解到京师,以凭讯究。”《粤寇起事纪实》:“军中讳败为胜,事所常有,惟奏获洪大泉之事,则过于虚谬矣。……斯事凭空结构,粤中人人嗤笑。”可见其事虚妄。但洪大全传说甚多,颇有故事性,是以高旭以此为题加以创作。

《道路》:“对影意凄凄,尘埃眼欲迷。荒江魑魅啸,古木杜鹃啼。□口山无语,孤行日渐西。飞鸿无伴侣,道路自栖栖。”此则与上述《极目》《马上口占》等类似。按杜甫《青阳峡》:“塞外苦厌山,南行道弥恶。冈峦相经亘,云水气参错。林迥硖角来,天窄壁面削。溪西五里石,奋怒向我落。仰看日车侧,俯恐坤轴弱。魑魅啸有风,霜霰浩漠漠。”《说文·隹部》:“蜀王淫其相妻,惭,亡去为子规鸟,故蜀人闻子规鸣。皆起曰,是望帝也。”而汉李膺《蜀志》曰:“望帝称王于蜀,得荆州人鳖灵,便立以为相。后数岁,望帝以其功高,禅位于鳖灵,号曰开明氏。望帝修道,处西山而隐,化为杜鹃鸟,或云华为杜宇鸟,亦曰子规鸟,至春则啼,闻者凄恻。”

《曾国藩寄书至赋诗答之》数首,大大表现了石达开的气概、学识,尤其是民族感情:“曾摘芹香入泮宫,更攀桂蕊趁秋风。少年落拓云中鹤,陈迹飘零雪里鸿。声价敢云空冀北,文章今已遍江东,儒林异代应知我,只合名山一卷终。

“不策天人在庙堂,生惭名位掩文章。清时将相无传例,末运造乾坤有主张。况复仕途多幻境,几多苦海少欢场。何如著作千秋业,宇宙长留一瓣香。

“扬鞭慷慨莅中原,不为仇雠不为恩。只觉苍天方愦愦,莫凭赤手拯元元。三年揽辔悲羸马,万众梯山似病猿。我志未酬人亦瘁,东南到处有啼痕。

“若个将才同卫霍,几人佐命等萧曹。男儿欲画麒麟阁,早夜当娴虎豹韬。满眼河山增历数,到头功业属英豪。每看一代风云会,济济从龙毕竟高。

“大帝勋华多颂美,皇王家世尽鸿濛。贾人居货移神鼎,亭长还乡唱大风。起自布衣方见异,遇非天子不为隆。醴泉芝草无根脉,刘裕当年田舍翁。”

《再答国藩一首》:“支撑天柱费辛艰,垓下雌雄决一韩。试看搀枪天上扫,夜深惨淡斗牛寒。”

石达开答曾国藩诗甚多,大意总归是大义凛然,自述其志,“只觉苍天方愦愦,莫凭赤手拯元元”,以见悲天悯人。“东南到处有啼痕”,则属借题发挥,有意激励时人之语。而“醴泉芝草无根脉,刘裕当年田舍翁”,几乎同于大泽乡陈胜、吴广“王侯将相宁有种乎”之声。此五首诗,见于《饮冰室诗话》,似非高旭所作,但同样应为赝鼎。

《我伤朝内祸》:“我伤朝内祸,嗟哉中心悲。忆昔诸豪流,并逐秦鹿驰。三户必亡秦,秦运朝露危。相与建大策,用以张四维。日月丽中天,重光会有时。天意讵易测,人事真难知。一朝杯酒间,白刃集殿帏。老夫身何辜,谁料丁乱离。城中少人行,鸡犬无安栖。汩汩血中洛,宫禁失光辉。浮云黑惨淡,酸风向面吹。已矣复何言,去去将安归。”此诗言太平天国内乱。楚虽三户,亡秦必楚,《史记·项羽本纪》:“夫秦灭六国,楚最无罪。自怀王入秦不反,楚人怜之至今,故楚南公曰‘楚虽三户,亡秦必楚’也。”而所谓“一朝杯酒间,白刃集殿帏”,是反用宋太祖赵匡胤“杯酒释兵权”故事,说天国内部君臣猜忌而行杀戮。至于“老夫身何辜”,颇有人说这是一处破绽,因为石达开死时才三十许,不可能自称老夫。但中国诗歌传统,年纪虽轻但于诗中自称老者,比比皆是,并非破绽。

《杂诗》:“拾得一科第,当年亦等闲。文章身后事,一卷奠名山。”“□□□□□,□□发高歌。满眼河山感,伤心劫数多。并起逐秦鹿,捷足先得之。□□□□,望断汉旌旗。”此二首将石达开描绘为文韬武略之人。按《史记·淮阴侯列传》“秦之纲绝而维弛,山东大扰,异姓并起,英俊乌集。秦失其鹿,天下共逐之”,以喻清政府之朝纲已乱,才有天国之起事。而“汉旌旗”之语,则将石达开与“拜上帝教”努力区隔开来。这一点在这批诗作中所在多有,也是高旭杜撰此批诗作的本意。

《乱离复乱离二首》:“乱离复乱离,到此心魂惊。飘风不崇朝,长夜终有明。蛾眉怨谣诼,切切诉平生。百草忽不芳,为闻鹈鴂鸣。君王信谗言,为闻苍蝇声。静思三太息,衫袖涕纵横。人生宜室家,谁无妻子情。”“乱离复乱离,到此心魂悖。衣冠涉郊亩,狺狺群犬吠。□□□□□,□□□□□。□□□□□,□□□□□。耕种田芜秽。兰蕙当门户,勿怒行人刈。”鹈鴂即杜鹃、子规,李商隐诗所谓“望帝春心托杜鹃”者。而《离骚》:“恐鹈鴂之先鸣兮，使夫百草为之不芳。”以及“众女嫉余之蛾眉兮，谣诼谓余以善淫”，为此诗中“蛾眉怨谣诼，切切诉平生。百草忽不芳，为闻鹈鴂鸣”之所本。是则叙述天王洪秀全猜忌石达开之事。“天京事变”，东王杨秀清被杀，东王部属上万遭株连。石达开急忙赶回，痛斥韦昌辉。韦昌辉意图加害，石达开逃出天京，家人与部属全部遇难。

《入剑门》：“抛撇妻孥戴覆盆，含冤难复叩天阍。宝刀俊马休输却，看领雄师入剑门。”剑门者，四川也。此言石达开入蜀事。石达开“宝庆会战”后退回广西，自桂南北上经湖北入蜀。其先后转战进出，皆为夺取成都，皆未成功。

《怀蓝子廉》：“羡子山居好，秋生桂树幽。终年事戎马，吾悴几时休。”蓝子廉似即蓝成春。寄诗他人不当称名而当称字，高旭杜撰，是以不能直呼其名。

《寄友人》：“分手千里别，□□□□□。□□□□□，相思人渐老。远望登高丘，天涯拾芳草。秋风起衡湘，□□□□□。□□□□□，□物尽枯燥。安得鲁阳戈，转瞬同温燠。”按《淮南子·览冥训》：“武王伐纣，渡于孟津，阳侯之波，逆流而击，疾风晦冥，人马不相见。于是武王左操黄钺，右秉白旄，瞋目而撝之曰：余任天下，谁敢害吾意者！于是，风济而波罢。鲁阳公与韩构难，战酣日暮，援戈而撝之，日为之反三舍。”挥戈太阳退避，因用以比喻力挽危局。

“鸿雁何飘飘，东西南北间。恨我无双翼，心□□□□。□□□□□，千里含烦冤。闽河帐远隔，安得相往还。贵后勿忘贱，劝君日加餐。君子道谊交，勿忧气数单。□□□□□，□□□□□。□□□□□，□□□□□。□□看星汉，迢迢恨山川。梦寐有端倪，岁月感回旋。长恐发朝白，觌面终无缘。写此悃款情，涕落如奔湍。”此系仿《古诗十九首》之作。侍王李世贤自溧阳失守后转战江西。天京陷落后，率汪海洋、陆顺德等经粤入闽。此二首“友人”似乎是指李世贤。

此批诗之后有高旭假托哭庵（即前序所谓哭广）作的《后序》：“余尝以为古之工文词者未必皆英雄，而古之英雄未有不工文词者，今读石翼王诗，益信往时持论之不谬。夫石翼王之为人，在中国历史上果应得若何之价值耶？茫茫中夏，秽史充积，众人尽醉，莫主清议，而以余评论之，则石翼王者其岳武穆之流亚哉！岳王之诗词及其书法，虽专门名家无以远过。诗词如苏东坡，亦至云矣，书法如米南宫，亦可谓矫然出一头地矣，而要皆不及岳武穆。何也？天才之横溢远不逮故也。虽然，亦以二人所遭之时不同耳。岳王、石王，均抱有攘夷狄、尊周室（项）之伟志，故其下笔亦遂忼慨激烈，喷血而出，余子之不能望其项背者，亦正以此。岳王诗词书法之工，凡稍涉书史者无不知之，而石王之诗之工，亦与岳王相埒，谁其知之？则以世少流传故也。迟至今日，乃始发现。顾词则终不少概见，其工否不可知，若骈文则多有称述之者。又有称其雅善八分书，人之索其书者，一挥立就，不稍作倦容。英雄之无所不能固宜如此耳。当此胡尘滚滚，神州陆沉，痛哉巴科，族类衰弱：尚有捍戎祸，解倒悬，如石翼王其人应运而生者乎？我诵其诗，感慨系之矣。哭广谨跋。"此跋将石达开拔高到岳飞的高度，一是肯定其文韬武略，二是肯定其民族主义精神，所谓"攘夷狄、尊周室之伟志"。高旭将石达开与太平天国"拜上帝教"属性极力区隔开了。最后几句透露出高旭的本意："当此胡尘滚滚，神州陆沉，痛哉巴科，族类衰弱：尚有捍戎祸，解倒悬，如石翼王其人应运而生者乎？"

柳亚子《残山剩水楼刊本〈石达开遗诗〉书后》说："残山剩水楼刊本《石达开遗诗》，共二十五首。自《答曾国藩》五首见于梁任公《饮冰室诗话》外，余二十首，悉出亡友高天梅手。时在民国纪元前六年，同讲授沪上健行公学，天梅为余言将撰翼王诗赝鼎，供激发民气之用。遂以一夕之力成之，并及叙跋诸文，信奇事也。封面题字亦天梅所书。当时醵金印千册，流布四方，读者咸为感动。于是《无生诗话》《龙潭室诗话》《说元室述闻》《太平天国野史》竞相转载，而卢前辑《石达开诗钞》，罗邕、沈祖基辑《太平天国诗钞》，亦并援引之，异哉！"指出高旭造作此诗是"供激发民气之用"。值得注意的是，此时高旭已逝世，所谓"贿选议员"之事尘埃落定，柳亚子称之为"亡友"，对其所为大加赞赏，称奇道异，而非断交之论。可见其时柳亚子已经明白了高旭"贿选议员"之冤屈了吧。

创立南社之前，高旭与友朋游览苏州，又广泛与有志之士相交，以诗歌唱和为由，实际上已经是南社以文会友的形式。如高旭《自题〈万树梅花绕一庐〉卷子》：

放翁死后便无诗，驴背沉吟又一时。天下爱花谁似我，画梅端合署梅痴。

冷落空山浊酒赊，奇情万叠莽无涯。万般风雪能排脱，也抵金刚不坏花。

蒙蒙一色白漫天，中有骚人自在眠。久欲结庐无净土，且从画里避腥膻。

岂必难堪寂寞滨，无生气后始回春。寄声地老天荒者，来与孤山作比邻。

其后又有《再题用前韵》：

数椽老屋苦吟诗，花下衣冠异昔时。料得此花饶特性，赏花人亦绝顽痴。

巡檐索笑愿空赊，著意冰霜讵有涯。不信江南春寂寞，会看剥极再开花。

东风不是旧时天，月照园林且醉眠。一夜梦游香雪海，骚魂时复嗅微膻。

买田卜筑老淞滨，种得梅林贮古春。此地他年可埋骨，冻蜂寒蝶漫相邻。

所谓“久欲结庐无净土，且从画里避腥膻”，是难以忍受清政府的专制统治。而“不信江南春寂寞，会看剥极再开花”，则是对革命抱有乐观与希望。

1907年11月，高旭因苏杭甬路事之起，发表了《路亡国亡歌》，诗曰：

日凄凄，黄云飞。路亡国亡将安归！噫！余岂有长翮大翼飞往天外栖！秋风又到，忧心悄悄。人生当斯世，朝忧暮不保。宁学鲁仲连，同去东海蹈。天高气苍，短灯无光。来日大难，慨当以慷。枯蝉坠地，咽声凄凉。芦苇以白，梧楸以黄。鸿雁哀鸣，高飞翱翔。此时此景断我肠。哀哉路事棘矣，使我胸中万斛块垒酒浇不碎，室中百匝千彷徨。吁嗟乎！六州铸错真非计，彼何人斯丧心病狂发此议。所持政见太工巧，要之百害无一利。诸公知否欧风美雨横渡太平洋，帝国侵略主义其势日扩张。二十世纪大恐怖，疾雷掩耳不及防。倘使我民一心一身一脑一胆团结与之竞，彼虽狡焉思启难逞强权强。抑何肺肝自压抑之、自聋瞽之取天札，开门揖盗礼意将。偌大利权自放弃，不啻赠作陆军屯驻场。彼食肉者真愦愦，那不令人心痛伤。即教兵未来时路事已掣肘，请看碧眼狡儿上下手。可笑冥顽政府所分余润有几何？奈长此酣歌欢饮漏舟漏。一旦有事长风铁舰来运兵，定借保护此路以为名。路之所至兵即至，斯时国非其国虽欲悔而抗拒，已步印度波兰之后尘。我察环球列国尽属盗跖化身夜叉相，我愈怕他让他，他愈不怕愈不让。法律所定土地自主权，即今哪国肯许外人享？独我神州此权丧失倒太阿，苦波未平又一波。路成作抵路安用？痛我苏浙有路终归无。路已无矣国岂有？不知诸公何德于彼何仇于我，而乃必欲断送尽净浙与苏。最可念者汤绪邬钢两烈士，其身虽死心不死。所望欲生不生将死未死人，相期努力成此志。我歌至此声凄恻，起看东南半壁云如墨，疑是杀气横空郁奇色。千年睡狮或者一朝醒，狂呼大啸起搏击。危哉诸公何不思，梁亡鱼烂今其时。若不转圜大祸至，磨刀砺剑争来问罪危乎危。噫余路亡国亡将安归？岂有长翮大翼飞往天外栖！日凄凄，黄云飞！

高旭此诗沉痛跌宕，气魄雄浑，首尾一气，发人深省。“偌大利权自放弃，不啻赠作陆军屯驻场”，指出路事最重要的一点，即帝国主义入侵之手段如此。为何？“一旦有事长风铁舰来运兵，定借保护此路以为名。路之所至兵即至，斯时国非其国虽欲悔而抗拒，已步印度波兰之后尘。”高旭等人熟知近代帝国主义对弱国瓜分的路数，是以知道虽然是路事，但实质关乎国之存亡。此为大节。又有利益之分析，则“路成作抵路安用？痛我苏浙有路终归无。路已无矣国岂有？不知诸公何德于彼何仇于我，而乃必欲断送尽净浙与苏”。这是从江浙人民利益出发作的分析。其后高旭希望国人奋起，而“千年睡狮或者一朝醒，狂呼大啸起搏击”。所谓“危哉诸公何不思，梁亡鱼烂今其时”，典故出自《公羊传·僖公十九年》：“梁亡。此未有伐者。其言梁亡何？自亡也。其自亡奈何？鱼烂而亡也。”鱼烂而亡，是指鱼先自脏腑腐烂。江浙为中国心腹之地区，若此被英国等彻底控制，则中国将鱼烂而亡。此诗在当时最大的影响是点出帝国主义，“诸公知否欧风美雨横渡太平洋，帝国侵略主义其势日扩张。二十世纪大恐怖，疾雷掩耳不及防”。高旭身体力行其诗以排专制、倡民权的诗学思想与主张。

高旭与周实、高燮、姚光等人游览南京，有《白门悲秋集》，其中高旭的诗歌很值得注意，颇能代表此次南京之行诸人的心绪，其《谒孝陵》说：

白日惨淡钟山高，秣陵王气何萧条！啼鹃不诉上国怨，秋风肠断哀南朝。海晏河清岂难再，恨杀高皇今不在。运筹倾倒刘青田，独我迟生六百载。我思高皇真英雄，殊方混一华夏风。拔救灾黎登衽席，恢复旧物追前踪。黄炎奇孱崇朝雪，排斥胡元功卓绝。中天日月挟龙飞，统寰区宏规立。惜哉政治何专制，宰戮勋臣任私意。朕即国家奚畏为，颠倒乾纲太无忌。子舆实为民史宗，草芥寇仇论最工。高皇见之怒切齿，立驱文庙终不容。一代伟人神武姿，后有继者慎勿师。牧羊政体久绝迹，大树独揽非其时。时移势迁今殊昔，石头虎踞秋瑟瑟。百年谁氏奉烝尝，话到当年泪沾臆。荒烟蔓草愁心魂，结伴来吊前王坟。铜驼埋没苍苔剥，石马凄凉夕照昏。长江飞渡来何早，六朝尽是伤心稿。江山犹是景全非，残砖剩瓦年年少。

高旭与革命党人素相熟稔。宋教仁、黄兴、陈其美等人，都与他有交谊。这几位故人或被刺杀，或因病逝，高旭的悼诗写得情真意切，是民国诗歌中的佳品，如《侠少年行吊陈其美》：

天生陈郎侠少年，风流文采何翩翩。伯符公瑾饶霸略，慷慨谈兵惊四筵。雷霆万钧风烈烈，仗剑复仇仇总雪。飞将军从天上来，旗鼓中原称第一。斗大沪城嚣尘埃，鸦鸣鹊噪哀莫哀。支撑大宇要此辈，评量奚止八斗才！狂啸数声作虎吼，不屑黄金印悬肘。嗟哉造物何不仁，漫把斯民等刍狗。蛙声紫色纷妖魔，人道消灭鬼气多。长城道济一朝坏，骓不逝兮唤奈何！富贵真如草头露，冢中枯骨袁公路。鲁连高义羞帝秦，陈涉横行号张楚。吁嗟乎！精禽衔石海难填，誓将只手障百川。侠风盖世畴能肩，锄奸伐暴身独先。一诺千金天下贤，朱家郭解无有焉。今不见兮心凄然，陈郎陈郎侠少年。

黄兴病逝，高旭写《吊黄克强先生》诗六首：

辛苦艰难百战身，移山倒海叹劳薪。风霜草木无恩怨，经济天人自古今。愤世忧时苌叔血，老谋硕画鲁公心。几多浩荡灵修感，应有菩提转法轮。

南望申江有所思，低头赢得泪千丝。一成复夏原如是，三户亡秦信有之。大好男儿羞燕颔，尽多丑女妒蛾眉。钧天沉醉群魔舞，块垒填胸付玉卮。

瑟瑟悲风大地秋，都门烟柳夕阳愁。鲍鱼腥臭嗤秦政，戎马风尘识豫州。讨贼痛陈诸葛表，回师誓斩贺兰头。天生梁栋难为用，手把瑶华睨十洲。

阴霾赤县顿翻新，弹指华严是夙因。共说凤麟关世运，伫看鹰隼出风尘。当年青史怜钩党，此日黄垆恸故人。一瓣心香齐膜拜，巍巍铜像自由神。

堕地何堪我独愁，浪淘人物大江流。万家汤沐功难报，十载征诛愿稍酬。天地干戈生亦苦，华拿勋业死方休。六州铸铁终成错，三尺常含烈士羞。

文章道德镇常存，回首神州事莫论。尚父谈兵空虎帐，项王本纪属龙门。南都开府抛金粉，东国围棋记梦痕。荆棘铜驼三太息，为歌楚些赋《招魂》。

宋教仁被刺是近代史中的大事，高旭的悼诗更多是为了激励南社同仁一起以手中之笔挽狂澜于将倒，已于上文有过申论。

高旭在北京任参议员时，有一些诗作，与时局都有关系。黎元洪、段祺瑞府院之争，张勋入都，溥仪复辟，是一件大事。高旭作《猛虎行》刺张勋：

天降戾气淮徐间，川流忽浊山忽孱。山中有猛虎，其色何烂斑。壮士曾把强弓弯，当年一纵去不还。卵翼群丑害行路，饥则摇尾饱则顽。咆哮奋怒，天地震动。狼贪豺狠，各为所用。攫食不均，交相为哄。嗟哉猛虎，阴受愚弄。彼愚者虎，犹自逞其雄。张牙舞爪向前去，偏欲争长诸毛虫。嗟嗟猛虎，尔欲何为？尔自谓安，而我独为尔危。尔独不见旁有物兮正思借尔以居奇，誓必食尔肉而寝尔皮。愚哉猛虎，知乎不知。嗟尔何愚，何不一思。为人作嫁何太痴，甘投罗网计难施，看尔强梁凶暴能几时！

此诗中所谓“壮士曾把强弓弯”，似乎是指当年周祥骏为张勋败退徐州，特意回徐策划革命事。可惜的是周祥骏最终被张勋所杀害。满怀壮志的高旭被迫离京返沪，在南下舟中写有《海中醉歌行》：

男儿既不能笑拥群花一夕掷万钱，又不能弯弓杀贼长城边。风尘奔走不称意，悲歌慷慨谁为怜？直上楼船狂纵酒，高阳酒徒复何有？非丝非竹只听潮，无筑无筝且击缶。生逢乱世策奇勋，燕雀难语鸿鹄群。有手须草陈琳檄，有酒不到刘伶坟。人生自古谁不死？死儿女手大可耻。马革裹尸差足豪，姓氏芬芳照青史。而今世事悲莫悲，若不痛饮将奚为？愤来吸尽沧海水，淋漓吐出胸中奇。胸中之奇几时泄？脚底冯夷惊失色。侧身俯瞰蛟龙宫，万里海天同一黑。排山巨浪激雷霆，湿风扑衣带血腥。我饮目醉计良得，众人不饮何曾醒？醉时便拟天风御，鳌掷鲸吞天欲曙。放眼苍茫何处行？破空我欲乘槎去。

高旭早期有《海上大风潮起放歌》传颂一时，这首《海中醉歌行》与之相比毫不逊色，在思想的复杂程度上，更有过之无不及。诗歌中饱含着爱国之情、愤懑之意，还有对时局的迷惘，而这种迷惘正是诗歌的魅力所在。“放眼苍茫何处行”，不仅高旭一人迷惘，这何尝不是当时国人知识分子的共同迷惘。

高旭的词作也极有特色，其与柳亚子的唱和，堪称佳话。1906 年高旭被迫关闭“夏寓”而家居，与柳亚子以词相唱和，曾想集为《废民唱和集》。高旭有《虞美人·题定庵词》：“东华献赋真无计，且老温柔里。一箫一剑絜平生，回首羽琌山下碧云深。棱棱侠骨千年矣，谁慰伤谗意？长林丰草不胜秋，交尽燕邯屠狗欲何求？”燕邯屠狗，则燕之樊於期、荆轲，邯郸之屠狗朱亥之流，隐含的革命之志是很明显的。柳亚子和作《虞美人·题定庵词和天梅韵》：“千年剑侠真长计，肯老空山里。才华如此竟虚生，荡气回肠禁得恨深深。灵箫去后无人矣，谁识狂奴意。伤春怨女士悲秋，感慨名家如汝杳难求。”慨叹“才华如此竟虚生”。高旭作《虞美人·题辛稼轩词》：“羞作人间痴女子，绮语闲千纸。此儿气概绝沉雄，铁马金戈叠过大江东。中兴无日腥膻遍，乱世儒生贱。我今同抱古人忧，空倚危楼洒泪看吴钩。”“中兴无日腥膻遍”，辛弃疾抗金，则此以金比喻清。柳亚子和作《虞美人·题辛稼轩词和天梅韵》：“霸才青兕兵家子，读破书千纸。河山半壁误英雄，赢得雕虫余技擅江东。唐宫汉阙荆榛遍，苦恨铜驼贱。华夷倒置总堪忧，未请长缨孤负汝吴钩。”“华夷倒置总堪忧”，也是对高旭所言之意心知肚明。这些词作，皆是高旭在金山故里不得施展革命壮志之郁闷的写照。

辛亥革命之后，南社在高旭的主持下，以促进道德、增加文美为努力目标。辛亥年底临时雅集确定此目标后，柳亚子等人创办了文美会。其后国学商兑会成立，文美会并入国学商兑会，会内仍有不少知名的画家，而金山籍南社社员之翘楚者，当属白蕉无疑。

白蕉本姓何，名治法，又名馥，字远香，号旭如，别署云间居士、济庐、复生、复翁、仇纸恩墨废寝忘食人，后以笔名白蕉行世。何氏与张堰望族高氏、姚氏等皆为世交，少年时代的白蕉求学于高氏、姚氏私塾，接受了良好的传统文化教育。白蕉在 1923 年考入上海英语专修学校，结识了徐悲鸿、于右任等社会名流。1927 年任国民党金山县党部青年部长，参与创办《青年之声》，宣传爱国思想。1935 年 12 月 29 日，与黄苗子作为非南社社友，在柳亚子、陈陶遗召集下，与南社姚光、马君武、高燮、黄宾虹、胡朴安、朱少屏、陆丹林、孙仲瑛等成立南社纪念会。抗战爆发后，避难上海，执教光华大学附中，参与组织天风书画，举办义卖画展，为抗战募捐。1938年春应蔡元培之邀入鸿英图书馆，编辑《人文月刊》，撰成《袁世凯与中华民国》，后升为馆主任。1949年后，历任上海市文化局美术科代科长、上海中国画院筹委会委员兼秘书室副主任、中国美术家协会上海分会会员、上海美术专科学校教师。白蕉虽未正式入南社，但与南社诸子来往极其密切，参与成立南社纪念会，其与南社渊源之深，自不待言。

白蕉工于写兰，虽着笔不多，而风神自远，秀逸多姿，具有一格。他精通书法，宗法二王，小楷精能，迹近钟繇，大字雅逸伟岸，尤以行草著名，潇洒隽美，自具面目。至于篆刻方面，则取法秦汉印、泥封，参酌权量、诏版文字，有古秀蕴藉之趣，兼能诗文。传世作品有《兰花》《兰石》等图及书帖多种，著有《云间言艺录》《济庐诗词》《客去录》《书法十讲》等。

南社黄宾虹是文美会的重要成员，他与白蕉有着深入的艺术交流。他的书函说：

> 白蕉先生道席：昨诵手教，谦抑有加，不以妄谈见斥，且惭且感。
>
> 尊云玉圭文字，时代疑在战国至西汉之间，以见证尚少，不敢遽断。近如浙之良渚，出土古玉面具，今如桂省人藏释为勾践等文，拓本尚存，蒙以其文字减省，结体平直，渐近汉镜，疑为后作，似不必指为赝器，留为参考，以待实证之用。
>
> 玉质土花，尚可研究，浙之良渚与安溪、南溪犹有不同，土花有似大理石之黑斑，而彩笔过之，蒙见以为清至道咸，金石学盛，书画美术，可谓复兴，如包慎伯、张叔宪、赵撝叔、何蝯叟、胡石查、翁松禅、可百余人。所画山水人物，以书法金石文字立骨，以骈俪散体文词诗歌摹其神，以琴棋杂技博其趣，小之安贫乐道，至忘饮食；大之正本清源，潜移默化，敬业可以乐群。美术研究，此诚当今急务。
>
> 近日当轴，领导提高文化，泥古者沾沾于六朝、唐代敦煌莫高窟发现古物，足证宋宣和以来铜器碑帖之伪作日多，即唐碑之化度寺，与敦煌出土不同。余经木刻，改变更多，定武兰亭，俱经欧虞修饰。是故阎立本不明张僧繇画壁，王摩诘见李思训父子金碧楼台，以粉涂去绚烂之色，是为盛景，非维所作如此。
>
> 王维山水多用浓墨，称为水墨。用淡漠法，始于李成、范宽、郭熙、荆浩、关仝。自董元写江南山水，巨然实总其成。山川浑厚，草木华滋，

见民族性。唐画丹青、王维水墨，北宋水墨丹青合体，元季大痴墨中见笔，倪迂笔中见墨，明人枯硬，虽沈石田失之太过，董玄宰兼皴带染，娄东虞山，皆为无墨。此周保绪(济)之说，正可谓圭臬之言。画传云：周济画山水师北宋，著述颇多。惜未得见。

先由近百年书画研究入手，上窥元明较易，善书必善画，论画先观其书。书有墨法，经生写经，尚不足取，谓近奴书。观王孟津、伊墨卿、朱竹垞诸贤，俱善山水，而用墨淋漓酣畅，皆为得之。蒙见拟由古玉金石文字寻笔墨之源。

契刀柔毫，近日长沙周缯已见毛笔。由图腾肖形，三代西汉，均是内美。东汉有波隶，晋魏六朝法之，唐人算子，始尚外美。古法凌替，北宋云中山顶于虚处用美，元人无虚非实虚中全美。惜世多伪作，尤宜深辨！拉杂书此，求饬正之！敬颂著绥！宾虹拜上。目患草率昏昏。

此函中，黄宾虹与白蕉平等论艺，足见重视。而所谓“长沙周缯”，应即长沙子弹库出土楚帛书。现存多份白蕉致姚鹓雏先生手札，笔墨酣畅，深得帖学精髓。

白蕉的艺术毋庸多说，他的成就经历了时间的考验。20 世纪 30 年代以后，白蕉的艺术得到广泛的注重。如当时报纸有文《谈艺人白蕉》称：

自上海沦为孤岛，言论失其自由，空气闷窒，社会人士，乃转寓志于艺术，观于近顷书画展之风起云涌，可概见矣。予于书画，虽乏慧根，犹称笃嗜，闻有盛会，虽溽暑必赴，流览所及，心悦而诚服者，固属不乏其人，而未能认为合作者，亦比比而然，大抵青年作家，非失之柔媚，即失之犷狎，而一位年高盛名之辈，以往往以科名功业见重，所谓别有地位，未必于艺事真有功力或臻极诣也。因忆老友白蕉之艺事，有不能已于言者。白蕉二字固早为世所熟知，其或未见白蕉艺事，读予文而想见，其已知白蕉艺事者，自知予言之非阿私也。白蕉与予，少同里，长共塾，而又同年岁，尝戏呼白蕉曰年兄。其人于诗文书画金石刻，靡不涉猎，亦靡不精能，天纵之资，益以学力，岂但当今艺人中杰出之才而已。其于论文，喜魏晋，薄唐宋，笔下时或似蒙叟。所为诗，五言古体直是初唐四家冠冕，无七律近体则全是工部气息，而不失时代意义，绝句才气纵横，或出龚定庵之右。词尤缠绵悱恻，一往情深，诸凡为诸前辈名家所折服。金石亦醇古可观，得秦汉官私印之神理。自来海上，遇粪翁，叹观止，遂不复作。其实大气磅礴，固粪翁所独擅，而白蕉之静穆渊懿，自各有千秋也。平生尤邃于书法，其初，实从率更入手，后因右军为书家之孔子，遂广搜右军剧迹，取兰亭、圣教悉心临摹，数年而艺大进。自刻小印曰“王右军私淑弟子”，见同邑钱氏所藏明拓宝贤堂法帖。习之又数易寒暑，嗣更遍写澄清淳化弘历墨池堂诸帖，前后计历一纪，艺遂大成。其作书也，悬腕运毫，力透纸背，刚健婀娜，风神潇洒，有时得意之作，其意境之高，直窥晋人堂奥，不知有唐，更无论宋元诸作。往时武进谢玉岑工词能书，闻白蕉擅草书，乞朱其石为介，订交于君。尝叹曰：今世草法已亡，不意竟见白蕉。如是足见白蕉之草书为如何矣！

在当时的报刊上，刊载大量关于白蕉的传文记载，如《“天下第一懒人”白蕉外传》《云间白蕉先生》《白蕉小传》《论白蕉艺术》《白蕉书画展印象记》《白蕉近展一斑》等，其消息屡屡见诸报刊，也可见其影响之大，是为南社“描兰”遗风之典型。

白蕉对近代文化史的贡献，除了接触的书画创作，还有其重要著作《袁世凯与中华民国》。1936 年《图书展望》就刊登新书信息称：“本书纪袁世凯自辛亥革命起至洪宪帝制以迄于死，编者苦心搜采，所集之材料既详且确，复经古红梅阁主覆阅加评，不诬既往，垂鉴未许，实为民国以来之唯一信史。”白蕉的这本史学著作被时人评为民国的“唯一信史”，可见推许之高，至今仍是袁世凯研究的重要参考书之一。白蕉与金山南社的紧密联系，还表现在其对金山实务的热衷与实践。自前文可知，南社前贤姚光对金山的各项事业，尤其是水利事业，一直都非常关心，并屡屡提出自己的建议。白蕉亦然，他曾撰写《关于疏浚张泾新运盐河及建设大张堰谈》，建议疏浚张泾以建设张堰。

从士大夫到知识分子，从革命家到科学家，从旧诗人到书画家，南社的文化在传承，也在变化。从高旭、高燮等人传承下来的最重要的，是对学问的珍视，是对学问的求新。国而无学，国将立亡。而南社求新的意志，在后世，在白蕉处，又有着深入的发展。白蕉写有很多白话新诗，这或许可以说明，从高旭、高燮时代参与诗界革命，到白蕉的时代，这革命在一定程度上已经完成。南社的意义，似乎也就在于此。

第六章　南社诸人与金山史志

金山是江南城镇，也是海滨卫所，是东南不起眼的一隅，也是新思想新文化传入的前哨，是以抗倭闻名于世的明代卫所，也是因抗日再次醒目的沦陷之城。金山之所以孕育出南社，与这些都有着千丝万缕的联系，值得关注与研究。而事实上不仅是金山孕育出了南社，南社也深刻地反哺金山，其中最有代表性的便是以姚光等南社诸人深度参与金山史志的纂修与研究。

一、姚氏家族的史志纂修传统

姚光先辈以诗书传家，有悉心乡邦史志的传统。如康熙三十年(1691)辛未科进士姚宏绪(字起陶，号听岩，选庶吉士，曾参与修纂《渊鉴类函》，也曾入明史馆任纂修官)，致力搜集乡贤作品，于乾隆年间辑成《松风余韵》五十一卷，所选上自六朝，下迄明代，凡云间诸人之以全集传或篇什仅存一二者，尽悉收辑其中，并每人各附小传，因取"以诗存人"之例，集中所选虽有鄙俚可笑者，亦不忍其散逸而俱载之。高燮《〈姚氏遗书志〉序》云："姚氏世为吾郡望族，当乾隆初年，听岩先生辑其一家诗文至一百余卷之多，则其门祚之盛、家集之富从可概见。"此"一百余卷"，或是《松风余韵》的雏形。

姚宏绪之侄姚培谦(初名延谦，字平山、述斋，号鲈香先生、鲍香先生)，博学多识，尤擅经史，受方苞、沈德潜、纪昀等名流推重，也曾广采地方风土人情，为研究古代上海社会风俗留下宝贵资料。宏绪五世孙姚椿(1777—1852，字春木，一字子寿，自号樗寮生、蹇道人)，家富藏书，编有《姚氏家藏书目》，并筑藏书楼"通艺阁"藏之，一生著作不断，有《通艺阁诗录》8卷、《续录》8卷、《三录》8卷、《文集》6卷等，又有《樗寮先生全集》42卷，其中亦有不少地方史志资料。

姚光尝于金山故居建松韵草堂用于刊刻书籍，之所以以"松"命名，他解释说:“留溪一名赤松里,相传汉留侯张良从赤松子游,曾居于此。语虽无稽,然松固为我里之旧名也。里自宋明以来,人文鹊起,数百年中,未尝无人。即余家在昔文献亦盛,著述极繁,而多以松名集。”以“松”名集者,就包括宏绪公之《松风余韵》、宏森公之《双松草堂集》、培谦公之《松桂读书堂集》、法祖公之《松樵诗稿》等,“则松又我家鸿业所系也”。因此之故,“今以松韵名堂,盖欲勉继乡邦文史之绪,发先人潜德之光,因以自策也”(《松韵草堂记》)。姚光“继乡邦文史之绪,发先人潜德之光”的意愿首先付诸《姚氏遗书志》的编纂,此事得到高燮的高度赞扬:“吾意残膏剩馥,潜德幽光,必有与冷露寒烟而俱泯者,生既有志于此,宜博访宗族,旁搜蠹简,倘有特殊之作,遗佚之篇,尤当为之表彰刊行,以垂久远,此亦不世之业也,生其勉乎哉!”

《姚氏遗书志》序曰:

> 说者谓云间之姚,几等江左诸王,人人有集;又若宋代之三刘家集,明代之长洲文氏五家诗。诚儒林之佳话、文苑之美谈矣。近者,宗族式微,遗编散佚,并书目几不可考。余小子失学日落,不克光祖宗之玄鉴,振将坠之家声,家居多感,心窃恫焉。尝思网罗遗书,以保存鸿业。夙夜兢兢,不遑或暇。先人著述有一编之未获者,则梦寐系之。区区此志,未敢有渝。自谓可对扬我祖考之休命矣。久之,得若干种。惧其久而又亡也,乃拟有所编述,仿郡斋读书志、直斋书录解题例,录其原书序跋,条其源流篇目,识而存之,题曰《姚氏遗书志》于以摅怀旧之蓄念,发潜德之幽光,小子不才,何敢让矣。

姚光既网罗先世著作辑为《姚氏遗书志》,又念及“零编残简”亦先人手泽,不可听其湮没不彰,于是广搜各处,凡为全集所遗者,或全集失传而仅存者,或无全集而仅有此者,或零星杂作之散见者,皆为汇而录之,成《姚氏摭残集》,以附于遗书志之末。其已见于遗书志者,则不重录。

姚光为学“于浙东为近”,对于黄宗羲、四明万氏、全祖望、章学诚等“服膺甚挚”,特别关注史部文献及明季史实,是以有《金山卫佚史》的写作,该书内容主要为明季忠义之士列传。又如撰《金山艺文志》,旁搜博访,稿凡数易,著录之富,几乎是旧志的五六倍。正如周大烈《复庐姚先生别传》所言,姚光“平居治学一以东莱文献为归,能衍其族听岩、春木两先生之绪而光大之,而长途踠足,赍志中身,士论惜焉。所著书少作《金山卫佚史》行世最先,昔录《云间诗征》未成编，他所纂有《姚氏遗书志》《金山艺文志》《金山文征》《复庐文稿》等，咸具稿可缮，写藏于家”。

二、撰著《金山卫佚史》

1644年岁次甲申，清兵入关，占领北京城。次年，清军南下吴地，占领南京后，推进到杭州、嘉兴。清军颁布剃发令，于是发生城民起义与清军的大规模屠城。金山卫因明代抗倭需要而设，城池稳固，此时也成为了重要战场，卫城以重兵扼南北，为浦东钱塘湾间一带的前哨。“守坚攻久，故其破也，屠杀加烈”，其悲惨程度可想而知，志士仁人为保种排外而死者不可胜数，“血顺流达于张堰”，室家零落，里巷萧条。金山卫城至张堰仅二十四里，兵退而城内夷为平地，不亚于扬州十日、嘉定三屠。“及后遗民佚老，惓怀宗族，天南海上，一线之望犹未绝，消息时或可通，而江湖侘傺无聊之士，往往至止。”

二百余年后，相关史料早已经散佚而不能考据。姚光悲叹后世只能草草知悉当时情景，所以想要有所作为。他披阅正史方志、私人家乘，并在乡间多方寻探，最终完成《金山卫佚史》，再现金山人的不屈精神，既是他当时鼓吹革命之所需，也是为故乡保存历史。该书所述大多为民众抵抗清朝大军壮烈牺牲的事迹。该书起草于1907年夏，随时搜讨，信笔记载，成于1911年秋。清军南下占领金山卫已逾二百载，“史多散佚不可考，余悲夫后世之草草知之也，思有所述作，而非敢苟焉已也”。姚光书后跋曰：

> 佚史氏抱种族沉沦之痛，狂胪明季遗闻而表彰之，以寓华夷之辨。考其里，虏祸之惨，不亚于扬州、嘉定者，尝有《金山卫佚史》之辑。起草于丁未季夏，随时搜讨，信笔纪载，成书于辛亥孟秋。方思刊梓以声大义于故乡，使读其书者，油然动光复雪耻之念。乃越月而义师起武昌，南朔响应，金山亦以次光复，种族之痛，庶可湔矣。凡我子孙，得报吾二百六十年前先民于地下，先民有知，当含笑瞑目矣。虽然，今日我子孙之得以恢复河山，而享其休荣者，皆二百六十年前吾先民之耿耿苦心所融结而出之也。则是书也，更不可不刊而传之，以永留纪念也夫。

辛亥革命后，金山迅速光复，“种族之痛，庶可湔矣”，跋文酣畅淋漓，意气风发，足见姚光心情大好，彰显出其“狂胪明季遗闻而表彰之”的初衷。

柳亚子在评论《金山卫佚史》一书时，称赞姚光“年少多才，美而好学，尤富民族思想”，武昌首义成功，南社诸子纷纷“奔走国事”，“而子不独杜门著述，手校此书，付诸剞劂”，用力甚专。清军南下，金山卫“气节之盛，屠戮之惨”不亚于扬州、嘉定，金山“三百年来文献散失，功罪混淆，微石子好古之勤，宁能成此信史哉”。

《金山卫佚史》之作，搜罗典籍，详加编次，或他人已有记载，则直接借用入编。诸传之中，有专纪一人至千百言者，有合纪数人而寥寥数行者，“盖随所见闻，信笔纪载，不敢删削恢张。而与有关系或学行相当者，则牵连传之，亦非有抑扬于其间也”(《金山卫佚史》“凡例”)。姚光以此著作，得到南社同仁如高旭、胡朴安等的关注和呼应，二人分别为之作序。

高旭评价《金山卫佚史》时，说到当时的金山，“民俗呰窳，道德堕落，文学凋敝，无一足以支撑残局”，“予友石子，古之伤心人也。与予同抱斯感念，沈沈然以思，悄悄然以悲。为索诸二百六十年以前之金山，乃特采录逸史，网罗旧闻，著为是编，用诏来嗣。……予观石子，平日以表彰节义为己任，斯编虽限于金山一隅，然欲传乡邦古先哲之风流遗韵，俾后之来者有所感发兴起，其用意为至深矣。故其阐扬幽光处，不以诗存人，而必以人存诗，意气殷殷恳恳，若身际其间，而于沧桑之变，尤三致意焉”。高旭同时还认为，金山虽是一隅之地，而地近大海，其风气泱泱乎大，应该有特立独行者、高风亮节者。但当时现状，是令他失望的。序文以此为引，继而说到姚光其人，他很奇怪明末之时，金山的士大夫为何那么有节气。他认为这不是简单的封建气节可以解释的，因为不是为一人，而是为一国。进而言之，甚至都不是为一国，而是为天下。这是值得传颂的。姚光以表彰节义为己任，他之撰写此书，抱有深刻的忧患之心。高旭之序写于辛亥二月，言辞方面不得不稍稍遮掩，含蓄用语。从高旭的序文，我们还可得知他原本也有《南娄劫灰录》的编纂计划，可惜因为事多时少，加上稿本失落，不能完成刊印。金山旧属娄县，而地在南，故有“南娄”之称，实即金山卫。劫灰云者，亦是对乙酉兵事的人事的叙述。二人同此心思，可见金山南社诸人对金山历史的普遍认知。

胡朴安序云：“余友石子，辑《金山卫佚史》，余受而读之，既竟，作而叹曰：呜呼！种族之见之入人深哉！明之亡也，东南士大夫，以至贩夫愚妇，乞儿走卒，骈首就死而不悔者，比比皆是。即于金山卫一隅观之，其率身殉节，而不肯奴于异族者，已指不胜屈也。”胡氏同时指出，明清兴亡之际，死国者尤多，有些人认为是东林党人、复社等鼓吹提倡之功，但他也认为不仅于此：东林、复社，影响能及于士大夫，但不能影响到贩夫走卒之徒。其间又不是区区君臣名分所能解释得了的。清军入关，嘉定三屠，扬州十日，屠杀之惨烈，亘古少有，“究竟能杀者吾汉人之身，不能杀者吾汉人之心”，“然则《金山卫佚史》之辑，正所以昭苏已死之烈士遗民，岂仅尽其表彰之责，存一邑文献已也！”胡朴安序书于辛亥革命开始之后、《金山卫佚史》付印之前，此时，形势大好，言辞不必再加遮掩，只需直抒胸臆，大可淋漓痛快。胡朴安指出该书之作，就是记述清军南下屠杀江浙人民的历史，集中记载金山卫一隅之地的人与事。胡朴安提出，明末为国殉节的人非常多，武昌起义时万众一心，驱除胡虏，这与明末人心是相通的。所以他认为《金山卫佚史》的编辑，除了表彰英烈，还可以唤醒民众血性。

胡朴安自己撰著有《发史》以激发民众的民族情感，宣传排满革命。在《金山卫佚史》成书时，《发史》还远未成稿，可以说姚光的《金山卫佚史》促进了《发史》的成书。胡朴安《发史》之撰，也与辛亥革命有着密切联系。发辫的去留，关系到人心的向背、世俗的朝向。胡朴安此书梳理乙酉剃发相关之志士事迹，用意在于唤醒民众留发辫之耻辱，移风易俗，巩固革命的成果。胡朴安《发史》与姚光《金山卫佚史》皆从明末乙酉剃发之事入手，而皆用意在当时之世风，心意相通，可对照而读，理解其用意。

三、纂辑《金山艺文志》等

如果说《金山卫佚史》是为革命而作的意气之书，那么姚光所编写的《金山艺文志》就是专注于桑梓学术的辉煌之著。

有清一代，方志之修纂及研究极盛，而经世之学也潜移默化，与方志学产生了微妙而积极的反应。自顾炎武以重实学力行而参与修志，撰写《肇域志》《天下郡国利病书》，到章学诚推重方志，以方志为国史之要，经世之学影响及于学界、社会，以及经世之学转为纯粹的历史地理，又渐次复生经世致用的观念。这种观念一直深刻影响到近代的学术文化。

在姚光的学术贡献中，方志编纂思想及其实践是不可或缺的一部分。1913年，姚光发表《论各县亟宜修辑志乘》一文，文中指出，纂修志书的意义首先在于备编修国史者所采择，即“采风问俗，必有资于乡土志乘，此编辑邑志所以备国史之采也”，“今者旧邦重建，凡百待理，而各县修辑志乘，更亟不容缓。盖晚近士夫多不务实际，喜远而略近，舍本而逐末，各县志乘多不计及，失修已久。否则，体例亦有所未善。方今中央政府设馆以编辑清史、民国开国史，若随所搜罗，必有遗佚，且满清一代，是非颠倒，黑白混淆者极多。若各县皆将其志乘续辑而修正之，则国史馆可按地而求矣”。

此外，该文还强调了方志在家国情怀方面的教育意义：“夫人未有不保其身而保家者，亦未有不爱其乡而能爱其国者，此编辑邑志所以供教民之用也。今者旧邦重建，凡百待理，而各县修辑志乘，更亟不容缓。”又称：“教育之本在于小学一级，而小学各科注重乡土，使总角之童于记忆力、感觉力易于粘触，激发其爱乡爱土之心以爱国，而各科乡土材料，皆备于邑志。”“邑志而既修正续辑，则教授者可按类而求矣。”

姚光还从方志的几个重要方面论述了纂修志书的重要价值，比如认为，“今之郡县土地大小悬殊至犬牙交错，属地属人相混淆”，“于行政上殊多妨碍，宜亟重行擘划，此舆地志之宜详加修订也”，“况著作者精神之所寄，存其文即所以存其人也，此艺文志之宜详加修订也”，“典型云亡，斯怀蓍旧，不见古人，我心蕴结，凡往哲之遗行宜勤心搜访，于以立懦廉顽，此人物志之宜详加修订也”。“由是言之，各县编辑志乘之重，既如彼，而在今日修订之亟，又如此。余条而论之，以告当世。昔章实斋有州县请立志科之意，各邑通人其亦计及此乎！持公核实，汇为一编，使文献有征，以昭来世，则非唯乡里之荣而邦国之光矣。”姚氏不但提出修志主张，且致力于《金山艺文志》的编著，无疑是章学诚“仿纪传正史之体而作志”的具体实践。

金山于秦汉之际属娄县，三国时为吴之娄侯国，晋代又属娄县，梁属信义县，旋属昆山县，直至于唐。唐天宝时改属华亭县，遂迄于明。明洪武间，筑城防海，始置金山卫，其名大著。清初分华亭，置娄县，地又转隶于娄。至雍正四年，又分娄南境置县，以胥浦一乡并析风泾、集贤、修竹、仙山四乡地隶之，而即以卫名为名。金山析县之后的修志情况，可以概述如下。

乾隆《金山县志》二十卷首一卷，清常琬修，焦以敬等纂，乾隆十八年(1753)刻本，1929 年 4 月高燮等据以影印四册，上海图书馆另藏有抄本四册。该志卷首有邑令常琬、王宗闵、陈怀仁及总纂焦以敬序 4 篇，民国重印本增加高燮序文 1 篇。卷十九“艺文一”包括赋、诗、诗余，卷二十“艺文二”包括记、序、碑记、铭、书、议。乾隆刻本和民国影印重刊本均印数有限。道光《金山县志稿》，亦称《金山县志续修稿》，邑人姚汭（字水北，廪监生）著，“亲自采访，增七阙略，辨其舛误，历十余年，稿凡几易，未及竟而卒”（光绪《金山县志》）体例结构沿用乾隆志，惜该书已佚。咸丰《金山县志稿》由靖江训导钱熙泰（字子和，号鲈乡，金山钱圩人，附贡生）聘同里姚怀桥、吴江董兆熊在道光志稿的基础上重加参订而成，凡八册，拟目与志稿目录稍有出入。其存稿目录第六册为“艺文”，主要是诗文辑录，分作山川、古迹、宅第、城池、镇市、寺观、坛庙、学校、桥梁、冢墓、前志艺文等。今志稿存上海图书馆。光绪《金山县志》三十卷首一卷，清龚宝琦等修，黄厚本等纂，光绪四年（1878）刻本（不少部分抄自乾隆志），卷十五为“艺文”。该志又有抄本十六册藏上海图书馆。

1918 年，金山县奉省令成立县修志局，并聘高燮负责总纂续修《金山县志》。高燮先后撰成《金山县修志体例》《编纂细则》《采访细则》，作为编修县志的总体设计和规制体例说明，拟订县志纲目计 15 卷 95 章，含《舆地志》8 章、《建置志》9 章、《水利志》7 章、《财赋志》8 章、《教育志》5 章、《军警志》6 章、《实业志》14 章、《交通志》5 章、《祠祀志》4 章、《名迹志》5 章、《艺文志》5 章、《职官志》3 章、《选举志》10 章、《人物志》4 章和记载祥异、轶事的《杂志志》2 章，延聘里人学者姚光、高煌、朱乐天、方冲之、曹中孚等二十余人为编纂员和采访员。限于当时的社会环境和经济条件，全志未能完成，仅有姚光完成《艺文志》、朱乐天完成《舆地志》。

1925 年，金山县议事会议事员陈光辉、姚谦提议纂修《金山县志》，但仍议而未行。1927 年，高燮再次倡议编纂《金山县志》，仍以 1918 年所拟订体例、采访、编纂细则为依据，进行集稿整理，无奈连年天灾人祸，当局并无暇顾及，此事又被迫中止。抗战前后，王杰士、朱履仁、方冲之、曹中孚、沈思期等人，以本县修志工作历经多年，终难集稿，成书无望，遂发起编印《金山县鉴》共 4 期，分别出版于 1935 年、1936 年、1946 年、1948 年，惜记载过于简略。

上述历代金山修志情况的史实，姚光于《金山艺文志》“例言”之始即有所交代，又云“总纂高吹万先生，命为编纂书籍一志，余小子自幼竺志文献，于先民著作，网罗时有所获。乃不自量力，毅然任之。八年以来，适丁家务纷乘，世变迭起，而此业不废”。姚光受新修《金山县志》总纂高燮之委托撰《金山艺文志》，费时二十多年，“本书编纂，除收罗书籍之外，更勤求于他书中记载序跋，与详访乎故老之传闻目观，傀焉孜孜，盖非一朝一夕之烈矣”。光绪《金山县志·艺文志》所载已有232家455种2 746卷（未注卷数者以一种为一卷），姚光考得500余家900余种4 900余卷，增加一倍有余（寓贤著述及金石不计在内）。虽采访至于当代殁世诸人，而其所增补，仍以道咸以前为多，往往佚多存少，目在编亡。

姚光负责《金山县志》的“艺文”部分，实属得心应手，其从小即有志于此，“于先民著作，网罗时有所获”，胸有成竹，遂欣然应允，毅然任之，八年之间，家务纷乘，世变迭起，“而此业不废”。姚光是编写金山艺文志的最佳人选，不仅做到了全力以赴，成果甚至超出了高燮的预期。例言曰：“艺文之名，始于《汉书》，九流百家，所包至广。《隋志》则称经籍，似有专尊，今若易称书籍，虽避去经名，而范围仍属太狭，况金石与四部同载，亦不能谓为附庸。惟‘艺文’二字，庶能概括，故今仍以此称耳。”此例言写于1925年。高燮原本嘱他写“书籍志”，而他考虑到“书籍志”的范围太过狭窄，还有大量的金石难以纳入，都作附录也不合适，而“艺文”一词则更适合，故而选用。

《金山艺文志》题材的选录范围与甄别，姚光遵循了一定的原则，即“兹之所采作家姓氏，自古迄今，以籍隶此区域者为限。惟此疆彼界，变置已经数数，代远年堙，考核不易，或出或入，自所难免。惟余意与其偶遗，毋宁或滥。盖疑似之人，纵不居于域内，相去必属毗邻，亦有初系土著，后则迁徙于外，仍为甄录。总之，存一方之文献而已”。姚光充分考虑到金山历代沿革的复杂，故而适当放宽了所收录的人及书的范围，“与其偶遗，毋宁或滥”，实在是史家圭臬。这也凸显了他著述“存一方之文献”的目的。姚光分析了他对前人艺文的增补，虽然很多，但大多仍是道光、咸丰年间的人与书。

《金山艺文志》的编纂，除收罗书籍之外，更勤求于他书中记载序跋，与详访故老之传闻目睹，俛焉孜孜，朝夕不怠。凡所著录，则参考《郡斋读书志》《直斋书录解题》及《四库全书提要》之例，考求所得，注明其撰述纂录校刊之姓氏、卷数、版本、出处等，并节其序例，采取要旨，务使原委明白，更旁及于此书之遗闻佚事。总之，凡有关系之处，能力所及者，无不补缀周至。“庶书籍纵有散亡，百世以下犹得知其梗概，掇拾丛残，以表彰先德，区区此志，未敢或渝耳。”（《例言》）足见姚光艺文志编纂的思想及方式、方法，对于后人理解、研究其著作，亦有积极作用。

作为姚光毕生致力的一项重要事业，《金山艺文志》自1919年开始，持续编写，不断增补资料。在姚光寓居上海时精力更为集中，历二十余年之久，终于完成，然而未及刊印，姚光便因病辞世。此书可称谓姚光的心血之作，后经周大烈订补、高塝参订。《例言》有云："焦志艺文杂载诗文碑记，而无书目，实乖史志之体。黄志以四部分列，只录书目，并载金石，于义允矣。兹书分为八章，一、经部，二、史部，三、子部，四、集部，五、丛书部，六、寓贤著述，七、邑人校刊书籍，八、金石部"，其中六、八二部为"同胞妹竹修(惠风)续成"。《金山艺文志》在经史子集之外，特立丛书、金石、寓贤著述和邑人校刊书籍，是很具有眼光的，而"释道之作，前人特列一类，今以专谈佛法玄理者入子部，若记载诗文之类，即入史部、集部，唯于人名之上，标出其为释、为道而已。闺秀之作，亦核其书之性质，散入各部中"。"释道之作"一改单独罗列而分散于史、子、集中，是一种创新；对"闺秀之作"的处理，亦更显妥当。对于结构体例的安排、较之前志的创举及其详细说明，姚光毫不吝惜笔墨，云：

> 焦志艺文杂载诗文碑记，而无书目，实乖史志之体。黄志以四部分列，只录书目，并载金石，于义允矣。兹书分为八卷，卷经部，卷二史部，卷三子部，卷四集部，卷五丛部，卷六寓贤著述，卷七邑人校刊书籍，卷八金石部。释道之作。前人特列一类。今以专谈佛法玄理者入子部。若记载诗文之类，即入史部、集部，惟于人名之上，标出其为释、为道而已。闺秀之作，亦核其书之性质，散入各部中。丛书包罗经史子集。前人以入于集部之总集类，殊觉未允是宜特列一部。至一人或数人汇刊著述，不止属于一部，与乎类书，亦附于此。若虽为丛书或汇刊著述，其内容专属一部者。则即隶其部焉。凡志乘人物一门中必列寓贤，则寓贤之撰述亦应著录焉。且寓贤者，羁旅于外，其本乡反与之阂隔，身后或更无从采访，则寓于其地者，不为之记载，不将湮没而不彰乎！故特列一部，书籍不多，不为分类，约以人代先后为次。他邑人之书籍，经邑人评点校勘者，特列一部以著录之。若汇刊成一丛书者，则入丛书部中。至评点校刊，即为邑人或寓贤之撰述以及笺注，另定名目者，则散入经史子集及寓贤各部中。

《金山艺文志》书稿完成，由于卷帙浩大，体裁与全志定例有所不合，于是姚光有了独立成书的打算，同时表示："今幸草稿粗具，盖已裒然数册。惟体裁别出，与全志定例有所不合，且亦卷帙太繁，故将独自为书。异日全志集成，须经总纂之甄录此作为采访稿可矣。”

在编制艺文志的同时，姚光又拟辑《金山文征》，附志稿以行，可惜未及写定，“它所撰述，一皆未就”。姚光曾说：“我邑当明清之际，节义文章，一时称盛，其后穷经学道风雅有文之士，亦绵绵不绝。而自嘉道以来，如顾氏观光之朴学，钱氏熙祚之校勘，名满天下，沾被百年。凡我邑人对此先民述作，能无感奋兴起乎！余又有《金山文征》之辑，计分上下两编。上编为邑人之作，下编则他邑人所作之与我邑有关系者。其各书之序跋，亦多选入，异日当与本志相辅而行也。”（《金山艺文志》“例言”）《金山文征》仅存少数残篇，已无法汇编。

光绪三十三年（1907），姚光与高旭、何宪纯等创办张堰钦明女校，姚光任文史教员，自编《金山乡土地理教科书》，详述金山地势、沿革、河流，旨在唤起民众对家乡山川河流的热爱。著名历史地理学家谭其骧先生曾指出，上海地区最早出现的三县（海盐、前京、胥浦）县治在今金山境内，金山有着悠久的历史文化，《金山乡土地理教科书》在张堰钦明女校的文史课程教学中无疑起到了重要作用。姚光在该书序言中说：

> 金山地势古今不同，而所以不同者，则由于河流之变迁也。在昔金山嘴未塞，青龙港尚通之时，为形胜之区。明洪武间，因倭人侵我边疆，朝廷设卫以防之，金山亦居其一，故邑城至今称曰卫城，有十八指挥使住于城中。乙酉清兵南下，自南至北，扼以重兵，久而后亡。洪氏之役，卫城不守，以至南汇奉贤，相继而下。及皖军东来，扼守朱泾先破卫城，而后附近诸邑以及浙西遂闻风瓦解矣。是以虽蕞尔一邑，能控扼全局，屹然为一方重镇。得之足以前控大海，后镇浦江；失之则沪淞二浙，非我有矣。近则金山嘴闭塞，青龙港湮没，河流大迁，地势亦因之变。然其为海疆形胜，则历久而不易也。兹编之辑，于金山地势沿革河流叙述尤详，使读者知古知今而无陆沉耳聋之诮矣。

四、编印正德《金山卫志》

姚光编辑、校勘、刻印的书籍，更为保存乡邦文献作出了重要贡献。先贤撰述未经流布者，姚光每设法传录，或集资校刊，正如高塝所说：“妇兄姚君石子，少好缥缃，尤躭文献，并喜刊传前哲及友生撰著。”姚光校读《鲒埼亭正续集》及《章氏遗书》达数年之久，早年曾编《云间诗征》《金山文征》（未刊，手稿已佚），后校勘编印陈子龙《安雅堂稿》（1909，与高燮、闵瑞芝合作），辑录《王席门先生杂记》（1910）、《姚氏遗书志》（1911）、《姚氏摭残集》（1911）三种则为传抄本。《徐闇公先生残集》（1912）、张文虎《金山姚氏二先生集》、姚铁梅《一树梅花老屋诗》（1918）、姚贞甫《重辑张堰志》（1920）、姚竹心《盟梅馆诗》（1924）、徐孚远《钓璜堂存稿》（1926）、张文虎《舒艺室全集》（1928，与高燮合作）、顾观光《武陵山人遗著》（1928，与高燮合作）、《顾千里先生年谱》（1930）、《钱汪两先生行述》（1932）、《云间两何君集》（1932）等的编校，姚光均有重大贡献。张文虎《舒艺室两种》、顾观光《武陵山人制艺》、《重辑朱二垞先生文存》则不及刊印而原稿已佚。

正德《金山卫志》六卷，明张奎修，夏有文等纂，明正德十二年（1517）七刻本，六册，现藏于国家图书馆；乾隆嘉庆间抄本二册，姚光原藏，现藏上海图书馆；上海图书馆还藏有清嘉庆七年（1802）洛村居士钞明正德十二年修本一部二册、民国间传抄本一部二册。清刘垓辑《续金山卫志》，一作《续卫城志》，光绪《华亭县志》卷二十《艺文志》、光绪《松江府续志》卷三十七《艺文志》、光绪《金山县志》（作《续卫城志》）、姚光辑《金山艺文志》作（《续金山卫志》）等均有著录，刊本今未见，仅偶见县志引用其中条目。

金山左临大海，右控浦江，自昔即称形胜之地。地旧属华亭，明洪武间筑城防海，始置为卫，设都指挥以守之。清顺治十年华亭置娄县，雍正四年又析娄而置金山，即以卫名县。张奎以都指挥佥事来莅其任，乃咨询故老，搜辑异闻遗事，而编《金山卫志》六卷。由于是卫志，故清乾隆、道光、光绪间先后纂辑县志时，均未提及。

1932年八月，姚光出资上海传真社重印正德《金山卫志》一百部，每部四册。写于是年8月3日的《正德〈金山卫志〉跋》中，姚光指出：金山卫历史上就是战略重镇，应该注重海防建设。其对金山卫的军事地位有清醒之认识，他说：

> 金山蕞尔小邑，处东海之滨，地势有今古之不同；其为浦东、钱塘湾间，厄然重镇，则历久而不易也。在昔金山嘴未塞，青龙港尚通之时，为海疆形胜之区。明洪武间倭人道海侵我，东南数被寇乱，朝廷乃就华亭县之筱馆设置戍城，隐然与海中金山相直，故名金山卫。迨清雍正间，即改为金山县云。设卫时城中驻有十八指挥使。乙酉清骑南下，自南

> 至北，扼以重兵，与海内外义师时通声气，久而后亡。及后海口湮塞，河流变迁。然洪氏之役，清于卫城不守，以至南汇、奉贤相继而下。皖军东来，扼守朱泾，先破卫城，而后附近诸邑以及浙西，遂闻风瓦解矣。甲午中倭之战，卫亦防守綦密，是以虽偏僻一隅，能控扼黄浦以南江浙间全局。得之足以前控大海，后扼浦江；失之则沪莘西浙，非我有矣。夫国家边疆之备应陆海并重；乃卫之城阙，早于民国十有一年为计吏鬻卖，夷为平地。今过此土者，惟见盐灶渔舍，荒凉更甚。近者倭人寇我淞沪，倘在彼不得逞志，必云扰沿海，而卫当其冲，不知为政者何以为御敌之计也？卫之政制，正德间都指挥佥事张奎，已纂有专志。于武备之设置，叙述特详，间及学校、祠祀、人物、土产，纲举目张，简明有要。余藏有旧钞，知是书有刻本，常以未见为憾。今余友海宁陈君乃乾，获睹原刻，为之影印传世。卫自此志而后，盖无继起而作者。爰述卫之历来情势，以跋其后，俾览者知古、知今，而无陆沉耳聋之诮矣。

跋文中先说明金山的地理位置和战略地位，梳理明清以来的重要政治军事事件，叙述了金山设卫之后的战事，从抗倭、抗清，都可看出金山卫对于上海、浙江的战略意义。姚光着重指出了金山的军事意义，而《金山卫志》则亦正好是军事建置专志，不同于一般县志的体例。所以姚光之所以刊印此书，也与其撰写《金山卫佚史》一样，有着深刻用心。跋中最后称："余藏有旧钞，知是书有刻本，常以未见为憾。今余友海宁陈君乃乾，获睹原刻，为之影印传世。卫自此志而后，盖无继起而作者。爰述卫之历来情势，以跋其后，俾览者知古、知今，而无陆沉耳聋之诮矣。"姚光有此志抄本，并在友人陈乃乾处获得明正德原刻本，于是影印一百部行世，并请陈陶遗题签，其后还有陈乃乾所附校记。

与一般的地方志不同，《金山卫志》非常注重武备的设置，记述非常详尽。姚光费尽周折地印行此书，除了保存乡里相关文献，也必然有现实的考虑。当时中日战事日紧，日军蠢蠢欲动。日本海军发达，虽与当年倭寇之乱相比强大得多，但海上来犯，有其定规。自太平天国后，金山卫城荒废已久，"夫国家边疆之备应陆海并重；乃卫之城阙，早于民国十有一年为计吏鬻卖，夷为平地"。按金山地区并无制高之地，唯有依靠高大的卫城，戍守海滨，可以镇守黄浦江以南。而当时卫城已经夷为平地，在日军压境之当时，作为有识之士的姚光深深感到不安。是以姚光对时局提出了忧虑："近者倭人寇我淞沪，倘在彼不得逞志，必云扰沿海，而卫当其冲，不知为政者何以为御敌之计也？”

后来果然如姚光所料，日军在淞沪会战正面战场上未能迅速突破，陷入拉锯战，于是以海军绕行到杭州湾，于金山登陆，展开大规模的入侵。金山沦陷引发的中日战局转变，正如姚光所说，金山“虽偏僻一隅，能控扼黄浦以南江浙间全局，得之足以前控大海、后扼浦江，失之则沪苴西浙，非我有矣”。不得不说，姚光对金山历史、地理等理解深入，对相关记载非常注重且能灵活运用，并作出准确的判断，遗憾的是未能得到当局者的更多关注。姚光的敏锐的判断能力，则是其对金山的历史文化如数家珍所赋予的。

五、辑刻其他史志文献

第一，辑录《姚氏遗书志》。关于该书，参前文所述，此不再赘。

第二，传抄《武陵山人制艺》。清顾观光撰，姚光钞本，一册。内容为作者取四子五经中有关天文、历数、音律之语句为题，用制艺体各撰一二篇，如《日月星辰系焉》《规矩方圆之至也》《不以六律不能正五音》等共九题，计十二篇。此制艺之题，出于《论语》《孟子》《中庸》《尚书》，关于天文历算者十篇，典制者一篇。每篇末有评语，不知出自谁手。姚光抄顾氏书，意在“他日将汇编先生遗书之全，此当特立为一种云”（姚光《〈武陵山人制艺〉跋》）。

顾观光（1799—1862），字宾王，号尚之，别号武陵山人，清代数学家、天文学家、医学家，上海金山区钱家圩（今属金山卫）人。“先生生而颖悟，未能言，教之字即识，以手指之，百不爽一”（姚光《顾尚之先生传略》），后弃科举以行医为业，系统研究过我国历代历法和数学名著，主张“中西之法可互相证，而不可互相废”，生平著作甚多，涉及天文、地理、历法、数学等，同时致力于古籍的整理和研究，先后撰写了《古韵》22 卷、《国策编年考》1 卷、《七国地理考》14 卷，校勘《华阳国志》《吴越春秋》《列女传》《文子》等，编辑《古书逸文》，辑录了已散失的《神农本草》《七律拾遗》《桓子新论》等书。道光十四年（1834）后协助钱熙祚校勘《守山阁丛书》《指海》，协助钱培名校勘《小万卷楼丛书》等巨著。他能接受西方先进的科学成果和研究方法与我国古典科学融会贯通，其为学，实事求是，无门户异同之见，认为“旧法者，新法之所从出”，“中西之法可互相证，而不可互相废”，成为清代著名的天文学家、数学家。

第三，重辑《朱二坨先生文存》。朱栋(1746—1808?)，字木东，一字二坨(或作二坨)，小字澜荪，号二坨居士，别署破烂布衣，居所名蜨巢，斋室名十三砚斋，金山县干巷镇(今吕巷镇)人，朱熹二十二世孙，官州同知，年三十二徙居青浦章练塘，晚岁行医，寓莲花寺。有《朱泾志》《干巷志》《二坨诗稿》《二坨词稿》《湖山到处吟》《二白词》《砚小史》《读书求甚解》《唐宋碑跋》等著作。光绪《金山县志》卷二十一有传，《金山卫佚史》亦有特列。《朱泾志》从嘉庆三年开始编写，直到嘉庆十二年(1807)完成。现存1916年旧钞本(上海图书馆收藏)，设疆域志、建置志、水利志、名迹志、官师表、人物传、艺术传、列女传、流寓传、遗事等部。

朱栋为明遗民，“抱道坚贞，以文章气谊自许”，引起了姚光的共鸣，称“余生也晚，与先生心契乎百年之上，际兹时会，更感天地之苍茫，不胜望古、遥集之思矣”。姚光辑录的《朱二坨先生文存》，收录朱栋文章四十九篇。此外，朱栋所作碑记、墓志铭存世约十篇，姚光《金山艺文志》集部所录诗文集中，提到有朱栋序跋的也有约十部，或有可以补充姚光所辑之处，至于朱栋的诗集《二坨诗稿》，虽然朱栋在世时已经刊刻出版，但流布有限，上海古籍出版社2010年影印出版的《清代诗文集汇编》，收入了《二坨诗稿》。

第四，校录《王席门先生杂记》。明遗民王侯撰。此书纪卫城乙酉兵事，意在发潜阐幽。侯之著述甚富，顾徐磐时已失传，录得其杂文数十篇，而此记则仅五篇，盖又散佚多矣。清嘉庆己卯华亭张应时为刊入《书三味楼丛书》中，称曰《杂志》，有徐磐跋。宣统庚戌，邑人姚光重加校录付印，易题今名，加以高燮、姚光序跋。姚光跋语交代了校录的前因后果云：“王席门先生为金山卫明遗民。著述极富，身后散佚殆尽。此杂记五篇，为徐磐稼翁元录，张应时虚谷校刊。中有稼翁眉注二则，跋一首，虚谷注稼翁事实一则。顾其板久毁，世少传本。里中范氏伯雨丈家藏有是册，出以示余。余时方草《金山卫佚史》，视之尤宝贵，重为校录一通。原题杂志，余为易今名。(邑志亦云，存杂记一卷当即此书)首篇乃记卫城被祸始末而无题，亦为标识。夫先生以老遗民写亡国事，字字纪实，言言沉痛。其所记当时事迹，想必不止此，而得存者仅寥寥数篇，甚可惜也。呜呼！沧海桑田，遗闻散佚多矣。此册虽微，而乡邦之文献实赖以考见。则此册也，安可以不传。爰跋其后，而更付之梓。”

高燮序文又曰："吾甥姚子凤石以书一卷题曰《王席门先生杂记》，谓借钞于里中范氏所藏旧刊本世无有存者，谋将梓行而请为序之。按是书有徐介鸿磐后跋，言先生为明季金山卫人，鼎革后绝意进取，遂弃举子业以发潜阐幽为志，旋竟贫病死。然则先生乃明代遗民而以气节自励者也。先生曾有诗古文辞全集数十卷，子早孤失学，不能读父书，因是集多散佚。然则先生乃不特能尚气节，而又富于著述者也。后跋又言，先生死后仅于残蠹之余录其杂志十篇，余观此卷，止存五篇。……先生名侯字公简，席门其号。此卷所载，类多未见于他书。先生以本地之人述目睹之事，其言当可征信，唯记陈卧子死状及其子被杀事，与陈年谱所载不合，则必系传者所误。然则先生抱亡国之感，故其语至极沉痛，盖当时之有心人也。是书原名杂志，姚子为易今名。"

第五，刊刻《重辑张堰志》。张堰风俗醇厚，物力富庶，而人才蔚起，文学事功，皆彬彬称盛。编于乾隆末年之《留溪小志》，一名《留溪小识》，作者吴大复，字翔云、竹溪、诸生。此志原目未分卷，后人依内容分为 4 卷 65 目。有传抄本，已佚。《张堰镇志》编于道光十八年，辑成未刊。其后则更无继起而为之者。是非特道光以来至于清末，七十余年中之遗闻佚事，未有著录，即道光以前，溯于远古，其文献之已有著录者，亦将湮没而失传。姚贞甫先生有鉴于此，"约里中诸老，遂有重辑《张堰志》之举，我父亟怂恿之，相各网罗采访，我伯父以总其成。伯父硕学大年，精神矍铄。审慎从事，一不或苟。其道光以前，则本吴大复、时之瑛稿而增订之。道光以后，断于清末，则以耳闻目睹所得而续修之。使张堰自古逮今之文献，灿然大备，书成又手自工笔写成，举视小子，命参末议。""余小子无似，安敢妄赞一辞，乃即呈于我父而付之梓。""余受读既竟，而不觉感慨之无穷也。刊而传之，亦足使居是乡者，得以征文考献，念诗人敬恭之义，而知所兴起哉！"

姚光《伯父贞甫公家传》曰："贞甫公，讳裕廉，字嵩龄，号申甫，晚号谿东逸叟，金山县学优行廪膳生。光绪壬辰科岁贡，就职训导，封中宪大夫，加四品衔，内阁中书。民国癸亥，例膺重游泮水。生于道光二十一年辛丑闰三月十九日，卒民国十四年乙丑十月初五日，享寿八十有五岁。"《重辑张堰志》于 1920 完成刊印。

除以上外，姚贞甫先生辑《张堰姚氏支谱》，姚光曾抄存补充，所谓"小子往尝请授剞劂，因故未竟，遂录副藏之"，"旋先从兄志轩君亦钞存。丁丑之难余家被寇盘踞，藏本残失仅剩数页，而世父之原稿辒辉侄携以避难，中途亦遭劫失落。幸从兄所钞者，得保完好，乃向守梅侄处复为补录，仍还旧观”。姚贞甫于1925年辞世，自后姚光踵例书之，“更以所考见者随时附注以备参稽”，但未能付梓。

道光间先辈姚彬儒公（怀桥）原辑之《姚氏登科人学记》，姚光亦曾录副。跋语称：“后人又依例踵录之。所记乃江浙阖族也。书凡四卷：卷一之二，记明清两朝之登科；卷三之四，记明清两朝之入学。起自有明洪武初年，迄于胜清光绪科举之废。凡院试、乡试、殿试，自入泮以至登第，皆记其名字并注其世系、名次、年岁，以及略历。至主试者之官阶、姓名及命题，亦备列于前。六百年来，吾宗人士之登科入学者，既绵历鲜有间断，而科举之制亦至明清两朝而大备。”姚光《书〈姚氏登科人学记〉后》云：“此册原稿，向藏先世父贞甫公（裕廉）处。丁丑之难，辒辉侄携以避走，幸不遭劫，兹录副存之。”

结　语

金山孕育南社有其历史渊源与地域原因，在中国近代文化史中，南社与金山都有着很大的影响，焕发出独特的光彩。如果说“说剑”与“描兰”可用来比拟南社的革命性与文艺性，那么这两个意象同样可以用为金山文化的注脚。

南社的革命性是先天的。高旭、柳亚子等人，因同盟会革命的需要而创立南社，联络同志，宣扬排满革命，这是他们的根本目标。南社也的确起到了为革命别张一军的作用。在辛亥革命中，南社在宣扬革命、声援革命以及在上海的光复过程中都起到了积极作用。高旭之弟高基在《天梅遗集序》中说:“论者以为，微君辈三数人，革命或未必成事实。呜呼！是则君之罪也夫!”高基痛惜于1920年代的“朝野之呻吟”，而推源溯流，以为高旭之“罪”，实则为对高旭之于辛亥革命功绩的肯定。以此而论金山南社诸人在革命性方面，南社与金山是同样强烈的。

南社的文艺性也是与生俱来的。高旭等人创立南社，缘起于皖浙起事失败之后，清政府缇骑四出，对革命党人的警惕提到极高的程度。党人结社、聚会是所深忌。革命是一项群体活动，没有联络则无以成事。高旭无聊之余游览山水，在苏州虎丘吟咏甚乐。正是因为这次游览，促使高旭开始思考通过文人雅集的形式结社会友，推进社会革命，是故有南社之结。可以说文艺性是南社之“皮”，革命性是南社之“骨”。金山多文人雅士，高旭以剑为号，为“南社四剑”之一，其以书生赴日本为学生，以学生参与创建同盟会，以江苏同盟会长创办南社，以议员参与民初政治，其中所表现出的革命性毋庸置疑。就其文艺性而论于《天梅遗集》之篇篇可见。而高燮、姚光则文艺性更多于革命性，注重桑梓文化艺术的创造与传承，在此环境熏陶之下成长起来的白蕉，则极大地发挥了“描兰”传统。

“说剑”与“描兰”之间，“江南”与“海滨”之间，金山与南社之间，有着革命的理想与文化的传承。从戊戌变法到辛亥革命，20世纪初叶的中国，各种思潮异常复杂，表现为思潮繁杂与反复上。排满与反对帝制相辅相成，但帝制的阴影一直存在。洋务运动时的中体西用，而后数十年中学之体又与保守主义结合为一，抵制西化。国学、国粹起先是革命的宣传利器，后来又成为保守主义的渊薮。对于思潮的对错，我们不可遽加判断。其一，因为一种思潮会反复出现，开始时可能符合社会发展之需要，时过境迁，则有可能阻碍社会发展。其二，要保持价值中立，因研究者自身固有的价值观而难以做到。对这一时期的各种思潮，应尽量以史料为据，加以尽量客观的分析，减少先入为主的价值判断，而强调各种社会变动与思潮的复杂性。时代与帝国的阴影下，个体的声音被淹没，承受变革与凝滞的创伤，归于沉默，抑或发为嘶喊。“大变局”下，个体在“道统”“法统”等群体价值中间徘徊，在“内圣”与“外王”的追求之间彷徨。倘若只关注时代本身与国家，或只关注作为群体的人的政治史，则无法体察到个体的真实，而历史的“真实”也必将因此而被虚化。了解金山与南社，我们当于群体研究之外，尝试着去深入理解金山南社诸人的个体知识历程与情感经历，寻绎其于历史关键时刻“不得不如此”的具体情境，或许如此才能得到关于南社、金山，乃至近代史的一些文化史意义上的“真实”。

19世纪中叶以后，中国之内忧外患接踵而至，进入内忧外患的特别时期，即使存在不同党派间的巨大差异，士大夫也莫不以救亡图存、探索新路为矢志，无论是洋务派、清流派，还是革命党、保皇派等，莫不皆然。一般而言，士大夫可分为在朝的当权群体和在野群体两类。若以中国的南北而论，南方的士大夫群体又极其特殊。从最初镇压太平天国的曾国藩、李鸿章等开始，南方士大夫积极参与清朝军政要务，走上了历史舞台，如康有为、谭嗣同、孙中山等都走上了各自不同的救国道路。从洋务运动到辛亥革命的历史进程中，南方士大夫的心路历程也凸显出来。清朝对天下的掌控，本就呈现出从北向南的“南面之治”。举天下而奉一族，甚或奉天子一人，穷尽江南之富庶，乃至边疆极域之膏脂，曾不知餍足。江南商品经济之发达，也因无比繁苛的赋税而近乎枯萎。而当北方的鞍马骑射不足以震慑外夷时，清朝的统治基础已在摇晃之中，其对天下的掌控，也呈现出从北向南的“南面之治”。南方士大夫尤其是在野士大夫对于清帝国的离心力，在一次次“求变”与“失落”中一再被加强。反向地，“南”的理念和“南方”的定义，也在士大夫群体中得到一次次的普及和强化，南社之创立，表明了这一趋势的最终定型，也说明了南方士大夫群体对于清王朝的离心力已然最大化，“天下”呈现出土崩之势。虽然辛亥革命这一致命的“土崩”更为势大力沉，但这一发生过程却仍是漫长的。

我们将南社的文化以“剑”与“兰”来概括，是想突出南社文化的革命性与文艺性，以及二者的有机一体性。然而，如同很多研究范式的排他性，以及方法论的局限性，这样的概括也尽量要避免把南社文化标签化及二元对立化。从金山南社诸人创立南社的历程，我们可以看到历史的多元和复杂性。以二元对立的思维，难以把握复杂的历史真实。若仅仅以革命性、文艺性为标签，则难以解释同一个人的两种特性之共存，以及一种特性向另一特性的转换。是故，我们以整个近代史为南社研究的背景，以金山南社诸人为研究的关注点，希望借此规避研究方法及论证过程中的偏颇。

从整个近代史，我们可以看到南社的诞生有其历史发展的必然性，以及在整体历史背景中的独特性。自鸦片战争以后，中国之内忧外患，不可谓不深；中国社会之变革，近乎土崩瓦解。对此大变局的形势，士大夫无论趋于激进还是保守，都有志于天下兴亡。他们所形成的共识，是中国国力已不如西方列强，甲午之后，中国且不如近邻之日本。所以，士大夫无论趋于激进还是保守，都有志于天下兴亡，而救世的良方则要从诊断天下之病状开端。甲午之战表明中国且不如近邻之日本，究其原因，正如1905年黄节在《国粹学报叙》中所说，“以吾外族专制之黑暗，而当共和立宪之文明，相形之下，优劣之胜败立见也”。柳亚子《二十世纪大舞台》发刊词的一段话极能代表时人的悲怆：“风尘澒洞，天地丘墟，莽莽神州，虏骑如织。男儿不能提三尺剑，报九世仇，建义旗以号召宇内，长驱北伐，直捣黄龙，诛虏酋以报民族，复不能投身自由，左手把民贼之袂，右手椹其胸，伏尸数十，流血五步，国魂为之昭苏，同胞享其幸福，而徒唏嘘感泣，赤手空拳，抱攘夷恢复之雄心，朝视天，暮画地，未由一逞，寤而梦之，寐而言之，执途人而聒之，大声疾呼以震之，缠绵忠爱以感之，然而明珠投暗，遭按剑之叱，陈钟鼓于鲁庭，爰居弗享也。泪枯三字，才尽万言，日暮途穷途，人间何世，盖仰天长恸力而不能已。”上述结论得来不易，是在“师夷长技以制夷”之上，是在“中体西用”之上，是革命而臻乎日新的要求。这也是为何南社诸人如高旭者，爱以剑为号，而反复吟咏“倚剑吹箫”之缘由。

在认识了南社之创立的历史背景，以及“南方在野士大夫”知识阶层的努力后，仍不能回答在空间坐标上，为何南社会在金山，或者说，被金山士人所创立呢？此问题也可表述为：南社的“兰”与“剑”的两个面向，其地域文化史的渊源为何？以时人心为心，以同情之理解去尝试认识“当局者”的迷惑，方才能够帮助我们解除疑惑。而对“当局”的理解，无疑还应落实到“当地”，才能更加切实。南社既有“江南”的文秀之气，又有“海滨”的尚武之风，金山是江南城镇，也是海滨卫所。是东南一隅的不起眼之地，也是西方新思想新文化传入的前哨。金山孕育出了南社，南社也深刻影响而改变着金山。

南社之由金山人创立，既有着长时段的历史背景，又有着地域文化的渊源，实际上仍是一个逐步而进的过程。金山南社诸人从戊戌变法走来，走向日本又走回中国，推动革命，推动文化，不遗余力，到死方休。高旭“说剑”革命之功卓著，而“描兰”诗文之风格弥高。当新文化的曙光出现时，我们不应该忘记黎明前南社的奋斗。南社的衰落是时代的必然，文字革命的火炬最终交付到新文化运动的诸人手中，而劫余的姚光、高燮，乃至南社影响所及的白蕉等人，则对桑梓金山的文化作了自己保存与发扬的努力。南社的金山诸人以“说剑”之概，“描兰”之心，为近代上海、近代中国的发展谱写了壮美华章。

附　录

一、金山南社事迹简编①

1907 年

4 月 15 日至 17 日

高旭与陈去病、朱少屏、刘季平、沈砺五人共游苏州，出阊门，过山塘，经五人墓，登虎丘，止于张东阳祠。诗酒流连，三日而返。归辑所得诗词，成《吴门纪游》一册，转贻柳亚子、高燮。吴门之游，启两年之后南社虎丘雅集之机。

4 月 22 日

《神州日报》创刊，高旭作《水调歌头》一阙以祝，后于该报发表大量诗文。

7 月 15 日

秋瑾就义于浙江绍兴，高旭作诗寄托对革命烈士之哀思。

高旭《悲歌四章——哀鉴湖女侠也》

缇骑四出何披猖，杜门凄绝落叶黄。鸿雁满地天雨霜，关山何处觅稻粱。

浙江潮激声如雷，阴风惨淡白日微。不堪谣诼伤蛾眉，血肉狼藉云鬓摧。

有人涧底感飘蓬，娟娟古泪如花红。秋风萧瑟号寒虫，张牙奋翼谁雌雄。

瓜蔓子抄酷若何，党人今日何其多。避世空山寻薜萝，头颅如许真蹉跎。

---

① 据杨天石、王学庄编著《南社史长编》(中国人民大学出版社 1995 年版)改编而成。

7 月 29 日

陈去病在《神州日报》发表《神交社雅集小启》和《神交社例言》，标志神交社正式成立。

8 月 12 日

《神州日报》自是日起至 15 日，连续刊载《神交社开会广告》，拟于 8 月 15 日在愚园小集。广告后附神交社邓实、吴梅、朱少屏、祝心渊、柳亚子、冯竟任、陈去病、杨天骥、高天梅、黄节、刘三、诸宗元、高燮、沈廷镛、柳无涯、沈砺、包天笑、杨笃生十八同人名单。

《神交社开会广告》："启者，敝社谨于双星渡河日午后一时假座愚园小集一天，藉修秋禊，除柬邀外再登广告以闻，伏望海内外方闻君子不我遐弃，翩然惠临，有厚幸焉。神交社同人：邓实、吴梅、朱葆康、祝秉纲、柳人权、冯竟任、陈去病、杨千里、高天梅、黄节、刘三、诸宗元、高黄天、沈屋庐、柳无涯、沈嘐公、包公毅、杨叔壬同启。"

8 月 15 日

陈去病、吴梅、刘三、冯竟任、祝心渊等十一人在上海愚园雅集，发起组织文学团体神交社，借文学创作活动从事革命宣传。柳亚子、高旭皆以事不得往，作诗答陈去病。

高旭《海上神交集，以事不得往。陈佩忍书来索诗，且约再游吴门，邮此代简》："弹筝把剑又今时，几复风流赖总持。自笑摧残蘧如许，只看萧瑟欲何之。青山似梦生秋鬓，红豆相思付酒卮。怕听夜乌啼不了，沼吴陈迹泪丝丝。"

9 月 10 日

上海健行公学被迫解散，高旭作《风马儿 吊健行公学》寄哀。健行公学是高旭、朱少屏等留日学生在 1906 年初创办于上海老西门宁康里，朱少屏、柳亚子、陈陶遗等任讲师，以《黄帝魂》《法国革命史》《荡虏丛书》等为教材，倡导革命。

9 月 28 日

苏曼殊自日本返沪，与陈去病、高旭、黄节、诸宗元、朱少屏、刘三等会晤。

11 月 22 日至 23 日

苏杭甬路事拒款运动兴起，高旭发表《路亡国亡歌》谴责清政府将筑路权卖给帝国主义国家，痛斥帝国主义掠夺中国路权的侵略野心，号召国人同心同德，奋起反抗，表达出对祖国命运的关切之情。

12月

《神州女报》于上海创刊，开辟“神州诗选”专栏，作者有高旭、高燮等。

1908年

1月1日

高旭感上海危情四伏，决定迁居留溪，作《元旦》诗。

1月5日

刘师培、何震夫妇自日至沪。陈去病邀之，高旭与柳亚子、沈砺相聚酒楼。

1月7日

刘师培、高旭、柳亚子、沈砺、陈去病等相聚上海。陈去病提议继续明末云间几社事业，组织文社，其间诗歌唱酬。

1月12日

柳亚子偕刘师培、何震、杨笃生、邓实、黄节、陈去病、高旭、朱少屏、沈砺、张家珍十一人在上海国华楼小酌，相约结社，席后摄影一帧。

> 天梅《丁未十二月九日国光雅集写真，题两绝句》：“伤心几复风流尽，忽忽于兹三百年。记取岁寒松柏操，后贤岂必逊前贤。余子文章成画饼，习斋学派断堪师。荒江岁暮犹相见，衰柳残阳又一时。”

2月25日

陈去病、徐自华为秋瑾营墓于杭州西湖，在凤林寺召开追悼大会，与会者四百余人，会后有秋社之结。陈去病作悼诗四首，驰函高旭、柳亚子索和。高旭为作和诗四首。

2月29日

高旭在张堰创办钦明女校，自任校长，是日举办开学典礼。姚光任会计员、文史教员，自编《金山乡土地理教科书》。

> 姚光《钦明女校摄影题词》：“文明花开正含苞，未许邪风任意飘。寄语诸君毋自弃，复权强种赖卿曹。半教名词大可羞，齐家基础在身修。要知道德宜尊重，罪恶偏多假自由。”
>
> 姚光《钦明女校职员摄影题词》：“女权堕落溯原因，谬学流传教化陈。志欲开明一莫死，补天职重在同人。”

4月2日

《神州日报》一周年，高旭为之题诗，肯定文字宣传的作用，激励青年振兴神州。

4月19日

陈去病作诗赠刘三、高旭、柳亚子等人，有“要我结南社，谓可张一军”之语。

陈去病《有怀刘三、钝剑、安如，并苦念西狩无畏》(二首之一)：“吾有数同好，性行皆轶伦。其一为刘季，豪宕生风云。长才擅三绝，写作何玢璘。掉头竟不过，独饮曹参醇。其二有渐离，生来耻帝秦。报仇志不遂，往往多哀呻。要我结南社，谓可张一军。最少独屯田，儒雅尤恂恂。韩亡知自奋，留侯岂妇人。缔交逾十载，意气侔雷陈。所憾落拓士，江海多沉沦。譬如尺蠖屈，终古无一伸。又如骄阳虐，宁怪蛟龙嗔。去去一长啸，其人真悲辛。所以发慨叹，嘘气摧星辰。”

5月7日

高旭寄书宁调元，附诗慨叹几社、复社之风衰微，期冀共肩重任，支撑东南之局。

高旭《寄怀太一湘中》：“几复风微忆昔贤，空山时往听啼鹃。支撑东南文史局，堪与伊人共此肩。”

5月16日

宁调元在狱中致书高旭，对《南社》出版事宜提出具体建议。

1909年

5月15日

《民呼报》在上海创刊，以“大声疾呼，为民请命”为宗旨，社长于右任。高旭有诗《祝民呼报》，歌颂意大利、法国的民主共和思想，将君主专制与民魂丧失、国家沦亡联系。8月14日该报因清政府压迫停刊。

高旭《祝民呼报》：“雄鸡一声天下白，东南飞起云五色。安用神州叹陆沉，回斡南董数枝笔。政治异帜真恢奇，意大利产马志尼。共和制度尽热力，鼓舞文明完天职。法国辨者弥拉巴，抵抗政府功蔑加。压制政治论出现，万民欢呼看国花。独我中华春光老，西风北风吹悄悄。海上报界多死声，种亡族灭此先兆！天民帝民民以大，蚁民子民民以小。君大于民国权沦，民卑于官国础沉。若欲民生民权两发达，先将民智民德扶植勤。即今神州民气如死灰，看君独上昆仑山。大呼民魂归去来！一呼再呼民魂哀，千五百年民心死。印埃覆辙谁之耻？我所思兮民史氏！”

8月10日

刘师培夫妇公开投降清政府。高旭有诗感慨。

高旭《重视海上写真成两章》：“今贤那识古贤心，几复风流何处寻。富贵于侬本无分，聊将皓月证初襟。残阳疏柳黯魂消，吟到湖山惨不骄。毕竟经生成底用，可怜亡国产文妖。”

9月7日

陈陶遗出狱，往访柳亚子，相偕往访高旭于留溪。三人相见，狂喜大醉，痛饮三日，无日不诗。以相聚之难，相约发起南社雅集于苏州，并一访张东阳祠，以重振几社、复社余绪。约定柳亚子撰社例以定社事，高旭撰宣言以定宗旨，陈去病撰启事以资召集。留溪别后，即分头行动并通知所联系的社员。

9月28日

高旭赴上海，应周祥骏之请为其《更生斋诗》作序，告以结南社事，周氏欣然愿从。

10月3日

《民吁报》在上海创办，社长范光启，发行人朱少屏，总编辑景耀月，编辑王无生、杨天骥、谈善吾，文苑栏作者王无生、景耀月、高旭、陆曾沂、叶楚伧、柳亚子、沈砺。该报继承《民呼报》传统，报名取“民不敢声，惟有吁也”之意，以提倡国民精神，痛陈民生利病，保存国粹，讲求实学为宗旨。高旭等任文苑栏作者。11月19日，因日本驻沪领事压迫，被清政府上海道会同租界当局查封。

10月17日

高旭在《民吁报》发表《南社启》，宣布结社宗旨，启文疾呼“欲唤起国魂”，主张“欲存国魂，必自存国学始”，与陈去病、柳亚子有南社之结，意在“一洗前代结社之积弊，作海内文学之导师”。其后沪上各报多加转载。

南社启

国魂乎，盍归来乎！抑竟与唐虞、姬姒之版图以长逝，听其一往不返乎！恶，是何言，是何言！国有魂，则国存；国无魂，则国将从此亡矣！

夫人莫哀于亡国，若一任国魂之飘荡失所，奚其可哉！然则国魂果何所寄？曰：寄于国学。欲存国魂，必自存国学始；而中国国学之尤为可贵者，端推文学。盖中国文学为世界各国冠，泰西远不逮也。而今之醉心欧风者，乃奴此而主彼，何哉？余观古人之灭人国者，未有不先灭其言语文字者也。嗟夫，痛哉！伊吕倭音，迷漫大陆；楔形文字，横扫神州。此果黄民之福乎！人心世道之忧，正不知伊于胡底矣！

或谓：国学固不宜缓，然又奚必社为？曰：一国之事，非一二人所能为，赖多士以赞襄之。华盛顿之倡新国，非一华盛顿之力，乃众华盛顿之力也。社又乌可已哉！然而社以南名，何也？《乐》："操南音不忘其旧"，其然，岂其然乎！南之云者，以此社提倡于东南之谓。"率土之滨，莫非王臣"，原无分于南北，特以志其始也云尔。鄙人窃尝考诸明季，复社颇极一时之盛。其后，国社既屋矣，而东南之义旗大举，事虽不成，未始非提倡复社诸公之功也。因此知保国之念，郁结于中，人心所同。然岂待有所激而然哉！当是时，主盟者为张天如。余观天如，文学亦未有大过人者，所以能倾倒余子者，徒以其名位而已。一时风气所趋，吴门、金陵两次大会，莅会者，不下数千百辈，似亦可谓壮举。特余所深鄙者，科举痼疾，更甚曩时；门户标榜，在所不免。要其流弊，历史遗羞。艾千子，文学未必过人，而论文之见，实远出张、陈诸子上。千秋论定，当以鄙言为不谬。文章公物，无庸杂私意于其间。阿其所好，君子所大戒。欲知来，先知往。当世得失之林，安能不三致意耶！善哉，吕晚村之言乎："今日文字坏，不在文字，其坏在人心风俗。父以是传子，师以是授弟子。子复为父，弟复为师。所以传授子弟者，无不以躁进躐取为事。"吕氏此言，诚慨弥穷矣！

今者不揣鄙陋，与陈子巢南、柳子亚卢有南社之结，欲一洗前代结社之积弊，以作海内文学之导师。余惟文学之将丧是忧，几几乎忘其不自量矣！试问今之所谓文学者，何如乎？呜呼，今世之学为文章者、为诗词者，举丧其国魂者也。荒芜榛莽，万方一辙，其将长此终古耶！其即吕氏所谓"其坏在人心风俗"者耶！倘无人也以撑柱之，则乾坤或几乎息矣。此乃不特文学衰亡之患，且将为国家沉沦之忧矣！二、三子有同情者乎！深望同声相应，同气相求，与之同步康庄，以挽既倒之狂澜，起坠绪于灰烬。若是者，岂非我辈儒生所当有之事乎！《诗》有之曰：

"伐木丁丁，鸟鸣嘤嘤……嘤其鸣矣，求其友声。相彼鸟矣，犹求友声。矧伊人矣，不求友生?"鸟声耶，友声耶！世岂有不喜闻鸟鸣之嘤嘤者耶！"溯洄伊人，宛在水中央。"毋金玉尔音，令余踯躅而彷徨也。

10月17日

宁调元在《民吁报》发表《南社诗序》，阐明南社命名之意义有云："吾友高子钝剑、柳子亚卢等既以诗词名海内，复创南社，以网罗当世骚人奇士之作，蔚为巨观。钟仪操南音，不忘本也。"

10月22日

高旭相约友人姚光、蔡守、苏曼殊等，各携家眷赴杭州三日游，蔡、苏爽约。当日，高旭、姚光在西湖拜谒岳飞墓，寻秋瑾风雨亭故址。

10月27日

《民吁报》刊布柳亚子所撰《南社例十八条》。

《南社例十八条》：一、品行文学两优者许其入社。二、各社员意见不必尽同，但叙谈及著论可缓辩而不可排击，以杜门户之见，以绝竞争之风。三、入社须纳入社金一元。四、愿入社者须写明何省何县人及其通信处，能以著述及照片并寄尤妙。五、社员须不时寄稿本社，以待刊刻。六、所刊之稿即署名《南社》。七、寄稿限于文学一部，不得出文学之外。八、集稿稍多，即行付印，或一月或二月不拘定。九、社中公推正社长一人，副社长二人。十、选稿之权悉操诸正副社长，余人不得顾问。十一、社中所刊之稿，各社员皆得分赠。十二、前人未刊之集，实为难得至可宝贵者，各社员如得此项时，当出而附刊于《南社》中，以公于世。十三、各社员散处，每以不得见面为恨，故定于春秋佳日开两次雅集。或于秣陵、吴门，或于云间、海上，临时再定。十四、社长每岁一易人，雅集时由众社员推举，如连任者听之。十五、印《南社》费，即以社员入会金充之，如不足时，概由提倡人担任，不另筹。十六、雅集费临时再行酌捐，社员既各因闻声相思而至，当无不欣然乐从。十七、社员有过，但当面为劝诫，不得背后非笑。十八、条例每半年于雅集时修改。

11月6日

陈去病在《民吁报》发表《南社雅集小启》，订于11月13日在苏州虎丘举行南社雅集。

陈去病《南社雅集小启》："孟冬十月，朔日丁丑。大气肃清，春意微动。詹尹来告曰：重阴下坠，一阳不斩，芙蓉弄妍，岭梅吐萼。微乎微乎，彼南枝乎，殆生机其来复乎？爰集鸥侣，觞于虎丘。踵东坡之逸韵，载展重阳；萃南国之名流，来寻胜会。登高能赋，文采彬焉。兹乐无乐，神仙几矣。凡我俦侣，幸毋忽诸。敬洁清尊，恭迟芳躅。南社同人谨启。”

11月13日

南社第一次雅集，地点为苏州虎丘张国维祠，宣告南社正式成立。到者陈去病、柳亚子、朱锡梁、庞树柏、陈陶遗、沈砺、俞剑华、冯平、赵厚生、林立山、朱少屏、诸宗元、林之夏、景耀月、胡颖之、黄宾虹、蔡哲夫十七人，其中前十四人为同盟会会员。又有来宾张采甄、张季龙叔侄二人。雅集通过修改后的条例，推定陈去病为文选编辑员，高旭为诗选编辑员，庞树柏为词选编辑员，柳亚子为书记，朱少屏为会计。诸人仿照复社旧例，沿前年高旭等五人吴门之游路线，出阊门，乘舟山塘，拜五人墓，游虎丘，于张东阳祠雅集，饮酒赋诗。会后刻有《吴门游草》。南社正式成立。高旭、高增未参加虎丘雅集，填词祝福。

高旭《十月朔日南社诸子会于吴门，以事羁不得往，姑期明春再图良晤，吟成长句，写寄同人》：“铁匣沉埋古井枯，不成遁世岁云徂。德星聚处天犹醉，惊隐风高道未孤。岂少诗篇存甲子，尽多人物在菰芦。独怜唱彻公无渡，薇蕨春光要酒沽。”

高增《念奴娇》（十月朔日，南社诸子会于吴门，怅然有怀，填此以寄）：“翩然来矣，有铁崖数子，狂吟吴下。一发千钧吾辈在，相与维持风雅。俗敝论交，岁寒结社，心事堪怜惜。中丞祠畔，持杯各自倾泻。遥想鹿走台苑，鸟啼榭圮，陈迹余颓瓦。转眼繁花浑不似，空付尘埃野马。击剑风微，吹箫声歇，说与谁知者。登临凭吊，料他奇泪盈把。”

高增《金缕曲》（再纪南社诸于雅集吴门事，用楚伧韵）：“匪凶伤吾道，怪年来频行旷野，更无人到。闻说群英吴下集，各诉风尘潦倒，料永结琼瑶欢好。悄向夫差亭畔过，更何处，寻遗老。小春天气春归早，探寒梅数枝开也，朔风横扫。重拨余灰扶坠绪，几复芳徽未杳。奈醉后苦吟狂叫。霸业飘零余虎踞，问几时完璧终归赵？掷笔罢，且休了。”

1910 年

1 月

高旭编《南社丛刻》第一集在上海出版。发表高旭、高燮、姚光、沈砺等二十八人的作品。

4 月 10 日

南社第二次雅集，地点为杭州西湖唐庄。到者陈去病、柳亚子、陈陶遗、朱少屏、邹铨、蔡模、杨璠、李光德、章梓、卓尚诚、王文熙、丘望仑、周承德、马叙伦、程宗裕、雷昭性、陈钝十七人，修改条例，晚宴聚丰园。高旭迟到三日，雅集已散，社员离去。柳亚子已至嘉善，高旭赶赴嘉善，柳亚子已离去，遂未得见。高旭于杭州吊古伤今，想象唐庄雅集盛况，填词寄慨。

5 月 23 日

《民声丛报》在上海创刊。高旭、沈砺等为撰稿人。

6 月 8 日

苏曼殊自爪哇致书高旭，告知接获《南社》第一集，并评议其《愿无尽斋诗话》。

6 月 23 日

苏曼殊再次致书高旭、柳亚子，欣羡诸人“文酒风流”。

7 月

高燮整理的抗清将领、几社诗人陈子龙遗著《安雅堂稿》在上海出版；高燮为明遗民薛始亨诗文集作序。

8 月 11 日

高旭与柳亚子、蔡恕庵同游嘉兴烟雨楼，有纪游诗。

8 月 16 日

南社第三次雅集，地点为上海张园，到者柳亚子、朱少屏、冯平、黄宾虹、雷昭性、包天笑、余天遂、朱增濬、朱芾、钟英、蔡权、何痕、华龙、周觉、张雪、孔庆莱、王毓仁、范光启、林獬等十九人。高旭未到会。会议通过《南社第三次修改条例》，改推景耀月、宁调元、王无生分任诗选、文选、词选编辑员，张佚凡、包天笑为庶务，朱少屏为书记，柳亚子为会计，陈去病、高旭落选。晚宴岭南楼。景、宁、王三人皆未就职。

《南社第三次修改条例》：一、品行文学两优，得社友介绍者，即可入社。二、入社须纳入社金三元。三、愿入社者，由本社书记发寄入社书，照式填写，能以著述及照片并寄，尤妙。四、社员须不时寄稿本社，以待汇刊；所刊之稿，即名为《南社丛刻》。五、社稿岁刊两集，以季夏季冬月朔出版，先两月集稿付印。六、社中公推编辑员三人，会计、书记各一人，庶务二人。七、社稿以百页为度，分诗、文录各四十页，词二十页。八、选事由编辑员分任。九、社稿出版后，分赠社友每人一册，其余作卖品。十、各社友散处，每以不得见面为恨，故定于春秋佳日，开两次雅集。其地址、日期，由书记于一月前通告。十一、职员每岁一易人，雅集时由众社友推举，连任者听。十二、雅集费临时再行酌捐。十三、条例每半年于雅集时修改。

8 月 29 日

《小说月报》在上海创刊。高旭、高燮等为撰稿人。

10 月 11 日

高燮、高旭、何昭、高均、姚光等赴南京一游，登北极阁，谒明孝陵，过明故宫，一路凭吊，慷慨悲歌。并访周伟，痛饮至醉。周伟辑集诸人诗成《白门悲秋集》为南社增刊。

10 月 29 日

南社设立填写入社书制度，高旭、柳亚子等陆续补填。

柳亚子《南社纪略》："入社书那东西，好像最初是没有的，到张园雅集以后才决议补填。但巢南似乎很反对，所以他自己的入社书终不肯亲笔填写，现在所保留的还是我替他代填的呢。天梅是和他的夫人何亚希女士填在一张纸上面的，所以我的名次，不得不退而为第四位了。"

11 月

沈砺、高增、姚光等人补填《南社入社书》。

11 月 13 日

《民立报》刊登高旭《南社启》及《南社第三次修改条例》。

11 月 13 日

《神州日报》刊登高旭《南社启》。

年底

《南社》第三集付刊。高增发表词作，抒写对帝国主义入侵的忧虑，指责清政府出卖路权、矿权。

高增《金缕曲》(日来连接警告,百感交集,再叠楚伧韵以写我忧):“一觉邯郸道,猛回头四郊多垒,羽书驰到。大宛康居齐入寇,愤把界碑推倒。枉金币年年修好。鹿走中原悲劫运,让群雄争向围场噪。可容得,南山老。剥肤漫说时犹早。恨蚩蚩依然醉卧,妖氛谁扫。跨上昆仑敲法鼓,义勇军声何杳。思救国人前高叫。唇齿相依君解否,怕秦亡韩魏将图赵。拼蹈海,此生了。”

1911 年

1 月 3 日

槟榔屿《光华日报》刊登高旭《南社启》及《南社第三次修改章程》。

2 月 13 日

南社第四次雅集,地点为上海愚园,到者柳亚子、陈去病、余天遂、朱少屏、俞剑华、钟英、蔡权、何痕、沈砺、张雪、沈昌直、钱祖宪、费公直、费荣锦、吴相融、陶赓照、宋铭谷、姚光、高旭、李维翰、陆曾沂、冯泰、周祥骏、瞿钺、李拙、周珏、孙英、张庭辉、顾炎祥、钱厚贻、周亮才、胡朴安、漆云卿、阳兆鲲三十四人。晚宴大庆楼。《南社社友通讯录》出版。高旭首次参加南社雅集。会上高旭与柳亚子意见分歧,其后离多合少。

《南社纪略》:“照顺序单所规定的,午餐,收费,摄影,报告,补收入社书、入社金,谈话,一幕一幕做下去,压台戏自然是大庆楼的晚宴了。记得天梅和我大闹其酒阵,座中也很分左右袒,却是我的方面人多,还有未来的女子北伐队队长张侠凡女士也出马相助。于是我哈哈大笑,说道‘得道者多助’呢。这句话,谁知道又种了后来高、柳破裂的根苗。”

2 月

《南社社友通讯录》出版,首为高旭《南社启》,次为《南社第三次修改条例》,再为《南社社友通讯录》,通讯录以入社书收到先后为次,著录社员 193 人,含未填入社书者五十八人,已去世一人(岳雪)。

3 月

姚光辑录金山卫人民抗清事迹史料为《金山卫佚史》,高旭作序。顺治二年(1645)清兵南下,明在卫城驻兵扼守,城破后清兵大肆屠杀。姚光搜集正史、方志、私人著述以及乡里故老传闻的抗清历史,编辑成书。

4 月 5 日

姚光复书周祥骏，主张保存国学，并附其旧作《国学保存论》。

6 月 19 日

宁调元在北京补填入社书，介绍人高旭。

6 月 26 日

《南社》第四集出版，柳亚子、俞锷代编。高旭发表《次君武韵即寄欧洲》诗，表达办好南社，振兴华夏文化愿望。

《次君武韵即寄欧洲》："堪笑余往时，谬抱一宗旨，眼底与心头，历历子墨子，尚同兼爱尊侠风，到今依旧虚语耳。欧西政治谁最工，愿从先生究其理。孟、卢、边、陆今又陈，彼都学帜料更始。"

8 月至 9 月间

周实在南京发起淮南社，于《淮南社启》表彰屈原、诸葛亮等，号召时人"以其芳馨悱恻之思，慷慨悲歌之气，发为诗歌文章"，挽救国家危亡。姚光为淮南社作序，鼓励该社利用文学激发民众"保种爱类之心"，以便"挽狂澜""扶大厦"。

淮南社序

呜呼！今天下之变亟矣。非崇尚武功，必不足以挽狂澜之既倒，扶大厦之将倾。然而舍本逐末，不可也。以言其本，舍文学其谁哉？盖文学之入人为至深，感人为至切。听郑、卫之音，使人靡靡；诵《无衣》之什，而勇气生焉。故文学者，国魂之所寄也。我友周子实丹，淮南人也，以文学提倡于二淮，结为淮南社，书来属余一言。余维自大江以南，首倡南社，昌明文学，为海内之先声。而后如越、如辽、如粤，闻风响应。今淮又继起矣。是天之未丧乎斯文，而不忍神州之长此濛濛也。夫淮南介乎二畿之间，为东北之要冲，长江大河所犄角。其民族强悍，自古以武功著称于史册。当天下多事之秋，英雄崛起，亦必资以为根据地。宋明南渡，皆以不保二淮而亡，则淮南之历史、地理，岂不灿然有光哉？今此社之结，因文学而导其保种爱类之心，以端其本，人人涵濡乎风教，不忘其典型。二淮沉毅果敢之民风，犹有存者，则今日悲歌慷慨之伦，安知不即异时挽狂澜、扶大厦之士乎！余故忘其不文，贡其鄙陋，为淮南社勖焉。辛亥七月。

9月17日

南社第五次雅集，地点为上海愚园，到者柳亚子、朱少屏、庞树柏、俞剑华、陶赓照、宋铭谷、姚光、高旭、钟英、蔡权、沈砺、华龙、张庭辉、周亮、黄宾虹、胡朴安、阳兆鲲、郑传、郑瑛、孙延庚、姜仁、韩苏、程振杰、陈其美、宋琳、陈布雷、陈子范、叶振漠、胡怀琛、傅熊湘、黄钧、宋教仁、李瑞椿、吕志伊、朱葆芬三十五人。修改《南社第四次修改条例》，改推宋教仁、景耀月、王蕴章分任文选、诗选、词选编辑员，柳亚子为书记兼会计，高旭、朱少屏、黄宾虹为庶务。

10月10日

武昌起义，高旭作诗志喜《闻武汉义军起，喜集钱蒙叟〈投笔集〉，集句得十章》。

11月27日

沪军都督陈其美在上海召开革命先烈追悼会，高旭撰《吊革命死者文》及联语，表达反对议和思想。

11月下旬

江浙联军攻克南京，高旭作《盼捷》诗，期待胜利。

高旭《盼捷》："龙盘虎踞闹英雄，似听登台唱大风。炸弹光中觅天国，头颅飞舞血流红。"

12月2日

高旭在《天铎报》发表《擒贼先擒王》，批判袁世凯"最足为共和新中国之梗者"；发表《贫富革命少不得了》，反对少数人垄断社会财富，以为共和国成立后"贫富革命"必将继起。

《擒贼先擒王》："二百六十年以前亡我中国者，非满虏，乃汉贼也。若无吴三桂、洪承畴等败类，满虏虽凶恶，断亦难得志于神州，而兽蹄鸟迹、洪水横流之巨祸，亦可以不作矣！若今则张勋、冯国璋、张鸣岐、杨度等之为汉奸，为患犹小，而最为共和新中国之梗者，实袁世凯也！我大汉不恤死之健儿者，纷纷组织敢死队，既有此热心热力，何不先诣袁世凯吃黑将军乎？杜工部有诗曰'射人先射马，擒贼先擒王'！大好男儿，盍三复斯言！"

《贫富革命又少不了》："料想共和国成立之后，社会经济必大起恐慌，则贫富界又不可不革命。平均地权之说，博识之彦于十年前已引为明训。岂可于而今反淡然视之乎！今之排满者，非以满虏之夺我权利乎？此其事既人人认为公理矣。若富者之夺贫者权利，当何如？学美德曰‘吾人既除贵族与国王矣，而尚有一种贵族不可不去者，富豪是也’。布鲁东曰‘财产家庭者，盗贼也’！富豪耶！盗贼耶！殆为天地间之一种妖孽耶！非尽行铲除之，则世界终莫得而平矣。夫私有财产非吾人所原有，乃夺自社会者也。一切货财皆由吾人之劳力所生，唯人类之全体始得为其所有主，焉可使贱丈夫垄断之哉！”

12月23日

南社在上海举行临时雅集，高旭与会，宣称今后须注重道德、增进文美。

1912年

1月1日

中华民国成立，孙中山就任临时政府大总统。高旭作《次韵，和剑华元旦诗》。

《次韵，和剑华元旦诗》："万树梅花花底眠，依然歌哭恨绵绵。痴儿偏说该欢舞，南北方当统一年。雄心枉自著先鞭，记取英豪常满筵。醉后吹箫狂说剑，荒唐三十六华年。"

1月4日

姚光发表《北征歌》，想象挥师北伐，光复成功的情景，表示届时"优游林泉间，愿作共和民"。

1月

高旭至南京，孙中山为题"进步"二字，高旭作诗抒怀，回忆交谊。

高旭《进步歌，题中山先生所书字册》："中山先生夐绝伦，是仙是佛是圣神。四千年来方出世，北斗以南唯一人。天福我华竟如许，东南五色旗尽举。辛苦经营二十年，到今才得创民主。不屑学作朱元璋，亦不屑效洪天王。专以服役为职务，伟论卓职非寻常。光明磊落有如此，辟地开天谁与比？世界伟人不数生，合华盛顿二而已！忆昔瀛洲挹丰采，逢人辄发观止叹。嗣来海上再相逢，秋水中央溯洄在。（招至德国轮船谈良久）及今虎步入金陵，曾叩军门一瞻拜。赐书两字如拳大，元气浑然曰‘进步’。崇拜英雄我特性，铸金事之善珍护。感此为作《进步歌》，国民进步休蹉跎。试问民国进步么？白人公德心何多。祝我国民皆如他,国势危舟临风波。千倾万畝投旋涡,存亡生死争刹那。不进则退可奈何,吁嗟乎!不进则退可奈何!以退为进秒若何?入夫圣者出夫魔。自来政见无正科,不知斯旨定我诃。”

3月13日

南社第六次雅集,地点为上海愚园,到者柳亚子、朱少屏、冯平、庞树柏、姚光、邹铨、钟英、顾彦祥、张彦成、王文熙、黄宾虹、胡朴安、阳兆鲲、雷昭性、叶楚伧、汪东、徐宗鉴、杜诗、沈琨、袁圻、吴修源、沈翰、周伟、陶铸、汪洋、陶牧、谭介夫、陈家鼎、陈家英、陈家杰、黄侃、刘瑗、马骏声、梁龙、王锡民、曾镛、陈柱、黎庶从、曾延年、李叔同等四十人。晚宴杏花楼。

3月31日

高燮补填入社书,介绍人为柳亚子。

5月23日

高燮、高旭、姚光、蔡守、叶楚伧、姚锡钧、柳亚子、胡朴安、李叔同、余天遂、林百举、陈范、周伟及非社员文学吟等发起组织国学商兑会。高燮作《国学商兑会小启》。

5月27日

《国学商兑会章程》发表,会址设于松江张堰镇,通信处暂设于姚光家。

国学商兑会章程

(二年十月第一次改定)

一、本会以扶持国故、交换旧闻为宗旨,定名为国学商兑会。

二、商兑类分四项:(甲)经学,(乙)史学(政治学、舆地学、掌故学附),(丙)子学(理学、佛学附),(丁)文学(小学、美术学)。

三、不分男女,不限年岁,凡敦品好学,得会员之介绍,能遵照本章程第四、第五两条者,均得入会为会员。

四、会员须以关于上列四项之著作,不拘体例,随时积存,寄交本会,俾各收切磋之益。

五、会员须缴会费,常年二金,入会费一金,入会后由会中发入会书,照式填写,以存本会。

六、大会一年两次,于春秋佳日举行,临时会无定期。

七、本会除所收会费外,别无维持之款,倘会内外有特别捐助,尤■高谊,如会外捐助至五十金以上者,本会认为名誉赞成员,其应享之益，与会员同。

八、本会不设会长，公举正副编辑员各一人，理事长一人，其书记、会计、庶务等员，由理事长推定，均义务职。

九、会员交来稿件，本会即分交编辑员评点后辑订成册，存储会中，每季再由编辑员择优汇印《国学丛选》，分赠各会员各一册，余作卖品。

十、会员投稿，须先向本会领取撰述用纸，以归一律。

十一、本会职员均一年一举，连举者得连任。

十二、定期大会报告事件、提议一切由理事长主之，讨论学术、发明文艺由编辑员主之，而会员亦得各抒己见，互相质证。

十三、如有特别事故发生，由会员三分之一以上要求得开临时会；或有会外硕学文豪莅止，亦当开会欢迎，请其演讲，并设旁听席。

十四、出会分三种：(甲)确有缘由，自请出会者，(乙)确有妨害名誉，由全体会员公议取决者，(丙)一年不寄稿又不交常费者。

十五、本会愿力宏大，先于本会所内筹设图书馆，收藏古今书籍，刊刻世间孤本，以保存国粹，兴起国学之观念，并当逐渐扩充各省，设立分会。

十六、本会暂设会所于松江张堰镇东市。

十七、本章程如有挂漏未妥之处，于大会时提议修改。

6月16日

中国同盟会金山分部召开大会，高旭、姚光分别当选正副部长。

6月30日

国学商兑会召开成立大会，姚光被推为理事长。

《国学商兑会成立》："国学商兑会于六月三十日开成立大会于金山张堰镇，投票公举评辑员四人：经学李芑香、史学高吹万、子学陈蜕庵、文学高天梅；理事长一人：姚石子。又由理事长推举张仲传为文牍员，高君深、何献臣为书记员，卢少云、王叔纯为庶务员，周人菊为驻沪庶务员，其会计员暂由理事长兼任。议定事件数项：(一)向教育部立案；(二)各省设分会；(三)沪上文美会并入本会；(四)于本会先筹设藏书楼；(五)每年出选集四册。方今神州国学衰微甚矣，今此会之立，当建设伊始，而会员遍大江南北，多为当世知名之士，将来定能发绝次异彩也。”

7月5日

高燮发表《国学商兑会成立宣言书》，反对时人停止祭孔之议。

7月25日

上海《民国新闻》出版，沈砺任文苑栏主任。

7月28日

国学商兑会召开第一次常会。

《国学商兑会常会纪事》：“七月廿八日国学商兑会开第一次常会。是日天气酷热，到会者甚少，仅吹万君出示《论学书》一通，及传观会员投稿数份，余惟清谈娓娓而已。是会会员多兼长书画金石之学，故会所壁间所悬之品，大半为会员手作云。”

8月20日

姚光复书柳亚子，建议于中秋前后举行雅集。

9月25日

南社社友在长沙烈士祠举行临时雅集，参加者十九人。

10月27日

南社第七次雅集，地点为上海愚园，柳亚子、郑佩宜、陶赓照、宋铭谷、庞树柏、高旭、姚光、沈砺、朱少屏、李拙、孙鹏、钱厚贻、胡朴安、胡怀琛、汪洋、陈家英、陈家杰、高燮、王粲君、杨锡章、姚锡钧、陈蜕、汪文溥、沈沅、吴有章、蒋同超、汪蕴章、庄庆祥、姜可生、李云夔、张传琨、杨嗣轩、俞宗原、程善之、殷仁三十五人。改推高燮、柳亚子、王蕴章为文选、诗选、词选编辑员，姚光为书记，胡怀琛为会计，胡朴安、汪文溥、朱少屏为庶务。晚宴雅聚园。柳亚子建议修改条例，因高旭反对而未获通过，二人再次失合。

10月28日

柳亚子发表通告，宣布脱离南社。

《柳亚子脱离南社之通告》：“仆因多病，不能办事，自请出社。所有会计部存款及一切账目、文件，请在沪诸友召集开会，举人前来西门外安澜路三十八号郑寓交代。仆即日归里，杜门养疴，恕不久候。此白。”

11月18日

柳亚子再次发表通告脱离南社。

《柳亚子脱离南社之再告》：“社事丛脞，仆本孱躯，未堪尽瘁，兼以无识之徒相掣肘，不得不决然引退。前次既宣告出社，则文选编辑及会计两职当然取消，应由社中更举，而交替之人迟迟未来，仆急于归里，故将存款及报告、收据诸件暂委交朱君少屏代收。今见朱君启事，与仆本怀大相刺谬，殊非爱我之谊，仆决不承认。特此通告。”

1913年

1月1日

高旭写作《元旦》诗，抒发对革命失败的愤懑。

1月10日

袁世凯发布国会召集令，高旭被选为第一届国会众议院议员。

2月4日

高旭介绍邵瑞彭、黄节填写入南社。

3月16日

南社第八次雅集，地点为上海愚园，到者姚光、高燮、姚锡钧、周伟、程善之、汪洋、朱少屏等十二人。雅集接受姚光建议，通过《南社第五次修改条例》，改三头制为一头制，规定社中公推编辑员一人，以便柳亚子重新加入。晚宴雅聚园。雅集之后，由姚光出面函请柳亚子复社，未获允。

3月20日

原南社编辑员、国民党代理理事长宋教仁上海北火车站遇刺，22日逝世。高旭、高燮等写哀挽文字。高旭《挽联》：

> 正伤心国家，变故纷乘，江左剩夷吾，霖雨苍生欣有托；奈何物妖魔，弹丸突至，长城隳道济，上天下地恨无穷。

3月

高燮致书赴京参加众议院会议的高旭，忧虑宋案后的时局。

4月20日

高燮致书黄节，忧虑政局，以不入政党自慰。

4月27日

南社在北京社员于畿辅先哲祠举行宴集，到者高旭、陈去病、张心芜、陈景贤、黄宗麟、吴修源、杭慎修、宋琳、江镜清、邵瑞彭、朱文艺、周斌、吕志伊、张烈、梁复、陈守谦、陈士髦、姚勇忱、狄楼海、张我华、陈家鼎、谷思慎、周亮才、田桐、林百举、林亮奇、席绶、陈九韶、周珏、林庚白等三十一人。会议决定设立南社总机关于北京，重修《明史》，编《南明史》等事项。高旭被举为编辑员，作有《宴集序》及《宴集诗》。

《南社开会纪事》："南社雅集由高钝剑君发起，于四月二十七日十二时假畿辅先哲祠开会。社友到会者数十人，公推陈佩忍君为主席。陈君入席，报告南社组织之原因，根于皖、浙事败，同志星散，故欲借文字以促进革命之实力，然社友不过寥寥数人而已。至己酉十月初一，在虎丘大会，社友始众。及去岁光复，实心任国事者本社同人为最多数（如黄、陈、马、宋、何、吕诸子）。去年南北统一，共和告成，本社之目的已达。今日集会于北方，同声称庆。今日开会，一为诸同志握手为欢，一为将来之进行。进行之法约有数端：（一）设机关部于北京；（二）重修《明史》；（三）编《南明史》；（四）征求太平天国之遗史；（五）征求光复以前之殉难者；（六）征集民国时人小像：（七）征求宋钝初先生遗墨；（八）编辑《南社》杂志。经众议决：设机关部于国光新闻社，或民史馆，集同志研究国学，发挥道德，不分党派，均可入杜；遍征各要件，次第进行；并发起塞北旅行团，饱长城之风景。当推定杭辛斋君为团长，陈劼嵚君为向导，陈去病、高钝剑二君为编辑，张心芜君为庶务。起程之期再行开会决定。并定星期六开会讨论编辑杂志事，众赞成，即行公宴散会，已达五时矣。"

4月

《南社通讯录》易名为《南社姓氏录》出版，姚光编，著录社员403人（已故8人），其中，上编363人，下编40人。

5月30日

袁世凯唆使军警百余人搜查北京《国光新闻》社，致该报停刊三日。众议院议员高旭等联名向袁世凯政府提出质问。

6月10日

南社在北京社员吴雪东、谢华国、周斌、顾余、陈以义、周亮、张长、杭慎修、陈景贤、梁复、邵瑞彭、高旭、吴修源、陈去病十四人于崇效寺举行第二次宴集，赏花赋诗，讥讽袁世凯。

6月15日

国民党员湖南众议员陈家鼎发起成立癸丑同志会，成员十余人，推举刘揆一为正会长，张我华、王湘为副会长，陈家鼎、胡祖舜、胡鄂公、马小进等为总务、政务、交际、文事各部正长，高旭为评议部正长。该会以“力矫两党（指国民党、进步党）之弊，而以主张正义，发挥真实民意为指归，虽不敢直命为第三党，而天道后起者胜，一旦时势到来，夫亦未遑多让”。该会反对袁世凯独裁统治，被称为国民党的别动队。11月，袁世凯强令解散国民党，旋即解散国会，该会停止活动。

6月26日

宁调元在湖北从事反袁活动被捕，高旭联络众议院议员二十二人，驰电武汉黎元洪，营救宁调元未果。

6月末

南社在北京社员于陶然亭举行第三次雅集，高旭以病未往。

7月初

南社在北京社员集会，追悼宋教仁与陈范两社员，高旭有诗记之。

7月12日

国民党发动“二次革命”，南社社员纷纷作诗文鼓吹。

9月25日

宁调元在武汉被黎元洪杀害，柳亚子、高旭等作诗哀悼。

10月16日

南社第九次雅集，地点为上海愚园，到者十六人。晚宴醉沤楼。先期由陈去病、高旭、柳亚子、徐自华、姚光、陈陶遗、叶楚伧、黄宾虹、吴梅、苏曼殊等四十余人联名在《民权报》发表启事。柳亚子并未预闻此事。再函请柳亚子复社，仍未允。

11月4日

二次革命失败，袁世凯下令解散国民党，撤销国民党籍议员资格。高旭渡海南下，作《浮海词》有言“浩荡江山，坏何容易造何难”，感慨系之。

1914年

3月29日

南社第十次雅集，地点为上海愚园，到者陈去病、叶楚伧、庞树柏、俞剑华、冯平、汪文溥、蒋同超、朱少屏、周斌、胡朴安、胡怀琛、林一厂、吕志伊、沈天行、陈世宜、程苌碧、张默君、萧公望十八人，姚光委托胡怀琛提出修改条例议案，改编辑制为主任制，通过《南社条例》。仍函请柳亚子复社。柳亚子重新入社，出任南社主任。

5月24日

南社社友在上海愚园云起楼举行临时雅集，欢迎柳亚子复社，到者三十人。

8月

南社社友在上海徐园举行临时雅集，到者十六人。

10月10日

南社第十一次雅集，地点为上海愚园，参加人数不详。此次雅集始用正式选举法，柳亚子以56票当选主任兼会计，以朱少屏、史文钦、汪文溥、胡朴安、胡怀琛、姚光为干事。

1915年

5月9日

南社第十二次雅集，地点为上海愚园，到者陈去病、柳亚子、郑佩宜、蔡寅、叶楚伧、余天遂、姚光、高燮、冯平、汪文溥、王蕴章、宋一鸿、朱少屏、陈世宜、李云夔、周斌、朱宗良、徐自华、陈布雷、邵力子、徐大纯、胡怀琛、陆衍文、周瘦鹃、许湘、狄君武、顾震生、蔡璿、李志宏、陈以义、余十眉、徐蕴华、钱永铭、刘筠、章閬、周湘兰、刘鹏年、周宗泽、曾赜、张光厚、白炎、杜羲四十二人。

5月10日

柳亚子、高燮、姚光三人携眷游西湖，归后结集游诗成《三子游草》，高旭题诗。其后，因《三子游草》的卖品和非卖品问题，柳亚子与高燮发生争执，终致绝交。

5月16日

南社在杭州西湖西泠印社举行临时雅集，到者柳亚子、高燮、姚光、李叔同、林之夏等三十余人。

8月23日

杨度等六人组织筹安会，鼓吹帝制。9月8日，高旭作《感事六咏》谴责六君子。

10月17日

南社第十三次雅集，地点为上海愚园，到者蔡寅、叶楚伧、姚光、蔡模、王灿、狄君武、汪文溥、郑国淮、姜可生、陆曾沂、朱少屏、陈世宜、李志宏、李云夔、周斌、余十眉、刘筠、邵力子、胡怀琛、刘鹏年、黄澜、张光厚、申柽、王文濡、钟观诰、王时杰、张焘二十七人。柳亚子因足疾卧床，未出席。柳亚子继续当选主任，书记、会计、干事等均仍旧。

申柽《乙卯九月九日纪事》："顷接亚子主任函，订旧历重九日举行南社第十三次正式雅集，假座愚园云。亚子者，中原豪杰士，南社主人翁，使我精神向，知君志道同。意谓躬逢盛会，兼亲丰采，屈指计日而赴之。云起楼上，旧雨新雨，诗卷堆积，杯盘狼藉。余先向屏子问亚子，答未来，指东壁。趋视之，乃亚子寄同人病酒诗八首揭示者也。不忍卒读，嗒然如丧，块坐一隅。力子、屏子宣言，血儿君遗族救恤，同人慨捐。少焉，屏子分赠《三子游草》一册。三子者，湖海胜流，亚子亦其一也。社友导余就午餐，群贤聚酌。主席屏子报告社况，介绍新友相见，同拍照纪念，更登楼继饮，或拇战，或吟句，有时轰笑粗谈杂其间。右手执杯，左手擘桔，颓然放然，不知白日之既逝。噫！可谓不负良辰美景者矣。余是恨人，触景生悲，所谓伊人又在吴江而不见，怅何如也！酒阑，主席嘱余共夜酌，因事辞之，先告退。历抵环球中国学生会，适有一信物邮来，表书国光书局代亚子送。即拆阅，乃《太一遗书》二册。太一先生，文章气节，冠冕士林，世事板荡，竟死黑狱，一识之愿，从此绝矣。今读其遗著，瞻其遗像，如登龙门，得亲謦咳，亚子之赐亦大矣。是日也，油然百感，发为俚音，得七律一首、五绝二首。仆本不工汉文，未敢言诗，但写意记事而已，敢供亚子社长词伯一粲，并乞有以教之。"

11 月 9 日

朱玺填写入社书，介绍人为高旭等四人。

12 月 12 日

袁世凯宣示承受帝位，南社社员纷纷作诗讨伐。

1916 年

4 月 19 日

南社社员在上海徐园举行临时雅集，高旭等十六人与会。

5 月 18 日

社员、中华革命党领袖陈其美在上海遇刺身亡，高旭作挽联，有《侠少年行》哀之。

高旭《挽联》:“我公虽死,目其瞑乎?郁怒总难平,阴相共和,当作鬼雄歼丑虏。世道如斯,心滋通矣!生灵究何罪?遽摧砥柱,欲持杯酒问青天。”

6月4日

南社第十四次雅集,地点为上海愚园,到者柳亚子、郑佩宜、叶楚伧、陆衍文、庞树柏、余天遂、杨锡章、姚锡钧、狄君武、顾震生、汪文溥、朱少屏、陈世宜、李志宏、李拙、孙鹏、周斌、余十眉、朱宗良、张一鸣、钱永铭、刘筠、邵力子、陶牧、胡朴安、程苌碧、汪洋、张光厚、白炎、申柽、柳无忌、黄复、陈洪涛、陆明垫、公羊寿、张翀、王德钟、郑文、奚囊、盛昌杰、朱翱、许苏民、张素、贡少芹、陈栩、丁三在、顾平子、戚牧、胡惠生、杭海、方培良、林庚白、成舍我、叶夏声、邓家彦、刘民畏五十六人。

6月6日

袁世凯病死,高旭为作挽联,反面讽刺之。

6月29日

黎元洪宣布将于8月1日重新召集国会,各省议员一体赴京。

7月中旬

高旭二次入京,自叹“鲍鱼腥里我还来”,表示要“激清扬浊”。

8月20日

南社社员在上海愚园举行临时雅集,到者二十六人。

8月27日

南社在北京社员于中央公园上林春举行临时雅集,到者高旭等二十二人,有诗纪之。

9月24日

南社第十五次雅集,地点为上海愚园,到者柳亚子、郑佩宜、黄复、朱锡梁、叶楚伧、姚光、何痕、姚锡钧、张翀、奚囊、汪文溥、陆曾沂、朱少屏、蔡璇、周斌、钱厚贻、张传琨、张一鸣、徐思瀛、邵力子、章闾、程苌碧、汪洋、张焘、黄澜、谢华国、李叔同、凌景坚、蒯贞干、刘天徒、于定、郁世羹、吴梦非、丁湘田等三十四人。柳亚子当选主任。

南社在北京社员于徐园举行临时雅集,到者高旭等二十九人,有诗纪之。

南社在长沙社员于枣园举行临时雅集,到者三十人。

11月12日

南社于北京中央公园举行临时雅集，高旭、吴修源等十九人到会。

11月

《重订南社姓氏录》出版，因柳亚子主张，删去高旭所作《南社启》。

《南社纪略》："到了十一月，'重订南社姓氏录'出版。形式和从前的三本通讯录，一本姓氏录都有些不同。原来，从前是洋式的装订，而现在却和社集一律，政成蓝封面黑题签的中国式装订了。题签是李息霜写的，'重订南社姓氏录，黄昏老人题'，共十二个字。翻过来的一面，'重订南社姓氏录，息翁'，共九个字，仿魏碑体，分成四行八格，也是息霜手笔内容把'南社启'删去了，因为我觉得时代变更，已没有再行登载的价值。只把'南社条例'登载在最前方。后面，仍分上下二编：上编，'已收到入社书者，以入社书年月先后为次'，自陈巢南起，至杨仲禂止，计七百五十人，内已故的四十人；下编'未收到入社书者，以介绍先后为次'，自俞廷材起，至张遵午止，计七十五人，内已故的六人；合并计算，共八百廿五人，内已故的四十六人。"

本年

张相文填写入社书，介绍人为高旭。

1917年

1月1日

高旭与柳亚子唱和，抒发对辛亥革命不彻底的愤懑。

3月25日

南社广东分社在广州六榕寺举行第一次雅集，到者四十人。

4月8日

南社社员于杭州葛荫山庄举行临时雅集，到者二十一人。

4月15日

南社第十六次雅集，地点为上海徐园，到者柳亚子、郑瑛、黄复、朱锡梁、叶楚伧、余天遂、奚囊、汪文溥、朱少屏、蔡璇、丁三在、顾平之、孙鹏、周斌、余十眉、郁世羹、朱宗良、王文濡、刘筠、邵力子、汪洋、吕碧城、张焘、张默君、成舍我、张光厚、沈次约、闻宥、姚焕章、姚肖尧、李中一、丁上左、丁以布、沈文华、沈琬华、郁世为、郁世烈、邵元冲、吴干三十九人。

4月22日

南社社员于长沙半园举行临时雅集，到者二十九人。

6月初

高燮赴京，与高旭、姚光、高君平、高君深等共游京师。

8月1日

柳亚子以南社主任名义，布告驱逐朱玺出社。

《南社紧急布告》："兹有附名本社之松江人朱玺，号鸳雏，又号孽儿者，妄肆雌黄，腥闻昭著，业已驱逐出社。特此布告天下，咸使闻知。中华民国六年八月一日，南社主任柳弃疾白。"

8月7日

成舍我反对柳亚子驱逐朱玺，发表致南社社员公启。

《南社社员公鉴》："本社主任柳弃疾(亚子)因论诗之故为朱鸳雏所窘，乃老羞成怒，于八月六日在《民国日报》刊登《南社紧急布告》一通，驱逐朱君出社。查本社定章，并无驱逐社员之明文，柳弃疾何得以一人之私，妄为进退！且今日既能以私愤逐朱君，异日又何尝不可以逐朱君者逐他人！我同社数百人多束身自好、学行兼优之士，何能堪此侮辱！似此专横恣肆之主任，自应急谋抵制，以杜其垄断自私之渐。仆与朱君相见日浅，为扶植公道，摧抑强权起见，故不得不征求同意，为相当之对待。除覼具理由，另函呈览外，特此布闻。诸希公鉴。社员成舍我谨启。通讯处：上海四马路望平街口报界俱乐部成舍我收。"

8月9日

成舍我在《中华新报》发表启事两则，在此宣布退出《民国日报》，指责柳亚子"霸占南社，违背社章"，宣布"与现在之南社断绝关系"。

《成舍我启事》(一)："柳弃疾(亚子)因与《民国日报》主任叶君楚伧有同里之雅，遂嘱托叶君，禁仆在各报发表反对柳弃疾之意见。仆以宗旨所在，未便牺牲，且言论自由，初无干涉之余地，只得宣告退出《民国日报》，脱离职位统属之关系。特此声明。"

《成舍我启事》(二)："柳弃疾霸占南社，违背社章，专横恣肆，甘为公敌。在未正式驱逐以前，鄙人与现在之南社断绝关系。此布。"

8月11日

柳亚子以南社主任名义，布告驱逐成舍我出社。

《南社第二次紧急布告》:“附名本社之朱玺,前因论诗为仆所斥,遂以无礼之词登诸《中华新报》,肆为谩骂,人格荡然。仆靦为主任,有总揽社务之权,不忍此风雅道丧之徒,污我坛坫,用即代表全体,将朱玺驱斥出社。乃有湘人成平号舍我者,与朱玺同恶相济,复在《中华新报》揭登广告,昌言设法抵制。伏思本社以文章道义相结合,久历年所,社友多高明之士,岂受此辈小人簧惑!而成平猖狂妄行,一至于此,实为害群之马,用并黜其社籍,不认为南社社友,毋使假借名义,滋生事端。特此布告。知我罪我,唯全体社友垂鉴焉。中华民国六年八月九日,南社主任柳弃疾白。”

8月20日

社员姚光、王灿等五十二人联名发表启事,认为柳亚子驱逐朱玺是代表全体社友行使职权,完全正当,要成舍我“毋再攻讦”。

8月21日

姚光、王灿等三十人联名发表公启,要求南社社员表态,说明柳亚子的举动代表“同人公意”。

8月25日

社员姚光、王灿等五十二人联名发表社友公启,声称“驱逐败类,所以维持风骚;抵制亚子,实为摧毁南社”。

8月30日

《中华新报》发表南社广东分社启事,主张选举高燮任南社主任。

《南社同人鉴》:“现接各省分社来书,均请联络一致,秋季选举高吹万为南社主任。此布。广东南社分社启。”

8月31日

高燮致书蔡守,陈述对柳亚子不满,肯定蔡守等不承认柳亚子为南社主任举动,表示不愿当选。

9月5日

因社员黄复要求高燮登报表态。高燮致书蔡守,附寄黄复来书及自己复书,声言虽与柳亚子为十年旧交,但既深恶其“专横”,于此种手段,“尤觉其卑鄙”。

9月7日

《中华新报》发表于思子《与某君书》,主张将柳亚子“违反社章情形”,印刷散发，以便于改选主任时，“可收一致成效”。

9月15日

南社淮安社员周伟等八人发表启事，指责成舍我组织“南社临时通讯处”，“直与复辟丑逆雷震春之自称总参谋处无异”。

9月18日

《中华新报》发表《南社临时通讯处紧急通告》两则，声称社员蔡守等156人提议恢复三头制旧章，分举高燮、邓尔雅、傅熊湘为诗选、文选、词选主任，选票概由“临时通讯处”发出。

9月20日

高燮致书蔡守，肯定广东分社反柳举动，赞誉朱玺“年少而能诗”。同时再次表示不愿出任主任一职。

9月26日

陈去病、姚光、王灿等204人联名发表公启，指责“南社临时通讯处”冒名造谣，提请社员认明选票，并建议仍选柳亚子连任。

9月27日

“南社临时通讯处”发表通告全体社员书，散发选票，继续推荐高燮、邓尔雅、傅熊湘等三人。

10月11日

《中华新报》发表《南社通告》二则，宣布高燮等当选为南社文选主任，兼揽社务，并宣布柳亚子驱逐成舍我、朱玺的布告无效。

10月12日

高燮致书蔡守，指责柳亚子“欺吓骗诈，无所不极其妙”，声称不愿被举，也不愿柳亚子得举，并称高旭确知柳亚子之谬“决不被其运动”。

10月17日

南社书记部公布选举结果，在377票中，柳亚子以362票当选。

11月1日

《中华新报》发表《南社通告》，要求社员承认高燮等三人为南社主任。

1918年

2月22日

因柳亚子态度消极，朱少屏、叶楚伧、邵力子等七人出面发表通告，于

24日在上海举行南社临时雅集。

8月13日

在粤南社社员于禺楼举行雅集，高旭第一次以粤胜地为题，得《芳华苑》。

夏

高旭再度赴粤，参加孙中山召集的非常国会。

10月10日

柳亚子辞去主任职，社员接受他的建议，改选姚光为主任。

1919年

1月1日

陈去病召集临时雅集于广州南园。当时在粤社员两百余人，到者甚少。其后多次拟发起第二次雅集，均未成。

春

高旭归沪。本年起，蛰居张堰。

4月6日

南社第十七次雅集，地点为上海徐园，到者余天遂、姚光、王德钟、朱翱、姚肖尧、汪文溥、宋一鸿、朱少屏、朱宗良、张一鸣、刘筠、邵力子、胡朴安、汪洋、傅熊湘、何震生、顾澄、朱凤蔚、刘远、文斐、文启蟲、钟藻、罗剑仇、田桐、吴少薇等二十六人。与会者鉴于朱玺事件，修订《南社条例》，规定"入社须赞成本社之宗旨"，"得社友三人以上介绍"，"社友如有违背本社宗旨，损害本社名誉者，得于正式雅集时提议，公决削除社籍"。附则说明本社上海通讯处暂设于寰球中国学生会和《民国日报》馆。

夏

姚光拟辞去南社主任一职，为傅熊湘劝阻。

12月

《南社》第二十一集出版，傅熊湘编，姚光自出印费。

本年

高旭在广州晤见黄遵庚，得赠《人境庐诗集》，高度评价黄遵宪的诗。

1920 年

1 月 1 日

南社在京社员宋琳等于中央公园举行临时雅集。

1921 年

4 月

非常国会在广州举行，高旭应召再度南下广州。

11 月

南社长沙社员举行雅集。

1922 年

6 月

陈炯明叛变，高旭力主克制，“从容谅解”，不主讨伐。旋返沪。

6 月 11 日

南社第十八次雅集，地点为上海半淞园，到者高旭、顾震生、于定、丁上左、周斌、余十眉、郁世为、朱宗良、徐自华、张一鸣、徐思瀛、胡朴安、胡惠生、吴子垣、陈绵祥、朱剑芒、顾无咎、赵蕴安、张廷华、沈镕、洪璞等二十三人。会上讨论恢复社务，决定设社长一人，文选、诗选、词选编辑主任各一人。会后进行通讯选举，柳亚子当选社长，但他坚决不就。

夏

胡朴安发起，南社社员于上海伶德储蓄会举行临时雅集，姚光等表示，仍须请柳亚子出任社长。

1923 年

2 月 13 日

据柳亚子所藏《南社入社书》，是日江苏太仓人陆鸿填写入社书，序号 1110，介绍人为胡惠生、顾旦平、朱瘦桐。至此南社社员人数 1 183 人（含未填入社书的社友 73 人）。

5 月

柳亚子、叶楚伧、胡朴安、余十眉、邵力子、陈望道、曹聚仁、陈德徽等八人在上海召开新南社筹备会，发表《新南社发起宣言》，筹备成立新南社，参加新文化运动。

新南社发起宣言

南社的发起在民族气节提倡的时代，新南社的孵化在世界潮流引纳的时代。南社里的一部分人，断不愿为时代落伍者。那一点，新南社孵化中应该向国民高呼声明的。

南社在提倡民族气节以后，引纳世界潮流以前，中间进过几次困厄，被人指摘处也不少；然而这些都是新南社孵化的动机，发起新南社的，非但不愿引为耻辱，并且将深自庆幸。

南社是应和同盟会而起的文学研究机关，同盟会经几度改革以后，已有民众化的倾向，新南社当然要沿袭原来的使命，追随着时代与民众相见。

南社在民元以前，唯一使命，是提倡民族气节。因为要提倡民族气节，不知不觉形成了中国文字的交换机关。新南社是蜕化文字交换，而蕲求进步到国学整理和思想介绍的。

这次的孵化作用，分析起来，颇多感慨。一、同人中实在已有挂名在南社，而嫌单调作著述太觉无味，自向浓郁的新途径奋进的。二、也有已上了新途径，回头过来，觉有改造必要的。三、也有接受了外间的攻击或讪笑，愿平心静气地来适应潮流，并且保存南社不可磨灭的精神的。四、也有可惜南社建筑术的卑陋，承认南社主张革命的基础，愿帮助在旧基础上完成一个新的建筑的。综合上述四种意义，经过了这次改造的磋商，新南社孵化便渐近成熟时期了。

新南社对世界思潮，从此以后，愿诚实而充分地向国内输送。固然现在向国内输送世界思潮的出版物、研究机关不少，但我们既发见了这项新负的责任，总该在人类中有本分的努力。只是这宗责任太重大了，我们原有的伴侣和原有伴侣底知识读书力太单薄了，所以十分诚意愿和别团体的伴侣合作，尤其愿国内具有同样责任的，加入新南社的组织中，协力进行。

新南社对于国学，从今以后，愿一弃从前纤靡之习，先从整理入手。国学经几朝乡愿文妖等的捏造割裂，实在支离得令人生厌了，然而这是乡愿文妖的责任，与国学本身绝不相干。国学本身是否占有世界学术中相当位置，在未经整理以前，谁也不能下这断语。我们既不是神圣，怎敢代世界支配一切！所以第一步工夫只是整理。我们受了以上两种使命，发起组织这新南社。在新南社未成立时，以上的话，只算是我们几个人底意思，待正式成立时，还该有一度宣言。

新南社组织大纲

一、本社底宗旨：(一)整理国学；(二)引纳新潮；(三)提倡人类的气节；(四)发挥民族的精神。

二、本社设社长一人，总揽社务，由社员投票公举，任期三年，连举得连任。本社设干事两人，书记两人，会计一人，都由主任委托，任期视主任任期。

三、本社出版物分两种：(一)《新潮》季刊部，(二)《国学》季刊部。每部设部长一人，由主任委托。撰述员无定额，由部长向社友中延订撰述。撰述员须按时寄稿。

四、本社定本年双十节正式成立。

五、本社选举第一任主任期定本年双十节。先由书记部于一月前分发通告及选举票，于双十节第一次雅集时宣布。过期投票作为无效(附则)。

六、本社职员未举定以前，暂由发起人组织委员会，代行主任职权。

七、本社临时通讯处为上海白克路竞雄女学余十眉。临时收款处，上海新闸路池浜桥永德里十五号胡朴安。

6月9日

《申报》“地方通讯”栏目“金山”刊载《黄端履忠告高旭电》。

《黄端履忠告高旭电》

江苏省议员黄端履致众议院议员高旭代电云：北京众议院高天梅先生鉴：国会恢复，宪法延久不决，两院诸公置国家根本大法于不顾，独热心最高问题，冀博取军阀之余唾。眼日《申报》载两院提案者共二百零一人，大名赫然在焉。苏省参议员参与此事者，唯公一人。古有独为君子者，公今独为小人，殊堪浩叹。公系民党先进，又为吾邑富家子，何竟嗜利无耻若是？个人名誉不足恤，而辱我金山，辱我江苏，他日归来，果何颜以见梓乡父老？放刀即便成佛，觉岸须早回头，务希掬示良心，改趋正轨，否则鄙人当与三千万同胞否认代表，以洗我江苏全省之奇耻。黄端履庚。

6月19日

《广州民国日报》创刊，高燮等为该报撰稿。

8月17日

苏籍议员来沪集议选举，高旭与会。

9月10日

广州《民国日报》开辟《文艺特刊》，叶楚伧起草发表《新南社发起宣言》，发起人增加姚光、陈去病、徐自华、朱枕薪、陈越流、胡伟宜、冯平、郑佩平八人，总数十六人。

9月12日

在沪国会议员否认北京选举，署名者486人，高旭名列其中。

9月13日

拥曹锟议员发表声明，高旭拒绝署名其上。

9月23日

参众两院开会，高旭出席。

9月末

金山县教育会致书高旭，劝其离京。高旭作《致金山教育公会函》（刊于1923年11月6日《申报》，附载《金山县教育公会等公团来函》），以"决不附逆"答之，自言"权操在我"，仍未出都。

致金山教育公会函

金山教育公会：

诵来电，敬悉。政变陡兴，是非淆乱。曹锟欲用金钱贿买总统，罪大恶极，令人发指。所幸投票之权实操诸我，旭之铁腕尚在也。所以迟迟未即南行者，特以此次之倡国会南迁论者，乃竟合全国所唾弃之安福、政学两系为一气，深恐故态复作，遗毒无穷，故郑重考虑耳！非绝对不南旋也。至人格之保存与丧失，以留京赴沪定之，要非探本之论矣。

辱承教，愚敢布区区。

高　旭

10月2日

北京国会选举总统，曹锟试图收买南社社员高旭、景耀月、马小进、叶夏声、饶芙裳、陈家鼎、陈九韶、席绶、彭昌福、骆继汉、蔡突灵、王有兰、于均生、狄楼海、景定成、赵世钰、陈祖基、易宗夔、李安陆十九人。

10月3日

众议院议员邵瑞彭携所得钱票漏夜出京,次日晨到上海。5日,值南社人士集会,遂于会上公布,在京津之报上影印原件。

10月5日

“大选”投票者590人,曹锟以480票“当选”大总统。另有110人未投曹锟票。

10月13日

柳亚子致电高旭,谴责他参与贿选,宣布从此绝交。

柳亚子致高旭电

宛平伪国会转前众议院议员高天梅兄:骇闻被卖,请从此割席。二十载旧交,哭君无泪,可奈何!柳人权。元

10月14日

新南社召开成立大会,地点为上海福州路小花园都益处菜馆,到会者有柳亚子、陈绵祥、朱剑芒、朱锡梁、叶楚伧、姚光、王德钟、冯平、汪文溥、赵赤羽、周伟、丁上左、余十眉、朱谦良、朱宗良、陈布雷、邵力子、胡朴安、胡惠生、吴子垣、吕志伊、柳冀高、柳景高、陈起东、沈君匋、王秋厓、狄侃、胡伯翔、潘公展、邵瑞彭、陈望道、胡渊、朱贯成、汪精卫、黄忏华、张继、吴孟芙、许翰彭等三十八人。会议公举柳亚子为社长,邵力子、陈望道、胡朴安为编辑主任,叶楚伧、吴孟芙、陈布雷为干事,胡朴安兼会计,余十眉为书记。《新南社组织大纲》修改为《新南社条例》。

新南社条例

一、本社宗旨:(一)整理国学;(二)引纳新潮;(三)提倡人类的气节;(四)发挥民族的精神;(五)指示人生高远的途径。

二、本社不收入社金,只收月捐,每月自大洋一角起至十元止,由社员于入社时认定,但中途变更的,必须先期报告会计部。

三、社员入社时,须有二人以上底介绍,经社长许可;又在社会上占有相当的声誉,或者有相当的著作,以及提出相当的作品,自己请求入社,经社长许可后,得以入社。

四、本社设社长一人,总揽社务,由社员投票公举,任期三年,连举得连任。编辑主任三人,干事二人,会计一人,书记一人,都由社长委

托，任期和社长一律。

五、本社出版物分两种：(一)《新南社月刊》，(二)《新南杜丛书》体裁用语体文，组织法由编辑主任规定，撰述人除由编辑主任向社员中延订外，社员都可以自由投稿。

六、本社每年双五节、双十节各举行聚餐会一次，地点由书记部先一月通告。

七、本社选举社长期，在双十节，从中华民国十二年起，每三年举行一次，先由书记部在一月前分发通告同选举票，到聚餐时宣布，过期投到底票子，作为无效。

八、本条例有未尽的地方，社员可以提出意见，由社长斟酌修改，到聚餐时宣布实行。

10月19日

柳亚子写成《新南社成立布告》。

10月20日

上海《申报》《民国日报》同时按省公布"贿选"议员名单，《申报》名为《北京投票议员名单到沪》，旁注"议员出席贿选会者，业由京津议员调查清楚，制成名单，寄到沪上，共计五百五十五人，并不足法定人数"。《民国日报》名为《参与贿选议员名单》，旁注"共五百五十五人——并不足法定人数"。高旭名列其中。

10月21日

社员、国会议员田桐发表《致南社社友书》，要求开除参与贿选的社友。

田桐《致南社社友书》："全国南社社友均鉴：此次豇豕卖身，紊乱国本，知耻之士惕焉以惧。迩者江、浙、皖、鄂各省皆有制裁，或铸铁像，或立猪仔碑，或刊纪念于会馆，皆以其自外于人类者，人类即不能与之同群。吾社立自清季，以文章气节相砥砺。胡清之覆，薄有勋劳。开国以来，列身两院者凡百有奇。乃吾徒有不自检束，甘心从贼，衣冠禽兽，自蹄白蹄之伦，岂不可痛！吾辈既不能格顽钝无耻之流，倘再不能切鸣鼓而攻之诫，何贵读书？何贵明理？前明先达，阉竖小人，不许入社，况其甚焉。国庆之夕，有议及开会除名者，至今阒然。万望就近社员，即日集会议决，驱逐豇豕，投畀豺虎，以酬清议，振作士林。致祷！田桐谨启。"

10月29日

陈去病、柳亚子、姚光、王灿等发表启事，宣布不承认高旭等十九人的社友资格。

旧南社社友启事

汪精卫、于右任、徐忏慧、陈巢南、柳亚子、郑佩宜、叶楚伧、邵力子、胡朴安、余十眉、姚石子、王粲君、陈亨利等以旧南社社友之资格，同情于田梓琴君之主张，以猪仔议员高旭、彭昌福、蔡复灵、王有兰、周珏、骆继汉、陈家鼎、傅有僧、陈九韶、席绶、于均生、景耀月、狄楼海、景定成、赵世钰、叶夏声、马小进、饶芙裳、易宗夔等贿选祸国，辱及南社，不再承认其社友资格，特此宣言。社中同志如有赞成此举者，请随时随地发表同一之态度，为中华民国稍留正气，不胜盼祷之至。

11月6日

《申报》刊载《金山县教育会等公团来函》议及高旭"贿选"事，并附高旭《致金山教育公会函》影印件。

金山县教育会等公团来函

申报馆转松江救国同志会诸君均：

鉴辱承明教，感愧交并。敝县国会议员高旭，不知自爱，参与贿选，微特丧失一私人之资格而已。溯自黄陂出走，国会议员，纷纷南下，高则恋滞在京，同人等爱人以德，亦曾电促南归，彼复示决不附曹，语多强饰。迨八月中旬，遽尔旋沪，并联合留沪议员，宣言护法。同人等以为高之胸怀，从此可大白于天下万世。孰意未及两月，违法助逆，姓氏已侪于猪仔之列矣。同人等奔走骇告，疾愤同深，除将高旭原书影印，登载《申报》披露外，特此奉复。

金山县教育会　县教育局款产经理处同叩

12月28日

姚光复书李沧萍，反对南社随波逐流于"新文化"。

《复李菊生书》(节选)："南社创于清季，以提倡气节为宗旨，又以鼓吹革命，故偏重文辞。今光复功成，同社多有异趣，原有改组之必要，惟必欲随波逐流于所谓新文化中，窃期期以为不可也。"

12月

《南社》第二十二集出版，陈去病、余十眉编辑，姚光自费印刷。

1924年

1月1日

傅熊湘等创南社湘集于长沙。傅氏于《南社湘集导言》批评新南社“其宗旨盖亦稍异”，声称为“保存南社旧观”而组织南社湘集。

《南社湘集》导言

南社倡于清季之光绪己酉，历今十有六年。其主旨在提倡气节，研究文学。社友遍十余省，为数达千余人。所为诗文词丛刊，已出至二十二集。论者谓，开民国学术群众运动之先河者，《国粹学报》而外，实惟南社，斯已试之效也。比年以来，时局变迁，友朋星散，社事日就衰歇。其能岁有雅集，流连觞咏，存念故旧者，厥惟长沙一隅。而海上诸社友，又别有新南社之组织，其宗旨盖亦稍异同人。为欲保存南社旧观，爰就长沙为南社湘集，用以联络同志，保持社事，发扬国学，演进文化，语其组织，别具简章。抑有进者，文学新旧之界，方互相诋諆，甚嚣尘上。同人之意以为，进化自有程途，言论归于适当。自惑者既失精微，而辟者又随时抑扬，违离道本，苟以哗众取宠，皆无当于言学。舍短取长，得所折衷，其殆庶几。昔吾楚先正屈原，离谗忧国，爰作骚赋，搴芳采絜，蔚为词宗。遗响二千年，嗣音不闻久矣。《南社湘集》之作，意在斯乎！意在斯乎！是所望于同志诸君子。

中华民国十三年一月一日醴陵傅熊湘

《南社湘集》简章

一、本社以提倡气节，发扬国学，演进文化为宗旨。

二、社友入社，不限省籍，但须有本社两人以上之介绍，并填具入社书。

三、社友缴入社金三元，但旧有社籍者，不缴。

四、社友年捐，于入社时认定，得分两期缴纳，但至少以二元为单位；特捐无定额。

五、本社设社长一人，总理社务。由社友投票选举，任期一年，但得连选连任。本社设书记、会计各一人，均由社长委托。社长选举票，于春季雅集前一月，由书记印就，分发各社友填寄，于雅集时宣布。

六、本社每年上巳、重九各举行雅集一次，地址及雅集费由书记先期通告。

七、本社出入账目，由会计造册，于重九雅集时报告，由社友公推二人审查。

八、本社社刊为不定期刊，但每年至少须发行一次。社刊内容分四类：一文录，二诗录，三词录，四附录。但均以文言为准。社刊撰述概由社友担任，编辑则由社长负责。

九、本简章如有未尽事宜，得于雅集时由社友提议，经多数赞成后修改之。

附则

十、本社通信处由书记随时通知（暂设长沙藩后街五号）

4月6日

南社湘集举行第一次雅集，地点为长沙刘园。到者二十三人。

5月5日

新南社举行第二次聚餐会，地点为上海小花园都益处。同月，《新南社》第一期出版，全用白话写作。

《新南社双五聚餐》："南社发起于民国纪元前之三年，为国内文字鼓吹革命之中心组织，去年由柳亚子君等协商结果，改组为新南社，以应时代之要求，为世界文化之介绍。该社于昨年十月十号成立，并定每年出社刊两册，举行雅集两次，雅集日期，定为双五、双十两节。昨日在都益处举行第二次雅集，到者有汪精卫、张溥泉、居觉生、柳亚子、陈佩忍等三十余人。席间且有汪精卫、张溥泉、居觉生、汪兰皋、陈佩忍、邵力子诸君关于革命的文学之演说，至三时余，摄影而散。其第一期社刊，日内即可出版。本年社刊编辑事务仍由邵力子担任云。"

7月21日

高圭撰文，以为南社选文，节概为上，词章次之。

《答某君问南社》："某君谓南社不应带政治性质。余曰：南社之政治性质，即系革命性质。故简直言之，南社即可为国民党文字机关。某君曰：然则南社尽可完全用社论体，不必有诗文词等。余曰：诗文所以达个性之思想，何以不必登载？惟本社以人格气节为上，而词章稍次之，故所选文字，亦大抵崇尚节概，以发扬蹈厉、廉顽懦立者为主旨，而专事追章琢句，吟风弄月者，则从略焉。我非薄视词章也，实以重于词章者，正大有在也。而窥君之志，则以词章为上，人格次之。根本见解，即已歧异，道不同不相为谋。子且去，毋多谭。”

10月7日

南社湘集举行第二次雅集，地点为长沙赐闲园。到者十九人。

10月10日

新南社第三次聚餐会，地点为上海南京路新世界西菜部。

1925年

3月26日

南社湘集举行第三次雅集，地点为长沙湖南省立通俗教育馆。到者十八人。

4月15日

南社北京社员宋琳等于中央公园举行雅集。

8月25日

高旭因伤寒病逝世。傅熊湘作《祭天梅文》哀悼，追忆交往，有“吁嗟天梅，素行坚白”句，以为高旭不会与旧势力同流合污。

10月

姚光与高君定、高君介等创办张堰图书馆，姚光任馆长，负担馆内开支。

1926年

4月

南社湘集出版第三次姓氏录，自傅熊湘起，共收录129人。

1928年

11月7日

陈去病、朱少屏、柳弃疾、朱锡梁在《民国日报》联名发表《虎丘雅集小启》，决定在本月12日于苏州虎丘举行雅集，纪念南社成立二十周年。

虎丘雅集小启

南社二十周年之大纪念

吾曹当胡清季世，与先总理组织同盟会于江户，勠力革命。又虑国内禁网之繁密，同志之未易纠合也，乃更创南社于吴门，以文字相感召。

迄今追溯集会之初，粤为己酉孟冬之朔，盖忽忽二十周年矣。虽桥山弓剑，永绝攀号，而南国诸生，犹怀慷慨。际宗邦之混一，庆海宇之升平。爰结同俦，重寻旧好。香霏瑶席，看冷蕊之先开（席设冷香阁）；日照云岩，续清游于既往。眷怀芳躅，漫动遐心。白日正中，琼筵斯启。凡百君子，幸共鉴诸。（日期旧历十月初一日午正，他点虎邱冷香阁）南社第一决集会。陈去病、朱葆康、柳弃疾、朱梁任同启。

11 月 12 日

南社举行二十周年纪念会，地点为苏州虎丘冷香阁，到者陈去病、费公直、吴相融、凌景坚、陈绵祥、朱剑芒、朱锡梁、包天笑、余天遂、姚光、高圭、沈砺、冯平、狄膺、赵赤羽、胡颖之、邵力子、丘望仓、陶牧、黄宾虹、胡朴安、胡怀琛、胡惠生、郭惜、吕志伊、陆明桓、范烟桥、朱秋岑、范君博、陆兆鹍、庞树松、唐奇、冯飞、冯超、庄先识、韩亮夫、陈乃乾、平智础、张百川等四十人。柳亚子因病未参加。

《南社举行二十周年纪念会》："苏州函：复历十月初一为南社廿周年纪念之期，该社社员乃在虎丘开纪念会。……先于下午一时，各社员冒雨登虎丘山千人石上摄影，次至冷香阁品茗，三时许下山，至附近靖园聚餐，随即开会讨论议案，因社长柳亚子未到，推陈佩忍为临时主席，公决议案如次：（一）沈道非提议：本社事务应否继续进行案。议决：今日签到社员，均为筹备员。（二）沈道非提议：本社失节社员应否除名案，议决：如有逆迹昭著者除名。（三）朱梁任提议：李公祠逆迹昭著，玷污名山，应如何办理案。议决：函古物保管会理。（四）冯心侠提议：本社纪念特刊应否负责编辑案。议决：推举胡朴安、姚石子、陈巢南、柳亚子、朱梁任五人为编辑委员。（五）陈巢南提议：本社诗文纪念册应否审查案。议决：推举沈砺、狄膺、柳弃疾、吕天民、邵力子五人为审查委员。（六）范君博提议：本社社长制应否更改案。议决：改为委员。（七）陆翥双提议：本社纪念特刊经费应如何筹措案。议决：由各社员即席认定之。（八）姚石子提议：本社经费应否推举临时会计负责办理案议决：推举陆简敬为会计。（九）余天遂提议：本社特刊诗文稿应何日截止案。议决：民国十七年十二月底为截止期。（十）冯北海提议：本社社章应否修改案。议决：交审查委员会办理。（十一）沈砺提议：本社下次开会日期应否预订案。议决：由主席登报通告召集之。"

1929 年

5 月 22 日

鲁迅在燕京大学讲演，评价南社。

鲁迅《现今的新文学的概观》："希望革命的文人，革命一到，反而沉默下去的例子，在中国便曾有过的。即如清末的南社，便是鼓吹革命的文学团体，他们叹汉族的被压制，愤满人的凶横，渴望着'光复旧物'。但民国成立以后，倒寂然无声了。我想，这是因为他们的理想，是在革命以后'重见汉官威仪'，峨冠博带。而事实并不这样，所以反而索然无味，不想执笔了。"

10 月 11 日

南社湘集于长沙赐闲园举行雅集。

1930 年

3 月 2 日

鲁迅在左翼作家联盟成立大会上发表演讲，再次评价南社。

鲁迅《对于左翼作家联盟的意见》："在我们辛亥革命时也有同样的例，那时有许多文人，例如属于'南社'的人们，开初大抵是很革命的，但他们抱着一种幻想，以为只要将满洲人赶出去，便一切都恢复了'汉官威仪'，人们都穿大袖的衣服，峨冠博带，大步地在街上走。谁知赶走满清皇帝以后，民国成立，情形却全不同，所以他们便失望，以后有些人甚至成为新的运动的反动者。"

1933 年

10 月 4 日

陈去病在苏州逝世。

1934 年

3 月 4 日

柳亚子、胡朴安、朱少屏、吴铁城等在上海西藏南路宁波同乡会为陈去病举行追悼会。晚于北四川路新亚酒店晚宴，举行南社临时雅集，到者 109

人。席上包天笑提议恢复南社，柳亚子反对，冯平建议纪念南社。临时雅集后，由胡怀琛提议，柳亚子将与会 109 人名单制成《南社点将录》。

4 月 16 日

南社湘集举行第九次雅集，地点为长沙妙高峰南园。到者十九人。

8 月

高旭《天梅遗集》刊成，由高基删定，全书二册十六卷，万梅花庐刻本。

10 月 16 日

南社湘集举行第十次雅集，地点为长沙曲园。到者十八人。

1935 年

4 月 5 日

南社湘集举行第十一次雅集，地点为长沙天心阁。到者十三人。

10 月 6 日

南社湘集举行第十二次雅集，地点为长沙怡园。到者十九人。

11 月 10 日

南社社友会葬陈去病于苏州虎丘，晚宴于中央饭店，举行南社临时雅集，到者十八人。

12 月 29 日

南社纪念会成立，柳亚子为会长，在上海西藏南路晋隆西菜社举行第一次聚餐会。据《申报》报道，出席者有中央监察委员兼上海通志馆馆长柳亚子、上海市参议会秘书长陈陶遗、广西大学校长马君武、外交部驻沪办事处主任周志成、上海市博物馆临时董事会董事黄宾虹、民报社社长胡朴安、塞德社兼国学商兑会主干高燮、前南社主任姚光、市政府秘书孙仲瑛、科长朱凤蔚、市通志馆副馆长朱少屏、编纂主任徐蔚南、市参议会秘书朱叔建、道路月刊社主干陆丹林、画伯王济远、藏书家葛荫梧、陈乃乾、名律师高筠、唐鸣时、青年作家白蕉、黄苗子二十一人，极一时之盛。

柳亚子《南社纪念会宣言》

南社已成为历史上的名词了，要把它复活起来，不特事实上不可能，在理论上也非必要。因为世界的文学潮流是前进的，现在中国文学的环境，决不是一九〇九年的文学环境。我们倘然主张抱残守缺，和一般开倒车的朋友们去同流合污，哪儿会有好的结果呢？不过，南社的文学是绝对不需要复活的了，南社的精神却还有可以纪念的价值。我们现在发起这南社纪念会，一方面是追慕过去的光荣，一方面还希望未来的努力。但这努力的途径，决不是南社复活罢了。南社以后，还有新南社，这和中国同盟会以后有中华革命党完全是一样的。所不同的地方，是我们没有中山先生的毅力和勇气，能够把中华革命党再改组为中国国民党罢了。所以新南社和南社，性质虽然不同，精神却是一贯的。我们现在纪念南社，也就包括纪念新南社的意义在里面了，这是应该附带说明的。完了。

南社纪念会条例

一、本会以纪念南社及新南社过去在文坛历史上之光荣为宗旨。

二、南社社友及新南社社友为本会当然会员，其最近住址请随时通信报告本会。

三、非社友而表同情于南社及新南社者，得加入为志愿会员，但须有当然会员二人以上之介绍，报告姓名、性别、年龄、籍贯及住址，即可随时通信入会。

四、本会每年雅集两次，地点日期，临时通告。

五、本会以现存之南社发起人为会长。另设书记、会计、庶务各一人，由会长指派，兼职者听。

六、本会不收会费，但雅集时酌收聚餐费。如需要其他开支时，会员得自由捐助。

七、本会通信处，暂时借设于上海萨坡赛路二九一号上海市通志馆。

八、本条例如有未尽事宜得由会长斟酌修改，随时公布之。

1936 年

2 月 7 日

南社纪念会举行第二次聚餐会，地点为上海福州路同兴楼，到者 157 人。推举蔡元培为名誉会长，徐蔚南、蒋慎吾、郭孝先、胡道静分任编辑室、文书部、会计部、事务部主任，计划出版《南社纪念会月刊》《南社纪念会丛书》。

3 月

《南社纪念会条例》(修订稿)公布，较原条例增订之处为："设名誉会长一人，由会长代表全体会员之公意推戴之”；“暂设编辑、文书、会计、事务四部，每部设主任一人，为名誉职，由会长聘任之，必要时得设副主任”；“必要时，得添设其他各部及各委员会”。

3 月 25 日

南社湘集举行第十三次雅集，地点为长沙定王台。到者二十三人。

10 月 23 日

南社湘集举行第十四次雅集，地点为长沙赐闲园。到者二十九人。

1937 年

4 月 3 日

南社湘集举行第十五次雅集，地点为长沙妙高峰南园。到者二十人。

1943 年

6 月 7 日

朱剑芒在福建永安组织南社闽集。

1949 年

4 月 16 日

南社新南社临时联合雅集，在北京中山公园来今雨轩举行。两社社员有柳亚子、郑佩宜、黄复、沈体兰、郑桐荪、宋琳、寿玺、吴修源、张志让、徐德培、阮介蕃、沈雁冰、孔德沚、邵力子、欧阳予倩、胡先骕等十六人，柳亚子为发起人，来宾有周恩来、叶剑英、李立三、叶圣陶、俞平伯等六十余人。

柳亚子《次韵奉和陈叔老三绝》(选二)

南社于今卌一年，新南社集未秦烟。胡清早覆袁张死，讵料淫威蒋帝颠。

革命翻身撼地天，中山堂畔启华筵。欣看北社张新帜，要为工农快擘笺。

二、金山南社社员传稿

1909 年 11 月 13 日，南社在苏州虎丘正式成立，当日参加雅集者共有

19 人(含嘉宾 2 人)。此后数年间,进步人士纷纷加入社籍,南社的规模和影响力也日益扩大。1911 年正月编印《南社社友通讯录》著录社员 193 人;同年 9 月出版《南社社友第二次通讯录》增至 228 人。至 1916 年《重订南社姓氏录》更是达到 825 人。1940 年柳亚子《南社纪略》所附《南社社友姓氏录》,记载社员总数 1 170 人。南社从成立时的 17 人,发展到后来的近 1 200 人,加上各地分社及其后续组织,社员总计三千余人,其社友之众,可谓冠于近代东南之坛坫。

根据孙之梅《南社研究》的统计,南社社员散居江苏、浙江、湖南、广东、安徽、福建、江西、河北、湖北、广西、四川、云南、贵州、山东、天津、山西、陕西、甘肃、辽宁、上海、河南 21 个省份,而各省社员人数,江苏以 437 人高居全国榜首,在江苏籍会员中,吴江 81 人居第一位,次为金山 36 人,再次为松江 31 人、吴县 25 人。郑逸梅在《南社丛谈》"前言"指出:就整个南社社友全体来看,全国各地的,如水之趋渊,鸟之集林,阵容庞大,不过分散着,"南社社友,以吴江、吴县、金山三个地方的人占着多数。有人把南社作为一个大家庭,便以吴江为大房,吴县为二房,金山为三房"。孙之梅据统计数据以为:郑逸梅的这一说法应略作修改,金山为"二房"是毫无疑问的。按照传统大家庭之"大房""二房""三房"说明南社群体的区域集中性这一特点,比喻虽然不一定贴切,从中也可看出金山籍南社社员群体之规模。

关于南社金山籍社员人数,已有说法并不完全一致。南社书记部 1916 年所编《重订南社姓氏录》著录为金山籍者 36 人,柳亚子《南社纪略·南社社员名录》、郑逸梅《南社丛谈·南社社友姓氏录》所著录的金山籍南社社友皆为 35 人,而孙之梅《南社研究》根据历次南社社员名录文献,统计认为金山南社社员为 36 人。到了 1984 年,金山县政协文史资料工作委员会编辑《金山县文史资料选辑》,书中收录有张公亮、周钧新整理的《金山县籍南社社员姓名录》一文,统计南社社员为 46 人。

我们参考《重订南社姓氏录》《南社社员名录》《南社社友姓氏录》以及《金山县籍南社社员姓名录》等资料,从广义的南社定义出发,统计金山南社社员 54 人(含 1 人未填写入社书),其中,南社 47 人,南社纪念会 6 人,新南社 1 人。通过查阅相关文献史料,撰成《金山南社社友传稿》,以为了解金山南社先贤学行风貌之助。

1. 高旭(1877—1925),原名垕,又名堪,更名旭,字天梅,又字剑公、慧云,又署慧雪、慧子,号江南快剑、钝剑、汉剑,别署枕梅、寿黄、师姜、秦风、寿黄、哀蝉、变雅、天子、爱祖国者、未济庐主等,自称江南第一诗人,人称天子,化名李昙,托名平达开、残山剩水楼主人、哭厂,室名万梅庐、万梅花庐(楼)、万树梅花绕一庐、一树梅花一草庐、未济庐、凝晖堂、变雅楼、鸳湖客馆、愿无尽庐等。金山张堰镇人。1909年10月入社,入社书编号2。戊戌变法后,高旭在《清议报》《新民丛报》《政艺通报》等报刊撰写诗文,宣传变法。1903年与高燮、高增创立觉民社,出版《觉民》月刊。1904留学日本东京法政大学,结识孙中山。1905年参与筹组中国同盟会,后为中国同盟会江苏分会会长,是同盟会第一批会员,并介绍柳亚子、陈陶遗等入会,于东京创办《醒狮》杂志。1906年归国后,先后编辑《觉民》《醒狮》《复报》《健行公报》等刊物,并在上海创办健行公学、钦明女学,宣传反清革命,提倡女权和女子教育。1907年4月,与陈去病、朱少屏、刘季平、沈砺五人同游苏州,启南社虎丘雅集之机,游历所创诗词辑为《吴门纪游》;同年秋参加神交社活动。1909年10月17日在《民吁报》发表《南社启》,与柳亚子、陈去病发起创办南社,当选为诗选编辑。辛亥革命后,任金山县军政分府司法长,1913年当选为国会众议院议员。1918年和1921年两度南下广州,参加非常国会,支持拥护孙中山。1923年助曹锟“贿选”大总统,被南社除名。1925年病逝故里万梅花庐寓所。高旭工书法,行草尤为出色,飘逸倜傥,才气横溢,亦工诗,破旧格律,富有盛誉,著有《未济庐诗集》《浮海词》《南娄》《愿关尽庐诗话》《劫灰录》《变雅楼三十年诗征》等,其弟高基编为《天梅遗集》,今人辑有《高旭集》。

2. 何昭(1877—1966),字亚希,号亚君,江苏金山张堰人。高旭原配夫人周红梅1904年病逝,何昭为续弦。入社书编号4。早年求学于上海务本女学,倾向新潮。毕业后在无锡等处担任教职,参与发起无锡女子理科研究会。1906年与高旭结婚,1908年与高旭创办钦明女学,担任教职。辛亥革命后,与高旭南北驰驱。抗战前后,辗转流徙,迭任教职。1949年后,经柳亚子介绍,担任上海文史馆馆员。有《华曼室诗》已佚,今人整理《高旭集》附有《何亚希诗辑》。

3. 沈砺（1879—1946），字勉后，一字道非、道可、谬公，金山吕巷人。入社书编号10。1906年5月结识高旭、柳亚子、陈陶遗等，受聘为健行公学讲师，加入中国同盟会。1907年4月，与高旭、陈去病等同游苏州，启南社虎丘雅集之机；同年参与神交社。1908年1月12日，应陈去病之邀，与高旭、柳亚子等在上海国华楼小酌，有结“南社”之约。次年参与南社虎丘雅集入社。民国后任孙中山大元帅府松江军政分府参谋长，加入国学商兑会。1913年任上海卫戍司令。1927年任南京国民政府秘书、南京市财政局长兼土地局长。1929年后历任国民政府文官处、秘书、参事、人事室主任等职。后卸职回家，杜门不出。1946年冬寓居南京，因煤气中毒逝世。沈砺以诗词擅名，著有《道非诗选》。①

4. 高增（1881—1943），字卓庵、迪云，号澹安，别署卓公、[illegible]、佛子、大雄、觉佛、岫云、秋士、东亚愤人等，室名自怡轩、啸天庐。金山张堰人。入社书编号21。高旭弟。自幼能诗，1903年与高旭、高燮组织觉民社，出版《觉民》杂志，以文字宣传革命。在《醒狮》《复报》等刊物发表诗文小说。辛亥革命后，返乡隐居。著有《澹安诗存》《自怡轩诗钞》《啸天庐词存》等诗词集。著有短剧《女中华》《侠客》《人天恨》《血海恨》《女英雄》《活地狱》等。

5. 汪痴，字叔宜，号苏魔、甦魔、甦霓，号潭水词人，别号野鹤，金山张堰人。入社书编号23。不修边幅，人以“汪痴”称之，与费龙丁、杨了公称“云间三怪”。目斜视，貌不扬，然知识渊博，观书五行并下。记忆力健强，非常人所及。读书饮酒，兼及卜算、医术，亦能诗，擅联语，种菊亦有方。1914年12月，参与创办鸳鸯蝴蝶派刊物《销魂语》，担任编辑。次年1月停刊，虽发

① 1946年12月24日国民政府褒扬令：“国民政府秘书沈砺，志行忠介，学识渊深。清季热忱鼎革，加入同盟，以文字宣传主义。辛亥、癸丑诸役，参佐淞沪义军，不避艰险。十六年奠都南京，膺任国府秘书，百度草创，襄赞颇多。嗣充南京市财政局土地局长，涖事公廉，具著成绩。十八年仍回秘书原职，宣劳不懈。抗战军兴，随同政府西迁，国难频年，坚贞弥励。胜利后先遣还都，筹措胥合肯要。遽闻病逝，良深悼惜，应予命令褒扬。交考试院转行铨叙部从优议恤，以表忠勤，而资矜式。此令。”

行两期而影响较大,郑逸梅称其“开以后出版界所刊行的《香囊》《香艳集》《香艳丛话》《花月尺牍》之先声”。

6. 何震生,原名聿慈,一字振新,号公脑,金山廊下人。入社书编号24。何昭族子。曾加入爱国学社。1908年前后,与苏曼殊等人到南洋光复会,在南洋群岛榜甲岛烈港爪哇泗水埠华侨办的中华学校任教。1919年4月6日,参加在上海徐园举行的南社第十七次雅集。20世纪20年代任暨南学校商科教员。1923年到1925年任廊下小学校长。20世纪30年代任上海市政府教育局督学。1939年当选金山旅沪同乡会理事。

7. 姚光(1891—1945),谱名后超,字凤石,号石子、复庐、佚史氏等,室名自在室、怀旧偻、倚剑吹箫楼、松韵草堂、秋棠馆、浮梅槛、棣华香馆等,金山张堰人。入社书编号26。高燮甥。早年入秦山实枚学堂、上海震旦学校,未数月即因病辍学,乡居自学。1906年与高旭创办钦明女校。1912年与高燮、高旭等在张堰创办国学商兑会,任理事长,发表《国学保存论》,出版《国学丛选》;同年当选金山县第一届议事会议员,参加中华自由党金山分部,起草《自由党金山分部启》,6月自由党改组为同盟会,当选金山分部副部长。1918年当选为南社主任。1923年组织成立新南社。1924年到1927年间任国民党金山县党部执行委员。“四一二”政变后,国民党实行“清党”政策,聘其参加国民党改组委员会,拒不就任,转而致力于家乡经济文化事业,资助创办张堰济婴局,创立张堰图书馆,发起组织《金山县鉴》社,编印《金山县鉴》二期。1928年与胡朴安、陈乃乾发起组织中国学会。抗战期间,担任金山抗日救国会执行委员、金山民众组织委员会征募处救济股长等职。抗战期间,蛰居上海租界,编成巨著《金山艺文志》。与在沪同乡组织金山旅沪同乡会,任监事。1945年病逝。一生嗜书,为江南著名藏书家之一。工书法,其字结体宽博,因受碑派书风影响,奇谲多姿,善用侧锋、方笔,魔趣横生,独具自家面貌。著有《浮梅草》《续浮梅草》《总角文存》《复庐文稿》《复庐文稿续编》《倚剑吹箫楼诗话》《怀旧楼从录》《自在室读书随笔》等,今人辑有《姚光全集》。

8. 王灿(1889—1933),字承粲、令昭,号粲君、鲠亭,室名柱笏楼,原籍娄县,嫁至金山张堰。入社书编号27。姚光妻。早年肄业上海爱国女学校、中国女子体操学校。1909年与姚光结婚,婚后别号粲君。翻译日人古城贞吉《支那文学史》,1913年改题《中国五千年文学史》,由上海开智公司铅印出版,卷首称:“各国之史,以中国为最早,又以中国文学之发达为最先。然浩瀚繁缛,欲编是史,良不易能。是书为日本古城贞吉所著,取材宏富,论断精确,允为文学史之善本。因亟译之,以饷吾国学子焉。”凡十四产,仅存活二男二女,后因难产而亡,姚光为作《先室王粲君行略》。

9. 陈陶遗(1881—1946),原名公瑶,更名剑虹,一名水,字陶遗、陶怡、止斋,号道一、天真道人,金山松隐人。入社书编号29。1905年入松江融斋师范学校,同年转入中国公学。不久东渡日本,入早稻田大学攻读法政,由高旭介绍加入同盟会,结识黄兴,加入光复会。1906年受命回国,在上海和高旭等创办中国公学、健行公学,宣传爱国主义和革命思想;同年秋第二次赴日,任同盟会江苏分会长,兼任同盟会暗杀部副部长,接办《民报》《醒狮》月刊。归国谋刺两江总督端方,事泄被捕,越年获释。1909年南社苏州虎丘成立,为首次雅集核心成员。1910年受命赴南洋执教,为同盟会募集革命经费。辛亥革命时,任南京临时参议院副议长、国民党江苏省支部长。1925年任江苏省省长。1933年任上海市临时参议会秘书长。抗战爆发,辞去秘书长职务,日伪冈村宁次、汪精卫多次威胁利诱,严词拒绝,拒做汉奸。1935年参与发起成立南社纪念会。1939年与张元济、叶景葵等发起上海私立合众图书馆,任董事长。抗战胜利后,不满蒋介石内战政策,拒绝出任上海市参议会会长。1946年病逝,黄炎培等举丧。金兆芬为之作《陈陶遗先生分年事略》。

10. 顾宝瑚(1889—1924),字珊人、珊臣,金山朱泾人。入社书编号38。顾骏长子。擅数理之学,夙喜探索机械物,孜孜穷求,终日不息。年甫弱冠,入日本东京高等物理学校,研究数理三年,1907年以最优等毕业,日本学生自叹不如,呼为“中国之怪物”。1909年前后任两江师范学堂译员,旋北上任教清华学校,讲授代数。时北京举行留学生考试,一试而中理科举人,发任河南知县,不屑就,乃南下。1911年6月与胡敦复等创设立达学社,以“自立立人,自达达人”为宗旨,发展教育事业。历任民立中学、私立浦东中学校校长,大同大学、同济大学数学教员,勤恳尽职。在《数理化学会杂志》《同济杂志》发表论文《说虹》《重心求法》《数理杂录》《单用圆规之作图法》《力之平行四边形定律:包亚桑(Poisson)之证明》《差级数与插入法》。1923年在同济工学会讲演《相对论探源》;同年冬赴德考察战后教育概况。翌年五月因喉疾逝于柏林。

11. 钟英,字悃庵,亭林镇人。入社书编号39。

12. 汪粹,字叔纯,金山张堰人。入社书编号48。室名味兰斋,藏有梁大同元年(535)制瓦,瓦上铸有佛教铭文曰:“能仁寺比丘正鹫仿铜雀剩瓦五万片舍入法忍寺,愿先妣童氏十九娘超生佛界。大同元年四月陆墓廿郎造。”民国初年有拓本刊于《国粹学报》,为现存较早佛教瓦铭文。姚光有诗作《题汪氏“味兰斋”所藏梁大同瓦》。

13. 蔡模(1887—1930),字恕一,一名恕庵,号韬庐,又号大道,金山松隐人。入社书编号49。与其弟蔡权、舅陈陶遗同为南社社员。急公好义,关心教育事业,曾任东二乡乡董,排解纠纷,里人有“白面龙图”之称。1908年在家乡创办简实学社,后任金山东二乡第一国民学校、金山县立第五高等小学校长等职。1924年募集资金改建张泾河木桥,重修松隐塔寺,筑藏经楼,开放生池,造严塔桥,建紫藤棚,收集保存地方文物。

14. 蔡权,一名蝶,字迪仪,号蝶兮,别号秋冰,金山松隐人。入社书编号50。蔡模弟。

15. 周尚宽,字平泉,金山松隐人。入社书编号51。1907年11月20日发起金山商学界组织的金山松隐镇集股保路会。

16. 金兆芬(1891—?),一名吉,字吉香,号兰畦,金山松隐人。入社书编号52。自幼聪颖,13岁考中秀才,曾加入健行公学。辛亥革命前夕,柳亚子避难金宅,二人朝夕相处,颇为融洽。1918年5月当选金山众议员初选当选人。1922年在《时报》发表《譬如物寄瓴中》《鞢鞨》《他为它之俗字》《市乃韨之古字》《敍敡敨》《页字段注之未确》等文。1932年前后任金山县公款公产管理处主任。1937年居金山卫,为日寇狙击,左腋中弹,卧医院数月始愈,撰《干巷脱险纪事诗》。

17. 何痕,字竞南,号瘦秋、钟伊,金山廊下人。入社书编号64。何昭从弟。1912年撰有《周实丹烈士遗集序》。

18. 卢淦,字骚魂,号粹宗,金山张堰人。入社书编号74。1918年5月当选金山众议员初选当选人。

19. 何慕韩,字野臣,居金山张堰。入社书编号89。

20. 程杰,枫泾镇人。入社书编号129。

21. 朱儁良,字儁良,金山朱泾人。入社书编号168。

22. 姜仁,字公勇,号伯承,金山张堰人。入社书编号173。参加南社1911年7月25日第五次愚园雅集。1918年5月任金山众议员初选监察员。1921年7月当选金山省议会初选候补当选人。

23. 顾骏,字伯超,金山朱泾人。入社书编号182。与柳亚子交好,与谢谷苍有诗文交往。1912年曾任私立景崇女子初、高等小学校长。20世纪40年代遇敌被害。

24. 吴修源,字信三、汉叹,金山朱泾人。入社书编号223。中国同盟会会员。1906年与高旭、朱少屏等创办健行公学,担任干事。1912年至1916年数次参加南社北京事务所雅集活动,被推举为会计员。妻余铭,字义华,奉贤人,亦为南社社员。

25. 高燮(1879—1958),字时若,号吹万,又号寒隐、葩叟、志攘、黄天,晚署葩翁、卷叟,安隐老人、寒蚓等,金山张堰人。入社书编号240。旭从父。1903年与高旭、高增创办觉民社,出版《觉民》月刊,宣传民族主义思想。

1906年与柳亚子、田桐等创办《复报》月刊,参加国学保存会。1909年组织寒隐社,自撰《寒隐社小启》,以幽居隐世、沉潜旧学为志。1912年被选为《南社文选》编辑员,不愿就职;同年与姚光、高旭等成立国学商兑会,撰《国学商兑会小启》,刊行《国学丛选》。1917年被广东分社蔡守等推为南社主任;同年筑寓所自署闲闲山庄。后建吹万楼,有葩庐室、可读斋、袖海堂。1918年任金山县修志总纂、张堰图书馆董事。1930年被聘为金山县文献委员会主任。抗战军兴,移居上海。1948年被聘为上海文献委员会顾问。1958年病逝于上海。一生嗜读,富藏书,聚书三十万卷,宋元旧椠、善本孤版千余种,尤以《诗经》最为详备。著有《吹万楼集》《吹万楼日记》《庄子通释》《读诗札记》《诗通解序》《感旧漫录》《望江南词》等。

26. 张家珍(?—1916),字聘斋,金山朱泾人。入社书编号248。早岁入日本宏文师范,加入同盟会。毕业后任教于松江清华女校,后任军政分府人事科长。1907年在上海与刘师培、高旭、柳亚子、沈砺等在国光楼聚宴,席上相约结社。1912年南京临时政府成立,与陈陶遗、李维翰、朱叔建等参加同盟会临时大会。1914年任上海县第六区(闵行、马桥、北桥、颛桥四乡)学务委员。1915年兼任强敏高等小学校长,整顿学务,不遗余力。1916年任闵行乡教育会主席,同年因病逝世。著有《鹃唳草》。张家珍曾经办理柘林蓄植公司,自其逝世后营业失败,仅余荒地三十余亩。1918年由各股东公同议决捐入闵行广慈苦儿院。

27. 顾葆康,字稼轩,松江人。入社书编号250。1910年至1920年任松江县教育行政会会长、松江县署第三科主任,兼松江江苏省立三中教员。1921年3月,与沈道非等参与组织乙丙俱乐部。1927年受聘为金山县党部特别委员会秘书长。1930年代任云间旅省同乡会执行委员会常务委员。有《动请议各县乡僻之处应设流通学校经费而补助义务教育之推广案》《宣讲日记》等传世。

28. 吴钦业,字一清、挹清,金山朱泾人。入社书编号341。1941年与刘季平、刘东海、费公直、秦毓鎏在华泾镇创办丽泽学院,宣传革命、培养革命人材,注重精神教育与本国武术,后迁至新马路登贤里,更名“青年学社”,延蔡元培为总教习,不久停办。1935年前后任河南秤放局局长。

29. 钱润瑗,字景蘧,一字攘白,号剑魂,别号镜明,金山钱圩人,入社书编号358。

30. 钱钧,字卓然,籍贯金山。入社书编号359。1913年3月16日参加南社愚园第八次雅集，曾任北乡行政局长、金山县议事会议事员。

31. 吴锐，字剑士，金山朱泾人。入社书编号360。1924年作“小学教师之责任”讲演。1924年前后任国民党分部长、国民党朱泾区党部临时主席、执行委员。1929年任松属慈善董事会。1931年前后任私立怀仁幼稚舍董事。

32. 吴之良，字恢善，金山朱泾人。入社书编号390。

33. 陈定(1900—?)，字端白、若木，原名小道，金山松隐人。入社书编号412。陈陶遗长子。1919年赴德，初入名思忒惠廉大学医科，继入名兴皇家大学医科，专攻内外科，兼治小儿、花柳、皮肤、妇科、产科。1925年秋得医学博士学位，在福堡大学内科医院及名兴大学皮肤科门诊部实习，名兴私家医院外科手术室助理，赴汉堡热带病研究院并其附属医院，专事热带病理。1926年归国。淞沪商埠督办丁文江聘其就任卫生局长，父陈陶遗代为辞谢。1927年在上海开诊，悬壶济世，主治内科、皮肤科。1928年娶持志大学高材生张凤梧为妻。1935年赴日本帝国大学、仙台帝国大学研究传染病和皮肤科。曾任江苏医科大学皮肤科主任、中德产科女医学校病理学教授、上海同德医专热带病学教授、私立民国女子工艺学校教授、南通医学院教授兼附属医院主任、汉阳兵工厂医务主任等职。撰有《乡村中之疾病》《述李克加及李克加病》《黑热症》《续发性贫血》等医学论文。

34. 金兆芳，字桂畦，金山松隐人。入社书编号414。金兆芬弟。曾任丝线业公会主委。1918年5月当选金山众议员初选当选人。

35. 顾葆瑢，字幼芙、婉娟，原籍华亭，嫁至金山张堰。入社书编号502。高燮妻，顾香远女。擅词作，有《浣溪沙　题西冷雅集照片和外子韵》《一痕沙　题武林同游照片和外子韵》《减兰　题三潭泛舟照片和外子韵》《虞美人　谒月下老人祠》《罗敷媚　题清波弄影照片》《家宴赏区分韵:以菊花须插满头归为韵　得满字》等传世。

36. 高圭(1898,一说1897—1971),一名高珪,原名高厚,字君介,一字介子,号介庐,别署介庐先生、介翁、介公,室名桴楼、须弥室。金山张堰人。入社书编号503。高旭从弟。1925年发起创办金山县张堰图书馆。曾任光华大学助教。1959年被聘为上海文史馆馆员。

37. 林棠,字憩南,号尚木,金山朱泾人。入社书编号504。参与创办金山明强小学,任校董。曾任朱泾镇商会会长、浦海商业银行董事。1912年12月当选金山省议会初选候补当选人。1915年5月16日参加南社在西泠印社举行的临时雅集。1935年作为朱泾电灯公司代表,赴北平出席全国民营电业联合会第七届年会。1939年金山旅沪同乡会候补监事。

38. 高杏,字倚云,金山张堰人,嫁至朱泾。入社书编号505。高旭从妹,林棠室。

39. 林好修,字好修,金山朱泾人。入社书编号506。林棠女。1915年5月16日参加南社在西泠印社举行的临时雅集。

40. 吴钦敫,字心庵,号松龄,金山朱泾人。入社书编号561。

41. 金惟弌,字励孙,号萍影,金山吕巷人。入社书编号588。

42. 张翀,字云林,号东谷,晚号晚翠老人,室名宝书堂,山阳镇人。入社书编号607。工山水,画多秀色,在能妙之间。晚年则粗率不足观。妻郑咏梅亦为南社社员。

43. 蔡树蘐,字叆棠,漕泾镇人。入社书编号622。1890年参加华亭县县试。

44. 钱模宗,字迪先,金山钱圩人。入社书编号717。

45. 张端瀛,字蓬洲,山阳镇人。入社书编号974。1894年参加华亭县县试。1920年前后参加春晖社、松风诗社,雅集唱酬。

46. 孙雪泥(1889—1965),原名鸿,字杰生、翠章,号雪鸿、枕流居士,亭林镇人。入社书编号1013。五岁能剪纸,十六岁学画。1917年创办上海生生美术公司。其后创办生生玩具厂、生生图书公司等，所办事业以艺术及文化为主，如春柳剧场、图画书局、金木厂、奥飞姆影戏院、新民舞台、生生制版厂等，曾担任新世界游乐厂总理，办有《新剧日报》《世界画报》《图画剧报》等多种刊物。曾经担任彩印同业公会理事长、联艺公司董事长、冠生园常务董事、中国画会及上海美术协会理事、百宋印刷所董事等职。1949 年后，历任上海画片出版社编辑部主任、上海中国画院画师、上海中国书法篆刻研究会会员、中国美术家协会上海分会理事、上海市文史研究馆馆员。师从钱病鹤，擅长山水、花卉、蔬果，尤爱画梅及民间玩具、鳞介之属。山水继承云间画派，墨韵清逸淡雅，以写园林幽胜见长；花卉师法明代孙克弘，清新洒脱，别具风貌，作品有《西湖柳浪闻莺图》《春节欢度所见》等。亦善作旧体诗词，多写咏物之作，平易而富风趣，著有《雪泥诗集》。

47. **陶名珍**，字名珍。金山人。未填入社书。1912 年 12 月当选金山省议会初选候补当选人。1918 年 5 月当选金山众议员初选当选人。

48. **高均**（1888—1970），字君平，号平子，一号行，金山张堰人。中国现代天文学开拓者。高煌子、吹万侄、高旭堂弟。南社纪念会成员。1912 年毕业于震旦大学理科，先后任职于上海徐家汇观象台、佘山观象台、青岛观象台、中央研究院天文研究所、南京紫金山天文台。1926 年参加第三次国际经度联测。1928 年任中央研究院天文研究所研究员，代理所长一年。1935 年代表中国天文学会赴巴黎参加国际天文联合会第五届大会。抗战期间，避居上海租界。抗战胜利后，任教于暨南大学。1948 年冬迁居台湾，供职于台湾数学研究所，从事天文学研究。著有《学历散论》《平子著述余稿》等。为了纪念他对天文学的巨大贡献，1982 年国际天文联合会第十八届大会以“高平子”命名位于月球东经 87.8 度、南纬 6.7 度的一座环形山。

49. 高基，字君定，金山张堰人。高煌子，高燮侄。南社纪念会成员。1929 年参加中国学会成立大会。1937 年参与上海市博物馆通志馆筹备的上海文献展览会活动。1939 年当选金山旅沪同乡会理事。

50. 陈端志，名端志，金山干巷人。南社纪念会成员。日本庆应大学毕业。1925 年参加在金山举行的沪海属县教育联合会第五届常会；发起创办金山县张堰图书馆。1927 年任金山县教育协会筹备员。先后供职于安徽省政府及上海市通志馆，任上海市教育局主任、文化馆文书主任、上海市立新陆师范学校校长、尚同女子中学教务主任、东南、正风、中公各大学教授。1933 年任上海务本女中教务主任。1936 年任私立新亚中学校长。1937 年，被上海市政府任命为上海市博物馆历史部主任、总务主任；同年赴日考察博物馆事业。1940 年代任新国民运动促进委员会委员、中国青年工读团团长等职。1936 年 7 月编著出版的《博物馆学通论》，被列为“上海市博物馆丛书”甲类第一种刊行，是我国第一部系统阐述博物馆理论与方法的博物馆学专著。此外，又有《现代社会科学讲话》(生活书店，1934 年)、《五四运动之史的评价》(生活书店，1935 年)、《抗战与社会问题》《抗战与民众训练》(商务印书馆，1938 年)、《教育改制与工读教育》(中国青年工读团，1943 年)、《三年来工读教育理论的演进》(1944 年)等。

51. 吴企云，名云，金山人。新南社成员。徐蔚南妻。文学士，著有《近代文学 ABC》，与徐蔚南合译日人岩堂保《美国大学生活》，所编《申曲研究》收入上海通社编《上海研究资料》。1936 年 2 月 7 日，参加福州路同心楼的新南社第二次聚餐会。

52. 高筠(1901—?)，又名高君湘，英文姓名 Kao Chun-Hsiang，金山张堰人。南社纪念会成员。高燮三子。早年毕业于复旦大学；1924 年毕业于东吴大学法学院，获法学学士后即赴美入密歇根大学深造。1925 年获法学硕士，转入地脱劳大学获法律博士。1926 年秋回国，任江苏交涉公署秘书、交涉公署华洋上诉处审判官、临时法院推事，兼上海法科大学、大同大学等处教务，后任东吴大学法学院法律系教授、沪江大学商法教授、中国银行香港分行经理等职。1928 年与蔡六乘律师合组维平律师事务所。1932 年在上海注册为律师。1937 年金山旅沪同乡会成立，与陈陶遗、陈端志、沈思期、龚冰若同为主席团成员。1939 年当选金山旅沪同乡会理事。1940 年代加入民社党，为参议员。约 1948 年迁居香港，晚年侨居英国。译有美国学者惠罗贝《公司法》。有二子，长子高锟有“光纤之父”之誉，获 2009 年诺贝尔奖物理学奖；次子高铻。

53. 高垿（1902—1969），号彬彬，又名高君宾，金山张堰人。南社纪念会成员。高燮四子。1925 年毕业于南洋大学铁路管理科，供职于胶济铁路车务处，辗转服务于各地交通管理等部门，后入上海工商界。公私合营后从事文教事业，参加民进上海市委员会，在文化出版机构担任资料、鉴审、编校以及古籍整理工作。著有《家山怀旧录》《陈子龙先生事状汇录》《清代天算家顾尚之著作提要》《清季中国报刊调查录》（英文本摘译）、《鸣时集》等。娶姚光妹姚竹心为妻。

54. 白蕉（1907—1969），本姓何，名治法，又名馥，字远香，号旭如，别署云间居士、济庐、复生、复翁、仇纸恩墨废寝忘食人，后以笔名白蕉行世，金山张堰人。南社纪念会成员。1923 年考入上海英语专修学校，结识徐悲鸿、于右任。1927 年任国民党金山县党部青年部长，参与创办《青年之声》，宣传爱国思想。1935 年 12 月 29 日，与黄苗子作为非南社社友，在柳亚子、陈陶遗召集下，与南社姚光、马君武、高燮、黄宾虹、胡朴安、朱少屏、陆丹林、孙仲瑛等成立南社纪念会。抗战爆发后，避难上海，执教光华大学附中，参与组织天风书画，举办义卖画展，为抗战募捐。1938 年应蔡元培之邀入鸿英图书馆，编辑《人文月刊》，撰成《袁世凯与中华民国》，后升为馆主任。1949 年后，历任上海市文化局美术科代科长、上海中国画院筹委会委员兼秘书室副主任、中国美术家协会上海分会会员、上海美术专科学校教师。工写兰，着笔不多，风神自远，秀逸多姿，具有一格，尤精书法，宗法二王，小楷精能，迹近钟繇，大字雅逸伟岸，尤以行草著名，潇洒隽美，自具面目。篆刻取法秦汉印、泥封，参酌权量、诏版文字，有古秀蕴藉之趣，兼能诗文。1969 年 2 月 3 日去世。传世作品有《兰花》《兰石》等图及书帖多种，著有《云间言艺录》《济庐诗词》《客去录》《书法十讲》等。

55. 周大烈（1901—1976），金山籍著名藏书家、国学家，南社社员、国学商兑会会员，字迪前，号述庐，亭林镇人，原籍松隐，5 岁时随其曾祖迁居亭林。6 岁时入家塾读书，博闻强记，学习勤奋，就学 14 年，对儒家经典和老、庄、荀诸子与《史记》等古籍研究颇深。青年时代曾在亭林创办文学团体“希社”，受到高燮的称赞。民国八年（1919 年）经高燮介绍与姚光胞妹姚竹修成婚，从此常去张堰，向高燮请教学术，与姚光、高君定等研讨诗古文辞，并常在国学商兑会会刊《国学丛选》上发表文章。

其祖上周厚堉是清代江南著名藏书家，其“来雨楼”藏书宏富，名闻江南，乾隆时修《四库全书》，周厚堉曾进呈藏书数百种，经朝廷采录者亦在百种以上。周大烈受其影响，亦有志于藏书、聚书，并将自己的藏书楼命名为“后来雨楼”，表示继承先辈藏书之志。所收藏之书，除经史子集外，更留意于乡邦之献，达数万卷之多，并自编《后来雨楼书目》。长年读书不辍，先后编纂《松江文钞》《松江诗钞》《云间词徵》等书，惜均未刊行。仅《云间词徵》一稿尚存施蛰存处。此外，他还研究古籍目录学，颇有所成。民国年间，中华图书馆协会成立，周大烈即首批加入成为个人会员，并被里中人士推为亭林图书馆馆长。

民国二十六年（1937 年）日本侵略者在金山卫登陆，其亭林家室被毁，藏书虽未遭焚毁，亦损失过半，后避居上海，把幸存图书运到上海，继续从事聚书、校书和编目工作，先后编有《书目考》《知见辑佚书目补》《南史艺文志》《清代校勘学书目》等稿。对经他手抄校过的图书，又编有《通书阁》和《小书种堂》两部书目。

姚光自民国八年(1919 年)开始编纂《金山艺文志》,历时二十余年,未及出版,即于民国三十四年(1945 年)病逝。周大烈遂接手加以校勘,增加按语,并对《寓贤著述》和《金石》两部分残稿拾遗补录成稿,于民国三十六年 10 月完成,此稿现存上海复旦大学图书馆,被鉴定为善本书。

1950 年,曾为中华书局上海编辑所校订《经籍籑诂》一书,历时十年,并撰写了《校读记》《校读后记》等数卷。20 世纪 70 年代末,中华书局上海编辑所改组为上海古籍出版社,此书被搁置多年,直至 1989 年才得以出版问世。

生性讷于言,不善交游,所交文友仅陈乃乾、陆维钊、王巨大川、尹石公、郑逸梅、严载如、施蛰存等数人,交往甚密。1976 年因外出被人撞跌后去世,终年 76 岁。华东师范大学教授施蛰存曾为他作《诔》,称他是“吾乡饱学君子也”。

生前藏书经过“文化大革命”的动乱,又毁失过半,1990 年由其后人将劫后存书近万册捐赠上海图书馆。2016 年 6 月,其子周东壁将剩余存书一千余册悉数捐赠金山图书馆,金山图书馆特辟“周大烈先生特藏室”,以作保藏陈列,并资永久的纪念。

三、金山南社文化遗存

大树百年,由根而始。上海是南社社员的重要活动中心,前后举办雅集达十六次之多。金山作为南社的重要发祥地之一,在南社史册上曾经留下浓墨重彩的一页。金山的城市精神中,也始终刻划着深深的南社印记。多年来,金山区十分重视南社史料的挖掘、整理及展示工作,努力从斑驳的历史岁月中,还原一段今天的人们特别是金山人不能忘却的时代记忆。南社虽已成往事,但南社及南社人留下的历史文化遗产,却是弥足珍贵的精神财富。

(一) 古桥

1. 贞节桥

贞节桥,位于金山区张堰镇秦望村,系单跨梁桥,现为金山区文物保护点。民国十五年(1926)高雅言堂建,是为纪念高氏家族中的一位贞节妇女而建立。高、姚两家(高泛指高煌家族,姚泛指姚光家族)在张堰近现代历史上以乐善好施而闻名,曾在乡里捐资兴建古石桥数十座。其中,高家捐资修建的古石桥现仅存两座,贞节桥即为其中之一。

2. 八字桥

八字桥,位于金山区金山卫镇八字村,系单跨梁桥,现为金山区文物保护点。1936 年高煌建,跨沐沥港。桥身两侧刻有正楷阳文“丁丑年高尚志堂建”。八字桥为现存张堰高氏家族捐资兴建的古石桥之一。

3. 华严塔桥

华严塔桥，位于金山区亭林镇金明村，系单孔石拱桥，现为金山区文物保护点。始建于清代，民国十七年(1928)由陈陶遗等重建。花岗石质，南北走向，跨塔河。桥墩东西两侧石柱上刻有桥联："高蒋跨两邑通流，熙往攘来；华严祛三途同感，钟声塔影。"

4. 企先桥

企先桥，系单跨梁桥。民国十五年(1926)冬，由姚敦仁堂建，姚敦仁堂即南社后期主任姚光家族堂名。

5. 山塘桥(桥体含寿椿桥条石)

山塘桥,位于金山区廊下镇山塘村,系三跨墩式梁桥,跨山塘河,现为金山区保护文物。1954 年,由金山和平湖两县合资重建此桥。重修时,就地取材,使用了原寿椿桥桥石,因此山塘桥桥身可见有“民国四年姚敦仁堂建寿椿桥”字样。

(二)墓葬

1. 姚氏敦仁堂墓地遗址

姚氏敦仁堂墓地遗址,位于吕巷镇龙跃村(原干巷镇龙湾村,野人自然村)。2013 年,由上海南社纪念馆、金山康城文史研究会联合立碑。

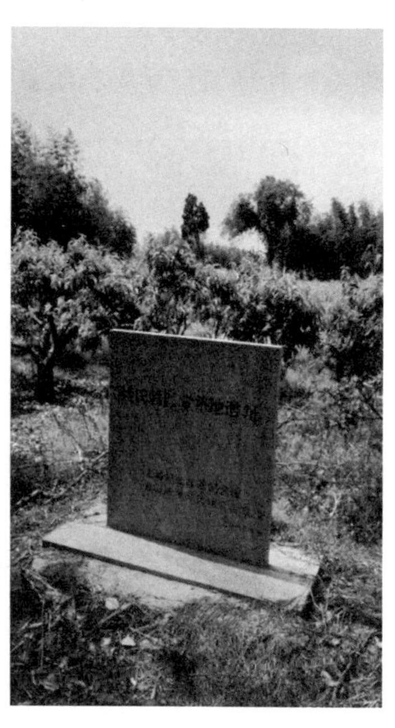

2. 陈陶遗墓

陈陶遗墓,位于亭林镇松隐山庄内,系与王氏、郁湛真、孙畹移合葬墓。2007 年 12 月,由其后裔重新葬于松隐山庄。

3. 顾观光墓(含高燮手书墓碑)

顾观光墓,位于金山卫镇塔港村,现为金山区文物保护单位。清同治元年

(1862)，顾观光逝世后，乡民为其筑墓。1932 年，各界人士集会公祭，修墓立碑。1992 年再度重修。墓区内现存民国二十一年(1932)南社社员高燮所书的“顾尚之先生之墓”青石碑一通。

(三) 故居

1. 姚光故居

姚光故居，位于金山区张堰镇新建路 130 号，硬山顶建筑，坐东北朝西南，砖木结构，由四进院落组成，现为上海市级文物保护单位，2007 年起故居开放为南社纪念馆，是研究南社社员组织活动的重要载体。

2. 东大街白蕉故居

东大街白蕉故居，位于金山区张堰镇东大街 134 弄 2—4 号，坐北朝南，砖木结构，由房屋 4 间及花园组成，白蕉及夫人在 1949 年前曾居住于此。现为金山文物保护点，由当地房管所管理使用。

3. 新尚路白蕉故居

新尚路白蕉故居，位于金山区张堰镇新尚路 16 号，为传统砖木结构、小青瓦平房。1949 年前夕白蕉离开故居定居上海，现为金山区文物保护点，部分房屋由其亲戚居住。

4. 吴钦勬宅

吴钦勬宅，位于金山区朱泾镇西林街 250 号，坐北朝南，二进院落，合院式布局，主要由前后两幢砖木结构的二层楼房及两侧厢房组成，现为金山区文物保护点。吴钦勬为南社会员，生前与高氏过从甚密。

（四）遗址类

1. 高天梅故居遗址

高天梅故居遗址，即高旭的故居，位于金山区张堰镇新华东路65号，南临牛桥河。1903年，高天梅携家人，从秦山高家老宅乔迁于此，时称“万梅花庐”。现仅存一段围墙、门头及两株百年桂花树。现为金山区文物保护点。

2. 高家老宅遗址

高家老宅，位于金山区张堰镇秦望山北，为南社耆宿高燮祖居。

3. 闲闲山庄遗址

闲闲山庄，位于金山区张堰镇秦望山北，民国五年（1916）始建，山庄主人即南社耆宿高燮。山庄名字典出《诗经》“十亩之间兮，桑者闲闲矣”，内有“食古书库”，曾聚书几十万卷，经史子集皆备。抗战爆发后，日军于金山卫沿海登陆作战，山庄也在此次浩劫中遭到损毁。

(五) 金山博物馆藏南社文物名录

目前,金山区博物馆共有南社及南社成员相关藏品计400件(套)。藏品类别包括书法、绘画、古籍图书、印章、遗物、家具、铜器等。其中,与白蕉相关藏品共190件(套)[包括白蕉书画作品79件(套),白蕉藏书106件(套),白蕉中山装、西服3件,眼镜(盒)1件(套),白蕉、邹梦禅刻印1件(套)]。另有孙雪泥书画作品29件、高吹万书画作品7件、陈陶遗书画作品7件、汪东书画作品2件等。

金山博物馆现有的部分文物

藏品名称	尺寸(厘米)	数量(件套)	实际数量
清杨了公七言联	长168　宽36	套件	2
清倦游居士山水图	长133　宽66	单件	1
孙雪泥花鸟图	长67　宽33	单件	1
民国吹万楼日记节抄	长27　宽19	单件	1
民国吹万楼文集	长25　宽16	套件	6
民国吹万楼诗集	长25.5　宽15.2	套件	4
白蕉兰石图	长63.5　宽37	单件	1

续表

藏品名称	尺寸(厘米)	数量(件套)	实际数量
唐云、白蕉成扇	长 51 宽 32.5	单件	1
白蕉七言联	长 133 宽 24	套件	2
孙雪泥花卉图	长 102 宽 34.5	单件	1
白蕉书法扇面	长 52 宽 18.2	单件	1
白蕉藏《药方药理》	长 23 宽 13	单件	1
白蕉藏《喉科秘录》	长 13.8 宽 21	单件	1
白蕉藏《医学规范》	长 22.8 宽 12.8	单件	1
白蕉藏《再思录》	长 22.8 宽 15.6	单件	1
白蕉藏《医学金针》	长 24.5 宽 13.8	单件	1
白蕉藏《医学金针》	长 24.6 宽 13.6	单件	1
白蕉藏《医学指南》	长 22.5 宽 12.6	单件	1
白蕉藏《医学南针》	长 24.3 宽 14	单件	1
白蕉藏《医案》	长 24.5 宽 13.8	单件	1
白蕉藏《医案》	长 24.5 宽 13.8	单件	1
白蕉藏《沈菊人医案》	长 23.2 宽 13.2	单件	1
白蕉藏《妇科备考》	长 22.8 宽 13	单件	1
白蕉藏《湿温案》	长 25.6 宽 14.5	单件	1
白蕉藏《家传秘方》	长 20.5 宽 12.5	单件	1
白蕉藏《万氏女科》	长 22.2 宽 12.8	单件	1
白蕉藏《万氏女科》	长 22.2 宽 12.8	单件	1
白蕉藏《妇科说约》	长 22.6 宽 13	单件	1
白蕉藏《专治癫痫良方》	长 25 宽 14.6	单件	1
白蕉藏《张氏医案》	长 23.2 宽 13.5	单件	1
白蕉藏《临诊医案》	长 23.3 宽 14	单件	1
白蕉藏《麻疹案》	长 25.5 宽 15.4	单件	1
白蕉藏《自新医院补习科讲义》	长 22.5 宽 15.7	单件	1

续表

藏品名称	尺寸(厘米)	数量(件套)	实际数量
白蕉藏《自新医院补习科讲义》	长 22.5　宽 15.7	单件	1
白蕉藏《自新医院补习科医学讲义》	长 22.5　宽 15.7	单件	1
白蕉藏《自新医院补习科医学讲义》	长 22.5　宽 15.7	单件	1
白蕉藏《湛园公手抄二泉誌》	长 26.8　宽 17.8	单件	1
白蕉藏《湛园公手抄二泉誌》	长 26.8　宽 17.8	单件	1
白蕉藏《枕中秘摘要》	长 22.5　宽 13	单件	1
白蕉藏《王寿芝医案》	长 23　宽 13.1	单件	1
白蕉藏《秘方旧抄本》	长 21.8　宽 13.3	单件	1
白蕉藏《广瘟疫论(天)》	长 24.5　宽 13.8	单件	1
白蕉藏《广瘟疫论(地)》	长 24.5　宽 13.8	单件	1
白蕉藏《广瘟疫论(人)》	长 24.5　宽 13.8	单件	1
白蕉藏《药方》	长 25.6　宽 16	单件	1
白蕉藏《药方》	长 23.8　宽 17.1	单件	1
白蕉藏《物理摭闻》	长 22.9　宽 15.9	单件	1
白蕉藏《物理摭闻》	长 22.9　宽 15.9	单件	1
白蕉藏《丹方歌诀》	长 22.4　宽 15.8	单件	1
白蕉藏《丹方歌诀》	长 22.4　宽 15.8	单件	1
白蕉藏《丹方歌诀》	长 22.4　宽 15.8	单件	1
白蕉藏《未济庐医草》	长 22.8　宽 16	单件	1
白蕉藏《未济庐医草》	长 22.8　宽 16	单件	1
白蕉藏《未济庐医草》	长 22.8　宽 16	单件	1
白蕉藏《未济庐医草》	长 22.8　宽 16	单件	1
白蕉藏《未济庐医存》	长 22.8　宽 15.6	单件	1
白蕉藏《未济庐笔记》	长 22.8　宽 15.6	单件	1
白蕉藏《未济庐秘方歌诀》	长 22.8　宽 15.6	单件	1
白蕉藏《诊疗日记》	长 22.8　宽 15.6	单件	1

续表

藏品名称	尺寸(厘米)	数量(件套)	实际数量
白蕉藏《订正伤寒论今释》上册	长19　宽23.5	单件	1
白蕉藏《丹方大全目录》	长20.4　宽13.5	单件	1
白蕉藏《经验各种秘方辑要》	长18.8　宽13.4	单件	1
白蕉藏《治疗学》	长19　宽13	单件	1
白蕉藏《秦氏内经学》	长18.8　宽13.2	单件	1
白蕉藏《家庭治病新书》	长20.2　宽13.5	单件	1
白蕉藏《通俗产科三百詠》	长21.8　宽14.8	单件	1
白蕉藏《实用中医学》	长19　宽13.3	单件	1
白蕉藏《药物学》卷一	长22　宽14.5	单件	1
白蕉藏《药物学》卷二	长22　宽14.5	单件	1
白蕉藏《药物学》卷三	长22　宽14.5	单件	1
白蕉藏《实验奇术》	长18.8　宽13.3	单件	1
白蕉藏《家庭常识》	长18.8　宽13.4	单件	1
白蕉藏《本草从新》(元集)	长16.9　宽10.8	单件	1
白蕉藏《本草从新》(利集)	长16.9　宽10.8	单件	1
白蕉藏《本草从新》(贞集)	长16.9　宽10.8	单件	1
白蕉藏《本草从新》(亨集)	长16.9　宽10.8	单件	1
白蕉藏《瘟疫明辨》上卷	长15.7　宽14	单件	1
白蕉藏《瘟疫明辨》下卷	长15.7　宽14	单件	1
白蕉藏《衷中参西的医论》	长18.6　宽13.5	单件	1
白蕉藏《伤寒论今释》上册	长18.8　宽13	单件	1
白蕉藏《伤寒论今释》下册	长18.8　宽13	单件	1
白蕉藏《未济庐秘方汇钞》第二部	长28.8　宽17.1　厚4.8	单件	1
白蕉藏《药方》	长26.5　宽15.8	单件	1
白蕉藏《周氏药验方》	长20.2　宽13.5	单件	1
白蕉藏《温热经纬》	长25　宽14.8	单件	1

续表

藏品名称	尺寸(厘米)	数量(件套)	实际数量
白蕉藏《镇记》	长22　宽12.1	单件	1
白蕉藏《医学入门》	长29.5　宽17.8	单件	1
白蕉藏《是书议论》	长19.8　宽12.5	单件	1
白蕉藏《喉痧至论》	长21.5　宽14.5	单件	1
白蕉兰陈陶遗字成扇	长51　宽31.5	单件	1
白蕉、谭泽闿成扇	长51　宽31.5	单件	1
白蕉、邹梦禅印章	长1.2　宽1.2　高7.5	套件	2
白蕉书润例	长71.5　宽21	单件	1
白蕉书毛泽东词横批	长55.5　宽23	单件	1
白蕉书毛泽东词横批	长54.5　宽21.5	单件	1
白蕉书毛泽东词横批	长56.5　宽23	单件	1
孙雪泥果蔬图	长135　宽32	单件	1
白蕉、姚元之书法手卷	长322　宽23	单件	1
白蕉书毛泽东诗词字轴	长138　宽67	单件	1
民国陈陶遗字轴	长138.5　宽67	单件	1
白蕉、谢稚柳书法成扇	长51.5　宽32	单件	1
白蕉书法绘画成扇	长49　宽31.2	单件	1
民国汪东书法绘画成扇	长51.5　宽30.7	单件	1
张聿光、孙雪泥花卉图	长70.2　宽34.5	单件	1
邓散木字、白蕉兰花图	长138.5　宽68.5	单件	1
白蕉中山装	长60　宽40	单件	1
白蕉中山装	长60　宽40	单件	1
白蕉西服	长60　宽45	单件	1
白蕉眼镜(盒)	长13.5　宽5.8	套件	2
白蕉藏《丹方汇抄》(三)	长22　宽12.8	单件	1
白蕉藏《丹方类抄》	长24.6　宽14	单件	1

续表

藏品名称	尺寸(厘米)	数量(件套)	实际数量
白蕉藏《未济庐主手辑——修己篇》	长 24　宽 13.5	单件	1
白蕉藏《临产与难产治法》	长 32　宽 27.5	单件	1
白蕉藏《恬musical自课》	长 24　宽 14.2	单件	1
白蕉藏《诊断治疗法》	长 33.5　宽 26	单件	1
白蕉藏《种子金丹》	长 24　宽 20.5	单件	1
白蕉空谷幽兰图	长 66.3　宽 33	单件	1
白蕉书自作诗五首	长 56.5　宽 16.2	单件	1
孙雪泥菜市归来图	长 61　宽 25.8	单件	1
孙雪泥甘蓝竹笋图	长 57　宽 37.5	单件	1
孙雪泥果蔬图	长 58.5　宽 53	单件	1
白蕉行书八言联	长 132.5　宽 21.5	套件	2
民国高吹万成扇	长 55　宽 33	单件	1
白蕉成扇	长 50　宽 31	单件	1
白蕉兰花图	长 64　宽 33.5	单件	1
民国高吹万六言联	长 78.5　宽 21	套件	2
白蕉空谷幽兰四通景	长 68.5　宽 136	套件	4
白蕉字轴	长 147.5　宽 26.8	单件	1
民国陈陶遗章草镜片	长 138.5　宽 72	单件	1
民国陈陶遗草书扇片	长 50　宽 18.5	单件	1
民国柳亚子七言诗字轴	长 95.5　宽 28.5	单件	1
白蕉书法镜片	长 54　宽 23	单件	1
孙雪泥桃花夹岸图	长 27　宽 30.5	单件	1
孙雪泥老树潇湘图	长 100　宽 33	单件	1
孙雪泥春到江南图	长 95.5　宽 33	单件	1
孙雪泥和平幸福图	长 69　宽 34	单件	1
民国陈陶遗字轴	长 105.5　宽 33	单件	1

续表

藏品名称	尺寸(厘米)	数量(件套)	实际数量
民国吹万楼文集	长 17.5　宽 27.5	套件	6
白蕉行书手卷	长 98.5　宽 31.2	单件	1
沈尹默书法镜片	长 53.5　宽 18	单件	1
孙鸿归舟图行书成扇	长 49　宽 32	单件	1
白蕉兰竹石图	长 165　宽 34	单件	1
白蕉书毛泽东《沁园春・雪》词	长 185　宽 28.1	单件	1
白蕉成扇	长 50　宽 31	单件	1
白蕉兰石图	长 108　宽 34.5	单件	1
白蕉行书字轴	长 103.5　宽 22	单件	1
白蕉行书格言扇片	长 61　宽 18.5	单件	1
白蕉墨兰行书成扇	长 50　宽 31	单件	1
白蕉书范仲淹《江上渔者》	长 152.3　宽 33.4	单件	1
白蕉五言联	长 94.5　宽 18	套件	2
白蕉成扇	长 51　宽 32	单件	1
白蕉、钱君匋幽兰图	长 39　宽 34.6	单件	1
白蕉行书扇片	长 51.4　宽 18	单件	1
谢稚柳题白蕉兰花图	长 41　宽 30.7	单件	1
民国高吹万行楷书题跋册页	长 64.5　宽 43	套件	2
白蕉书毛泽东《采桑子・重阳》词	长 137　宽 65	单件	1
白蕉草书七绝	长 138.5　宽 34	单件	1
白蕉兰花图	长 100　宽 39	单件	1
孙雪泥鳜鱼霜菊图	长 75.7　宽 42	单件	1
孙雪泥寒节听霜图	长 131.5　宽 32.5	单件	1
白蕉书毛泽东《西江月・井冈山》词	长 54　宽 38.5	单件	1
白蕉书毛泽东《满江红・和郭沫若》词	长 50.2　宽 25	单件	1
白蕉书毛泽东《满江红・和郭沫若》词	长 50.2　宽 25	单件	1

续表

藏品名称	尺寸(厘米)	数量(件套)	实际数量
白蕉兰花图	长 37　宽 27	单件	1
白蕉兰花图	长 37　宽 27	单件	1
白蕉兰花图	长 36.8　宽 27	单件	1
白蕉书毛泽东《沁园春・长沙》词	长 29.3　宽 26.5	单件	1
白蕉书毛泽东《沁园春・长沙》词	长 58.5　宽 25	单件	1
白蕉书毛泽东七律《长征》诗	长 51　宽 36	单件	1
白蕉书毛泽东七律《冬云》诗	长 53.5　宽 33	单件	1
白蕉书毛泽东《西江月・井冈山》词	长 62　宽 19.5	单件	1
白蕉书毛泽东《念奴娇・昆仑》词	长 47　宽 31.5	单件	1
白蕉自书诗词书法	长 62　宽 35	单件	1
民国书法字帖	长 31.5　宽 29.5	套件	7
白蕉书法扇片	长 51.5　宽 19	单件	1
孙雪泥梅花图	长 122　宽 49.5	单件	1
白蕉编著《袁世凯与中华民国》	长 13.5　宽 18.8	单件	1
邓散木、白蕉编著钢笔字帖	长 25.2　宽 17.8	单件	1
孙雪泥轻寒独幽图	长 63.9　宽 40.7	单件	1
孙雪泥寿桃果蔬图	长 69.3　宽 33	单件	1
孙雪泥霜叶红于二月花图	长 70　宽 44.5	单件	1
孙雪泥端阳图	长 70　宽 44	单件	1
孙雪泥梅花图	长 62.2　宽 35.5	单件	1
民国高吹万字轴	长 130　宽 30	单件	1
民国高吹万字轴	长 130　宽 30	单件	1
白蕉、包云科成扇	长 31.5　宽 50	单件	1
孙雪泥字轴	长 98　宽 32.5	单件	1
孙雪泥赏荷图	长 68　宽 37.5	单件	1
孙雪泥古物鲜桃图	长 100　宽 34	单件	1

续表

藏品名称	尺寸(厘米)	数量(件套)	实际数量
孙雪泥人物图	长 91.5　宽 33	单件	1
孙雪泥红梅芭蕉图	长 183.5　宽 95	单件	1
白蕉、唐云成扇	长 31.8　宽 51	单件	1
陆抑非、白蕉翠竹棲禽成扇	长 32　宽 49.5	单件	1
孙雪泥诗集	长 18　宽 10.2	单件	1
孙雪泥田间排涝图	长 88　宽 32.5	单件	1
白蕉书法手卷	长 68　宽 32	单件	1
白蕉书法镜片	长 80　宽 52	单件	1
白蕉空谷幽香图	长 129　宽 68.5	单件	1
白蕉、唐云岁寒图	长 101.5　宽 34.5	单件	1
民国高旭、吴梅成扇	长 20　宽 53	单件	1
白蕉行书《景公求贤》	长 41　宽 22.5	单件	1
白蕉书法镜片	长 53.5　宽 47.5	单件	1
白蕉字轴	长 127　宽 24	单件	1
吴沛霖梅花图	长 74.5　宽 40.5	单件	1
白蕉行书笺本册页片双挖	长 21.2　宽 20	单件	1
民国南社闽集诗刊	长 32　宽 22	套件	37
民国高吹万诗稿册	长 28　宽 20.8	单件	1
白蕉兰石图	长 100　宽 30	单件	1
白蕉书法八条屏	长 129　宽 132	套件	8
民国天梅遗集十六卷	长 26.2　宽 16.2	套件	4
民国陈陶遗七言联	长 128　宽 31	套件	2
民国姚鹓雏字轴	长 130　宽 34	单件	1
民国胡朴安《南社丛选》	长 20　宽 13.4	套件	12
孙雪泥梅竹扇片	长 66　宽 30	单件	1
白蕉藏《历史唯物主义》	长 21.3　宽 14.8　厚 3	单件	1

续表

藏品名称	尺寸(厘米)	数量(件套)	实际数量
白蕉藏《马恩列斯思想方法论》	长 20.5　宽 15.5　厚 2.5	单件	1
白蕉藏《联共(布)党史简明教程》	长 23　宽 15.6　厚 2.9	单件	1
白蕉藏《斯大林著列宁主义问题》	长 22.3　宽 15　厚 5.9	单件	1
白蕉藏《斯大林著论列宁主义基础论列宁主义底几个问题》	长 20　宽 13　厚 1.5	单件	1
白蕉藏《通俗资本论》	长 18.6　宽 13.2　厚 2.5	单件	1
白蕉藏《辩证唯物主义》	长 21.1　宽 14.9　厚 2.5	单件	1
白蕉藏《列宁著论马克思恩格斯及马克思主义》	长 23　宽 15.4　厚 4	单件	1
白蕉藏《政治经济学教科书》	长 21.4　宽 14.8　厚 3.1	单件	1
白蕉藏《四山一研斋随笔》	长 20.5　宽 17	单件	1
白蕉藏《上海谈荟》	长 20.5　宽 17	单件	1
白蕉藏《白室漫记》	长 20.5　宽 17	单件	1
白蕉藏《诗稿》	长 20.5　宽 17	单件	1
白蕉藏《四山一研斋随笔及其他录稿》	长 20.5　宽 17	单件	1
白蕉藏《各家杂文》	长 20.5　宽 17	单件	1
白蕉藏《危楼漫记》	长 20.5　宽 17	单件	1
白蕉藏《诗词稿》	长 20.5　宽 17	单件	1
白蕉藏《金石书画碑帖题跋海曲艺言　白蕉画题》	长 20.5　宽 17	单件	1
民国汪东楷书自作诗	长 83　宽 16.5	单件	1
民国陈陶遗八言联	长 141　宽 25.2	套件	2
白蕉藏《胎教》	横 13　总 20	单件	1
民国高天梅与何宪纯诗词唱和手札《踏雪次天健韵》		单件	1
民国姚昆俊与何宪纯诗词唱和手札《题小像》		单件	1

续表

藏品名称	尺寸(厘米)	数量(件套)	实际数量
民国姚光与何宪纯诗词唱和手札《感事》		单件	1
白蕉著《百家争鸣中关于提倡书学的问题》印刷稿	横 17.6　纵 28.6	单件	1
民国戏剧译本《威廉退尔》	横 13　纵 19	单件	1
民国丰子恺编《中国名歌五十曲》	横 15　纵 20.5	单件	1
民国期刊《中国评论》	横 23　纵 30.5	单件	1
民国《台湾通史》下卷	横 16　纵 20.8	单件	1
民国《苏曼殊书信集》	横 13　纵 18.2	单件	1
民国《曼殊斐儿》	横 10　纵 15	单件	1
民国《上海市年鉴》	横 13　纵 18.5	单件	1
民国沈钧儒编《家庭新论》	横 13　纵 19	单件	1
民国桌椅	桌子长 190　宽 90　高 87　椅子高 97.5	套件	9
民国搁几	长 38.5　宽 30.5　高 76	单件	1
民国石柱础	直径 41　高 27	套件	4
民国书柜	长 88.2　厚 35.5　高 40	单件	1
民国书柜	长 88.2　厚 35.5　高 40	单件	1
民国书柜	长 92　厚 65　高 86.8	单件	1
民国靠背椅	长 56　厚 42　高 96	单件	1
民国梳妆台	长 122　厚 63　高 201	单件	1
民国靠背椅	长 49.5　厚 38.5　高 94	单件	1
民国木茶几	长 87　宽 52.2　高 47.5	单件	1
民国花架	长 44.5　宽 31　高 47.5	单件	1
民国书柜	长 91.4　厚 35.3　高 144.5	单件	1
民国书桌	长 111.5　厚 57　高 81.5	单件	1
民国矮柜	长 86.3　厚 59　高 81.5	单件	1

续表

藏品名称	尺寸(厘米)	数量(件套)	实际数量
民国木床	长 200　宽 100　高 84.7	单件	1
民国矮柜	长 81.7　厚 53.5　高 54.2	单件	1
民国陈望道著《修辞学发凡》	横 12.7　纵 17	单件	1
民国书柜	长 85.5　厚 57.5　高 133.8	单件	1
民国风琴	长 95.5　厚 38.5　高 79	单件	1
民国靠背椅	长 46　宽 46　高 98	单件	1
民国梳妆台	长 122　宽 61　高 205	单件	1
民国茶几	长 86　宽 52　高 31	单件	1
民国方桌	长 98　宽 98　高 83.6	单件	1
民国衣柜	长 120.5　深 59　高 243	单件	1
民国落地钟	长 56　宽 25　高 201	单件	1
民国书柜	长 111.5　宽 55　高 224	单件	1
民国衣柜	长 108　宽 51.5　高 215	单件	1
民国案桌	长 104.5　宽 42　高 83	单件	1
民国转椅	长 63　深 47　高 76	单件	1
民国书桌	长 122.5　宽 65　高 83	单件	1
民国靠背椅	长 54　深 47　高 93	单件	1
民国“怀旧楼”匾	长 117　宽 38	单件	1
民国书桌	长 137　宽 72.5　高 82	单件	1
民国靠背椅	长 54　深 47　高 93	单件	1
民国书柜	长 108　深 52.5　高 214	单件	1
民国矮柜	长 90　宽 90　高 58	单件	1
民国矮柜	长 90　宽 90　高 58	单件	1
民国方桌	长 85.5　宽 85.5　高 82	单件	1
民国方桌	长 87.5　宽 87.5　高 83	单件	1
民国方桌	长 89　宽 89　高 82.5	单件	1

续表

藏品名称	尺寸(厘米)	数量(件套)	实际数量
民国书桌	长 123.5　宽 66.5　高 81	单件	1
民国方凳	长 36.5　宽 24.5　高 45	单件	1
民国搁几	长 40　宽 40　高 87.5	单件	1
民国书桌	136　宽 68　高 85	单件	1
民国搁几	长 41　宽 41　高 87.5	单件	1
民国靠背椅	长 49.5　深 38.6　高 92.5	单件	1
民国靠背椅	长 49.5　深 38.7　高 92	单件	1
民国搁几	长 41.5　宽 41.5　高 81	单件	1
民国靠背椅	长 47.5　深 39.5　高 95	单件	1
民国靠背椅	长 51　深 39.6　高 96	单件	1
民国书桌	长 137　宽 74　高 83.5	单件	1
民国书桌	长 137.5　宽 73　高 85.5	单件	1
民国靠背椅	长 64.5　深 50　高 97	单件	1
民国靠背椅	长 64.5　深 50　高 97	单件	1
民国靠背椅	长 64.5　深 50　高 97	单件	1
民国靠背椅	长 64.5　深 50　高 97	单件	1
民国搁几	长 43　宽 43　高 77.5	单件	1
民国搁几	长 43　宽 43　高 77.5	单件	1
民国靠背椅	长 55　深 44　高 94.5	单件	1
民国靠背椅	长 55　深 44　高 94.5	单件	1
民国方桌	长 100　宽 100　高 84	单件	1
民国条案	长 206　宽 32　高 91	单件	1
吴伯雄题字	长 114　宽 39	单件	1
江明贤书《许信良题词》	长 119　宽 39	单件	1
民国靠背椅	长 53　深 43　高 95	单件	1
民国靠背椅	长 53　深 43　高 95	单件	1

续表

藏品名称	尺寸(厘米)	数量(件套)	实际数量
民国方桌	长 100　宽 99　高 89	单件	1
民国条案	长 221　宽 45　高 91	套件	3
民国书桌	长 135　宽 74　高 87	单件	1
民国靠背椅	长 50　深 39　高 90	单件	1
民国长桌	长 174　宽 83　高 86	单件	1
徐步成油画《孙中山与南社》	横 184　纵 124	单件	1
丁凤翥木板画《嘉陵江山色图》	横 210　纵 105	单件	1
民国石桌凳	桌直径 88　高 66 凳直径 28　高 49	套件	4
清石臼		套件	2
张晓飞画柳亚子像	横 34.2　纵 106	单件	1
张晓飞画陈去病像	横 34.2　纵 106	单件	1
张晓飞画高天梅像	横 34.2　纵 106	单件	1
张晓飞画姚光像	横 34.2　纵 106	单件	1
民国《德华字典》	横 14.5　纵 19.2　厚 4	单件	1
民国书柜	长 78　厚 45　高 50.5	单件	1
民国胡怀琛著《中国民歌研究》	横 13.3　纵 19	单件	1
民国吴梦非编译《和声学大纲》	横 12.4　纵 17	单件	1
民国邵力子著《苏联归来》	横 13　纵 17	单件	1
民国方桌	长 96　宽 96　高 82.5	单件	1
民国徐枕亚撰《雪鸿泪史》	横 15　纵 22	套件	2
民国包天笑主编《小说大观》	横 18.7 纵 26	单件	1
民国苏曼殊撰《断鸿零雁记》	横 13.1　纵 18	套件	2
民国苏曼殊撰《断鸿零雁记》	横 13.1　纵 18	单件	1
民国《曼殊大师全集》	横 13　纵 18	套件	3
民国《苏曼殊全集》	横 13.2　纵 18	套件	3

续表

藏品名称	尺寸(厘米)	数量(件套)	实际数量
民国柳无忌编《曼殊大师纪念集》	横 13.2　纵 18.9	单件	1
民国《苏曼殊小说集》	横 13　纵 18.2	单件	1
民国《苏曼殊小说集》	横 13　纵 18.5	单件	1
民国《南社小说集》	横 13.5　纵 20	单件	1
民国徐枕亚撰《雪鸿泪史》	横 15.2　纵 20.8	单件	1
民国徐枕亚撰《玉梨魂》	横 15.3　纵 21	单件	1
民国徐枕亚撰《玉梨魂》	横 15.3　纵 22.2	单件	1
民国徐枕亚撰《玉梨魂》	横 13.5　纵 18.4	单件	1
民国《中华全国风俗志》	横 13.2　纵 19	套件	2
民国《工业政策》	横 13.2　纵 19	单件	1
民国胡朴安著《中国训诂学史》	横 13.2　纵 19	单件	1
民国《农业政策》	横 13.1　纵 18.6	套件	2
民国《商业政策》	横 13.5　纵 19	套件	2
民国胡朴安编《南社丛选》	横 13.2　纵 19	套件	5
清《国粹学报》第四册	横 14　纵 20.5	单件	1
民国《南社第二十一集》	横 13.2　纵 19.4	单件	1
民国《南社第二十集》	横 13.3　纵 20	单件	1
民国陈陶遗主纂《国学商兑》第一卷第一号	横 19　纵 26.4	单件	1
民国高吹万编《国学汇编第二集》	横 13.6　纵 20.3	套件	4
民国《达尔文物种原始》	横 13.2　纵 19	套件	4
民国《地学杂志》	横 15.1　纵 24.4	单件	1
民国《地学集志》第八期	横 15.1　纵 24.4	单件	1
民国《地学集志》第一期	横 15.1　纵 24.4	单件	1
民国《科学画报》(第十一卷第一期)	横 17.5　纵 25.4	单件	1
民国《科学画报》(第十一卷第三期)	横 17.5　纵 25.4	单件	1

续表

藏品名称	尺寸(厘米)	数量(件套)	实际数量
民国《科学画报》(第十一卷第九期)	横 17.5　纵 25.4	单件	1
民国《科学画报》(第十一卷第四期)	横 17.5　纵 25.4	单件	1
民国《科学画报》(第十一卷第六期)	横 17.5　纵 25.4	单件	1
民国王云五主编胡先骕著《植物学小史》	横 11.7　纵 17.5	单件	1
民国王云五主编马君武译《自然创造史》(四)	横 11.8　纵 17.5	单件	1
民国顾澄主编《数学杂志》第一卷第二期	横 15.2　纵 23	单件	1
民国顾澄主编《数学杂志》第一卷第四期	横 15.2　纵 23	单件	1
清《蒙学中国地理教科书》	横 13　纵 19.4	单件	1
民国《科学通论》	横 15.5　纵 22	单件	1
民国搁几	长 46　宽 46　高 85.7	单件	1
民国陈陶遗著《上海乡贤文物过眼录目录》	横 15.3　纵 26	单件	1
白蕉书毛泽东词《七律·冬云》	横 44.2　纵 21	单件	1
民国白蕉、姚虞琴行书古文墨兰图成扇	横 49.5　纵 17.5	单件	1
民国白蕉、尤冰如书法听庄图成扇	横 51　纵 17.5	单件	1
民国费公直变雅楼选诗图	画心纵 89　横 51 外框纵 143　横 51	单件	1
清沈鸿卿绘高吹万岁寒独立小像	横 38.8　纵 88 横 27　纵 40	单件	1
孙雪泥白梅行书轴	横 27 纵 56	单件	1
清秦锡圭会试朱卷	横 15　纵 26.3	单件	1
民国《太一遗书》	横 19.7　纵 23	套件	2
民国《太一遗书》	横 19.7　纵 23	套件	1

续表

藏品名称	尺寸(厘米)	数量(件套)	实际数量
白蕉行书字轴	外框长 214　宽 42.2 画心长 135.5　宽 30	单件	1
民国吸食鸦片烟枪	长 31.3　宽 6.5	单件	1
民国警哨	长 8　直径 2.5	单件	1
民国警哨	长 8　直径 2.2	单件	1
民国警哨	长 8　直径 2	单件	1
民国间金山姚氏影印明嘉靖本《云间两何君集》	纵 21　横 13.8	套件	8
民国《百朋集》	纵 20　横 12	单件	1
民国《天放楼诗季集》	纵 27　横 17.6	单件	1
民国《天放楼文言遗集》	纵 27　横 17.6	单件	1
民国《天放楼诗集》	纵 26　横 15.5	单件	1
民国《天放楼诗集》	纵 27.6　横 17.5	单件	1
民国《天放楼诗集》	纵 16　横 15	单件	1
高君藩自印《一砚斋诗文录存》		单件	1
叶潞渊、顾锡洪珠榴图·书法成扇	纵 15.5　横 48	单件	1
钱一海、戚牧焚香祈福图·行书七言诗成扇	纵 18　横 49.5	单件	1
杨了公书法四条屏	纵 129　横 27.5	套件	4
马公愚行书八言联	纵 149.5　横 37	套件	2

图书在版编目(CIP)数据

说剑描兰:金山与南社/金山区博物馆编著.—
上海:上海人民出版社,2020
ISBN 978-7-208-16701-8

Ⅰ.①说… Ⅱ.①金… Ⅲ.①南社-研究 Ⅳ.
①I209.5

中国版本图书馆 CIP 数据核字(2020)第 181947 号

责任编辑 刘华鱼
封面设计 陈酌工作室

说剑描兰——金山与南社
金山区博物馆 编著

出　　版 上海人民出版社
(200001 上海福建中路 193 号)
发　　行 上海人民出版社发行中心
印　　刷 常熟市新骅印刷有限公司
开　　本 720×1000 1/16
印　　张 20
插　　页 4
字　　数 312,000
版　　次 2020 年 10 月第 1 版
印　　次 2020 年 10 月第 1 次印刷
ISBN 978-7-208-16701-8/K·2998
定　　价 88.00 元